长江之子 郑守仁

靳怀椿 陈松平 著

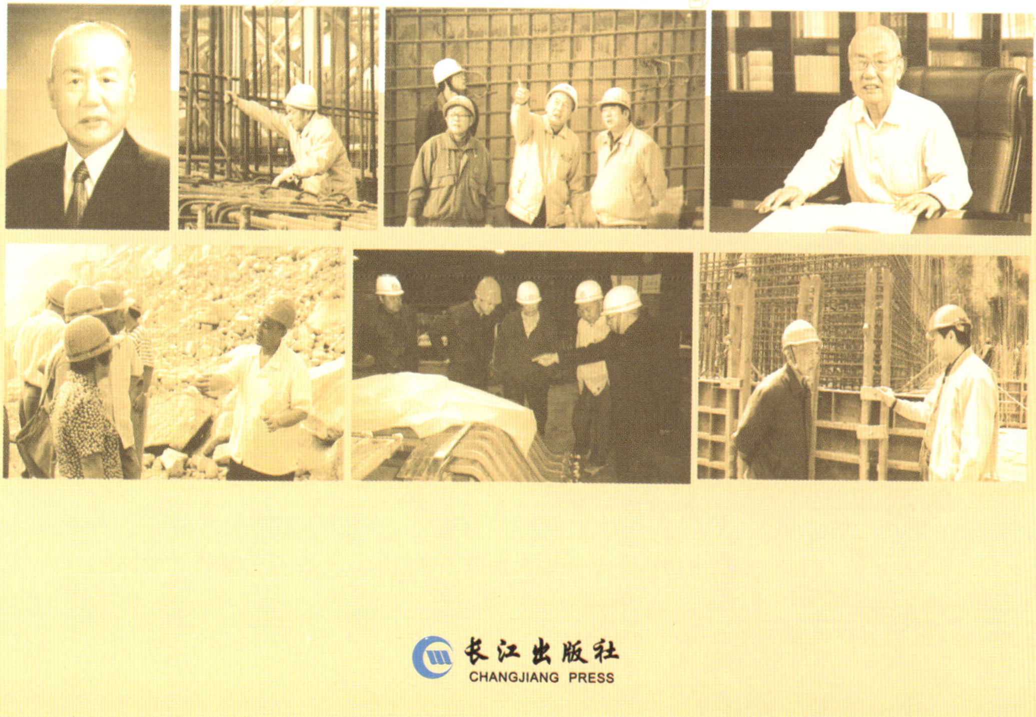

长江出版社
CHANGJIANG PRESS

作者简介

靳怀堾

Jin Huaichun

1963年10月生，研究员。现任水利部海委党组成员、纪检组长、一级巡视员。曾任或现任中国水利文协水文化研究会会长、中华水文化专家委员会副主任委员、中国水利学会水利史专委会理事、中国文物学会大运河专委会理事、中国作家协会会员、中国报告文学学会理事、中国水利作家协会副主席等职务。著有《中华文化与水》《图说诸子论水》等多部学术著作，担任《海河志（卷四）》《中华水文化通论（水文化大学生读本）》等图书主编，著有《水之礼赞》《追寻大禹的足迹》《智者乐水》《悲壮三门峡》等文学作品。其中，《悲壮三门峡》被评为“2013年河北读者喜欢的十部好书”，入选《中国好文学·2013年最佳纪实文学》，获“第五届徐迟报告文学提名奖”。先后担任《中国水利报》专栏撰稿人、大型专题片《水与中华》总撰稿。

陈松平

Chen Songping

1980年12月生，主任记者，长期从事水利新闻宣传及水文化研究工作。现任长江水利委员会人民长江报社副社长。著有报告文学《中国梦 长江情》，散文集《行者无疆》等。迄今获中宣部“我和我的祖国”主题征文“报告文学十佳作品”、湖北新闻奖等省部级以上文学及新闻奖40余项。担任“人文长江”丛书副主编，参与组织编撰出版《历代长江词曲赏析》《历代长江名胜楹联赏析》等。

目录

长江之子

郑守仁

序章　迟来的采访

1

大大出乎意料的是，采访中国工程院院士、长江水利委员会（以下简称长江委）原总工程师、三峡工程设计代表局原局长——在国内外坝工界享有盛誉的郑守仁先生，竟是件如此困难的事。

自从 2018 年 8 月，长江出版社邀我写一部关于郑守仁院士筑坝江河绚丽人生的长篇报告文学以来，采访主人公的愿望屡屡落空。问原因，长江出版社那边说：一来郑总低调，不愿宣传自己；二来郑总正忙着编写 200 多万字的《长江三峡工程关键技术研究与实践》，不愿人打扰；三来郑总重病缠身，身患前列腺癌、肝癌等多种疾病，近年来做了几次手术，身体虚弱，不便接受采访。

在各类文学体裁中，报告文学最强调真实性，不能像写小说那样可以天马行空随意编造故事。要写好一篇报告文学，往往要“七分采访，二分思考，一分写作”，采访是重中之重。更何况，要写一部关于人物事迹的长篇报告文学，采访的核心——主人公焉能“缺席”？

2019 年春节以后，我隔三岔五就与长江出版社社长赵冕女士联系，请她抓紧协调采访郑总的事。传来的消息，要么郑总不想接受采访，要么郑总正在医院复查或治病，要么郑总正在外地参加有关学术活动没时间，反正就是不行。我甚至通过朋友关系找到郑总的秘书龚国文同志，请他帮忙做工作，但得到的回复还是郑总不愿接受采访。

我虽心中焦急，却也无可奈何。

转眼到了 2019 年 5 月，我又打电话给长江出版社的赵冕社长，问她协调采访郑总的事进展如何，并“危言耸听”地说，如果再不能采访到郑总本人，就会严重影响到这部报告文学的写作进度，更遑论质量了。

不久，好消息驾着东南风来了：“郑总答应最近和您见一面。”赵冕在电话中兴奋地告诉我。

原来，此前我打电话对赵冕进行“催推逼”后，她也坐不住了，打电话给郑总协调采访之事。电话中，赵冕对郑总“晓之以理，动之以情”，甚至说写一部有关他事迹的报告文学，是长江委交给他们的任务，如果完不成无法交代之类的话，向郑总“施压”。她还对郑总说“写报告文学的作家不是外人，是我们的自己人”云云。好说歹说，郑总算是点头了。“郑总只说和您见见面，聊聊，没答应接受采访。”赵冕生怕把话说满了，到时发生变故不好交代，便留了余地。

我说：“答应见面就好，至于老人家接受采访与否，到时我会相机行事的。”

为了确保采访成功，一段时间以来，我查阅了大量有关郑总的资料（包括他的论著），做了较为充分的功课，并草拟了采访提纲。

2

费尽了周章，我终于得见本部报告文学的主人公——大名鼎鼎的郑守仁院士，时间是 2019 年 6 月 13 日下午。因人们都亲切地称他为郑总，我自然也“入乡随俗”称“郑总”了。

自 1993 年 1 月郑守仁任长江委三峡勘测科研设计代表局（1994 年 1 月改称长江委三峡工程代表局）局长后不久，他和夫人高黛安就把临时的家搬到了三峡工地——三峡坝区的简陋工房，一住就是 20 多年。

13 日下午 2 时 40 分，我在人民长江报记者陈松平、长江出版社编辑王振的陪同下，从三峡工程大酒店出发，去郑总的办公室。路上，王振给我打“预防针”：代表局的人说了，采访时间最多不能超过一个半小时，

◀郑守仁院士

主要是考虑郑总身患重病，时间过长，怕老人家的身体吃不消。而且，郑总本来就不大愿意接受采访，能否顺利进行还不好说，要做好采访不深入的思想准备，云云。我心中不免生出些许忐忑，但也只能硬着头皮迎难而上了。

下午 2 时 50 分，我们来到宜昌三峡坝区十四小区办公楼二楼郑总的办公室。这原本是一间小会议室，长长的桌子上堆满了一摞紧挨一摞的书籍和资料，形成一道独特的风景。“风景”之中，有一老者正埋身于材料堆中，在笔记本电脑上敲击着字符（后来我才晓得，就在这个地方，这位老者已“埋头”编出一部 250 多万字的大作——《长江三峡水利枢纽建筑物设计及施工技术》，目前正在“埋头”审阅修改另一部 200 多万字的大部头——《长江三峡工程关键技术研究与实践》）。

我知道，眼前这位老者就是千呼万唤始得见的郑院士——郑总郑守仁。

中等身材，衣着朴素，身形瘦削羸弱，一头稀疏的银发剪得几乎贴近了头皮，苍老清癯的脸上透着倦容和病态；宽阔的前额间留下深浅不一的皱纹，那是岁月之刀挥舞出的“划痕”；一双阅尽江河波涛和千闸万坝的眼睛，充满沧桑却依然明亮；鼻根高隆，鼻梁直挺，给人以坚毅、自信的

《长江三峡水利枢纽建筑物设计及施工技术》

感觉；（后来与之交谈又发现）带着皖北口音的普通话不疾不徐，言语平易，逻辑清晰，就像他所修筑的一座座大坝般朴实。如果以貌取人的话，根本看不出他是一位院士级的大专家。

对我们的造访，郑总的表情多少有些“冷”。出于礼貌，郑总站起身来和我握了握手。我做了自我介绍，并简要说明了来意。

采访开始的时候，郑总的眼睛并没有完全离开电脑屏幕，想必他还没有从工作的状态中切换出来。为了拉近与郑总的感情，我使出以往采访别人屡试不爽的“伎俩”：与采访对象“拉家常”——先聊天，获得对方好感后再切入正题。但这次吃瘪了，郑总对“家长里短”的事意兴索然，敷衍应答，一副心不在焉的样子，似乎嫌我耽误了他的时间。

我一看惯用的套路不灵了，立马随机应变，试着问起他葛洲坝、三峡等工程的有关技术问题，没想到一下扭转了被动局面，迎来了柳暗花明：郑总有了表达的欲望，虽然语速不快，言词朴实，但思路清晰，逻辑性强，尤其是爱用事实和数字说话。谈话间，他合上了电脑，扭过身来，面对着我，有问必答，不时还有手势配合。我感到他的那张病弱的脸上有了温度，微蹙的淡眉下，那双深邃的慧眼，圆圆的、亮亮的，跳动着熠熠的火苗。不知不觉间，采访已进入了我预定的轨道，一下子顺畅起来。

窗外的花花草草也都瞪大了好奇的眼睛，凝神谛听起来。

3

有时，为了说清一个技术问题，郑总还要在纸上画图示意，虽然动作缓慢，但一笔一画，一丝不苟；有时，一些情况或数字记不清了，他还会站起身来，蹒跚地走到对面的办公室（实际上已成了资料室），在办公桌上或书柜中翻出相关的资料或书籍，再回到座位上找到“标准答案”指给我看或念给我听。对于他讲的一些深奥的技术问题，我虽然听得云里雾里不得要领，却深深地为老人家这种认真精神所感动。

这是一种习惯性的“认真”，没有半点假装。人们常说，没有谁能随随便便成功。我想，郑总的成功，一定离不开“认真”二字。

时光流逝，我浑然不觉。

“丁零零——”忽然，郑总办公室座机的电话铃声响起，郑总拿起电话。听声音，是老伴打过来的，问他到了下班时间为何还不回家。

抬头看墙上的挂钟，已近傍晚6时，早超过了预定的一个多小时。于是我赶紧提出告辞，并提出明天上午继续采访的请求。郑总点头说：“好吧。”我们走的时候，郑总只说了声“不送”，便又埋身于电脑之中。我推测，因为今天下午对他的采访耽误了他的“正事”，他需要抓紧时间把“损失”补回来。

回眸郑总专注于在电脑键盘上缓慢敲击字符的画面，我心有戚戚焉，油然而生一种感动、一种敬意。那埋头于材料堆中病弱的身躯，不由得伟岸高大起来。

4

有了第一次采访的成功，我信心大增，也初步摸到了郑总的“脉”——他喜欢谈水利工程建设上的技术问题，而且采访者要能听得懂他的讲述，最好能与他进行互动交流。

第二天（6月14日）上午8：40左右，我们采访组一行三人来到郑总办公室，准备继续对他进行采访。没想到一见面郑总便对我们说："你们不是想今天下午采访我老伴高黛安吗？她午休的时间比较长，你们上午先去我家采访她吧，下午我们再谈。"我说："好啊，听您的。"郑总便带领我们下楼朝他家里走去。路上，我见郑总步履有些蹒跚，上台阶时想去扶他一把，被老人家摆手拒绝了："我自己走没问题。"

望着前面踽踽而行但脚步坚定的老者，有句子从脑海里汩汩涌出："耕犁千亩实千箱，力尽筋疲谁复伤？但得众生皆得饱，不辞羸病卧残阳。"

郑总的家很快到了。

其实所谓的"家"，不过就是两间并不相连、每间十三四平方米的单身宿舍，一间为卧室，一间为厨房兼客厅——这厨房兼客厅是2000年后才"照顾"给夫妇二人的。郑总把我们领到了厨房兼客厅的门口，一位个子不高、满头白发、瘦削矍铄的老太太，笑吟吟地迎了出来。郑总说："这是我老伴高黛安。"进了房间之后，郑总跟老伴交代了几句，便下楼回办公室了。

这间厨房兼客厅的房间，堆满了各种杂物，主要的物件包括：右手边是一张老旧的桌子，桌上摆放一台32英寸的长虹牌电视机，再往里的墙角处立着一台双开门格兰仕牌电冰箱，靠窗位置摆放着电饭锅、电磁炉及锅碗瓢盆等，再有就是几把大小不一的凳子。留下一块狭小的空间便成了我们采访的场所。高黛安是导截流方面的资源专家，退休前曾任长江设计院施工处副总工程师，人们都称她为高总。高总指着眼前的凳子招呼我们坐下。还没等我提问，老人主动对我们"坦白"，她和郑总都不会做饭，几十年都是在工地吃食堂。现在老了，也多在三峡坝区食堂就餐，即使做饭，也不过熬点稀饭、煮点面条和青菜之类。"人老了，吃不下大鱼大肉了。"

我提出先到老两口的卧室参观一下，高总欣然应允，带我们到了隔壁的卧室。

◀工地的家

这间郑守仁、高黛安夫妇相守 20 多年的“老屋”，房间狭小逼仄不说，里面的生活设施甚是简朴，其实哪里是简朴，根本就是简陋——一张老式的双人木床，一张陈旧的桌子，一个简易的衣柜，这就把大部分空间占据了；桌子上除了一台 32 英寸的电视机外，剩余的地方摆满了瓶瓶罐罐，里面装的药分别是两位身患癌症的老人每天都离不开的。

高总指着电视机对我们说：“这是我退休后的主要陪伴，我平时最爱看体育节目，还有就是‘养生堂’，有时通宵看足球转播。不过，老郑在家时，特别是晚上，我基本不看电视，怕影响他休息。他睡觉不行，老失眠，每天都得吃安眠药。我没心没肺的，只要想睡觉，一沾枕头就着，什么时候都能睡。”

我问：“郑总平时看电视吗？平时爱看什么节目？”

高总说：“他呀，一直忙，平时很少看电视。但中央 1 套的《新闻联播》他是每天必看的，还有就是 13 套新闻频道和 10 套科教频道的节目，有时也看看。”

回到厨房兼客厅，我对高总的采访正式开始。与郑总的沉稳内向、寡言少语、说话慢条斯理的性情正好相反，高总则是开朗外向，爱说爱笑，快人快语，嗓门也高。

我还是按老套路“出牌”，先问起了一些“家长里短”的事，比如她与郑总的家庭情况，她与他是何时何地相识、相知、相恋并结婚，他们的工作经历，有哪些难忘的往事，等等。高总是个直性子，加之受一种倾诉渴望的驱使，她思绪流淌，基本上是有问必答。高总告诉我们：她原籍苏州，1941 年 1 月 14 日生于上海——按公历论，她与郑总相差一岁；按农历说，她出生于腊月，与郑总同岁，都属龙，只不过郑总生于“龙头”，她生于“龙尾”。“二龙”为夫妇，又一同筑梦江河，不离不弃，兴许是冥冥中早就注定。

高总的思维比较跳跃，谈到感兴趣的事就刹不住车，需要帮她按“暂停键”，再拉回到原来的轨道。有时说到“家长里短”，她会补充一句：“这事老郑不让说。”

当我问起郑总的身体状况时，高总的声调降了下来：“长期高强度超负荷工作把老郑的身体累垮了。在葛洲坝工地的时候就得了高血压和失眠症，后来越来越严重，每天都要吃降压药，没有安眠药睡不着觉，有时吃上好几粒才能睡上三四个小时。2005 年和 2015 年，又先后被查出患有前列腺癌和原发性肝癌等疾病，做了几次大手术。2015 年以来每隔 3 个月他都要到武汉的同济医院进行复查、治疗。”

言语间，老太太的眼中飘出云翳，脸上布满了伤感和无奈。

“三峡大坝都建成好多年了，郑总还在带病整理三峡工程技术材料，每天忙碌不止。年龄不饶人，病魔不饶人。您还是劝他老人家少干点，身体要紧啊。”我向高总建议道。

“你晓得吧，工作是会上瘾的，工作就是他的‘鸦片’，鸦片啊！”老太太情绪激动起来，“我对老郑也有意见，快八十的人了，病又这么重了，编书的事（指之前编著的《长江三峡水利枢纽建筑物设计及施工技术》和正在编著的《长江三峡工程关键技术研究与实践》）就别亲力亲为了，可他不听啊。哪天不上办公室就浑身不自在，失魂落魄的。”

我说：“您别着急，回头我们也劝劝郑总。”

“恐怕劝也白劝，”高总又摇头又叹气，“离了‘鸦片’他活不下去。”

知夫莫如妻。

“三峡工程都搞完了，您和郑总为什么不离开这里，回武汉住住大房子，享享清福？”我又问了一句。

“老郑不愿回，说回武汉不如在这里整理三峡工程的资料方便。还说，三峡工程还没有经过国家验收，他放心不下。”高总停顿了一会儿，像是对我们说又像自言自语，“其实，我们回武汉也许真的过不惯哩。这里绿水青山，空气新鲜，也不嘈杂，要说也蛮好的。”

听着高总的回答，我在心里感喟：一辈子离不开水利水电工程建设工地，这或许就是郑总和高总的宿命。有道是，宿命难违，“都云作者痴，谁解其中味”。他们正是以宿命般的执着，诠释着什么是“工匠精神”、什么是家国情怀、什么是对祖国水利事业的挚爱和担当！

……

不知不觉间，郑总下班回家了，我抬腕看表，都快中午12点了。我们连忙告辞。

5

6月14日下午2：40，我们准时来到郑总的办公室。没等我们开始采访，郑总开口说道：“听说你们还要参观、了解三峡大坝，进入坝区需要办证，明后天是双休日，三峡工程管理运行中心一般不让人上坝，建议你们今天下午先参观大坝。采访可以往后推一下。”

我心头一热：“好，好，就听您的。谢谢您想得周到。”

6月15日，我们对郑总进行了一天的采访。采访中，郑总相当配合，几乎是有问必答，甚至原本不愿说的“家事”乃至“家丑”，也吐露了不少。

谈话中，我把之前曾向他夫人高黛安提出的那个问题抛给了他：“三峡工程早已告竣，您和高总都已偌大年纪，且身体不好，为何不回武汉的家安享晚年呢？”

郑总说：“三峡工程虽然搞完了，但还有一个任务未竟，这个事是长江委老主任林一山交给我的，他希望我把三峡工程的技术总结做好，而武汉那边做这项工作不如这边方便。这里有关三峡工程的各种资料最齐全，更何况还有陈磊等设代局的同志协助我。”

其实，郑总之所以驻扎在这里不走，固然与完成林老的嘱托有关——把三峡工程技术总结好，这其实也是他桑榆岁月最大的夙愿。更加之他对三峡大坝有着难以割舍的情感，他的生命早已和大坝融为一体了！

我们还谈到了道德和廉洁问题。

郑总对社会上乃至家族中一些有道德缺陷的人的不满之情溢于言表。他说：“人生在世，德行操守至关重要。德才兼备，德在前，才在后。我最不愿意和品德不好的人打交道……”

“廉洁在好品质中是至关重要的。人不能贪，贪是诸恶之源。权力是把双刃剑。不是有一句话叫‘拒腐蚀永不沾’吗？党员领导干部尤其要在廉洁上做表率，否则你怎么要求别人，别人哪能服你、听你的？”说这番话时，郑总一脸肃然。

我的心灵受到了铮铮作响的撞击——这大概就是人们常说的“引起强烈共鸣”吧。

下午4：00，我们因要到隔河岩水电站考察，只好结束了本次采访。我提出能否带回一些参考书籍和资料，郑总表示可以，并让工作人员复印了一些文稿，还主动送我一本由他主笔撰写的著作——《长江葛洲坝工程关键技术研究与实践》（该书为文伏波、郑守仁、郑允中三人的合著，文伏波院士在《自序》中说：“本书主要由长江水利委员会总工程师郑守仁撰稿，我和郑允中同志参与了撰稿和校审。”）。这部书完成于2013年年底，是郑总搞完三峡工程后呕心沥血打造的第一部皇皇巨著，此前我已认真拜读过，深深为它的思想性、技术性和实践性所折服。之前采访时，长江委原党委宣传部部长成绥台先生这样评价这部书：“这是郑守仁的代表作，它不是一般的学术著作，而是一部集思想性、学术性之大成的著作，体现了他的思想高度和学术水平。”

走之前我提出：“采访还远远不够，以后恐怕还要打扰您。”郑总表示“没问题”，但同时提醒道：“来前要先打个招呼，以免我出差或有事在外让你们扑空。”我又得寸进尺，请求留下郑总的联系电话，郑总点头

◀《长江葛洲坝工程关键技术研究与实践》

同意，说：“还是留办公室的吧，手机我一般都不用。”并让我用手机试打一下。一试，铃声响起，通了。

临别时，我提出与郑总合影留念，老人家欣然应允。

走的时候，郑总执意送我们到门外。回望站在楼梯口与我们挥手告别的老人家，我的心中霎时涌起了一股暖烘烘的亲热。我知道，经过这几天的接触，老人家已然认可并接受我们了，相信以后对他采访时不会再有“推三阻四”的情况了。更为重要的是，通过这次采访，原本有些干瘪的信心一下子充盈起来。

乘车去隔河岩水电站的路上，我和陈松平、王振都不约而同地感到这次采访所获超出预期，他俩都夸我事先准备充分，对上了郑总的节奏。的确，采访之前，大家都心怀忐忑，担心郑总不配合，甚至做好了匆匆收兵的最坏准备。好在事情并非如想象的那样，这次采访郑总共三次，每次时间都在三小时左右，听说是空前的。王振对我说，去年他带一位有名的作家采访郑总，只谈了四十多分钟就结束了。这次郑总如此“配合”，真的大大出乎意料。

我心中不无得意：路在脚下，事在人为！

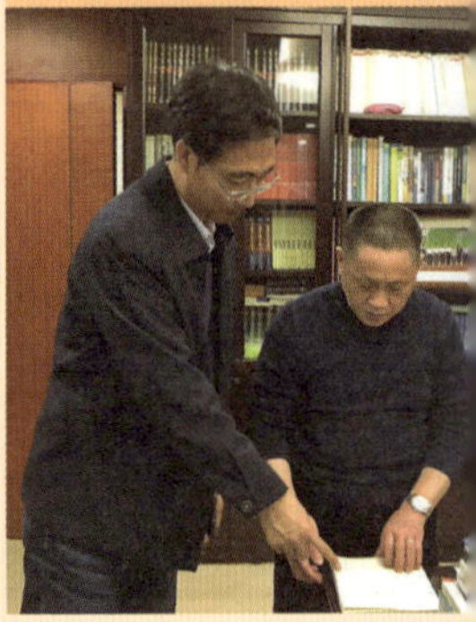

1 采访

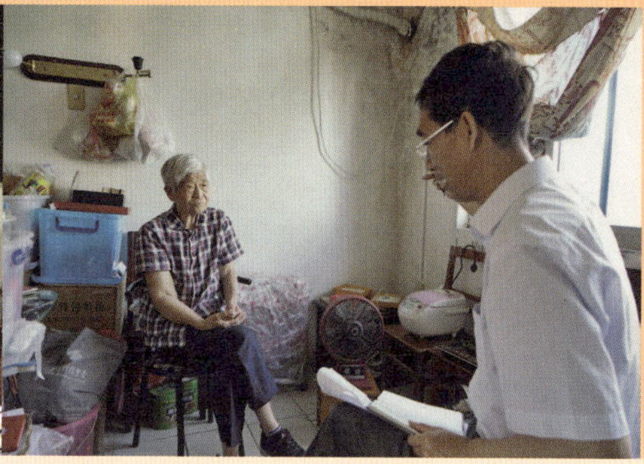

采访手记

中等身材，衣着朴素，身形有些纤弱佝偻，一头稀疏的银发剪得几乎贴近了头皮，苍老清癯的脸上透着倦容和病态；宽阔的前额间留下深浅不一的皱纹，那是岁月之刀挥舞出的“划痕”；一双阅尽江河波涛的眼睛，充满沧桑却依然明亮；鼻根高隆，鼻梁直挺，给人以坚毅、自信的感觉；（后来与之交谈又发现）带着皖北口音的普通话不疾不徐，言语平易，逻辑清晰，就像他所修筑的一座座大坝般朴实。如果以貌取人的话，根本看不出他是一位院士级的大专家。

6

8 月 3—4 日，我和助手陈松平又一次来到宜昌三峡坝区十四小区办公楼二楼郑总的办公室，对老人家又进行了三次采访（每次三个半小时左右）。

这次采访，明显感觉郑总的身体状况和精神状态都不如 6 月份采访他的时候。但老人家还是强打精神，耐心细致地回答我们提出的各种问题，包括原来他不愿多说的一些“家事”，并主动为我们提供了一些鲜为人知的珍贵材料。

11 月中旬，我又来到湖北。这一次，我请了一周的年休假，准备用七八天的时间进行一次深入细致的采访。原计划用两三天的时间再次采访郑总，一来我脑子里有不少的问号，想当面向老人家求解求证；二来郑总就像一本厚重的大书，值得我好好研读。但得到的消息令我心情沉重又悔憾交加：郑总因病重已住进武汉的同济医院，前些天还下了几次病危通知书。采访是不行了，但我想到医院去看望老人家，哪怕只说上几句话，甚至不说话也行。但被告知，病人还没有脱离危险，虚弱得很，不能前去打扰。

我暗暗埋怨自己：为什么不早来？！

只能默默祈愿：天佑好人，期盼老人家能够渡过这次劫难，挺过来，好起来！

第一章　谁种植了他的水利梦想

世界上那些做大事、成大事的人，差不多小时候都有梦想的启蒙。但种植梦想的原因又不尽相同。那么，郑守仁的江河情、水利梦是怎样种植的？由梦想而埋下希望的种子，孕育出芽儿，再给予阳光、水分和养料，让它茁壮成长，最终长成参天大树，又是怎样一个过程呢？

第一次采访郑守仁的时候，我就满怀好奇地问他："郑总，您当年为什么学水利？"

郑守仁稍稍沉吟，郑重作答：小时候我的家乡淮北颍上润河集一带经常闹水灾，大水来时，田地被淹，房屋尽毁，浮尸水上，惨不忍睹，我想学水利是为了将来能帮助家乡改变水患频仍的状况。特别是1950年淮河

◀郑守仁院士

流域又遭大水，水灾之严重触目惊心。1951 年新中国第一次大规模治理淮河时，建有一座著名的润河集枢纽工程，就坐落在我的家乡颍上润河集的淮河上，万万没想到 1954 年就被大水冲毁了，这件事对我震动很大，我想通过学习水利找到这个工程失事的原因，从中吸取教训……

颍上润河集，1954 年淮河大水，润河集枢纽工程，我记下了这几个关键词。

一　凄风苦雨中降生

凄风苦雨的二十世纪四十年代，“国破山河在”。

1940 年农历正月下旬，安徽颍上县淮河东岸，一个叫润河集的小镇，已是惊蛰之后，阳气上浮，大地回暖，动植物们纷纷从蛰伏中醒来，伸着懒腰，打着哈欠，享受着早春带来的温暖气息。眼看就要出正月了，这天上午，一户以经营杂货为生的郑姓人家的小屋中，响起了一个婴儿高亢的啼哭声。

“道喜，是个小子（男孩），母子平安。”听着接生婆的道贺声，婴儿父亲的脸上一会儿掠过几许喜色，一会儿又飘出几许愁云。喜的是，在多子多福的观念下，郑家添丁进口，还是个男孩，令人高兴；愁的是，日寇侵略，兵荒马乱，杂货铺小生意并不好做，家中添了一张嘴，日子会更加艰难。

这个男婴，几十年后在中国水利水电界鼎鼎大名，他就是本部报告文学的主人公郑守仁，郑总郑院士。

我曾问过郑守仁确切的出生日期，老人家说自己也搞不清楚，只知道他属龙，1940 年农历正月底或二月初出生；至于身份证上标注的出生日期为 1 月 30 日，是他自己估摸着填上的，并不准确。

婴儿的父亲叫郑海臣，他的原籍本不在这儿，而是在四十里外的河南固始县三河尖。

三河尖是淮河岸边的一座古镇。“三河尖”之名，源于它是淮河、史河、灌河三河交汇之地。历史上的三河尖，因依傍着三河，“上通颍亳，下达江湖，稻米菽麦贩粜皆出于此”“豫、皖之交水陆冲途，人烟辐辏”，为远近闻名的商贸重镇，素有“小上海”之称。

二十世纪三十年代初，郑海臣娶妻潘氏，夫妻俩在三河尖镇上经营一间小杂货店。开始的时候，生意还算不错，后来由于军阀混战，兵匪劫掠，生意日益惨淡。

1936年前后，郑海臣携带妻子和尚不到两岁的幼子守德，举家迁到四十里外的安徽颍上润河集谋生。在朋友的帮助下，夫妇俩在润河集顺河街上租了三间土坯房门面，一半住人一半当店，重新做起卖杂货的生意。

润河集作为颍上淮河边的一座不大的码头，虽然规模逊于三河尖，但毕竟也是舟车往来、商贩云集的商品物资集散地，比之附近乡村要繁华得多。由于郑海臣夫妇不辞劳苦，善于经营，杂货铺的生意逐渐红火起来。

郑海臣小时候念过几年私塾，有些文化。六年前（1934年12月）大儿子出生时，他绞尽脑汁给他起了个守德的名字。妻子怀二胎后，他想如果是个男孩子，就叫守仁。守德、守仁，寓意不言而喻，无疑是希望人如其名，孩子们长大后做一个有道德、尚仁义的好人。

因为知道父母赚钱不易，加之家教严格，守德、守仁哥俩自小就懂事、善良，这让郑海臣夫妇十分欣慰。

好在杂货铺生意不错，家境逐渐殷实起来，几年后，三间铺面去掉“租”字成了郑家的私产不说，郑家还在杂货铺不远处盖起了一座比较像样的宅院。到了七八岁的时候，守德、守仁先后被送到润河集小学念书。由于聪明、勤奋，守德、守仁的学习出类拔萃，都是班里的尖子生。

1947年9月，共产党领导的解放区颁布了《中国土地法大纲》，实行“没收地主的土地，使耕者有其田”的土地政策，相继开展土地改革，“分田分地真忙”。进入1948年下半年，眼看蒋家王朝风雨飘摇，颍上乡间的一些地主老财纷纷抛售土地变现。郑海臣见土地便宜得如同白菜，觉得机不可失，便倾囊而出，买了二十几亩。没想到，解放军很快打了过来，土改工作队进了润河集，郑家被划成了地主兼工商业主，二十几亩地和宅院被没收了，只留下三间门面房作为谋生之用。后来郑海臣找来几个泥瓦匠，在门面房后搭了一间茅草屋，作为全家人的栖身之所。

1950年前后，不幸又降临郑家。原本就体弱多病的潘氏经受不住家产被抄没的打击，三十六七岁的时候便撒手人寰。

一年以后，郑海臣又续弦张氏。张氏为与颍上县相邻的霍邱县农家女，老实贤惠，于1952年生子守信。

1950年9月，从颍上联中毕业不久的守德就参加了工作。时值治淮成为沿淮各地头等要务，守德被安排到颍上治淮指挥部工作。当时人才匮乏，初中生也属稀罕，“秀才”守德担负起指挥部的文秘和宣传工作。1953年7月，表现出色的守德被选调到阜阳地委（驻阜阳县，今阜阳市）从事文秘工作，后又从事档案工作，先后任阜阳地委办公室档案科科长，阜阳地区档案馆副馆长，阜阳行署档案局副局长、局长，成为阜阳地区乃至安徽省知名的档案管理专家。

1959—1961年，大饥荒席卷华夏大地，淮河两岸尤甚。老病的郑海臣没能逃过这一劫，1960年春在病饿中去世，在阜阳地委工作的大儿子守德回家奔丧。考虑到当时全国处处饥馑，守德判断正在华东水院上大学的弟弟守仁一定也在艰难度日，加之怕影响他的学习，就没把父亲的死讯告诉他。直到暑假回家，守仁才得知与父亲阴阳两隔，悲痛欲绝，跪在父亲的坟前大哭了一场。

1963年底，继母张氏去世，家里同样没有告诉他。此时，郑守仁正在陆水工地参加实习劳动。

后来，郑守仁一生都在水利建设工地奔忙，再也没有回归故里。2004年7月下旬，正在北京开会的郑守仁得到大哥郑守德病重的噩讯，会议一完，便匆匆赶往阜阳。此时，大哥已处深度昏迷的弥留之际，郑守仁伏在大哥的耳畔，不停地呼唤大哥，他多么渴望大哥能够睁开眼睛，兄弟俩再诉衷肠。或许是心灵感应，大哥虽然未能睁开眼睛，却有泪水从眼角涌出。大嫂告诉二弟，前些日子，大哥每次从昏迷中醒来，都会念叨着他最喜爱、最引以为豪的院士弟弟的名字：“守仁怎么还没来呀，我想见他，跟他说说话……”

采访时，郑守仁充满酸楚地说：“几位亲人去世的时候我都不在场，我对他们有愧啊。特别是大哥，从小到大对我最好，我上中学、大学的时候，大哥虽然薪水微薄，但仍拿出相当大的部分资助我上学。仅有的一次寒假、一次暑假回家，也是在阜阳大哥家度过。大哥是70岁那年走的，我如果早回几天，还能和他见上一面。可是……”

郑守仁说到这儿，哽咽了。

二　家乡的骄傲

2019年9月18日，一个秋阳高照、稻谷飘香的日子，我驱车到郑守仁的家乡安徽省颍上县润河镇探访。

非常幸运，我遇到了两位好心人，一位是60岁的闫锡峰老汉，一位是68岁的赵孝廉老汉。先是偶遇闫老汉，经他牵线搭桥又找到了赵老汉。两位热心肠的老人向我介绍了不少郑家的情况。特别是赵孝廉，既是郑家早年间的邻居和郑守仁弟弟郑守信的中学同学，又是位见多识广、热情健谈的人，自然成了我获取有关情况的“信息库”（后来，我又多次在电话中向赵老了解有关情况，赵老还将收集的有关资料寄给我）。

赵孝廉介绍说，郑守德初中毕业就参加了工作，他为人正直，工作敬业，乐于助人，退休前曾任阜阳市档案局局长，在当地是位德高望重的人物。按辈分说，他得叫郑守德、郑守仁为叔叔。作为郑家的老邻居，赵郑两家的关系非常好。郑守德去世时，他专程去阜阳参加他的追悼会。在殡仪馆的接待室里，他见到了仰慕已久的郑守仁院士。他对郑守仁说：“郑叔，家乡的父老乡亲们都很想念你，几十年没回家乡了，什么时候回来呀？”郑守仁听了他的话，百感交集，说：“是啊，我也想回老家看看父老乡亲们。可是三峡工程事情太多，实在走不开，请你代我向乡亲们问好。”

赵孝廉告诉笔者，通过与郑守仁的交谈，知道他这么多年来一直在水利工地忙着修大坝、建电站，几十年来与亲生女儿见面也不过寥寥几次，心里非常感动。像郑守仁这样的水利专家，把毕生精力都献给了祖国水利事业，舍小家为大家，牺牲了包括亲情在内的许多东西，不是一般人能够做到的。乡亲们都尊称他为“当代大禹”。

从阜阳回到润河镇后，赵孝廉有感而发，写了一首题为《盼君归——期盼郑守仁回故里》的诗：

故园春色天地新，万紫千红接翠微。
家乡父老多牵念，深情最是盼君归。
五十年来付艰辛，葛洲三峡立殊勋。
当代大禹传佳话，水工大匠郑守仁。

（赵孝廉把诗稿交给我时，请我斧正。我见老人态度诚恳，就对后四句的个别地方稍加修改，他表示认可。）

郑守仁虽然多年未回故园，但家乡人民却没有忘记他。在润河镇的大街上，我随机采访了几位路人，岁数稍大一点的都知道郑守仁，说他是当代大禹、水利专家、院士。几年前，润河镇街道改造，其中有一条道路被命名为“守仁路”。正好，我们的车就停在守仁路的路口，于是，我招呼同事帮忙拍摄了一张我与“守仁路”路牌的合影，以示留念。

之后，在赵孝廉的带领下，我来到郑守仁的出生地寻访。老屋已拆，故人往矣，只有后院一棵上百岁的老榆树还在坚强地挺立，粗壮的躯干虽然有些弯曲，但枝杈指天，蓊蓊郁郁，一副不屈不挠的样子。我知道，老榆树虽然不

▶在守仁路采访闫锡峰

言不语，但是郑家经历的百年沧桑、过往历史，它一定会看在眼里，记在心上。

赵孝廉一边指指点点，一边给我们讲述老屋和它的主人过去的故事。

三　悲情的润河集水利枢纽

1

历史上，淮河两岸土地肥沃，物产丰饶，有“走千走万不如淮河两岸”“江淮熟，天下足”等美誉。

然而，到了南宋建炎二年（1128 年）以后，这种“稻花香里说丰年”的诗情画意竟渐行渐远了，祸起黄河夺淮。其时，懦弱无能的东京（今河南开封）留守杜充，畏金人如虎。为阻止金国铁骑南下，于建炎二年冬“决黄河，自泗入淮，以阻金兵”。这场以水代兵闹剧带来的后果很严重，金兵没挡住，却打开了黄河夺淮入海的“潘多拉魔盒”——自此以后，黄河南侵泗、淮，长达 700 余载。直至清末的咸丰五年（1855 年），黄河在河南考城县（后与兰封合并为兰考县）铜瓦厢决口改道，黄河重新掉头北流。但黄河夺淮留下的祸患却像鬼魅幽灵一般，赖着不走。

由于黄河携带的大量泥沙进入淮河，淤塞了淮河的入海口，垫高了淮河下游河床，上中游洪水和两岸涝水无法及时排泄，“大雨大灾，小雨小灾，无雨旱灾”，饥寒交迫，成了淮河两岸百姓挥之不去的梦魇。

颍上县的水患更甚。

颍上县地处淮河中上游北岸的坡水地带，南临淮河，中贯颍河，境内河沟纵横，湖洼罗列，除淮颍两条大河外，还有润河、济河、八里河等大中沟河 660 余条，湖洼 72 处，故有“七十二水归正阳，七十二湖布颍上”之说。由于地势低洼，众水汇集，淮河至此，水势汹汹；而堤防决口，洪水泛滥，“老屋露檐脊，游鱼浮树颠”，这种惨剧隔上几年就会上演一次。当地流传这样一首民谣：“苦日子，没有头，吃也愁，穿也愁，逃荒在外头，饿死在外头。”

从孩提时起，家乡频繁的水灾就不断闯入郑守仁的眼帘，在他幼小的心灵深处烙下难以磨灭的痛苦印记。每当淮河洪水泛滥，两岸田庐被淹，到处一片汪洋，小守仁只得跟随父母跑到高岗处或大堤上避难逃生。

2

1948 年冬，郑守仁的家乡解放了。天气虽然是潮湿冰凉的，但人们的心田却是暖洋洋的。

老天爷却不给新生政权面子。

1950 年夏，淮河大水呼啸而至。7 月下旬，大水自蚌埠以下至五河县间不分河道，恣肆横流；安徽寿县正阳关至河南固始县三河尖镇东西约 100 千米、南北 20 ~ 40 千米一片汪洋，沿淮不少村庄仅能看见树梢。

“今年水势之大，受灾之惨，不仅重于去年，且百年来所未有。淮北 20 个县、淮南 7 个县均受淹……由于水势凶猛，群众来不及逃走，或攀登树上，失足坠水（有在树上被毒蛇咬死者），或船小浪大，翻船而死者，统计 489 人，受灾人口共 990 余万，占皖北人口之半……”

入夏以来，开国领袖毛泽东主席一直密切关注淮河的水情、灾情。7 月 20 日，当他读到这份关于淮河灾情的报告，顿时泪流满面。他在“被毒蛇咬死者……统计 489 人”的文字下面，重重地画了一道线，并喃喃自语：“解放了，老百姓还受这么大罪。”

7 月 20 日至 9 月 21 日，短短 2 个月的时间，毛主席对淮河救灾和治理工作连续做了 4 次批示，并责成政务院总理周恩来亲自研究部署治淮工作。1950 年秋，治淮大幕徐徐拉开。1951 年 5 月 15 日，毛主席在给淮河工程题词时，挥毫写下“一定要把淮河修好”8 个大字，表达了彻底治理淮河水患的决心。

刚刚成立的共和国一穷二白，百废待兴。这时，美国人又来捣乱，出兵朝鲜，而且把战火烧到了鸭绿江边。毛主席经过几天几夜的冥思苦想后，说服大多数中央政治局委员，做出了一个艰难的决策——抗美援朝，保家卫国！

于是，两场战争几乎同时打响，一是抗美援朝，一是治理淮河。硝烟弥漫的朝鲜战争背后，拼的是经济实力；没有硝烟的治淮战争背后，拼的同样是经济实力。新生的共和国别无选择，只能进一步勒紧裤腰带，倾其所有，应对两场战争的巨大消耗和挑战。

其时，中苏两国正处于“蜜月期”，“老大哥”派出大批专家不远万里来到中国，支援我们的建设。

1951 年 1 月 14 日，治淮重镇蚌埠来了一位叫布可夫的重量级苏联水利专家，他是以中央人民政府水利部顾问的身份来指导治淮工作的。高大魁梧、精力充沛的布可夫是个工作狂，甫一到，便在中方人员的陪同下，深入淮河干支流进行实地查勘调研。

这天，布可夫风尘仆仆来到淮河润河集一带，一双蓝幽幽的眸子灼灼放光：如果在这里修建一座大型分水闸枢纽工程，就可以充分利用这一带众多的沿淮洼地，大量蓄滞上游来的洪水，有效削减正阳关以下的淮河流量，这样下游就可以高枕无忧了。

让我们仔细打量一下润河集段的淮河及其周边的地形地貌。

淮河一路向东，到了润河集却陡然来了个 90 度的大转弯，折而向南，成了南北走向。润河是一条小河，源出临泉县迎仙集，东南流，经老集、土坡集至柴集，左纳草河、小润河，经赵岗、刘岗至润河集西注入淮河。这里属淮河中游的正阳关段，两岸分布着一串湖泊洼地，包括濛河洼、城西湖、城东湖、邱家湖、姜家湖、唐垛湖等，尤以城西湖容量最大，正是蓄滞洪水的天然驿站。

3

二十世纪五十年代，中国科技落后，在工程技术上对苏联专家几乎是言听计从。对于精力充沛、干劲十足、业务精湛、经验丰富的水利专家布可夫，更是信赖有加。

在布可夫的指导下，一个多月后，以抵御 1950 年淮河大水为标准的润河集工程设计蓝图勾画出来了：主体工程由固定河床、拦河闸、城西湖进湖闸及拦河土坝组成（另在霍邱县城西湖蓄滞洪区的任家沟设退水闸一座）。平时淮水经固定河床下泄，当上游正阳关以下洪峰达到 13000 立方米每秒时，为维持正阳关洪水位不超过 24.4 米、河道泄洪能力为 6500 立方米每秒，打开进湖闸（位于颍上县润河集对岸的霍邱县王截流村），分洪入城西湖。固定河床最大下泄流量为 3500 立方米每秒，拦河闸最大下泄流量为 2000 立方米每秒，进湖闸最大进洪流量为 3000 立方米每秒。

工程所在地润河集（现称润河镇）坐落于淮河左岸（东岸）。润河集不同于传统的十字街或磨盘街，而是一条东西走向、长近 2 千米的直街，西头一直伸到淮河岸边，当地人称其为顺河街。所谓的“街”，其实是一条通往码头的窄窄甬道，上面铺着一丈来宽的青石板。因这里是淮河岸边一处商品物资集散码头，故居于此地的人多以搬运码头货物或经营杂货为生；夹街多是低矮错落的草屋土房，间或有着几间成色和质量稍好的砖瓦房，算是鹤立鸡群了。

1951 年春节刚过，坐落于淮河东岸，平素只有小热闹的润河集骤然成了一口沸腾的大锅，车水马龙，人头攒动，钢筋、洋灰（混凝土）、砂石、木料蜂拥而来……祖祖辈辈生活在小镇上的人们哪见过这么大的阵势，全都瞪大了讶异的眼睛。

但润河集分水闸枢纽工程的建设者们可顾不上多想，他们必须鼓足干劲，争分夺秒，才有可能按计划在当年 7 月主汛期以前完成大闸建设任务。自 3 月 29 日润河集工程正式开工，到淮河主汛期 7 月下旬到来之前，满打满算施工期还不足 4 个月啊！

为了“多快好省”，根据布可夫的意见，润河集闸基采用无桩基础和黏土铺盖——这也开创了我国软基水工建筑物不打桩的先河。固定河床、拦河闸、城西湖进湖闸及退水闸均采用钢筋混凝土结构，翼墙用浆砌块石。闸门采用弧形钢门，油压启闭。

此时，年方 10 岁的少年郑守仁正在家乡润河集小学二年级读书。

学校距润河集工程不到 1 千米，出于好奇和好玩，小守仁和小伙伴们经常在课后跑到热火朝天的施工现场看热闹，一副特别着迷的样子。特别是小守仁，每每看到那些水利工程师们手执图纸，指指画画，指挥民工们浇筑钢筋混凝土的场景，羡慕之情油然而生：“我长大了，要能够成为他们那样该有多好！”于是，在他小小少年的心中，隐隐埋下了长大当一名水利工程师的种子。

他还从大人们的言谈中感受到：共产党关心民众疾苦，为了治理淮河，变水害为水利，不遗余力。

7月25日，由治淮委员会润河集闸坝工程指挥部主持设计和施工的润河集分水闸枢纽工程以惊人的速度告竣。

当年11月20日召开的华东军政委员会第四次全体会议上，治淮委员会副主任曾希圣以自豪的口气宣称：“尤其是润河集大闸，以短短的三个月时间，全部依靠国内的器材，完成了这样一个巨大的工程，的确是一个惊人的奇迹！”

对这个“惊人的奇迹”，淮河上下一片欢欣鼓舞，人们对它抱以莫大的期许。

由于设计仓促，施工时间又短，同时为了节约，只对进湖闸闸下消能防冲采取了简单的块石护坡。“我方技术人员一直觉得不保险，遂于第二年重建了一个消力池，但由于设计、施工都较仓促，加之不敢多花钱，只是草草了事，做得不够坚固。”多年以后，参加过当年润河集工程建设组织工作，曾任水利部（水电部）部长、全国政协副主席的钱正英，揭开了她记忆深处一直隐隐作痛的伤痂，言语中带着伤感和苦涩。

为了淮河通航，1952年12月至1953年8月，又在左岸增建了一座船闸，通航能力为900吨级。

4

转眼间，时光的车轮驶入了1954年。这年刚入夏，洪魔这个祸害便伴随着电闪雷鸣恶狠狠地来了。

文献记载，1954年，大气环流异常，江淮上空经常被乌云笼罩。淮河流域大的降雨从5月中下旬开始，一直持续到7月下旬。其时，天仿佛漏了一般，大雨、暴雨、大暴雨、特大暴雨……“你方唱罢我登场”。暴雨中心主要在淠河上游、淮北、王家坝至正阳关一带。

当时，作为初中二年级学生的少年郑守仁正在离家20千米外的颍上县城读初中。放暑假时，淮河两岸几成汪洋泽国，学校派老师分几路护送家住县城以外乡村的学生回家，他与同乡的同学跟随老师一同踏上回家之路。那时润河集至县城没有宽敞的大道，都是乡村小道，全靠步行；沿途看到地势低洼的农田和村庄都已被洪水淹没，有些路段积水很深，要乘木船摆渡或绕道通过。郑守仁在泥中水里艰难跋涉了近一天一夜才回到家，但整个润河集已到处是水，只得跟随父母到淮河大堤上临时搭建的草棚中避难。

淮河大水如脱缰的野马奔腾而来，并露出了狰狞的獠牙，7月7日8时，惊心动魄的一幕出现了——润河集水利枢纽进湖闸被大水冲垮，成为新中国治淮史上一个人们不愿提及的失败工程。

查阅淮河水利委员会数年前编纂的《淮河治理与开发志》，里面这样记述润河集工程失事的信息：

> 1954年淮河发生大洪水，大大超过1950年洪水设计标准。7月7日8时，当淮河水位为27.1米，启用进湖闸向城西湖分洪时，静水池被冲坏，启闭闸门的油压管破裂，随即关闭进湖闸，并于10日在润河集下游陈郢孜附近南滩扒口分洪入城西湖。1965年编制淮河流域规划时，因润河集枢纽工程防洪标准低，不能满足300年一遇洪水要求，于1985年予以拆除。

5

2019年仲秋的一个下午，笔者来到润河镇，健步上了淮河大堤。

此时的淮河，水清流缓，微风轻推着皱纹似的浪头，轻轻吻着堤岸。河畔滩地上长有几簇芦苇，长势硬朗，绿中透黄，密密的苇叶在轻风中交头接耳，说着悄悄话；还有三五个垂钓者正在静气凝神地盯着水面上的鱼漂，等待着鱼儿上钩。抬头看天，苍穹澄静，不时有南飞的雁阵掠过。

站在润河镇淮河左岸的大堤上，赵孝廉老汉指着靠近岸边一道长三四十米的条状水域说，这条水沟就是当年船闸航道的所在地。他指着不远处河中凸起、被绿树团团裹住的一处高地说，这就是当年拦河闸桥头堡所在地。他又指着几里之外淮河对岸（自南向西淮河拐弯处）一处堤树掩映的地方说，那边是霍邱县王截流，进湖闸就建在那里。

我瞪目扫射，由近及远，由远及近，想看个究竟，但眼中只有依稀和朦胧。我在心里感叹：虽然岁月的大手还没来得及把润河集工程的一切抹去，但也只有这些凹下或凸起的些许遗迹能够为我们提供想象了。

赵孝廉又领着我们来到位于润河镇西南、淮河东堤外约 200 米的一座小红楼参观。

密密麻麻高挺水杉簇拥下的二层小红楼，是按当年苏联的筑楼法式修建的，至今看来仍不失洋气，想见当年土坯房林立的润河集，这座卓尔不群的小红楼该是何等气派和威风。赵孝廉指着小红楼介绍说："这里就是当年润河集工程指挥部，是布可夫等苏联专家和润河集工程指挥部的领导办公和休息的地方。长辈们说，当年除了红楼外，两侧还建有多间中式平房（砖瓦房）。红楼四周建有岗楼，由荷枪实弹的解放军站岗。当年院中种了不少法国梧桐，后来被移到马路上，又在楼前后栽了不少水杉。"

我们怀着好奇从一楼到二楼走了一遍，但见房间里面空空如也。

"润河集工程建成后，这里成了大闸管理人员办公的地方，1985 年大闸被拆除后，这里就人走楼空了。后来又成了润河镇党委和政府办公的场所，2000 年以后，镇委镇政府又搬走了，空到现在。最近听说镇里打算在这里建一个红楼公园……"赵孝廉口若悬河，恨不得把他知道的有关小红楼的所有秘密都倒出来。

楼在人空，物是人非。走出小红楼，回眸之时，一股难言的惆怅和遗憾萦绕心头。

1954 年这场大洪水特别是润河集工程被冲毁，给少年郑守仁的心灵以巨大的冲击和震撼，也对他日后报考水利院校和投身水利事业产生了深远的影响。

郑守仁在华东水利学院学习时，逐渐了解到润河集枢纽进湖闸被冲毁的原因：设计洪水标准偏低，基础地质勘探尚未查清，闸基处理措施不当等，导致遭遇 1954 年大洪水泄洪时，闸基被淘刷破坏。这一重大事故留下的警示后来不时鸣响在郑守仁的耳畔，铮铮告诫他：水利工程直接关系到人民生命财产安全，无论是设计还是施工，一定要如临深渊、如履薄冰，科学严谨、精益求精，确保安全可靠。

四 考入华东水利学院

1

1952年7月，郑守仁考入颍上中学读初中；1955年7月，郑守仁又考入阜阳一中读高中。

家里虽然贫寒，但还是咬着牙供他上学。而郑守仁凭着刻苦和聪明，初中、高中都是班上的尖子生。

“阜阳距润河集60多千米，那时上学没有任何交通工具，全靠双腿走，要走一整天才能到。”郑守仁回忆道，“不论是上学还是回家，我们几个家在润河集一带的同学都是结伴而行，带几个玉米饼子或窝窝头当干粮。夏天常夜行，因为白天天热，怕中暑。走累了就在农家的打谷场上休息一下或睡一小觉。冬天多昼行，但如果地上有积雪，也往往夜行，因为白天雪化了道路泥泞，不好走。”

中学六年的住读，磨炼了郑守仁极强的独立生活能力。

1958年7月，郑守仁高中毕业。高考填报志愿，他选择了水利院校。

一个月后，好消息犹如一只欢快的信鸽，乘风翩翩飞到润河集，飞入郑家。录取通知书来了，郑守仁被华东水利学院（现河海大学）河川枢纽及水电站建筑专业录取。一时间，润河集轰动了。当时整个润河集只有郑守仁和另外一个人考上了大学，在乡亲们的眼里，他们二人犹如中了状元一般。

郑家欢天喜地。

“你是我们郑氏家族出的第一位大学生，是郑家的骄傲。到大学里一定要好好学啊！”平时沉默寡言的父亲激动不已，话也多了起来，“学水利好，毕业后回家乡，好好治理一下淮河……”

"太好了，太好了。"继母张氏喃喃着，喜泪涟涟。她进了厨房，找出平时舍不得吃的白面和鸡蛋，又擀面条又烙饼，还炒了一盘鸡蛋……

在阜阳地委工作的大哥守德听到好消息后，也于周末赶回家中，他眉飞色舞，使劲地拍着弟弟的肩膀说："守仁，你上大学的费用大哥包了。"

金榜题名时，任谁都会喜出望外，守仁也不例外。他知道，人生的崭新一页就要翻开了。不过，他是个性格内向的孩子，并没有多少张扬的表情，只是向家人表示，一定要珍惜来之不易的上大学机会，努力努力再努力，不辜负全家人的殷切希望。

十几天以后，带着家人的无限期许，怀揣着当一名水利工程师的梦想，郑守仁来到了六朝古都南京，迈入了华东水院的大门，在河川枢纽及水电站水工系学习，所在班级为三班。

2

大学五年，郑守仁勤奋刻苦，孜孜不倦，学到了扎实的基础理论和水利专业知识。

由于家贫，郑守仁大多数寒暑假都没回家，而是留在学校勤工俭学和补习功课。

1959 年暑假，厄运不期而至。

当时学校正翻盖一座教学楼，郑守仁和部分未回家的同学在学校的安排下，负责用平板车搬运砖瓦，每天可挣 1 元钱。正值灾荒饥馑年份，郑守仁平时吃不饱饭，经常饿着肚子干活，即便这样，他也从不偷懒耍滑。

一天接近中午时分，他正拉着一辆装满砖块的平板车沿一个较大的坡往下走，由于饥肠辘辘，心慌腿软，平板车在惯性的作用下脱离了他的掌控，从他的左腿上碾了过去……

闻讯赶来的师生们七手八脚地把郑守仁送进了学校附近的工人医院。诊断结果让他心凉了半截：左腿膝盖以下粉碎性骨折，必须住院治疗。

在住院期间，班里的男生轮流值日，配合医院对他进行看护。他在医院躺了一个多月后，再也躺不住了，因为大三已经开学快一月了，落下的课越来越多。尽管躺在病床上能够看书自学，有的同学还帮着补课，但远远比不了在教室里上课的效果。他心急如焚，多次向医生提出边治疗边上课的请求。老师和同学也帮着说情，并表示大家会同心协力照顾好他，终于说动了医生，同意他边治疗边拖着石膏腿上学。

南京地处江南，冬秋要比北方来得晚些，但到 11 月以后，天还是越来越冷了。因为左腿膝盖以下打着石膏板，本应剪开毛裤的下半部分绑在伤腿上御寒，但郑守仁舍不得，一直穿着单薄的裤子咬牙挺着。后来腿伤基本治愈，却落下了寒腿的病根。这个后遗症一直如影随形，特别是阴天下雨（雪），左腿膝盖以下酸痛、麻木，上了年纪以后更甚。

“伤筋动骨一百天。打着夹板治疗腿伤那段时间，真得感谢老师和同学们的帮助。如果不是大家轮流值班看护我、帮助我，我得休学。”几十年后，提到住院治腿的那段往事，郑守仁对老师和同学们的感激之情仍溢于言表。

但伤病还是影响了他的学习。这一学期，他的各科成绩都不太理想。

到了“大三”，因学习努力、热爱劳动、团结同学、乐于助人，各方面表现出色的郑守仁被选为团支部书记。

“我上大学的时候学习刻苦，要求进步，和老师同学的关系也不错。但就学习成绩而言，只能算中等偏上的水平。我的同班同学黎安田（曾任长江委主任）、朱尔明（曾任水利部总工程师）等都比我聪明，他们的成绩出类拔萃。”说到自己大学时的表现。郑守仁实话实说，脸上流露出对当年学习成绩不甚满意的表情。

采访手记

据郑守仁的老同学、长江委原主任黎安田透露：“当时，华北水利学院河川枢纽及水电站水工系 58 级共设五个班，每班 30 人左右。郑守仁是三班，朱尔明是二班，我是五班。这五个班经常在一起上大课或参加实习之类的集体活动，因此不同班同学之间私下有些交往。我是个‘书呆子’，就知道学习，因而在班上成绩一直名列前茅。守仁学习也非常刻苦用功，虽算不上尖子生，但成绩也说得过去。在学校期间守仁给我印象最深的有两个方面：一是乐于助人。他为人厚道，平时同学们学习生活上遇到什么困难，他知道后总是力所能及地去帮助，而且做了好事也不声张，不图名不图利的。二是任劳任怨。平时班上有什么脏活累活他都抢着干，比如不管该不该他值日，教室里会经常看见他打扫卫生的身影。吃了亏、受了委屈也不吭声，默默地承受着。他乐于助人和任劳任怨这两种优秀品德从学校到单位一以贯之，从未改变。

黎安田还谈道，郑守仁在学校勤工俭学时被板车碾伤腿的事他也在现场，“当时我和他一样，因为家里穷，便在暑期留在学校打工赚点生活费，我们一帮同学干的都是拉砖的活。那天他受伤后，我和几个同学把他送到了医院。守仁很坚强，伤腿疼得他直冒汗，却咬紧牙关一声不吭。这一学期，腿伤给他学习和生活确实带来了不小的影响。

当时，学校注重理论联系实际，经常把课堂设在生产建设工地。郑守仁说：“我的技术水平和工作能力，主要是参加工作以后，在水利水电建设的大熔炉里，边学习边实践边提高的。‘实践出真知’，这话很对。”

在华东水利学院学习的五年里，共有 4 次实习活动。

第一次是 1960 年 2 月 14 日至 3 月 13 日，实习、劳动，地点在浙江富春江水电站工地。第二次是 1960 年 9 月 1 日至 4 日，工程地质实习，地点在江苏南京六郎人民公社。第三次是 1961 年 7 月 5 日至 26 日，实习、劳动，地点在浙江临安青山水库。第四次是 1962 年 11 月 2 日至 6 日，实习、劳动，地点在浙江新安江水电站工地。

“我上大学时多次到水利水电建设工地实习，这样对参加工作后尽快进入角色大有帮助。特别是在富春江水电站的实习，使我开了眼界，学到了不少书本上没学到的东西。”采访中，郑守仁充满了对那段难忘岁月的怀想。

据郑守仁回忆，在富春江水电站的实习期较长，这段经历给他留下了深刻的印象。

富春江水电站位于钱塘江中游富春江七里泷峡谷的出口处，属浙江桐庐县境，上距新安江水电站约 60 千米，下距杭州 110 千米。电站为低水头河床式电站，以发电为主，兼有航运、灌溉、渔业、城市供水等综合功能。枢纽建筑物布置自左向右分别为发电厂房、鱼梯、溢流坝、船闸，以及左右岸灌溉渠首等。水库最大库容为 8.76 亿立方米，属日调节水库。电站有发电机组 6 台，总装机容量 360 千瓦，多年平均发电量 9.23 亿千瓦时。

富春江水电站始建于 1958 年 8 月，属“大跃进”中仓促上马的“三边”工程。在建设过程中走过一些弯路，但也摸索出不少有益的经验。

工程建设的大体历程是：9 月一期围堰开始清基，年底截流合龙。1959 年 10 月厂房混凝土开始浇筑，年底完工。1960 年初，二期围堰开始清基，同年 12 月截流合龙。1961 年 6 月，即将完工的二期围堰被洪水冲毁，工程陷于困境，加之当时国家经济困难，于 1962 年春停工缓建，进行勘测设计的补充和规模复核工作。1965 年 10 月复工续建，1968 年 12 月 25 日第一台机组发电，1977 年 4 月全部建成。

富春江水电站规模不大，但“麻雀虽小，五脏俱全”。郑守仁他们到这里实习的时候，电站正在进行二期围堰施工。也许是冥冥之中命里注定，后来郑守仁的水利人生主要是与水利水电工程的导流、截流和围堰打交道。

在富春江水电站实习的日子里，郑守仁和同学们与这里的建设者同吃同住同劳动，向工程技术人员和工人师傅请教，亲身体验围堰施工的场景，增强了感性认识，学到了许多书本上学不到的东西。

华东水利学院、富春江水电站……这些是郑守仁水利梦想启航的地方，如春风春雨，唤醒了种子，孕育了花蕾，才会有后来结出的丰硕果实……

1963 年 8 月，郑守仁走出华东水利学院大门，被分配到长江流域规划办公室。虽然没有实现参加治理淮河的最初愿望，但能够投身于长江流域的治理与开发，特别是后来能够以设计总工程师的身份参加举世闻名的长江三峡工程的建设，他感到这是历史的眷顾，上天的厚爱！

不过，郑守仁在武汉长办总部没待上几天，便有了新的去处。

第二章　初出茅庐露尖角

一个人有梦想，就有奋斗的目标，就有前进的动力。

从拥有梦想，到为了梦想而拼搏奋斗，再到梦想成真，创造出人生的传奇，郑守仁是用脚踏实地、一步一个脚印的丈量实现的。那么，他水利人生的第一步是如何迈出的？最初的步履是否坚实而轻盈，有没有坎坷和踉跄？

郑守仁迈出大学校门后筑梦江河的第一站，是陆水蒲圻水利枢纽——三峡试验坝建设工地。在那里，他挥洒汗水、磨炼意志；在那里，他钻研业务、增长才干；在那里，他绽放青春、收获爱情……

后来，他又和妻子高黛安一起，转战乌江渡水电站工地，小荷从此露出尖尖角……

一　陆水河畔来了一位实干的年轻人

1

陆水河是长江的一个小支流，总长不过 180 多千米，发源于湘鄂赣三省交界的通城幕阜山北麓，横穿鄂南的通城、崇阳、蒲圻（今赤壁），在嘉鱼西北的陆溪口注入长江；原名“隽水”，因三国时期东吴大将陆逊曾在下游一带驻军屯粮，而有“陆水”之名。

陆水尽管和其他河流一样，一路奔涌，一路滋养，给两岸人民带来恩泽和福祉（当然有时也波涛汹涌、桀骜不驯，给两岸生灵带来灾难），但它毕竟体量有限，不过是中国江河大家族中的“无名小辈”。依傍这条河而生而兴的蒲圻县城原本也鲜为人知，后来人们将其改名为赤壁——因三国时曹操、周瑜、诸葛亮等风云人物在距此地不远的长江中演绎了一出“赤壁之战”的大戏，遂使这座鄂南小城有了些名气。但真正使陆水河和蒲圻声名鹊起的，是二十世纪五十年代末以来，建设者在湖北蒲圻县（今赤壁市）城区东南端、陆水河出山口处修筑了一座雄壮的大坝——陆水蒲圻水利枢纽。

千万别小看库容只有 7.06 亿立方米、电站装机不过 3.52 万千瓦的蒲圻水利枢纽——首先，它虽然规模不大，但所具有的要件，诸如大坝、副坝、电站、船闸等设施样样不少，尤其是副坝众多，坝型各异，令人叹为观止。其次，它是一座“试验坝”，而且是举世瞩目的“三峡试验坝”，不少重大技术难题，在这里被探索者找到了破解的“金钥匙”。用长办老掌门人林一山的话说，这里是水利工程技术革命的练兵场，是三峡工程建设的试验场。再次，它是一座培养人才的摇篮。经过陆水工程这个大熔炉的锤炼，一大批工程技术人员成长起来。特别是郑守仁、王家柱等后生在陆水得到了磨砺，他们像一只只雏鹰，渴望在蓝天中展翅翱翔。

三峡试验坝——陆水蒲圻水利枢纽，因肩负伟大光荣的使命并取得了 200 多项科研成果，被赫然载入共和国水利建设的史册。

2

1963 年 8 月，鄂南蒲圻，陆水河畔。已然从三年困难时期中恢复元气的田野绿色葱茏，生长着丰收的希望。

停工一年多的半拉子工程——陆水水利枢纽（三峡试验坝），正瞪着渴望的眼睛等待着复工。

其时，留守在这里的长办陆水施工试验总队的人早就等不及了，他们正在紧锣密鼓地进行着复工前的各项准备。因为要干的事情太多，他们感到人手不够。

三峡试验坝——陆水水利枢纽

9月初，三峡试验坝——陆水蒲圻枢纽建设工地刮起了青春风暴，几十名刚刚走出校门的“天之骄子”，生龙活虎、意气风发地来了。在这支朝气蓬勃的队伍中，有一位中等身材、五官端正、衣着朴素的男青年，清秀的脸庞透着质朴和憨厚，一双清亮的眸子不停地打量着，周边的一切让他感到既新奇又陌生，心中充满了兴奋和憧憬。

他就是郑守仁，一个月前刚刚迈入长办的大门，还没来得及在大武汉和“长办大院”度过新鲜期，便和刚分来的伙伴们背着行李卷风尘仆仆地来到了陆水工地。

来蒲圻陆水枢纽工地的这群后生们，可不是业务实习的，而是劳动锻炼的。长办党委希望这批刚刚迈出大学校门的年轻人，不做温室里的花朵，而是要到火热的工程建设工地经风雨、见世面，通过与工人、农民一起生活劳动接受再教育，锤炼意志品质，提高思想觉悟，尤其是要磨掉身上的“骄娇”二气。

郑守仁被分配到长办陆水施工试验总队（简称长办施总）所属的土石大队，与工人们同吃同住同劳动。

当时，因“三年经济困难”而缓建的陆水工程，正在做着复工的准备。1962 年下半年，长办施总共组建了 6 个大队，即浇筑大队、土石大队、风灌大队、砂石大队、运输大队、起重安装大队。土石大队的主要劳动内容是开采和搬运土石材料。

由于陆水试验坝区为丘陵地带，为了取得更多的库容，只好在库周山垭低矮地段修筑副坝挡水，故这座工程的副坝多达 15 座。除了主坝和 3 号副坝为混凝土重力坝，4 号和 5 号副坝为浆砌块石坝外，其他均为就地取材的土石坝，因而采料备料任务十分繁重。

郑守仁回忆说：“我们来到陆水工地时，正值复工前的准备期，大量煤炭、木材、钢筋水泥等建筑材料由火车转运到各个工地仓库，多是由工人、干部、实习学生搬运完成，我们这些刚刚走出校门的实习生便成了搬运工。我所在的土石大队干的活计主要是挑砂石、挖土开山，算是工地上的重体力劳动。打风钻，放炮，开挖基坑，搬运砂石和水泥，什么活都干。每天都干得精疲力竭，但感觉还是很受锻炼的。”

查阅档案，有一篇郑守仁写的《全年劳动实习思想总结》，记述了他在劳动过程中成长进步的经历和体会，其中有这样一段文字：“一下工地我就被工人同志那种不畏艰难困苦、积极肯干的劳动劲头所感动。工人同志很关心我，主动给我安排床铺、食宿……我的身体在劳动中逐渐练得结实了，原来只能挑五六十斤，到后来可挑百来斤。与工人一样挑砂，冒着风雪，爬坡路滑，也争先恐后……工人们看我能吃苦耐劳，也把我当成自己人了。”

白天劳动，晚上还要开会学习，主要是学习毛主席著作，交流学习体会。郑守仁的身边有一本《毛泽东选集》，有空就捧起来读一两篇，学立场、学观点、学方法，受益匪浅。除了“老三篇”（《纪念白求恩》《为人民服务》《愚公移山》）外，他还特别喜欢读《矛盾论》《实践论》等文章，不但领悟到其中的精髓和要义，而且注重学以致用，指导自己的行动。后来土石大队给郑守仁写的实习劳动鉴定，称他“最大的特点是学习毛主席著作能活学活用，经常受到领导工人一致好评”。

“在陆水工地劳动实习期间，郑守仁是年轻人的榜样。当时长办党委宣传部专门派记者去工地采访他。这位记者回来后说，郑守仁这个后生真不错，朴实忠厚，谦虚谨慎，劳动积极，学习刻苦，特别是对毛主席著作的学习十分用心，简直达到了痴迷的程度，毛主席语录中的一些名言警句他都能背诵，而且能结合思想和工作实际活学活用。后来，这位记者把郑守仁的事迹写成一篇上千字的文章，发表在《人民长江报》上。”时任长办党委宣传部宣传科负责人的成绥台老先生回忆道。

1964年6月下旬，陆水河流域普降特大暴雨，平均雨量达380毫米。平时比较温柔平静的陆水河，这时像一头凶猛的怪兽，咆哮着冲向尚未完工的陆水试验坝。

危急关头，坐镇汉口长办红楼的林一山主任亲自指挥防洪抢险战役。当时，摆在决策者面前的是一道“向左还是向右”的难题：如果陆水洪峰过大，上游围堰难以抵挡，就应该及早主动放弃，扒口泄洪；但带来的严重后果是基坑被淹，损失巨大，工期推迟，同时威胁京广铁路的安全。如果最大洪峰可以预测，对上游围堰紧急加高加固后，不致漫顶溃决，则应严防死守，夺取最后胜利。

林一山提出，运用气象预报和水文预报相结合的方式，进行洪水预报和水库调度，力争最大限度地减少洪患损失。25日深夜，根据气象部门给出的陆水河所在地鄂南一带雨区即将北移的预报，长办红楼的主人们经过测算会商，认为陆水洪水只能逞短时之凶。基于这个判断，林一山果断决策：“电告陆水工地，顶住洪峰，全力以赴，确保上游围堰！”

根据指挥部的命令，郑守仁和参加劳动锻炼的部分男生奔赴防洪抢险的关键部位——上游围堰，与驻守在那里的防洪抢险大军并肩战斗，在围堰上抢筑一道新的防洪大堤。将千百个梢龙捆缚在堰面上，在迎水坡面打下木桩并将梢龙绑在木桩上，把一袋袋黄土从山包上运到工地……

陆水河水位一直在上涨中，尤其是到了26日，涨势尤猛，陆水工地大部分作业区和职工宿舍进水。到 14 时 30 分，实测最大入库流量 5850 立方米每秒、最大出库流量 2920 立方米每秒，上游水位 49.25 米，超过围堰挡水 49.0 米的防洪标准。洪水疯狂地向上游围堰发起一轮又一轮进攻，但在防洪抢险大军严防死守下，围堰和新筑防洪堤成了铁壁铜墙。15 时，冲击围堰 8 个多小时的洪水疲惫了、泄气了，开始回落、退却。

事后，郑守仁因在抗洪抢险中表现得勇敢顽强，受到表彰。

劳动实习的一年很快就过去了，虽然苦着、累着，但充实着，郑守仁说，“意志品质得到了锻造和陶冶，特别是惊心动魄的围堰防洪抢险一战，让我体验了很多，收获了很多。”

由于在劳动实习中表现突出，郑守仁被评为“劳动实习标兵”，并光荣出席了湖北省劳动实习积极分子座谈会。

“劳动实习标兵”，是郑守仁参加工作之后获得的第一个荣誉；当年（1964 年），他还获得了另一个光荣称号——长办“五好职工”。

在陆水工地劳动实习一年后，即 1964 年 8 月，郑守仁被正式分配到长办施工设计处（简称施工处）导流组任技术员。当时的施工处，是长办的核心业务部门之一，主要承担大中型水利水电工程施工的总体设计，包括施工导流与截流、岩土工程、混凝土施工、土石方设计以及施工技术研究等任务。平时，施工处的工程师们很少坐在办公室里“闭门造车”，而是哪里有工程就深入到哪里，甚至经常要驻扎在工地进行现场设计。

3

1964 年 9 月，陆水试验坝恢复正常施工，开始第二次基坑开挖，急需补充大量技术干部。于是，刚刚劳动锻炼期满的郑守仁在武汉长办总部施工处导流科办公室的椅子还没坐热，又杀了个“回马枪”，成了陆水试验坝工程设代处导流组的一名技术员。

在陆水工地摸爬滚打了一段时间后，郑守仁逐渐了解到，这个看似寻常的陆水蒲圻枢纽却有着非同寻常的来历和地位，里面的“料”简直有一火车。

1958年初夏的一天——确切地说是6月13日，鄂南一隅的蒲圻县新一期县报中刊载了这样一条消息：“位于陆水河下游的我县桂家畈水力发电站于本月上旬正式勘测，水利部、长江流域规划办公室科学院和武汉水力发电学校派来地质、水工建筑、水文、施工等方面的工程技术人员数十人，会同我县水利工作人员分别开始了各方面的勘察测量工作，地质钻探机已经运到，即日便可钻探……桂家畈发电站在目前是全省最大的水力发电站。”

一个20多万人口的小县准备修一座大的电站，在这个县或许是件了不起的大事。但在1958年的中国，却是司空见惯的寻常之事。那一年，“大跃进”的滚滚洪流让全国上下水利工程遍地开花，不少大江大河上的大坝都以惊人的速度生长起来，炫耀着奇迹的诞生。

可是这个寻常的蒲圻水电站工程后来为何不寻常了呢？这源自长办的掌门人林一山的一个奇思妙想。

原来，1958年初，湖北孝感专署水利局选定在陆水河下游蒲圻的桂家畈建设一座水电站，设想中的水电站坝型为最普通的土石坝。专署技术力量有限，便委托武汉电力专科学校承担地形、地质测绘和工程设计工作，委托长办承担水电站的设计任务。

这个时候，林一山正在思考着如何通过技术革命，将现浇混凝土的施工改为预制和安装两步，从而加快建设速度、缩短工期。原来，按照传统施工方法，混凝土浇筑因受温度控制的影响通常采取薄层通仓浇筑，使上升速度受到限制，坝体混凝土工程量越大，工期就越长。能不能先将混凝土预制成大块体，使大部分水化热在块体预制和停放过程中提前散发，然后再像砌墙似的把这些大块体拼装起来，实现连续砌筑，均衡施工，不受季节、气候的影响，从而有效加快大坝的施工速度呢？这种方法可行性如何，需要找个地方实打实地试验一番。正当林一山构思憧憬的时候，孝感地区专署委托长办承担陆水水电站设计的求援报告送上门来。林一山眼前一亮：蒲圻离武汉较近，陆水工程规模不大不小，何不将其作为三峡的试验坝进行建设，以收一举两得之功。

6月28日一大早，周恩来总理从北京打电话给林一山，询问三峡工程是否可以提前拿出初步设计报告。在那次通话中，林一山把“在河中修建大坝采用大体积混凝土预制块装配”这一被人形象地称作“搭积木”的富有革命性的设想报告给总理。他富有激情地说：“将混凝土预先在岸上做好，然后在水中组装搭配起来，形成一座大坝。这样就可以使大坝施工高速进行，同时大大简化设计和施工方法，并降低造价，减少不必要的浪费。”

好个林一山，想象力够强，胆子也够大，不过说得有道理。电话那边，周总理显然被林一山说动了，因为三峡工程体量极其庞大、技术极其复杂，必须慎之又慎。而林一山提出先做试验坝的建议无疑符合中央关于三峡工程“积极准备，充分可靠”的方针。最后，周总理说：“好，发一个电报来，并做一简要说明。”

林一山与周总理通话的第二天（6月29日），报告就通过电波传进中南海。报告中，林一山用了当时一个时髦的关键词——“技术革命”；着重阐明了一个扣人心弦的观点：如果此项试验能获成功，未来三峡大坝的施工周期将大大缩短。报告还建议：“今秋可在鄂西清江长滩枢纽和鄂南陆水蒲圻枢纽进行试验。”

林一山的报告引起了中南海高层的重视，毛泽东、陈云、邓小平、陈毅、李富春、聂荣臻、薄一波、习仲勋、李先念等中央领导先后做出批示或圈阅，表示支持试验坝的兴建。

人们不由得对此表示惊诧。在新中国水利建设史上，没有哪一项工程有这么多党和国家领导人亲笔签署意见，由此可见“三峡试验坝”的地位和魅力。

又过了4天，国务院便致电国家经委、国家技术委、中国科学院、水利电力部，做出了关于在长滩、陆水两地开展水泥预制块建水库大坝的决定，并要求有关部委全力协助。

1958年8月31日，周总理在北戴河主持召开长江流域规划座谈会，要求加快三峡工程设计进度，同时批准兴建三峡试验坝——陆水蒲圻水利枢纽（鄂西清江长滩枢纽被放弃）。

因为要建长江三峡的试验坝，于是，长办接管了蒲圻枢纽的整个设计工作。林一山雷厉风行，当年9月，长办抽调干部和工人共97人组成长办科学院施工试验大队，开赴陆水工地；10月，提出陆水蒲圻枢纽初步设计要点报告。

10月23日，一个秋高气爽的日子，位于蒲圻县城东南端的陆水河畔沸腾了，陆水枢纽工程正式破土动工。4万大军云集陆水工地，以改天换地的壮志豪情，投入到大会战的滚滚洪流之中。

当时，物资设备供应紧张，国务院向有关部门下达指示，要求对国家重点工程项目陆水试验坝所需物资设备优先供应——工程所需的钢筋、水泥、木料、砖石，机械设备如起重机、压力灌浆机、钻机、轻铁轨、平车、混凝土拌和机等从全国各地源源不断地运往蒲圻。

1959年1月23日，经中央批准，成立“长办施工试验总队”（简称“长办施总”），负责陆水枢纽工程的施工组织和试验研究。

但“三年困难时期”（1959—1961年）不期而至，整个国家都饥肠辘辘，实在没有力气大兴土木搞基本建设了。陆水工程在半停半建中咬牙坚持了两年多，进入1961年后，终于挺不下去了。1961年3月，由湖北地方组建的施工指挥部撤销，民工全部撤走，此后施工和试验任务全部由长办施总承担，同时工程建设的领导也由湖北地方变更为长办。

1961年春“大战红五月”后，大坝疯长，到7月主坝达到防汛断面后，材料供应“断炊”了，工程缓建，基本处于停工状态。施工总队人马也大力压缩，由高峰时的4000余人减到1700余人。

1962年下半年，长办施总重新组织施工队伍，做好复工准备。除总队机关外，还组建了6个大队，即浇筑大队、土石大队、风灌大队、砂石大队、运输大队、起重安装大队，并成立调度室负责施工前方指挥。

随着国家经济形势的好转，1964年9月，终于迎来了陆水工程的复工，开始第二次基坑开挖。

陆水蒲圻枢纽采用河床一期围堰、岸边明渠导流的方式。导流工程包括主坝的施工导流明渠和围堰、3号副坝的明渠封堵和施工导流等三部分。

主坝最早施工，故施工导流明渠和围堰的修筑郑守仁都没有赶上。3号副坝进行导流和围堰施工时，郑守仁满怀激情和干劲现身了。

刚开始，郑守仁作为导流组的一名年轻技术员，主要是协助组里的老同志工作，他的角色更像一名学徒。

这名学徒为人谦虚低调，沉默寡言，却是个有心人，不但工作勤奋刻苦，富有钻研精神，而且注重政治理论的学习，因而进步很快。他还有一个突出特点，就是热爱劳动，乐于奉献。

莫道君行早，更有早行人。这个早行人不是别人，正是郑守仁。他经常天刚蒙蒙亮就起床。去晨练？去学习？都不是，他是去工地的厕所打扫卫生。当时的工地都是又脏又臭的旱厕，尤其是夏季，臭气冲天不说，还有苍蝇、蚊子乱飞，人们硬着头皮进去还会遮鼻掩嘴，躲之唯恐不及，但郑守仁却明知脏且臭，偏向里面行。难能可贵的是，他的这个打扫厕所的习惯一直保持了十多年，到葛洲坝工地后还是如此。

采访时，许多与他相熟的老人提到这件事，无不动容。77岁的长江委原副主任傅秀堂感慨道："郑守仁作为一名知识分子，吃苦耐劳，乐于奉献，特别是十几年如一日坚持义务打扫又臭又脏的厕所，这是常人难以做到的。试问有谁能够做到?！这件事折射出郑守仁的优秀品质。"

4

1966年汛前，主坝水下部分完工，这也标志着主体工程基本完成。这样，原来用于导流的明渠功成身退。根据工程布置，需在明渠修筑上、下围堰以形成基坑，以建设永久性水工建筑物。

按照原设计，明渠封堵后，要利用主坝7号坝段预留的两个4米×6米的底孔作为导流通道。但在施工过程中，由于一些领导片面强调"快"和"省"，轻率地取消了主坝的导流底孔，堵住了泄流的去路。无奈，只好另寻导流途径——采用3号副坝低围堰边渠导流的方式。

这样，此前在各方面表现出色的年轻技术员郑守仁被委以重任，协助导流项目组组长陈尚德负责 3 号副坝导流和围堰设计工作。

3 号副坝施工导流分三期进行。

第一期，在明渠上修建上、下游低围堰，在明渠左岸修一条宽 3.5 米的混凝土边渠，用以泄流。上游围堰位于底宽 12 米的明渠内，为铅丝石笼、钢木混凝土直墙防渗混合结构，即抛投块石铅丝笼修筑戗堤。1966 年 10 月 8 日至 15 日围堰合龙，截流成功。在此基础上，要在迎水面沉放 3 米 ×3 米的钢木框架，并在钢木框架内浇筑水下混凝土，形成混凝土防渗墙。下游围堰在上游围堰抛块石铅丝笼截流后开工，与上游围堰的施工方法大同小异。

据高黛安回忆，在明渠围堰施工中，发生过一个不大不小的事故，让在场的人都大惊失色。

当时，高黛安和同事黄志强二人负责上游围堰的设计。他们算出，在截流过程中所沉放的钢木框架将受到 5 ～ 10 吨 / 秒的水流的冲击力，要求用钢丝牵引定位。但施工单位不以为意，认为用几根镀锌铁丝来牵引就可以搞定，并放话说：“工程是干出来的，不是文质彬彬算出来的。”

高黛安不放心，就在钢木框架沉放前一天的晚上找到起重队队长，提醒他千万不要掉以轻心，以免造成事故。队长大大咧咧地说：“小高，你不用担心，明天我们会搞好的。”把高黛安的话当成了耳旁风。

第二天，钢木框架沉放时，刚进入水下，镀锌铁丝便“咔嚓”一声绷断了，现场的气氛一下紧张起来。有人指责设计有问题，高黛安眼里不揉沙子，一通嘴炮给怼了回去。

这时，负责陆水工程建设的代理总工程师承嘉谋闻讯火速赶到现场，一面把责任揽在身上，一面与大家紧急磋商应对之策。最后，决定采取钢木框架上码放混凝土预制块的方式，加大其自重，以抵挡水流的冲击，同时采用粗钢丝绳牵引，并责成有水下施工经验的王昌达工程师负责钢木框架沉放的指挥。

第二天，钢木框架沉放成功。

第二期，拆除上、下游围堰，利用已浇筑的部分坝体挡水，坝内开设永久底孔导流，并封堵边渠，完成边渠部位的坝体混凝土浇筑。

第三期，坝体混凝土浇筑至50米高程以上后，关闭3号副坝底孔闸门，水库开始蓄水，主坝溢流。接着在3号副坝下游修建三期下游围堰，以抵御下游河水倒灌。三期围堰相对简单，它位于3号副坝下游约300米的土渠内，为一均质土堤，施工方法是用推土机从两岸推土，边填边碾压，堰顶高程为32.0米。

郑守仁不但参与了3号副坝施工导流和围堰施工设计工作，而且在围堰施工过程中一直盯在工地，在实践中学习着、思考着、领悟着。

郑守仁回忆说："1965—1968年是试验坝施工的黄金时期，即使在1966年、1967年'文革'最混乱时期，大坝施工仍照常进行，基本没有受到干扰。1967年12月陆水水库下闸蓄水。1968年夏，土建工程基本完工，施工重点转入机电安装。我们负责导流和围堰设计的人员完成了历史使命，陆续回到了长办总部，接受新的任务。"

5

1965年9月29日，这是郑守仁一生中难忘的日子。这一天，他光荣地加入中国共产党。

档案记载，9月29日，长办施工处党支部召开支部大会，讨论新党员入党事宜，全体通过郑守仁入党；入党介绍人为承嘉谋、傅正义，党支部的书记是魏廷琤（时任施工处处长，后来成为长江委主任、国务院三峡办副主任）。

对于郑守仁入党这件事，长办党委很重视，党委宣传部专门派记者到陆水工地采访郑守仁。不久，在长办主办的《人民长江报》头版头条位置刊登了《郑守仁同志光荣入党》的消息。原本默默无闻的郑守仁一下成了长办家喻户晓的人物。

"我关注郑守仁就是从这则消息开始的。后来的事实证明，郑守仁不愧于共产党员的称号。他不但是难得的人才，更是难得的好人，雷锋式人物。"

长江委原副主任傅秀堂加重语气说，“谁要说郑守仁不好，不得人心！”

以郑守仁工商业主和地主的家庭出身，在重视家庭成分的年代，能够入党，且几乎没有异议，原因主要有二：

其一，以林一山为首的长办领导层十分尊重知识分子。林一山素以尊重科学、爱惜人才著称，他多次公开表示：“家庭出身不由己，选择道路由自己。”他还让长办党委宣传部把郑守仁作为家庭出身不好但政治、思想、工作等各方面表现优异突出的模范典型来宣传，用心良苦，意味深长。

其二，郑守仁的表现让任何人都无话可说。郑守仁是个老实厚道而又极富进取心的人。家庭的地主兼工商业主成分让他精神的天空不时有阴影随行。和其他家庭出身好、根红苗正的同事比，这种“不好的出身”一度造成深植于郑守仁骨子里的自卑。但这种自卑没有让他自暴自弃，反而成了激励他“做得更好”的一个强大动力——为了能改变人们对他家庭出身的“侧目”，他只有更加勤奋努力地工作，更加不计报酬地付出，不论在政治上、人品上、做事上，任谁也挑不出毛病。公道自在人心，到后来，就连那些平素戴着有色眼镜看人的人也对郑守仁非常认可，甚至称赞有加。

吊诡的是，1965 年 10 月 4 日，长办政治部、组织部批准郑守仁为中共预备党员，预备期一年（自 1965 年 9 月 26 日起至 1966 年 9 月 26 日），但最后支部大会讨论他转为中共正式党员的时间却是 1971 年 11 月 12 日，支部的名字是乌江渡工程建设“二连党支部”；而批准他入党的上级党组织则是“中共贵州省水电局核心小组”，时间为 1971 年 12 月 27 日。批准文件还明确，郑守仁的党龄“从 1966 年 9 月 26 日算起”。

结合当时的社会政治背景分析，郑守仁入党转正的时间滞后当属正常。

1966 年 9 月，“文革”风暴席卷全国，天下乱成一锅粥，造反派踢开党委闹革命，党组织瘫痪，哪还顾得上一名普通预备党员的转正。

1971 年九一三事件后，党和国家的秩序逐渐得到恢复。此时郑守仁已转战到乌江渡水电站工地。

转机终于来了。1971 年 11 月 12 日，经二连党支部大会讨论，一致通过郑守仁同志为中共正式党员。

上级党组织的批复意见写道："经中共贵州省水电局核心小组研究，批准郑守仁同志按期转为中共正式党员，党龄从 1966 年 9 月 26 日算起。"

后来不少文章称，郑守仁在陆水蒲圻水利枢纽建设工地加入中国共产党，这个说法没错，但后来的"迟到的转正"这件事却鲜为人知。

6

郑守仁、高黛安夫妇于 1969 年初告别陆水工地踏上新征程，但陆水试验坝的建设还没有画上句号。

1969 年 12 月，电站第一台机组投入运行；1974 年，三峡试验坝——陆水蒲圻水利枢纽完建。

陆水试验坝为三峡工程奠定了第一块基石。它的建造是一个整体性全过程的 1 ∶ 1 的水工模型试验——完成了包括预制混凝土安装筑坝试验在内的多项开创性工作，取得了 200 多项科研成果。前人栽树，后人乘凉，这些成果后来被丹江口、葛洲坝、三峡及其他水利水电工程建设者纷纷"拿来"，"助攻"破解了不少技术难题。至于众多的人才在陆水工程这个大熔炉里得到锻造，特别是像郑守仁等佼佼者从这里走向更加广阔的水利天地，这种效益更是难以用数字衡量的。

采访手记

2018 年 4 月初，一个春光静好、万物欣荣的日子，我们一行数人来到陆水试验坝考察。

这里耸立着主坝 1 座、副坝 15 座。独特的预制混凝土块装配坝和混凝土重力坝、砌石坝、均质土坝、黏土宽心墙坝、黏土斜墙坝各据一方，俨然是一个露天的不同类型的大坝博物馆。

54 平方千米的陆水水库，一库碧水，波光粼粼，透着悠闲和从容。极目远眺，库中碧波荡漾，千岛浮翠，如玉珠落盘，令人心驰神往；水库岸边，花红树绿，莺啼燕语，生机盎然。

我们还来到三峡试验坝展览馆参观，直观深入地了解到工程的建设史、试验成果、工程效益等情况。参观过程中，一位工程管理者向客人介绍说：“陆水试验坝建成后，充分发挥了防洪、灌溉、发电、城市供水、旅游和水产养殖等综合效益，为支撑地方经济社会发展和造福百姓做出了巨大贡献。”说话中，他的脸上洋溢着骄傲和自豪，“而始于2000年以来先后配套建成的三峡试验坝展览馆、长江珍稀鱼种保护科普馆、鹭鸶生态保护区、坛子岭观光休闲区等场馆和设施，已被列为国家级的水情教育基地、水利风景区和AAA级旅游区。”

我听着，想着，感动着，禁不住肃然起敬，既对眼前这个别具匠心、价值独特的水利工程，更对为这个工程的雄起和发挥效益付出辛劳的人们。

二　与同事高黛安结为伉俪

1

1964年9月，刚刚复工的陆水工程工地，来了一位英姿飒爽的女技术员。她身材不高，皮肤微黑，模样周正，浓眉下一双明眸忽闪着，一头乌黑浓密的头发束着两条粗粗的羊角辫子；性格开朗，爱说爱笑，浑身上下洋溢着青春的活力。

她叫高黛安，籍贯苏州，1941年1月14日生于上海，1964年1月毕业于清华大学水利系水工建筑专业，在长江三峡工程的呼唤下，当年2月成为长办的一员。

“我毕业时，老师告诉我，长办是研究三峡工程的单位，在那里会大有作为。我愉快地服从分配来到长办施工处。当时施工处处长魏廷琤（后来任长江委主任、国务院三峡办副主任）安排我到导流科工作，科长承嘉谋将我带到导流组办公室。”高黛安回忆说，“那里的老同志对我都很热情。承科长还派两名年轻同志到一楼行政仓库为我领了一张桌子、一把椅子。我就这样开始了工作，一干就是几十年。”

1964 年 9 月，陆水试验坝复工。长办党委决定，1963 年和 1964 年新分配到“长办大院”的大学毕业生统统到陆水工地实习劳动。于是，高黛安、郑守仁和一帮风华正茂的年轻人带着满腔的好奇、热情、期许涌入了陆水工地。

机缘巧合的是，高黛安与郑守仁成了陆水试验坝设代处导流设计组的同事，而且他俩的小办公桌紧挨着，彼此成了“同桌的你”。

高黛安在陆水工地的生活是充实的，也是快乐的，留下了许多馨香的记忆。几十年后，她在《我的工程情缘——写在陆水开工 50 周年之际》一文中充满深情地写道：

“我参加工作不久便来到了陆水工地。在工区范围内流淌的陆水河也是十分美丽的，我们可以在清清的河中游泳，河岸有可供晒太阳的沙滩，河里有一米长的鳜鱼。到蒲圻镇去可采购到日用品，如布料、毛线等，还有各类小吃，遇集贸时有鸡、猪肉、狗肉等农产品。陆水给我留下了太多美好的记忆。

“我在陆水生活了 4 年，去陆水是一个人，离开陆水时已是三口人。但搬家很简单，夫君一根扁担就把全部家产都挑走了。”

其实，高黛安之所以认为陆水工地如此美好，固然与在陆水工地她的成长进步有关，但更重要的是，她在这里收获了爱情——在这片热土上，她与郑守仁相识、相知、相恋，并结成伉俪。

2

高黛安是上海人，出身于资本家家庭（幼时过继给高家，高家原来也是阔主，后来家道败落，沦为平民），又贴着“清华人”的亮丽标签，身上自觉不自觉地流露出些许优越感。刚开始，她还真有点看不上老实土气的“乡下人”郑守仁，但随着时间的推移，她对郑守仁的看法改变了。

她发现，这位平时不大吭声的小郑同志，干事情不但认真仔细、一丝不苟，而且有板有眼、井井有条。更让她感动的是，这位小郑同志每天第一个到办公室，擦桌子、扫地、打水，等导流组的同事们上班的时候，这些琐碎活早已干完了。平时，导流组里的所有脏活累活，干在前面的也是小郑同志，这让其他组的女同志十分羡慕。机电组的一位女技术员就曾半开玩笑半认真地抱怨：“你看人家导流组的小郑，把组里的活都包了，高黛安、杨美娡她们啥活也不干，咱们组的男同胞咋就没这觉悟呢？”

还有两件事，更让郑守仁在高黛安心中“高大起来”。

一件是陈松友教授对郑守仁的评价。

1910 年 6 月出生于山东德平县的陈松友，1935 年 7 月毕业于北平大学工学院机械工程系，新中国成立后先在武汉大学工学院机械工程系任副教授、主任，后又调到武汉水利水电学院任教授。1958 年 2 月陈松友被错划为“右派”，被剥夺了上讲台的权利。正当他在灰暗中彷徨无计的时候，有人为他点亮了一盏希望的灯火。这个人就是长办主任林一山，一向爱惜人才的他冒着风险把陈松友调入长办，安排到施工设计处任工程师。1961 年 10 月，陈松友摘掉“右派”的帽子，也与林一山的“干预”有关。陈松友作为民国时期培养的高级知识分子，虽然在长办的头衔只是一名工程师，但因学问技术上确实有“几把刷子”，受到了长办上下的普遍认可和敬重，许多人仍尊称他为“教授”。

一次，高黛安听她的闺蜜说，陈松友教授曾私下点评施工处的年轻人，称有两位后生潜质不错，将来必成气候，一为王家柱，一为郑守仁。

高黛安心中为之一动。她思忖，陈松友虽然戴过“右派”的帽子，但人家毕竟是满肚子学问的大教授，他看好的人将来一定不会差。

后来的事实果然印证了陈松友慧眼识珠、目光如炬，也验证这样一句老话：姜还是老的辣！

就说王家柱。他于 1939 年 8 月出生于浙江海宁，青年时代的他怀着“到三峡去挑土也是好的”这一理想，于 1957 年考入清华大学水利系，1963 年毕业分配到长办，参加过葛洲坝工程的设计、施工，参与主持了长江流域综合规划、长江三峡工程初步设计与论证等工作，1988 年被国家授予“有突出贡献的中青年专家”称号；历任长办施工处处长，长办（长江委）总工程师、副主任，中国三峡总公司副总经理，第十届全国政协委员等职。特别是在三峡工程的设计、论证和施工组织中，他铁肩担大任，倾注了大量的智慧和心血，破解了不少技术和管理中的难题，可谓厥功至伟。

另一件，是郑守仁替她做了一件雪中送炭的好事。

1965 年夏，她和郑守仁等工程技术人员从陆水试验坝工地回到武汉总部，临时负责大渡河偏窗子等工程的导流设计。一个周末临下班的时候，导流科科长承嘉谋让高黛安周日加班完成偏窗子导流工程局部初步设计草图的绘制。高黛安有些不情愿，因为第二天（周日）长办团委要组织团员青年到武昌东湖游泳健身，她不想错过这个“玩”的机会，可领导交给的工作又不能不做，于是就说：“等明天游泳完回来，我晚上加班。”承嘉谋见她执意要去东湖“潇洒走一回”，没有强加阻拦，只是叮嘱她周一上班前务必把任务完成。

高黛安是个心大的人，满口答应，第二天便和一群年轻人风一般去了东湖，痛痛快快地玩了大半天。等她晚上回办公室准备加班时，发现“作业”已被人完成了。仔细一看新绘的图纸和上面的字迹，明白是郑守仁所为。顿时，一股暖流涌遍全身，心湖中泛起了重重涟漪。

渐渐地，爱情的火苗在二人的心中燃烧起来。但直到结婚前，谁也没有捅破这层窗户纸。他们只是默契而又心有灵犀地做着你关心我、我照顾你的事。比如，有一次高黛安发现，放在办公桌抽屉里的饭票少了、菜票多了；而郑守仁的抽屉里饭票多了、菜票少了。她知道，这是小郑同志搞的“掉包”——他知道她身体弱、饭量小，故省下些菜票希望她多买些好菜吃，以增加营养；当然自己也不算吃亏，他饭量大，她那用不完的饭票正好拿来，也算是互利互惠吧。再如，郑守仁每次从办公室去施工第一线，高黛安常常跟在他后面，木讷的郑守仁有时会对高黛安说：“小高，你别老跟着我。”

犹如春风徐徐吹过春天的田野，借着树上的绿、草上的花，他们都品尝到了爱情的甜蜜滋味。

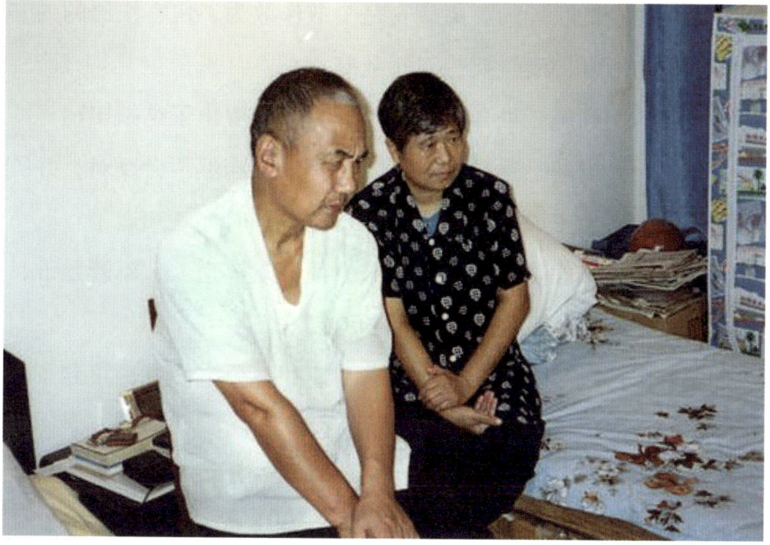

◀郑守仁与妻子高黛安

3

采访时，78 岁的高黛安老人绘声绘色地为我们讲述了当年她与夫君郑守仁“一天搞定结婚”的有趣故事。

那是 1967 年 11 月下旬发生的事。

当时“文化大革命”正在全国各地如火如荼地进行，但陆水工地并没有在“夺权闹革命”的声浪中停工，只是管理不像以往那么严格了。这年 11 月 20 日，高黛安奉命回武汉长办总部去取试验材料。正巧她住的那间单身宿舍的女伴一个调走、一个结婚，房间里就剩她一人了。

受“文革”的冲击，当时的长办处在混乱的状态中，单身宿舍谁先抢到、占上，使用权就归谁了，此所谓先下手为强、既成事实也。经高人点化，精明的高黛安动了以自己所住单身宿舍作为婚房的念头：机不可失，时不再来，得立马行动。

想想自己和郑守仁都是二十七八岁的大龄青年了，也该成个家了。虽然之前彼此没把关系挑明，既没有花前月下的甜蜜呢喃，也没有表达爱意的肢体语言（比如牵手、拥抱之类），但彼此已然“郎有情、妾有意”，而且他们之间“互相关心、互相爱护、互相帮助”的状况也被眼尖的同事看出来了，都觉得他俩挺般配的。高黛安是个敢作敢为、快言快语的人，拿定主意的事，非办不可，而且要快刀斩乱麻。

高黛安旋风似的找到施工处导流科科长承嘉谋，提出了结婚申请。

“男大当婚，女大当嫁，这是好事啊。”承嘉谋当然不会反对，并笑问新郎官是哪一位。高黛安说：“这个人你认识，到时你就知道了。”

承嘉谋猜出八成是郑守仁，但没有点破，便开玩笑道：“不管是谁，只要肥水不流外人田就行。我等着吃你们的喜糖。”

11 月 23 日这天下午，郑守仁正在陆水工地的办公室值班，接到了高黛安从武汉打来的长途电话。

还未等高黛安多讲话，郑守仁抢先问她：“小高，你在武汉那边的试验材料拿到了吗？怎么还不赶快回工地，这边还等着用呢。”

高黛安说：“我不回去了，我要结婚，你回武汉吧。”

郑守仁有些发蒙：“结婚，你和谁结婚？”

高黛安说：“你说跟谁？反正明天这个婚我结定了，房子我也找好了。”

稍稍停顿了一会儿，电话那边的女高音又响了：“你要不回来，我也会结婚，想和我结婚的人多了！”

高黛安如此说，并非吹牛之言，当时确实不止一位男青年在追求她，有位清华大学的师兄曾多次明里暗里向她送去“秋波”。后来见暧昧下去不是个事，高黛安干脆对这位师兄说：“我觉得我俩做同事更合适！”

郑守仁在男女感情方面反应迟钝，打了个愣儿，想再问个究竟，就听“啪”一声，对方把电话挂断了。

郑守仁放下听筒，回味着高黛安的话，还有些云里雾里的感觉。正巧，长办施工处导流科项目组长陈尚德这些天一直在陆水工地“蹲点”，于是老实厚道的郑守仁便找到陈尚德，请他指点迷津。

陈尚德比郑守仁年长 9 岁，湖南东安县人，1956 年 8 月毕业于武汉水利学院河川结构及水力发电专业，被分配到长办水工建筑室施工组任技术员，后又调到施工设计处导流专业组任工程师、项目组长。

郑守仁来到陆水工地后，主要在陈尚德手下工作。陈尚德技术水平和为人都没得说，郑守仁视其为“师傅”和兄长；而陈尚德对郑守仁认真勤勉、好学不倦的工作态度和为人忠厚、乐于奉献的道德品质十分认可，两人既是工作上的搭档，又是私交不错的朋友。

郑守仁把刚才高黛安电话中说的那些话大概复述了一遍，请陈尚德帮他分析一下高黛安的“意思”。

听罢郑守仁的复述，陈尚德笑了：“我说小郑啊，你可真够笨的，人家小高平时对你么样子你晓得啵？她在电话中的意思不是秃子脑袋上的虱子——明摆着吗，跟谁结婚？跟你呀！”

经陈尚德的一番点拨，郑守仁似乎开窍了，平时与高黛安相处的场景一幕幕浮现在眼前。特别是高黛安看自己时那热辣辣的眼神，让他明白了一切：这世界上，只有眼神不会拐弯，也不会骗人。他有些激动，身体微微发抖，声调都变了：“跟她结婚我同意，可结婚是个大事，哪能这么仓促呢？什么都没准备呢！”

“你呀，你呀！人家小高作为女同志都不嫌仓促，你个大男人还有什么可犹豫的。更何况，结婚最重要的是房子，人家小高都找好了……小高的脾气你也知道。过了这个村，可没这个店啊。”陈尚德用手指点着郑守仁的额头半认真半开玩笑道。

郑守仁当然知道高黛安的性格和脾气，想干的事风风火火，说一不二。他的性子虽然绵一些，但并非没有主见，认准的事，几头牛都拉不回。而对于生活，却从来没有过高的要求。男大当婚，女大当嫁，结婚就结呗。于是他向陈尚德请了假，又到蒲圻火车站买了一张第二天最早到武汉的火车票。

11 月 24 日临近中午的时候，郑守仁风尘仆仆地回到了武汉长办驻地。当天，他与高黛安结成了伉俪。

他俩的婚事简单到不可想象的程度：先在单位开了介绍信，又在长办职工医院做了婚检，然后到武汉市江岸区民政局办理结婚登记手续，取得结婚证；接着又买了几斤糖果；再接着，两人把那间“婚房”——一间 18 平方米的单身宿舍简单打扫了一下，把双方的被褥、衣物等归到了一起。不到一天的时间，结婚前的准备事项全部搞定，效率之高，令人瞠目结舌。

当日下午，郑守仁、高黛安的同事刘文俊在施工处办公室门口贴了一张告示：郑守仁、高黛安结婚，今天晚上的政治学习取消。

晚上，郑守仁和高黛安仍端着饭盆到机关食堂就餐。夜幕降临后，施工处的同事和他俩的朋友一拨一拨地来到他们的“婚房”闹了会儿洞房。所谓闹洞房，就是在婚房站上或坐上几分钟，说几句祝福的话，吃一两块喜糖，算是见证了他们喜结秦晋之好。

我们采访高黛安时，老人家说到结婚这件事时，不无得意地对我们说：“结婚的事，我一天就搞定了！对了，还得感谢我们施工设计处的同事刘文俊，他是个热心肠，又能说会道，帮我们张罗了好多事。”说着，高黛安开心地笑了起来，笑得心花怒放，笑得天真烂漫！

结婚的第二天，夫妻俩便双双回到了陆水工地。

我问高黛安：“就这么简单，连个婚礼都没有，连顿庆祝的饭都没吃？双方家长都没来？”

高黛安说：“这有什么奇怪的，当时提倡革命化婚礼，那些繁文缛节全免了，倒减少了许多麻烦。反正就这么把婚结了。”

我笑道：“真够‘革命化’的，听起来比传奇还传奇，小说、电视剧都未必能编得出。”

“哈，哈，哈……”大家都笑了，满屋都飘着五彩缤纷的笑声。

4

当我问起他们女儿的情况时，高黛安收敛了笑容，眼里掠过一丝苦涩：“我女儿叫高群，随我的姓。想想，我这辈子最对不起的人可能就是她了。到现在，我们娘俩也不亲。”

1968年9月15日，郑守仁、高黛安爱情的结晶——女儿高群出生在长江职工医院。

后来有记者写文章说高群出生在乌江渡工地，而且以讹传讹，许多人都信以为真。对此高黛安颇有意见，“哪能瞎说呢，你们要帮忙以正视听。”

郑守仁忙于工作，三天两头出差，照顾不了她和孩子。好在高黛安未雨绸缪，就在女儿出生前的一个月，把自己的母亲(养母)从苏州接到了武汉。

1969年初，国家决定上马乌江渡水电站，急需工程技术人员，长办决定组建“乌江渡勘测设计大队”，到乌江渡工地开展勘测设计工作，郑守仁夫妇主动请缨，报名参加。

他们之所以自愿去位于大西南、偏远荒蛮的乌江渡水电站建设工地，主要理由有二：一是当时长办机关正处于“文革”的动乱之中，没法干事。林一山等长办领导和技术权威要么被审查、批斗、关牛棚，要么靠边站、无事可做。与此同时，长办的造反者分帮结派，“文攻武卫”，争斗不已。郑守仁和高黛安因家庭出身不好，而且从内心深处害怕、抵触这种你争我斗的行为，哪个派也没加入，被称为“逍遥派”。但逍遥派的日子也不好过，经常被人指指点点，视为明哲保身的懦夫。二是他们想干事。此前，他们一直在陆水工地。虽然那里不是世外桃源，也搞“运动”，但毕竟有一大堆实事、硬事非做不可，人们还能把大部分精力投入工程建设之中。而回到长办机关后，耳闻目睹的“严酷”让他们心惊胆战，手足无措。夫妇俩当时最强烈的愿望是：远离长办机关这个是非之地，到一个清静的地方做点正事。到乌江渡工地，虽说工作生活条件都十分艰苦，但总是能“做点正事”，不至于荒废业务，蹉跎岁月。

理由有二，已经足够。此时，他们巴不得马上逃离长办大院。

正好机会来了。

夫妇俩参加“乌江渡勘测设计大队”的申请很快被批准了。但一个颇为棘手的现实问题也摆在了面前：刚刚出生不久的女儿高群怎么办？

夫妇俩商量了半天，没什么好办法，郑守仁的父母早已过世，只有请孩子的外婆帮忙带这条路了。

“女儿这么小，就要离开父母，于心不忍啊！”高黛安看着襁褓中女儿那张粉嘟嘟的小脸，心里一下涨起了怜爱的潮水，眼里噙满了泪花。

“女儿这么小，你舍不得离开她，我何尝不是。可是，我们是搞水利的，远离武汉总部机关到工地现场是再正常不过的事。拖着个孩子总是不方便。只能把孩子送到苏州去，让她外婆帮着带。”郑守仁理解妻子的心情，但当时能想到的唯一可行的办法只有这个，不忍痛割爱又能怎么办？！

“哎，看来只好这样了。还得和母亲谈谈，看她愿不愿意帮咱们带孩子。”高黛安说。

高黛安说起把小高群带回苏州抚养的事，老太太满口答应，只提一个要求，就是希望女儿、女婿多寄些钱给她。她没有工作，丈夫又是个不成器的人，只能靠女儿、女婿养活。老太太还特别强调说：“孩子我帮你们养到三四岁，就交给你们。”

“那没问题，赡养您是我们的义务。况且您又帮我们带孩子，我们一定会多寄钱给您。”郑守仁忙说，态度十分诚恳。

“干完了乌江渡这个工程，我们就把孩子接回来。”高黛安也忙着给母亲送上“定心丸”。

1969 年春节刚过，郑守仁就随长办的大队人马去了乌江渡。两个多月后，高黛安把母亲和女儿送回了苏州，也奔赴乌江渡。

没想到，郑守仁、高黛安夫妇一忙就是三十余年——乌江渡水电工程未建完，因长江葛洲坝工程复工，急需技术人员，郑守仁夫妇又转战葛洲坝；葛洲坝水利枢纽建成了，夫妇俩又转战清江隔河岩；隔河岩水电站建成了，夫妇俩又转战长江三峡；三峡工程规模巨大，他们一干就是二十多年。而他们唯一的女儿，从牙牙学语到蹒跚学步，从小学到中学再到大学直到立业成家，一直和外婆生活在一起。

为了筑梦江河，郑守仁、高黛安食言了！他们唯一能做的，就是尽最大可能进行经济补偿。

“我养母没有工作，养父的收入也有限。那些年，我和老郑的大部分工资都寄给他们了。”高黛安说，“在给他们寄钱的问题上，老郑可大方了，晓得吧，差不多是倾囊而出。”

我本想多问一些女儿高群的情况，但高黛安却不大愿意多说，戚戚然。

此前我也曾问郑守仁关于女儿的情况，他也不愿多说，似乎有难言的苦楚。

看来，对郑守仁、高黛安夫妇而言，女儿是一个不想触碰的话题。

三　转战乌江渡

1

1969 年 2 月，郑守仁和长办三四十名工程技术人员组成的长办乌江渡勘测设计大队带着开发乌江水电的使命，开进了乌江渡水电站建设工地。

说起乌江渡，得先说一说乌江。

提起乌江，人们的脑海中会闪现出电影《突破乌江》中红军将士强渡乌江天险时英勇无畏、浴血奋战的场景。

1935 年 1 月初，为了摆脱国民党数十万大军的围追堵截，红军右纵队一军团二师四团全体指战员在团长耿飙、政委杨成武的率领下，经过浴血奋战，强渡乌江江界河渡口成功。之后，红一军团二师六团占领遵义，为中央红军赢得了宝贵的休整时间，更为具有决定红军生死存亡、中国革命前途命运的遵义会议召开创造了条件。

乌江难渡，是因为它是流淌于云贵高原上的一条水深流急的大河（因主要流经贵州省，又称黔江）。作为长江上游南岸最大的支流，乌江发源

◀贵州乌江渡水利枢纽

于云贵两省交界的乌蒙山东麓香炉山花鱼洞（在贵州省威宁县境），流经黔北及渝东南，于重庆市涪陵区注入长江，干流全长 1037 千米，流域面积 8.792 万平方千米。乌江水系呈羽状分布，流域地势西南高、东北低，地形以高原、山原、中山及低山丘陵为主。由于流水落差大，侵蚀切割能力强，自然景观垂直变化明显，以流急、滩多、谷狭著称于世，号称“天险”，水能资源丰富。但由于流域内喀斯特地貌发育，到处是岩溶地层，陡然增加了水电开发的难度。

乌江渡位于川黔线上的乌江南（右岸），是一处古老的渡口，由渡口而集镇（现为贵州省遵义县所属），每天都演绎着渡人渡物的重复故事。二十世纪七十年代初，位于渡口西 1.5 千米处乌江峡谷的宁静被打破了，在炮声隆隆、机声阵阵、人声喧喧中，乌江渡水电站开工兴建。

郑守仁一行来到乌江渡后，便见识了这座藏于深山峡谷中小镇的贫困：只有几十户人家，住的大多是普通的砖瓦房子（也有一些茅庐草舍），没有电灯，没有自来水。从四面八方涌来的水电健儿们无房可住，只好在工地附近的山坡、草地上搭设起芦苇棚，算是在这里安了个家。

郑守仁、高黛安是夫妻，勘测设计大队负责后勤的同志好不容易在附近老乡家租了一间只有 5 平方米的粮仓，稍加改造后成了他们的栖身之所。“那间仓房小得很，一张小双人床和一个小柜子便挤满了，只能凑合着住。后来我和老郑分别在乌江的左、右岸工地各自干自己的事，由于交通不便，这个‘家’往往几个星期才能回去一次，跟两地分居没多大区别。”高黛安说起那段艰苦岁月，不禁感慨万端。

“家”还没有安顿好，郑守仁就急不可待地来到乌江渡水电站坝址所在地，登高俯瞰，蓦然被这里的深谷湍流震慑住了：但见眼前的乌江两岸全是悬崖峭壁，像用刀砍斧凿一般；谷中水流汹涌，吼声震天。他不禁喃喃自语：“如此富饶的水电资源，不修水电站真是可惜了。”一种渴望为乌江渡水电站建设多做贡献的责任感、使命感像乌江激流一样，“哗哗”涌入心房。

随着工作的深入，郑守仁意识到，在乌江渡修建水电工程绝非易事。

乌江渡水电站作为我国在乌江干流开发的第一座水电站，坝址坐落在石灰岩地层上，为典型的喀斯特地质地貌——两岸岩溶发育，山体内孔隙多多，到处是泉眼和暗河。坝肩附近洞穴容积达8万立方米，坝脚下游50米处有厚达80米的较弱页岩及破碎带。工程设计洪水流量19200立方米每秒，但河床狭窄，枯水期水面宽仅70米上下。

这些异常复杂的地质条件给施工带来了极大困难，加之工程上马时正值“文革”，在不讲科学的特殊历史背景下，注定了乌江渡水电站的建设之路将会充满坎坷和波折。

事实果然如此。

乌江渡水电站的勘测设计单位是长办。1958年9月5日，在“大跃进”的热潮中，乌江渡工程上马兴建，但一年以后，因国家遭遇空前的经济困难，只得下马缓建。1968年10月，在中央“三线建设要抓紧”的指示下，国务院批复同意该工程再次上马。1969年初，水电部调湖南水利水电建设公司原柘溪施工队成建制进入乌江渡工地。出于保密要求，单位对外联络以“401信箱”为代号。是年底，乌江渡水电站建设划归水电部直接领导，施工队伍统一隶属于“水利电力部第八工程局（简称水电八局）”；勘测设计工作由长办派出的“乌江渡勘测设计大队”负责。后来，由于长办要集中技术力量重新勘测设计葛洲坝水利枢纽工程，遂于1972年5月将施工设代任务交给了水电八局设计院。

水电八局设计院的班底是原中南水利水电勘测设计院（简称中南院，驻湖南长沙），是水电部所属的八大设计院之一，实力雄厚，人才济济。后来，受“文革”的影响，中南院于1970年底被撤销，人员下放乌江渡、凤滩、黄龙滩等水利水电建设工地，下放乌江渡的人员被分配到水电八局。1978年中南院恢复，这部分下放人员又归队回家。

乌江渡建设之初，人们就担心三大问题：一是水库能否蓄得住水；二是大坝能否稳定；三是洪水能否安全下泄。

这种担心不久即变成了无情的现实。

1972 年 4 月，乌江渡水电站大坝在准备不足的情况下，仓促开仓浇筑 8 号坝段混凝土，终因仓面过大，加之不期而至的洪水冷浸，致使混凝土浇筑块严重开裂，浇筑下去的 3000 立方米的混凝土全部不合格，只能炸掉挖除。另一个事情更棘手，就是大坝基础防渗问题。乌江渡一带岩溶发育，断裂密集，水电站大坝就横在一个大漏斗上，虽然前期勘测设计中已经注意到这一点，但由于匆匆忙忙，没有完全探明查清坝基所在岩溶地层的工程地质和水文地质情况，以致在施工过程中出现了基础渗漏、坝基不稳等重大隐患和问题，令建设者忧心忡忡，望而却步。

从乌江渡传出的坏消息惊动了中央高层，李先念副总理先后两次做出批示，并责成水电部组织专家把脉诊病。经过科研攻关，破解了基础防渗（通过帷幕灌浆之法）、大坝基础稳定（采取拱形重力坝）、高水头大流量在狭窄河床泄流（运用大流量挑流消能方式）等技术难题，终于“踏平坎坷成大道”。

乌江渡工程于 1974 年春再度上马后，进展顺利，质量良好，1979 年第一台机组发电，1982 年完成主体工程。其时，郑守仁正奋战在长江葛洲坝建设工地。

乌江渡大坝为上重下拱形混凝土重力坝，坝高 165 米，长 395 米；正常蓄水位 760 米时，库容 21.4 亿立方米。水电站厂房布置在坝后，共装有 3 台 21 万千瓦的高水头大型发电机组，总装机容量 63 万千瓦，设计多年平均发电量在 33.4 亿千瓦时。2000—2005 年，完成全部机组扩建和增容任务，总装机达 125 万千瓦，设计多年平均发电量 40.56 亿千瓦时。

乌江渡水电站的建成，不但为贵州地区提供了源源不断的廉价动能，并送电川东，驱动了万台机器，点亮了万家灯火。

郑守仁和长办乌江渡勘测设计大队的技术人员们在很大程度上是以下放劳动改造的身份来乌江渡的。当时正值“文革”，知识分子成了“臭老九”，勘测设计人员在工地要与广大工人、农民“三同”（同吃、同住、同劳动）——同吃，一同吃的是粗食淡饭；同住，一同住的是简陋的工棚；同劳动，一同在工地的泥里水里摸爬滚打。

对此，郑守仁并不在意。在他的信条里，不管个人的地位如何，工作、生活条件怎样，只要不剥夺他的工作权利就行。

郑守仁被任命为长办乌江渡勘测设计大队导流专业组组长，主持施工导流和围堰的设计工作。

2

俗话说，隔行如隔山。

为了有利于读者的理解和认知，这里先对水利施工的一些概念进行简要诠释和说明。

概念一：水利工程施工

水利工程施工，与一般土木工程如公路、铁路、陆地桥梁、港口码头、高楼大厦等工程的施工有许多共同之处，但也有明显的区别，表现在：水利工程施工要与江河湖海打交道，要排除“水的干扰”才能进行，所有挡水建筑物，无论是临时的还是永久的，都要经受水的严酷考验。由于这一区别，水利施工的难度更大，对施工的技术设备和技术要求更高。

水利施工大体可分为三类工程：

一类是施工准备工程，如道路、供水、供电、通信、临时房屋建筑，砂石料开采加工、混凝土拌和、机械及车辆修配等施工辅助项目和施工征地等。

一类是为主体工程施工而必须先进行的临时性工程，主要是导流工程、围堰工程、截流工程。

一类是永久性工程，也就是通常所说的主体工程，如大坝、船闸、电站的厂房与机组安装等。

可以说，有了充分的施工准备工程和一系列的临时性工程，才能修建永久性工程。这些逻辑环节是层层递进的，不可颠倒，不可或缺。

如按施工的材料或对象分类，则无论导流、围堰、截流等临时工程，还是大坝、船闸等永久性建筑物，都不外乎土石方施工、混凝土施工、金属结构安装、水电站机电设备安装等 4 类施工。

概念二：导流

水利工程建设的第一项任务，就是导流施工。

所谓导流，是指为了使水工建筑物能保持干场施工，在用围堰维护基坑基础上，通过适当方式，将拟建工程所在的河水导离现场，使河水绕道或借道至下游归槽。换言之，导流是为了解决施工期间水与施工的矛盾而采取的分流工程措施，而且贯穿于施工的全过程。

概念三：围堰

围堰，是为了围住永久性水工建筑物的施工场地（“基坑”），防止施工时进水而修筑的临时性和封闭性的挡水建筑物；也有为了导流而修筑的与水流方向大体一致的非封闭的临时性挡水建筑物。围堰在于防水，导流在于分水，可以说都是为了避免水流对水工建筑物施工的影响。

通常在河水导离永久性建筑物施工河段后，即在水势相对减弱或近乎死水的原河道上抛石填土，修筑成一个封闭圈；再将滞留其中的水体抽干、淤泥排出、河床的破碎岩层清除——直到露出坚固的地质基础，才能修建永久性工程。因此，围堰是水利水电工程施工的前提和必需。

按围堰所用材料分类，又可分为土石围堰、草土围堰、混凝土围堰、木笼竹笼块石围堰和钢板桩围堰等，最常见的围堰主要是土石围堰和混凝土围堰两种。

围堰的基本要求是坚固、防渗、防冲、经济，能满足挡水要求，同时利于用后拆除。选用材料，以就地取材为好。为了围堰的施工顺利，不论何种形式的围堰都要尽量选在水浅流缓的枯水季节进行，在洪水来临之前必须完成或修到洪水位以上，以防淹没，前功尽弃。

围堰中，除结合永久性工程修筑的可以长期使用者外，大部分围堰在完成工程挡水任务，即堰内的永久性工程建成后，都要用爆破或机械等方式拆除。

大江大河水利水电工程建设中，围堰具有举足轻重的作用。围堰的成败直接关系到大坝、水闸等水工建筑物的施工安全、工期及造价；如果拦蓄的洪水容量较大，还关系到下游人民生命财产的安全。

概念四：截流

截流，是施工导流中通过向河床中抛填土石或混凝土块体，截断天然河道，迫使水流流向人工预留通道宣泄的工程措施，也是围堰施工中的关键性工程。其难易程度取决于流量的大小、流速的快慢、河流的深浅与宽窄等。截流的目的是为了修筑围堰形成基坑，以便在干场修筑水利设施。只是就截流长江、黄河这类大流量高流速的围堰而言，比在一般流量小、流速低的河流中修筑的围堰更为困难，技术上也更为复杂。

在截流过程中抛投物料形成的填筑体，河工上称“戗堤”；戗堤不断向江河的中部进发，叫“进占”。

戗的意思是支撑。戗堤可以理解为基础堤，因在流水中抛投土石或混凝土预制块等形成，又称透水的堰体。而围堰（横向围堰）一般要在戗堤的基础上进行，通过固基、加高、培厚、防渗，形成正式围堰。

截流围堰布置在上游的称为上游戗堤，布置在下游的称为下游戗堤。按照进占方式的不同，戗堤可分为：采用立堵进占，由一端向另一端进占的单戗堤，从上、下游同时立堵进占的双戗堤、多戗堤；采用平堵方式均匀布料一次形成拦断江河的全断面戗堤等形式。

截流施工的程序包括戗堤进占——龙口加固——合龙——闭气。截流戗堤进占束窄河床至一定宽度作为龙口，亦称合龙门；抛投截流材料将龙口河床封堵断流称合龙；合龙后在戗堤上游侧填充沙壤土，使其具有阻水作用，基本可以拦断水流，叫闭气。截流以后，还需要对戗堤进行加高培厚和防渗处理，修成围堰。

至于截流的方法，一般包括平堵、立堵两种方式，也有兼用立平堵或平立堵的。

平堵之法，是指在准备抛投堵截物一线上，设置浮桥或缆机、栈桥等跨河设备，借以全线均匀抛投填充物，逐步上升直至形成拦河坝，使河道断流，截流完成。

立堵之法，是指在准备抛投堵截物一线上，利用自卸车辆运载物料进行抛投，由此岸向彼岸进占，或从两岸同时相向进占，逐步缩窄河道，直到形成拦河坝，使河道断流，截流完成。

立堵截流又分为单戗立堵截流、双戗立堵截流与宽戗立堵截流。当河道流量大、水头落差大时，可采用双戗立堵截流方式，即让下游戗堤也承担一定的落差（通过下游戗堤壅水，使上游戗堤形成淹没流，以减少水头落差），从而降低截流难度。

平堵、立堵这两种截流法，各有优劣、长短，需要根据河段的地质、水文条件，因地制宜地确定采用何种方式。

平堵的好处在于，填筑物逐层全线上升，不会形成“龙口”，也不会在合龙中产生特殊不利的水力条件；短处在于，在填堵前需要修建浮桥或栈桥等跨河设施，前期准备工作量大，所需费用高。

立堵的好处在于，无须造浮桥或栈桥，直接抛堵投物料堵口，工期较短，造价较低；短处在于，戗堤进占最后要形成龙口，龙口愈窄，龙口上下的水位落差越大，流速愈大，水的冲击力增强，合龙也就更加困难。

至于立平堵的先立堵后平堵，和平立堵的先平堵后立堵，均为一次截流采取的两种方法，目的都是为了扬长避短，达到既方便又节省之目的。

二十世纪七八十年代以来，随着大型载重车辆吨位的不断提高，运载量日益增大，立堵截流的优势愈加明显，渐成截流方法的主旋律。故当今我国的河道截流多采用立堵之法；也有先用平堵方式垫高河床，再进行立堵的。

3

我们回归正题。

郑守仁在乌江渡水电站建设中的精彩之笔，是成功设计了我国第一座水下施工的混凝土拱形过水围堰。

过水围堰是围堰的一种，是指在一定条件下允许堰顶过水泄洪的围堰。过水围堰既担负挡水任务，又能在汛期发洪水时泄洪，适用于洪枯流量比值大、水位变幅显著的河流。其优点是可以减小施工导流泄水建筑物规模，降低成本；缺点是如发生大洪水围堰需要过水行洪，洪水过后再抽干、清理基坑，方可继续施工。

根据乌江渡水电站坝址一带水深流急、水量丰枯变化大的特点，确定其施工导流方式为：隧洞导流和过水围堰相结合（上游为混凝土拱形过水围堰，下游为土石过水围堰）。当然，运用这种过水围堰需要碰运气，如果老天帮忙，适逢枯水年，围堰不过水，全年都可施工；如果老天不给面子，遇到丰水年，水过围堰，就只能等大水过后再清理基坑恢复施工了。

对上游围堰形式，设计重点就混凝土重力式、混凝土拱形式进行了研究比较。乌江渡河段为两岸陡峻的峡谷河段，且两岸岩石完整坚硬，稳定性好，两种围堰方式都可行。但重力堰体较拱形堰体消耗混凝土量要大得多。这样一比较，省工省料的混凝土拱形围堰自然成了首选。至于下游围堰，因为有上游围堰抵挡着高水头的压力，故选择了省钱且施工简便的土石围堰形式。

搞水利施工的人都知道，混凝土围堰通常需在土石围堰围护下干场作业。而在流水中进行施工，通常采用钢围囹围护清基并浇筑水下混凝土方式。钢围囹为何物？它实际上是一种钢材制作的用于隔绝水土的小型围堰。

经过现场勘察，郑守仁发现，乌江渡河段河槽主泓部位水深流急，最难做堰。苦苦思索中，他想到了陆水试验坝导流封堵明渠下放大型钢框架石笼的成功经验，犹如迷失方向的夜行者忽然发现前方路上有一串光闪闪的火把，心智瞬间被点亮了。脑洞大开中，围堰右侧河床深槽部位采用放置大型钢框架笼水中封堵的设计思路在脑际盘旋、打转。接着，他便一头扎进设计室，不分白天黑夜地分析计算和绘制图纸。一周以后，具体方案瓜熟蒂落：在钢框架笼中部抛填块石截流，逼迫深槽水流改道从岸边新修的泄流孔下泄；上下游下插止水模板，浇筑水下混凝土；再对钢框架笼中部的块石体钻孔灌注水泥砂浆，使其成为注浆块石混凝土，形成围堰的堰体。

方案被采纳后，郑守仁又与施工人员一道，投入到大型钢框架的研制中。

钢框架其实是一种钢棍编织焊接而成的巨大笼子，用于盛石块或混凝土块等，由于体量较大，有很强的挡水和抗冲性。根据设计，确定上游钢框架的尺寸为长 16.5 米、宽 1.5 米、高 15 米，下游钢框架的尺寸为长 7.5 米、宽 3.0 米、高 12.0 米。

钢围囹和钢框架等硬件和建筑材料备好了，混凝土拱形围堰进入了热火朝天的修筑中……

采访手记

采访时，见我们听得云里雾里，郑总便用尽可能通俗的语言扼要向我讲述了乌江渡混凝土拱形围堰在流水中修筑的大体过程。

第一步，修建河床左侧泄流闸孔。先是浇筑左岸和右岸水下混凝土边墩，形成岸边施工平台；接着下放钢围囹，浇筑水下混凝土形成中墩，将河床分为左、右两部分；再下放左闸孔底坎模板，浇筑水下混凝土形成闸门底坎。

第二步，封堵右侧河床深槽，迫使乌江水改由新建的左侧闸孔宣泄。先是下放上、下游大型钢架（利用中墩及右边墩预留门槽作支座），依靠柔性钢筋将上、下游钢框架对拉定位，组成一道钢栅（重约 57 吨）；再将钢栅下沉到深槽缺口定位；接着向钢框架内抛投石块，迫使江水改流至左侧闸孔宣泄；再向装满石块的钢笼迎水面侧安插止水模板，闭气后在钢框架内浇筑水下混凝土，并对石块体灌注水泥砂浆。围堰全线浇注混凝土至 632 米高程，此时江水全部由左侧闸门宣泄。

第三步，封堵左侧闸孔，使江水改由导流隧洞宣泄。先是沉放钢筋混凝土叠梁门封堵左侧闸孔；再浇筑水下混凝土（主要采用直径为 25 厘米的导管下料浇筑）。

第四步，围堰全线浇筑混凝土至设计高程 650 米。

第五步，抽干基坑积水，在围堰背水侧浇筑混凝土拱加固。

在讲述过程中，郑总还绘草图示意。我全神贯注地听，调动脑筋想，但还是不能完全懂。我知道，这段专业性颇强的表述肯定会让不少读者既感到索然无味，又如坠五里雾中。本想割爱删掉，但想了想，还是留下吧，至少可以让读者知道乌江渡水电站修建是块难啃的骨头，尽管混凝土拱形围堰修筑只是整个电站建设的冰山一角。

按照郑守仁的这个巧思妙想，我国水下施工的第一座混凝土拱形围堰诞生了。

岁月才是检验“作品”成功与否的利器。经过 7 年的运行，混凝土拱形围堰安然无恙，为乌江渡水电站的长大长成做出了重要贡献。

这是郑守仁主导完成的第一个颇具科技含量的设计成果，虽然与他后来的诸多优秀作品相比只能算个不错的作业，但在他的水利生涯中却具有里程碑意义！

因为，“元者，善之长也”。有了好开头，找对了方向，建立了信心，再锲而不舍地坚持下去，更大的成功自然就会在前面恭候了。

4

在乌江渡水电站导流施工过程中，郑守仁差点送了性命。

惊险的一幕发生在 1971 年 4 月 8 日。

进入 4 月后，乌江流域中上游被无边的雨幕笼罩，历史上罕见的桃花汛呼啸而来，乌江水位暴涨，正在施工中的乌江渡水电站面临严峻考验。

其时，乌江渡正在建设施工导流工程。根据设计，在上游围堰右岸设有施工导流洞，隧洞进水口设计得较高，采用钢叠梁式闸门挡水；出口无明渠段。

所谓叠梁式闸门，又名叠梁闸、叠梁阀、叠梁门，是将一块块单独的闸板逐块放入门槽内叠合成一个平面挡水结构。叠梁门结构简单、自重轻，搬运安装方便，但由于挡水结构的整体性差，一般适用于临时挡水或检修闸门之用。

当洪水袭来的时候，乌江渡施工导流洞的钢叠梁闸门只安装了大部

分，还有两三块闸板没来得及安上。

汛情凶狂，水位急剧攀升，施工导流洞陷入被洪水吞没的险境。

危急关头，郑守仁建议："赶紧在施工导流洞钢叠梁门前堆积沙袋，以阻洪水进洞。"

当时负责施工的头头是位军代表，这个人对技术一窍不通，但胆子挺大，平时也不太把工程技术人员当回事。

军代表显然把郑守仁的话当成了耳边风，他不以为然地摇摇头："用施工模板后面做个支架，架在叠梁门上，我看就能挡住洪水。"

"木模板既薄又轻，根本挡不住洪水。还是用沙袋封堵保险……"郑守仁据理力争。

"别啰唆了，是听你的还是听我的？"军代表拧着眉头，粗暴地打断了郑守仁的话，"赶快照我的意见去办！"

胳膊拧不过大腿。郑守仁只好忍气吞声，迅速召集木工班的工人师傅们在导流隧洞内紧急研究用模板挡水的办法。

4 月 8 日下午，洪水上涨得更猛了，大有没过导流洞口之势。军代表见水势汹汹，一下慌神了。情急之下，他派人把郑守仁喊到洞上开会研究应对之策。会议刚开了一会儿，汹涌的洪水冲垮了叠梁门上的挡水模板，冲进导流洞中，正在洞中施工的 5 位工友，除 1 人从导流隧洞的支洞逃生外，其他 4 人全部罹难。

施工导流洞发生事故的消息像长了翅膀一样传到了乌江北岸（左岸）。正在北岸大坝支队搞围堰设计的高黛安，听说南岸（右岸）厂房支队有一位技术员和几名工人被大水淹没于导流洞中的噩耗，顿时眼前一片黑暗，天旋地转，瘫倒在地。

北岸工地得知消息后，指挥部忙调了一辆吉普车，拉着瘫软的高黛安到对岸探听虚实。好在离工地几千米处的乌江上有一座拱形公路桥，十几分钟后，车到人到。

此时，已是傍晚时分，高黛安见丈夫郑守仁正在工地食堂外面端着饭盒吃饭，惊魂未定地脱口而出："你没死啊？！"顿时泪如泉涌。

郑守仁也吃了一惊，“咣当”，铝饭盒脱手落地，半晌才冒出一句：“你怎么来了？”泪盈双目。

人命关天，岂能狂悖轻率！

这一惨痛的事故给郑守仁上了极其沉重的一课，并在他心里打上了刻骨铭心的烙印，每每提及都心有余悸。而且，这种惨痛教训的因子固执地植入到他的潜意识里，让他在以后的水利水电建设生涯中更加谨慎小心，更加科学严密，拒绝拍脑袋、想当然！

九一三事件以后，中国的政治环境悄然间发生了变化，长办在林一山的主持下，渐渐从“文革”的混乱中恢复过来。

在林一山的主导下，长办高层决定：将此前“下楼出院”、分散到各水电建设工地的长办科技人员召回，以集中力量干好长江干流治理开发的事，尤其是要集中优势兵力攻下葛洲坝工程修改设计这个“山头”。1972年4月，长办乌江渡勘测设计大队吹响了“回家”的集结号——成建制撤回长办总部，相关工作移交给水电八局设计院。

对郑守仁而言，在乌江渡水电站工地度过了三年多时光，虽然条件艰苦，不乏磨难，但毕竟给他提供了用武之地，且颇有建树。告别之际，他还真有些恋恋不舍。

回到长办总部后，郑守仁作为技术骨干，主要参与葛洲坝工程的导流和围堰设计。调研、查勘、开会、伏案……忙忙碌碌中，郑守仁隐约感到，前面有一件大事正在向他招手，等着他去做。

郑守仁的预感没错。很快，在万里长江第一坝——葛洲坝工程建设的舞台上，他将扮演重要的角色。

第三章　显露峥嵘葛洲坝

如今，人们去有“峡口明珠”、水电之都之誉的湖北宜昌参观游览，葛洲坝是必去的地方。许多人瞻拜了她的雄姿丽容后，会情不自禁地送上啧啧的称赞：葛洲坝，万里长江第一坝，了不起！

葛洲坝工程是二十世纪七八十年代中国人用自己的力量在万里长江上修建的第一座宏伟水利枢纽，坐落于湖北宜昌市境，在三峡出口南津关下游 2.3 千米处，距上游三峡水利枢纽三斗坪坝址约 38 千米。之前，坝址处的葛洲坝、西坝两个小岛把长江自右向左分为大江、二江、三江。巨龙般的葛洲坝工程就是从西坝的上端和葛洲坝的中部横跨三江的。

巍巍大坝全长 2606.5 米，坝顶高程 70 米，最大坝高 53.8 米，总库容

▶葛洲坝水利枢纽

15.8 亿立方米。枢纽主体建筑物包括：一座巨型泄水闸（27 孔）、两座冲沙闸（15 孔），可宣泄 11 万立方米每秒的洪水；两座低水头径流电站，共装机 21 台（大江 14 台机组、二江 7 台机组），总容量 271.5 万千瓦；两条航线、三座单级船闸（大江 1 座、三江 2 座）和一道防淤堤。

至于工程大名“葛洲坝”，乃因大坝轴线穿过江心的葛洲坝岛。不过，因工程建设的需要，葛洲坝岛被挖掉了——小岛已随工程去，唯留坝名成追忆。

应该说，作为中国人圆梦三峡的序章和新中国水电建设的里程碑，葛洲坝工程在二十世纪八九十年代为我国的水利挣足了脸面，被洋人誉为“中国的新长城”。

如今身躯伟岸的葛洲坝，她的孕育、分娩和长成，充满了戏剧性，有关的故事九曲回肠，浸满了艰辛和悲壮。而故事的主人公，既有毛泽东、周恩来这样运筹帷幄的战略家，又有林一山、钱正英这样的指挥家，还有文伏波、郑守仁这样的实干家。

在陆水、乌江渡磨硬了翅膀的郑守仁，将在葛洲坝工程建设的广阔舞台上，振翼高飞……

一　林一山力挽狂澜

1

说起葛洲坝工程，不能不提一位风云人物，他就是被毛泽东誉为“长江王”的长江委主任林一山。

林一山是何许人也，能受到一代天骄毛泽东的垂青？

1911 年 6 月出生于山东省文登县的林一山，是位经过抗日战争、解放战争枪林弹雨考验的我党高级干部。1949 年 9 月，他作为“中国人民解放军第四野战军南下工作团”秘书长来到中南重镇武汉后，正值长江大水给中下游地区造成严重灾害。受中南局之邀，林一山没有选择继续南下任广西省第一副主席，而是自愿降级就任中南军政委员会水利部党组书记兼副部长，不久又改任长江水利委员会主任。凭着过人的睿智、勤奋和执着，林一山很快对长江流域的水文、地质、气象等情况了如指掌。1953年2月毛主席视察长江，与林一山就治理开发长江多次畅谈，林一山熟谙情况，记忆惊人，思维敏捷，口才上佳，让雄才大略的毛泽东刮目相看，亲切地称他为“长江王”。

林一山还有一个特点，就是勇于坚持自己的意见，爱讲真话、说实话，就是在毛主席、周总理面前，也敢于“冒犯”直谏。

历史有时爱开人类的玩笑，你想这么着，它偏那么着。这不，让“长江王”做梦都想不到的是，他心心念念的三峡工程没能上马，反倒让本该后搞的葛洲坝工程抢了个先。

这事儿，说起来话长。

建设三峡工程，解决长江防洪、发电、航运等问题，本来是开国领袖毛泽东的宏愿。二十世纪五十年代，三峡工程建设已被提上了国家的议事日程。后来毛泽东又改变了主意。为何？原来进入二十世纪六十年代后，随着中苏关系的恶化，我国面临着“美帝苏修”两个超级大国的虎视眈眈，加之当时三峡工程巨大，有些关键技术问题还没有论证清楚，毛泽东对上马三峡工程踩了“刹车”。

燃起希望之后的绝望，比直接的失望更具杀伤力。

眼见三峡工程上马遥遥无期，湖北省的主政者急了。因为对湖北而言，不修三峡工程，长江洪水这个心腹大患难以根除不说，电荒问题同样令人焦头烂额——生产用电常常吃了上顿没下顿，就连城市居民生活用电也无法保证，拉闸限电成了家常便饭。

最心急火燎的是时任湖北省革委会副主任的张体学。张体学出身贫寒，只念过两年私塾，17岁时参加红军，凭着对党和人民的赤胆忠心，很快成为一名勇于赴汤蹈火、善打硬仗的猛将。抗日战争和解放战争时期，他多次率部出生入死，屡建奇功。转业到地方工作，仍保持着军人那种猛打猛冲、雷厉风行的作风。中央决定不上三峡工程，张体学备受打击，难受了好长一段时间。虽然嘴上服从，却心有不甘。

1969 年 10 月，张体学陪同水电部副部长钱正英考察湖北清江隔河岩水电站坝址，二人达成共识，希望先修隔河岩，权且弥补不上三峡工程之憾。考察回到武汉后，钱正英在武昌洪山宾馆主持会议，听取长办的意见。长办一位叫邱忠恩的技术员听到毛泽东主席关于“目前战备时期不宜作此（上马三峡）设想”的精神，向钱正英建议：与其在清江隔河岩修电站，不如在葛洲坝建一座低水头大坝，二者投资差不多，但葛洲坝的发电量要大得多。邱忠恩还介绍了葛洲坝水利枢纽的总体设计构想。

钱正英闻言，心中一动：既然眼下上不了三峡，何不退而求其次，先上葛洲坝，解决电力紧缺问题，同时也为三峡建设摸索些经验。

后来，钱正英把这个想法告诉了张体学，张体学一听拍案叫好：“我举双手赞成！”

张体学是个急性子，动了先修葛洲坝的念头后，便风风火火地找到武汉军区司令员曾思玉，添枝加叶地描述了上马葛洲坝的种种好处。曾思玉当时兼任湖北省委书记、省革委会主任，他当然不会反对。很快，在曾、张等人的积极推动下，先建葛洲坝的旋风从湖北刮到了北京，得到了国务院副总理李先念、政治局候补委员纪登奎等人的支持。张体学甚至拿出了战争年代打攻坚战的劲头，向周恩来、李先念等领导立下了军令状：“葛洲坝出了问题，我把脑袋挂在天安门城楼，向全国人民谢罪！”

1970 年 10 月，曾思玉访问朝鲜归来，“赖”在京城不走，为葛洲坝工程奔走呼号，并执意要到中南海向周总理面陈意见。10 月 28 日，百忙中的周总理抽出时间接见了曾思玉，听了他关于兴建葛洲坝工程的汇报。曾思玉讲得眉飞色舞，周总理边听边问了一些问题，最后表示，要听取葛洲坝工程可行性汇报后再做决定。

1970 年 10 月 30 日，武汉军区、湖北省革命委员会联合向中央报送了《关于兴建宜昌葛洲坝水利枢纽工程的请示报告》。报告写道：“我们会同中央水电部、长江流域规划办公室等有关部门对建设南津关下游葛洲坝的设想，又经过反复勘察、模型试验，认真研究，均认为可行，现建议兴建宜昌长江葛洲坝水利枢纽工程。”报告还就工程规模、工程效益、工程保证、施工准备进行了分述，称：兴建葛洲坝工程，是为建设三峡高坝积累初步经验，还可以改善南津关以上 100 ~ 180 千米的航道条件。水电站发电后，与丹江口工程、湘西电网构成一个大电网，可以解决湘西、鄂西、豫西、川东三线建设和工农业近期用电。

湖北方面热情的火焰万丈高，且提出先修葛洲坝工程的理由十分充分。处事谨慎的周恩来虽然表示支持湖北方面的想法，但他不放心，找来“长江王”林一山征求意见。没想到，林一山是个坚决的“反上派”。

2

林一山半年前（1970 年 3 月）才在周总理的干预下，从“牛棚”（地下室）中“解放”出来。

1970 年 12 月 16 日，周总理主持召开会议，研究葛洲坝工程建设问题。会上，绝大多数人都赞同抓紧上马葛洲坝，只有林一山旗帜鲜明地表示反对。尽管他的意见被人驳斥，有些言辞还夹枪带棒，但林一山不为所动，一直说“不”。

归纳起来，林一山的意见主要有四点：

第一，葛洲坝作为三峡大坝的反调节航运梯级，原计划等到三峡建设后期才修建的，故地形勘测、地质钻探做得很不够，不宜开工兴建；而三峡工程已完成勘测、设计，准备充分。

第二，三峡工程计划分三期进行，现在可进行正常蓄水位 115 米的一期工程，其工程规模、发电量、投资与葛洲坝工程基本相同，但航运效益更大，更有利于以后二、三期之续建工程。

第三，不上三峡而先建葛洲坝，违反了长江治理开发“先来后到”的程序，不但会给葛洲坝建设带来莫大困难（葛洲坝将要独立地面对洪水和泥沙两大难题挑战，无疑会把千难万难揽在自己身上），而且会给后建的三峡工程带来意外之难（因三峡位于葛洲坝上游，葛洲坝所要解决的问题将在三峡“重演”不说，原本水上作业的区域将会成为“水下作业”）；

林一山在观察葛洲坝工程模型

先修三峡后建葛洲坝，因有三峡大坝拦水拦沙，施工难度将大大降低。

第四，如果先建葛洲坝工程，则应在大坝拦水发电之前完成三峡工程的水下部分。如果不上葛洲坝工程，则可立即转入三峡工程的施工准备。

听了各方面的意见后，周总理表态道：“三峡和葛洲坝同时修，形势不允许。葛洲坝的方案要非常可靠，要安全要节约，要听取反面意见。要发动群众，加强领导，实事求是。提纲要把出现的问题写进去，把问题暴露出来。”

会议结束后，周总理看到林一山坐在自己的位子上没走，便走到他面前微笑着说：“林一山同志，刚才你没有把话说完整吧？……还是应该讲嘛。我喜欢听你的意见，你总是讲真话，讲真话就好。”总理的一番热切肯定的话语，让林一山的心中泛起一股暖流。林一山激动地把从 1958 年国家提出准备修建三峡工程的设想，到三峡工程与葛洲坝的关系以及现在对修建葛洲坝利弊的看法，一一向周总理做了汇报说明。周总理与他就相关问题进行深入探讨后，让他连夜把意见写成两千字左右的书面材料，呈送毛主席参考。

林一山遵命，回宾馆之后挑灯夜战。17 日，当朝霞破窗而入的时候，3500 余字的《关于修建葛洲坝和三峡工程的意见》一气呵成。中心意思是：

建设葛洲坝工程，前期准备工作不足，近期不具备开工条件；先建葛洲坝会给未来三峡工程的建设带来更大困难。与其建葛洲坝工程，不如采取分期开发方式，先完成正常蓄水位 115 米低坝的三峡第一期工程，其发电、航运方面均优于葛洲坝工程，防空上也无问题。

该意见草成后，林一山不敢耽搁，马上派人送往总理办公室。

1970 年 12 月 24 日，周恩来写信给毛主席，认为在“四五”计划中兴建葛洲坝工程是可行的；至于三峡大坝，“需视国际形势和国内防空炸技术力量的增长、修建高坝经验的积累”，再在“四五”期间考虑何时兴建。与此同时，还将他主持起草的中共中央《批复》送审稿和武汉军区、湖北省革命委员会的《报告》以及林一山的《意见》作为附件，一并呈报，请毛主席审阅和批示。

25 日，中央关于修建葛洲坝工程的批复指出：修建葛洲坝水利枢纽，是有计划、有步骤地实现“高峡出平湖”伟大理想的实战准备，也是落实毛主席“备战备荒为人民”“要准备打仗”伟大战略方针的重要措施……一定要精心设计，精心施工，妥善解决各项技术问题。这一批复将葛洲坝工程从过去偏重解决湖北近期用电提高到为三峡做“实战准备”的高度。

26 日凌晨 2 时半左右，毛主席在《批复》报告上做出了意味深长的批示：“赞成兴建此坝。现在文件设想是一回事。兴建过程中将要遇到一些现在想不到的困难问题，那又是一回事。那时，要准备修改设计。”

巧合的是，12 月 26 日那天，是毛主席的生日。

耐人寻味的是，毛主席的批示后来竟一语成谶。

据林一山等知情者推测，毛主席之所以做出这样意味深长的批示，当是看了林一山的《意见》，担心这个只有大体设计的工程因准备不充分会发生意想不到的问题——这何尝不是在有意提醒呢？

可惜的是，建设者并未了解到毛主席批示的深意，求战心切，“敌情”尚不太清楚就吹响进攻的号角，一哄而上，猛打猛冲，付出了重大代价，但“敌人的阵地”并没有拿下来。

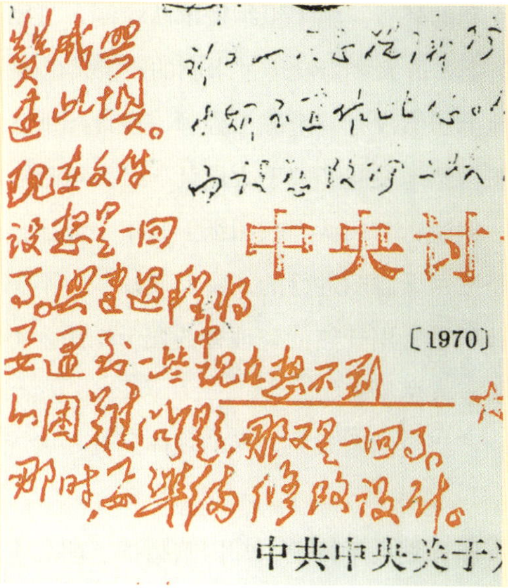
赞成兴建此坝。现在文件设想是一回事，兴建过程中将要遇到一些现在想不到的困难问题，那又是一回事。那时要准备修改设计。

中央讨

〔1970〕

中共中央关于

◀批复文件

3

拿到毛主席的批示和中央的批复文件后，曾思玉欣喜万分，立即电告张体学，并派专机将批示和文件送到宜昌，自己也迅速动身返回武汉。

1970 年 12 月 29 日晚，张体学在葛洲坝建设工地上向全体干部群众情绪激昂地传达了毛主席“赞成兴建此坝”的批示和《中共中央关于兴建宜昌长江葛洲坝水利枢纽工程的批复》。他还宣布，为纪念毛主席 1958 年 3 月 30 日乘江峡轮视察长江三峡，将这项工程命名为“三三〇工程”。他还用铿锵的语调提出了“三年半发电、五年建成”的豪迈口号。

1970 年 12 月 30 日，葛洲坝工地上，尽管寒风凛冽，阴云笼罩，但隆重的开工典礼还是点燃了 5 万多建设者战天斗地的热情，葛洲坝三江基坑在“万人下河，万炮齐鸣”中宣告破土动工，张体学兴冲冲地挥臂铲下了具有象征意义的第一锹土。

在好大喜功、急功近利思潮的驱动下，葛洲坝工程在仅有粗略规划设计和无充分准备的情况下仓促上马，成为典型的“三边”（边勘测、边设计、边施工）工程。工程指挥部领导成员均为武汉军区和湖北省有关领导，这些人都是没搞过水利的外行。施工组织按部队建制，且团长、连长都由部队的干部担任，施工人员大多为没干过水利的“新兵蛋子”。更有甚者，偌大一座工程，工地上居然没有一个总工程师，设计图纸上也没有负责人的签名。指挥部还想当然地发起了“千人设计、万人审查”运动，设计人员只绘图，不签名。据说，有的认为在图纸上签字是显摆自己，有名利思想；有的认为图纸是按领导意图进行的“奉命设计”，不想签名。

这种用激情代替科学、用狂热代替理智的蛮干做法，不付出沉重的代价才怪。有人历数了三大恶果：

一是质量差——已浇筑的数万立方米的坝体到处是裂缝、“蜂窝”、“狗洞”；

二是进度慢——原计划大干快上，却因瞎指挥、胡乱干，致使工程进展缓慢；

三是浪费大——施工近一年，设计还没有定案，除了建筑材料消耗巨大外，几万建设大军的“人吃马喂”消费同样惊人，大把大把的钱如流水般花了出去。

葛洲坝工程除了施工管理混乱外，更主要的是对葛洲坝江段极其复杂的地质、河势、流态及泥沙等问题没有搞清楚，导致几个关键性的技术问题没有解决，从而埋下深深的隐患。

让我们先了解一下长江葛洲坝段的河势、流态和水文、地质等情况。

奔腾的长江，穿过峭壁对峙、礁石林立、滩险流急、长达 200 多千米的三峡，冲出西陵峡的南津关口，立即由东急折向南，来了个 90 度的转弯，河谷豁然开阔，眼前就是葛洲坝岛了。

这是一处奇特、诡异的河段，地质、水文状况复杂多变。

仔细打量这个河段，它是从峡谷进入宽谷的过渡段，既有岩石河段的特征，又有冲积平原的特征。

从河段的平面形态看，南津关峡谷口河宽约 300 米，出峡口到葛洲坝约 3 千米，河宽即扩展到约 2200 米。就在这里，江水被江中的葛洲坝和西坝两个小岛分割为三股，从右到左分别称为大江、二江和三江。大江是

◀葛洲坝坝址原始地貌

长江的主河道，常年通航，二江和三江只在洪水期过水。从葛洲坝到镇川门约 4 千米的距离，河宽又缩窄为 800 米左右。大江在此段东转南折又东，形成两个大弯，呈反“S”形，其中南津关弯道近乎直角转折。左右两岸矶头犬牙交错，主流出峡谷后不顺凹岸而走，却沿凸岸而下，即向右转了 90 度急弯，奔向葛洲坝右侧的大江主槽。

从水下地形看，南津关峡谷谷口段为一深槽，高程为海平面以下约 40 米，在 500 米的距离内陡然上升为海拔 30 米，形成一个 1 ： 7 的倒坡。南津关口外左岸清凉树岸坡脚下有 14 道石梁，沿流向呈锯齿状。整个河段的河槽地形是左高右低，即三江河槽高于二江，二江河槽高于大江，大江为葛洲坝主泓深槽。

复杂的地质、河势和巨大的流量变幅，致使这一带的大江流态异常复杂——这里是长江西陵峡最著名的“泡漩”（既有鼓泡又有漩涡）发生地，泡漩十来分钟便赫然翻滚一次，且高达米许；另外还有“剪刀水”（两股急流像剪刀一般交汇）、裤裆水（一股水流忽然分成两股）不时出没，交织缠斗，让多年行走于此道的老船工都胆战心惊，望而生畏。因而他们恨恨地称西陵峡口的南津关为“南进关”“鬼门关”，并把铺天盖地的恶毒诅咒喷向了它。

另外，长江每年均有 5 亿多吨泥沙通过这一河段，其中包括来自三峡区间各支流排入的上千万吨粗砂或卵石。这些粗沙卵石能量巨大，一旦在坝前淤积下来，将成为水库运行特别是航运的心腹之患。

在这样奇诡的河段修建水利工程，不仅要研究岩石河段水流与河床的关系，也要研究冲积河段与河床的关系，更要研究过水建筑物作为特种河床与水流的关系，找到其中的规律和玄机。

但是，葛洲坝工程的建设者们小觑了这一河段的河势、流态的复杂，仅凭着一个规划性的枢纽布置方案和“敢叫日月换新天”的豪情就摆开了施工的战场。

1970 年底开工建设的葛洲坝枢纽是这样草草布置的：

三江设两道船闸、6 孔冲沙闸，二江设 4 台发电机组、19 孔泄水闸，葛洲坝小岛作为纵向围堰利用，大江工程布置尚在酝酿中。

由于没有先建库容巨大的三峡水库拦洪挡沙，使原来设计只能抵挡 1 万 ~ 2 万立方米每秒水头的大坝独立抵挡上游大量洪水（8 万 ~ 11 万立方米每秒）的重压，大坝建筑物如何合理布局和安置，以及泥沙处置等，都没有形成科学可靠的设计方案。于是，按照这个方案来修建葛洲坝工程，问题便排着队找上门来。

问题一：三江航道上游是一个大范围的回流区，必然发生泥沙淤积，如果无行之有效的防淤冲淤措施，上下游航道出现淤积碍航现象是大概率事件。

问题二：二江电厂上下游也处在回流区，电厂厂房前后都会有淤沙屯集，影响发电是必然的。

问题三：二江泄水闸 19 孔的总宽度为 344 米，泄水量在 7.1 万立方米每秒以上时，冲击力极大，而闸下基岩系黏土岩夹层，抗冲能力低，势必危及工程安全。

问题四：原布置方案二期导流的过流量设计过小，大江截流时截流水头高达 4.6 米，上游围堰高达 39 米，填方 300 万立方米。在这样高的水头下截流，截流后仅有 4 个月的时间就要完成如此大规模的围堰工程，实无必胜的把握。

……

问题接踵而至，施工陷入困境，指挥者急如热锅上的蚂蚁，却一筹莫展，无计可施。

整个葛洲坝工地愁雾笼罩，黑云压顶。

长江似乎也在冷眼旁观征服者的可笑举动，滚滚东逝，浪花嬉戏，涛声依旧！

4

有关葛洲坝工程遭遇“滑铁卢”的信息，通过各种渠道纷纷涌入中南海，周恩来总理忧心忡忡，寝食难安。

严峻的现实是：葛洲坝工程如果继续建下去，就会把大量隐患统统埋在大坝里面，如坝基不稳、泥沙淤积、泄流不畅、航运不通等，甚至招致更大的失败。丢弃不管，意味着半途而废，经济上的损失巨大不说，政治上的损失更加无法估量，弄不好会沦为国际笑柄。

但不丢不弃，又如何扭转败局，起死回生呢？

1972 年 4 月，周总理到首都机场送走了前来访问的斯里兰卡总理班达拉奈尔夫人后，心情沉重地对水电部副部长钱正英说：“葛洲坝是我的一块心病啊！”当月，为了加强“三三〇工程”指挥部的力量，周总理指示增补林一山为指挥部常委、副指挥长。但对于葛洲坝这个仅凭热情就一哄而上的“三边”工程，在大局已定的形势下，刚刚从“走资派”阵营中“解放”出来的林一山再有本事，势单力薄、说话没人听的他又能起多大的作用呢？

为了扭转败局，把已然跑偏的葛洲坝工程拉上正确的运行轨道，1972 年 11 月 8—21 日，周总理抱病先后三次在晚间主持会议，听取葛洲坝工程问题汇报，研究对策。国务院领导李先念、纪登奎、李德生等参加会议。

据林一山回忆，“汇报的方式不是通常的事先安排几个专门汇报，而是围绕着总理的提问和讲话进行讨论，最后由总理做出指示和决定”。

11 月 8 日晚，周总理第一次听汇报。会议一开始便直奔葛洲坝工程质量问题。

周总理事先已充分了解到葛洲坝工程质量问题的严重性，平时温文尔雅的他剑眉紧锁，神情严峻，严厉的批评声震撼着每个与会者的心。

“第一指挥长、第二指挥长是司令员、军分区司令员，都没搞过工程，容易瞎指挥。中央的《批复》是要武汉军区、湖北省主持，一些业务机关参加，组成坚强的指挥部，没叫你们以军人为主嘛。

“不尊重科学，不坚持真理，这是党性问题。

“水利工程与水打交道，马虎一点就出问题。长江出了乱子，不是一个人的事……是整个国家、整个党的问题。这个工程我们当时并不想马上开工，你们急得不得了，以为机不可失。

“当时，我们也有弱点。曾思玉从朝鲜回来，等着不走。我们想，人家不走，总有道理，听了汇报，我们也同意了。如果我们硬不同意，也搞不起来。可是毛主席看出来了，他批示‘赞成兴建此坝’，显然不是泼冷水。然后说‘现在文件设想是一回事。兴建过程将要遇到一些现在想不到的困难问题，那又是一回事。那时，要准备修改设计’。现在是修改设计的时候了，不能再等了。”

听着周总理的批评与自我批评，与会者的心情都异常沉重。沉默，沉默，整个会场静得掉一根针也能听到。

在听取林一山关于葛洲坝工程修改设计的意见后，周总理说：“你是否还是坚持原来的意见？”

林一山听总理点他的名字，站起身，缓缓地、态度真诚地回答：“我不坚持。现在是努力把葛洲坝工程做好。”

听着林一山的表态，周总理的眉头舒展了，他希望听到这样的表态。知人善任的周总理心里明镜似的：当下能收拾葛洲坝这个“烂摊子”的人，非林一山莫属。

但周总理没有马上摊牌。

11 月 9 日晚，周总理第二次听取汇报。这一次，主要谈工程质量事故和通航问题；更重要的是他要点将，请林一山出马，收拾葛洲坝这个“烂摊子”。

周总理讲话的口气依然严厉，既批评别人，也检讨自己。

“你们搞‘三边’，中央文件上没有。这是违反程序、违反客观规律的。当时地质也不完全清楚，还有新情况……张体学说一套，林一山说一套，实际是有不同意见。既然如此，意见不一，我得把工程停下来。泄洪要出问题，发电也发不成，航运更谈不上……”

周总理锐利的目光扫视着会场，最后聚焦在林一山的身上。他大声说：“林一山，要你去挂帅，敢不敢？这是长江上的工程。”

林一山答：“我不是那种材料。”

李先念说：“设计，林一山当统帅；施工队伍，他管不了。”接着他又顺着周总理的思路逼林一山表态：“这是长江上的工程，在长江上建坝。葛洲坝工程设计出了问题，找林一山可以不可以？你不能看笑话。”

林一山答：“主席批的工程，我绝没有看笑话，出了问题，我有责任。”

听着林一山的表态，周总理觉得时机成熟了。他从衣袋里掏出一份事先拟好的名单宣读起来：“现在请林一山同志主持讨论葛洲坝的问题，钱正英、张体学、王英先、马耀骥、沈鸿、谢北一、袁宝华参加，给你三天时间讨论，不够就五天。”

李先念随即提议：“廉荣禄也参加。”（廉荣禄是“三三〇”工程指挥部副指挥长）

最后，周总理语重心长地说：“对葛洲坝工程，我第一担心是通航，第二是泄洪。现在不能头痛医头，脚痛医脚。现在整顿施工队伍好办，主要是设计，要把修改方案搞出来。你们如果说不行，我们马上停下来。新中国成立 20 多年了，在长江上修一个坝，不成功，大坝垮了，是要载入党史的……我对葛洲坝工程这些问题总是战战兢兢，如临深渊，如履薄冰，可能不太自信……”

11 月 10—15 日，按照周总理的指示精神，林一山等 9 人关在北京友谊宾馆的一间会议室里开了 5 天的讨论会，主要形成以下意见：葛洲坝工程可以修建，但枢纽布置、主要建筑物形式、施工方案、航道泥沙淤积、地质基础等一系列重大技术问题均须深入研究；建议成立一个技术委员会，负责修改设计和处理工程建设过程中的一切重大技术问题；在修改设计期间，主体工程暂停。根据会议讨论的意见，草成了《关于修改工程设计问题的报告》，联名上报周总理。

11 月 21 日晚，周总理又一次主持汇报会，这实际上是一次总结会。

会议一开始，周总理动情地说："解放 20 年，我关心两件事，一个上天（两弹一星），一个水利。水利是关系到人民生命的大事，我虽然是外行，也要抓。"

在听取林一山等人的汇报后，周总理宣布了几项事关葛洲坝工程命运的重大决定：一是葛洲坝主体工程暂停施工，修改设计工作由长办负责。二是成立葛洲坝技术委员会，由林一山任主任（委员由林一山、钱正英、谢北一等 3 人研究提出名单），负责解决葛洲坝工程建设中重大技术问题，直接对国务院负责。三是撤销工程指挥部，成立葛洲坝工程局，负责施工的组织和管理。

大事定下来，周总理显得轻松了许多，他又语重心长地说："修葛洲坝，要成为三峡大坝的试验坝。你林一山原先主张修大的，我们说服你，先修葛洲坝，做试验。这里出现的问题，那里会同样出现。搞好了葛洲坝，林一山同志就为党立了大功。"

▶林一山在葛洲坝工地

面对总理殷切的目光，面对葛洲坝工程留下的巨大困难与挑战，林一山这位性格刚强的山东汉子没有退缩，他选择了勇毅担当。蓦然，他热血沸腾，一股澎湃的力量正在身体中燃烧。他忽地站起来，就像挂帅出征的将军一样，当场立下誓言：“总理，请放心！也请您报告主席，我林一山一定要把葛洲坝修起来！”铿锵有力的声音回荡在会议室中，让周恩来欣慰不已，让与会者钦敬有加，让整个会议室的灯光仿佛亮了许多。

11 月 23 日，经林一山、钱正英、谢北一 3 人商量，建议葛洲坝技术委员会由参加上次讨论会的 9 人组成，并上报周恩来批准。

让我们看一看葛洲坝工程技术委员会人员名单。

主任委员：长办主任林一山；委员：水电部副部长钱正英、湖北省革委会副主任张体学、水电部副部长王英先、交通部副部长马耀骥、一机部副部长沈鸿、国家建委副主任谢北一、国家计委副主任袁宝华、“三三〇”指挥部第三指挥长廉荣禄。

技术委员会聘请华东水利学院院长严恺教授（科学院学部委员）、清华大学的张光斗教授（科学院学部委员）、武汉水利水电学院张瑞瑾教授为顾问。

看看这份名单，就知道这个技术委员会（后来成员有所调整）的分量，各位委员除了张体学为主政一方的“大吏”外，其他多为国务院有关部委的大员。而林一山的职务不过是长办“主任”，能驾驭得了这些来自各大“寺庙”的“住持”“方丈”？许多人为他捏了一把汗。

林一山绝非等闲之辈，先天禀赋和后天的磨砺，使他智勇兼备，胆识过人。

学历够高——二十世纪三十年代就读于北平师范大学历史系，那个年代的大学生稀罕得很，说凤毛麟角、万里挑一不为过。

资格够老——1934 年参加革命，1936 年 1 月加入中国共产党，曾任地下党北平师范大学中心支部书记，参与组织“一二·九”学生运动；抗日战争时期是威震敌胆的胶东游击区司令员、胶东特委书记，解放战争时期曾任辽南省委书记兼军区政委、辽宁省委副书记兼军区副政委……

才智够足——人称他“地下全知道，天上知一半”，特别是对长江治理开发极具战略眼光和真知灼见，更兼对情况了然于胸，记忆惊人、口才了得，就连毛泽东主席都称他为“长江王”。

胆气够壮——身上充溢着一股心雄万丈、舍我其谁的豪迈，“给我一个支点，我能撬动地球”，大概说的就是他这种“牛人”。

能量够大——同事、战友多是地位、职级显赫的人物（如许世友、肖华等都是他的老战友），本人又深得毛主席、周总理的信任和器重。

当然，林一山敢在周总理面前立下军令状，除了他本人智勇过人外，更取决于他所掌管的长办有一支值得信赖的科技队伍，这支队伍是他 20 多年来精心培育起来的，并经过了荆江分洪、丹江口水利枢纽等重大工程建设的实战锻炼；这支队伍人才济济，精兵强将如云——除了有李镇南、杨贤溢、魏廷琤、文伏波、洪庆余、曹乐安、陈济生、吴康宁、季昌化等一干大将外，还有黎安田、郑守仁、王家柱、傅秀堂、郑允中、陈德基、陈雪英等一批后起之秀。另外，长办以外如严恺、张光斗、张瑞瑾等著名专家学者，同样是林一山仰仗的“最强大脑”。

5

正当林一山临危受命，统领长办众将士刚刚打响葛洲坝工程修改设计这场攻坚战的时候，万恶的病魔穿着隐身衣找上门来。1972 年底，林一山的右眼被诊断患上了“脉络膜恶性黑色素瘤”。这种黑色素瘤属恶性肿瘤，一旦扩散将很快危及生命。

林一山心急如焚，如坐针毡。

他不是贪生怕死，而是重荷在身，耽误不起时间。这天，在上海华东医院的一间病房里，他对医生、护士们说：“你们知道周总理、先念同志为什么关心我这双眼睛吗？这是毛主席亲自批准的葛洲坝工程呀！你们大胆地挖吧，就是挖错了，无非是多瞎一只眼睛！”停顿了一会儿，又充满感情、一字一句地说：“跟你们讲老实话，我瞎了一只眼睛，能把葛洲坝修起来；两只眼睛全瞎了，我闭着眼睛，照样把葛洲坝修起来！要是癌细胞转移了，我死了，葛洲坝建不成，我对不起主席，对不起总理啊！”

听闻此言，在场的医护人员无不动容，每个人的眼睛都湿润了。

不幸中的万幸，林一山的眼癌没有转移，他的右眼球摘除后，身上的癌细胞也隐遁了。

有人开玩笑：林一山大业未竟，命不该绝，葛洲坝建不成，马克思是不会收留他的。

大病未愈，林一山就溜出了医院，投入到领导葛洲坝工程总体设计方案的研究中。一方面，他要主持葛洲坝工程技术委员会的工作，提出思路，把握方向，议定大事；另一方面，他要领导长办，组织科研、设计力量，按照技术委员会的决策，做好葛洲坝工程的具体设计工作。

葛洲坝工程技术委员会作为一种全新的领导体制，实行民主协商制，以科学论证为基础，各行业、各部门的意见和要求在技术委员会上可以充分发表，形成一致意见后报国务院批准或备案后，即可实施。这就克服了过去那种各单位会签、层层审批以致旷日持久的弊端，大大提高了效率。

1972 年 11 月下旬，林一山回到武汉后，立即调兵遣将：

——通知“文革”以来下放到各个水电工程建设工地（当时有个形象的说法叫“就地卧倒”）和农场劳动改造的长办勘测设计和科研人员尽快归队回家，以集中优势兵力进行长江干流的治理开发特别是葛洲坝工程的修改设计。

——指定魏廷琤、文伏波两位副总工程师为葛洲坝工程技术委员会的联络员。

——决定长办党委副书记张魁之驻工地代表长办统筹现场勘测设计和科研工作，长办杨贤溢总工程师为葛洲坝工程科研领导小组组长。

——确定魏廷琤、文伏波、洪庆余、曹乐安四位副总工程师负责设计工作，文伏波为现场设代处处长、曹乐安为设代处总工程师。

后来的实践证明，林一山这个葛洲坝工程技术委员会主任足够优秀，他用大智大勇导演了一出集思广益修改设计，使葛洲坝工程重新上马，并最终建成享誉世界优质工程的精彩大戏。

6

自1972年11月至1982年1月，葛洲坝工程技术委员会先后召开了13次会议，并紧紧依靠长办内外广大水利科技人员的经验和智慧，“逢山开道，遇水架桥”，扫除了葛洲坝工程设计和施工中一个一个拦路虎，终于上演了一出力挽狂澜的壮剧。

以林一山为首的技术委员会根据葛洲坝工程河势、流态、泥沙等问题的复杂、要害和玄机，创造性地提出了河势规划的思想，确定了总体枢纽布置方案：挖除葛洲坝岛，由人工的“纵向围堰”将大江、二江隔开，形成以二江泄水闸为主体，大江电站和航道、二江电站和航道为侧翼（即所谓的“一体两翼”）的格局。

对于令人头疼的泥沙问题，确定采取综合措施：一是在三江上游兴建1750米长的防淤堤，下游利用三江河道，使三江上下游形成一个独立于长江主河槽的人工静水航道；二是在航道内布设冲沙闸（大江9孔、三江6孔），以“静水（不冲沙时）通航、动水（不通航）冲沙”，既满足了长江船舶进闸的水流条件，又解决了航道的泥沙淤积问题。

山重水复疑无路，柳暗花明又一村。

1974年9月2—20日，受国务院委托，国家建委主任谷牧在北京主持召开葛洲坝工程座谈会，讨论长办上报的《长江葛洲坝水利枢纽修改初步设计报告》，研究工程复工问题。经过一番激烈的交锋，各方意见趋于一致。

最后，谷牧用洪亮的声音宣布：“综合各方面的意见，我的结论是，葛洲坝工程可以复工了！”

话音刚落，台下刮起了掌声的风暴。

二　围堰设计创新好戏连台

1974年10月20日，秋阳高照，楚天舒阔。在锣鼓喧天、鞭炮震耳的热烈气氛中，葛洲坝工程建设局在宜昌工地召开大会，宣布主体工程复工。

此时，葛洲坝工程停工已达22个月之久。深受停工熬煎、对复工望眼欲穿的建设者们喜泪沾衣，奔走相告。

在参加庆祝复工大会的代表中，就有年轻的长办工程师郑守仁。34岁的他此时已完全褪去了刚出大学校门时的青涩与稚嫩，一脸的成熟与稳重。虽然沉默寡言、低调谦虚的性格依旧，但他的内心已然相当强大，因为有了陆水蒲圻水利枢纽、乌江渡水电站建设的历练和洗礼，他的本领长了，能力强了，攻城拔寨的底气足了；而且站在葛洲坝工程这个大舞台上，他感到责任重大、使命光荣，胸膛中燃烧着献身水利、建功立业的熊熊火焰。

万里长江，葛洲坝工程，还有工程的建设者们，仿佛约好了一样，都在不动声色地对郑守仁拭目以待。

1

郑守仁是在十万火急的情况下被调到葛洲坝工程建设工地的。

1974年8月以来，郑守仁和水工、水文、地质等方面的多名技术骨干组成的勘测小组，在长办枢纽处总工吴松樵的带领下，一直跋涉于长江干流宜宾到重庆之间，查勘适宜修建水电站的坝址。

9月中旬，正在重庆江津境的小南海、朱阳溪一带查勘的郑守仁忽然接到长办施工处打来的电话，让他和陈尚德（时任施工处导流科项目组组长）火速赴京去见他们的顶头上司——长办施工处副处长承嘉谋。

此时，在北京的一家宾馆，承嘉谋等长办的技术骨干已在这里安营扎寨多日，任务是随时给林一山为首的葛洲坝工程技术委员会供给技术支撑的“弹药”。

郑守仁、陈尚德在武汉会合后，便马不停蹄地赶到北京。甫一见面，承嘉谋就对郑、陈二位手下得力干将说：“葛洲坝工程修改设计方案已获国务院审查批准，主体工程将于下个月复工。林一山主任讲，三峡工程建成后葛洲坝工程截流时，可以控制长江流量，葛洲坝截流不存在风险。而现在没有三峡，葛洲坝截流要独自面对高达5200 ~ 7300立方米每秒的截流流量和高达8600立方米每秒的导流流量，难度大，风险高。你们二位是施工导、截流设计的行家里手，希望能承担起葛洲坝导流、围堰和大江截流设计的重任。”

“考虑到葛洲坝建设的前方后方都需要人，经组织研究决定，尚德留守长办施工处，以项目组组长的身份带领导流科骨干为葛洲坝前方的导截流施工设计提供技术支撑；守仁则要奔赴葛洲坝第一线，进行现场设计并解决施工中的技术问题。”

陈尚德听罢，正中下怀，精神为之一振，表态道：“没问题！我将放下手头其他事项，全力以赴投入到葛洲坝工程导、截流的设计中，力争出色完成任务。”

郑守仁没有马上表态，而是微蹙眉头，若有所思。他深知，在世界第三大河——长江上首次修建工程，施工导流、围堰特别是大江截流，都是前无古人的。让他参与吃“第一个螃蟹”，是组织对他的信任，是历史给他的机遇，当然更是一种严峻的挑战。他心头撞鹿，不免有些激动和忐忑，但绝没有打退堂鼓的意思。他这样给自己打气：路是走出来的，事是干出来的；世上无难事，只怕有心人！

“守仁，你呢？有什么困难吗？到了工地可顾不上家了。”承嘉谋把殷切的目光投到了郑守仁身上。

“困难肯定会有，但我会努力克服，有信心把工作做好。”在郑守仁的意识中，事是干出来的，不是喊口号喊出来的，他不想当嘴把式，只想扎扎实实、一步一个脚印地把事情做好。

郑守仁领命后，立即马不停蹄地赶往葛洲坝工地。

当时正值“文革”后期，工地的工作和生活条件还相当艰苦，有顺口溜说：“住的是芦席棚，餐餐‘瓜瓜椒’（南瓜和辣椒），十里工区路，天天两腿走。”但这对于一向对生活要求极低且吃苦耐劳的郑守仁而言，根本不是问题。他担心的是自己力所不逮，做不好工作，辜负了组织和各方面对自己的期望。

郑守仁一投入到葛洲坝工程建设的热潮中，忙碌就成了主旋律，有时竟忙成了一个日夜旋转的陀螺……

忙碌中，一个个技术难题被他攻破了，原本不显山不露水的郑守仁逐渐既显山又露水了。

有一份记录郑守仁功劳簿的文字这样写他在葛洲坝建设中的贡献：用“守点顾线”的防冲设计，成功地在长江中修建土石纵向围堰，该项成果已用于三峡工程一期土石围堰设计；主持大江截流及二期围堰设计，为解决二期围堰纵向拆除问题，采用混凝土基座上插钢板桩格型围堰方案，为国内首创；大江截流设计中，提出拦石坎护底方案，简化护底结构，减少工程量，为顺利合龙起到重要作用；提出二期上游横向土石围堰采用两排混凝土防渗方案，分期施工，取得成功，并应用于三峡二期上游围堰设计；设计了钢架叠梁围堰并解决了止水难题，保证了泄水闸底板干地检修；设计了二江泄水闸护坦及海漫检修围堰，采用新颖结构解决土石围堰与石闸导墙接触防渗防冲问题，在确保电站发电运行流水的前提下，为二江泄水闸护坦及海漫抽干检修创造了条件。

这段颇具技术含量的叙述，文字不多，但内行人一看就会暗竖大拇指：郑守仁在葛洲坝工程围堰和大江截流设计中做出了重大贡献，功不可没！

但郑守仁到底干了些什么，除了内行看门道能懂外，行业外的人只能当吃瓜群众“看热闹”。其实，即使是水利水电行业的业内人士，如果不是专门搞围堰和截流工程设计和施工的，也未必能全部读懂其中的“所以然”。至于背后的故事——郑守仁“踏平坎坷成大道，斗罢艰险又出发”的情节，外人更是“不知有汉，无论魏晋”了。

如何对上述文字进行既专业又通俗易懂的解读呢？这同样是个难题，通过采访了解、思考分析、语言锤炼等，试着把这些在外人眼里十分专业且犹如天书般的表述“翻译”出来。而且，先要把“文学不文学”放一边，至少要尽量用明白畅达的语言把事情的经过说明白，让非专业人员也知道个“子丑寅卯”。

不过，想“说明白”可不是件容易的事。

2

来葛洲坝工地之前，郑守仁已被任命为长办施工处导流科副科长（导流科的正科长则是郑守仁当年入党的介绍人傅正义。故当时导流科流行这样一个有趣的说法："傅的是正的，郑的是副的。"），来到葛洲坝工地后，再加一个头衔——葛洲坝工程设代处导流组组长。

郑守仁和他的团队将要承担起葛洲坝工程围堰和导流、截流的设计工作。

葛洲坝工程坝址所处江面总宽2200米，江中有葛洲坝、西坝两岛，将长江分割为大江、二江和三江——大江为主河槽，宽约800米，江底最低高程28.0～30.0米，最枯水深11.0～12.0米；二江宽300米，江底高程43.0米；三江宽550米，江底高程46.0米。枯水季节二、三江断流；当流量超过13000立方米每秒和29000立方米每秒时，二、三江相继过流。

鉴于工程的庞大和复杂，葛洲坝工程采用分期导流、两期施工的方式。

第一期工程，先围堰二、三江，江水从大江宣泄，对长江天然过流改变不大，大江照样通航，沿葛洲坝右侧修筑一期纵向土石围堰和二、三江上下游横向土石围堰，围成二、三江基坑。在围堰护卫下，修建二江泄水闸和二江电厂房、三江冲沙闸和2号、3号船闸，并修筑纵向钢板桩格型围堰。

第二期工程，进行大江截流后，修建大江上、下游围堰，与已建成的纵向钢板桩围堰围成大江基坑，江水改道从二江泄水闸宣泄。在围堰的保护下，修建大江冲沙闸及1号船闸、混凝土重力坝、大江电站厂房；水库蓄水，大江上游土石围堰与已建的二、三江水工设施共同挡水，三江2号、3号船闸通航，二江电站发电。

葛洲坝工程修改初步设计的枢纽布置，是将二江泄水闸由19孔增加至27孔，需挖除江中的葛洲坝岛。因此，主体工程复工，首先要沿葛洲坝岛右侧大江边修筑纵向土石围堰，与已修筑的二江上下游土石围堰围护成基坑，为二江泄水闸和二江电站厂房创造干地施工条件。在大江修筑纵向土石围堰必须采取防冲保护措施，才能保证堰体安全。

郑守仁的第一个杰作：提出纵向土石围堰防冲“守点顾线”的设计方案。

在一期纵向土石围堰的设计中，郑守仁发现，过往国内外修筑的围堰保护措施大多采用纵向段全线堰体迎水坡脚抛填块石保护。这种抛填防冲块石措施固然简易可行，但工程量大，成本高。如何达到既保证围堰安全，又省事省钱的功效呢？他苦苦思索着、探寻着。

一个风清月朗的晚上，郑守仁独自在葛洲坝下游一带的大江边徘徊。皓月当空，银光浮江，江水低吟，如歌而东。他举头对月，似乎在向它讨主意；明月无语，只是灿烂地笑着。移步于岩岸，脚踏实地，铿然有声，灵光一闪，他想到了堤防护岸工程。“堤防工程多在险段处用丁字坝之类的挑流措施加以防护，纵向围堰的防护难道就不行吗？原理是一样的。”他心里这样盘算着，大脑飞速运转，纵向土石围堰防冲“守点顾线”设计思路冒出头来。

他无比兴奋，一路小跑回到办公室，伏案奋笔，将思路绘成草图，又演算起来……

“守点顾线”设计方案的点睛之笔在于“守点”，即在土石围堰纵向段与上下游横向段相连的部位重点防冲守护，形成上游丁坝和下游矶头，使纵向段长度近 1.0 千米范围都在回流区，从而简化了堰体坡脚防冲结构。

但这个方案可行性怎样，还需要水工模型试验的验证。

郑守仁同长江科学院水工室负责人刘大明等人合作，研究了围堰的水工模型试验方案，并在葛洲坝试验场建起了 1 ∶ 100 的水工模型。试验不分白天黑夜连轴转，郑守仁经常蹲守在现场，寻找他想要的答案。

一个雨后初晴的上午，试验结果出来了：丁坝和矶头防冲结构可满足设计流量防冲要求。长办葛洲坝设计代表处处长文伏波、总工程师曹乐安等都对郑守仁这一开创性设计赞赏有加。

1974 年 10 月中旬，根据郑守仁“守点顾线”思路编制的一期纵向土石围堰布置及围堰施工图出来了，望穿秋水的施工方如获至宝，马上大干起来。

一期纵向土石围堰于 1974 年 10 月下旬开始抛填，1975 年 6 月完成堰体填筑和防渗、防冲结构施工，保证了围堰的安全度汛，为修建二江泄水闸、二江电站厂房及二期纵向钢板桩格型围堰提供了干地施工条件。

土石围堰安全运行 5 年，证明了防冲设计的合理性与可行性。该“守点顾线”的设计思路后来被移植到三峡工程一期纵向土石围堰防冲设计中，收到了“拿来就管用”的效果。

3

郑守仁的第二个杰作：为破解葛洲坝二期纵向围堰水下部分拆除难题，提出了“钢板桩格型围堰”设计思路。

对于葛洲坝二期纵向围堰设计，如果按传统之法，编制设计方案并非难事，但问题也不容忽视，就是围堰完成历史使命后，水下拆除难度大，且所用建筑材料几乎都要“打水漂”。如何优化设计，找到两全其美的办法呢？不甘得过且过的郑守仁又一次自我加压，走上了攻关之路。

老实而聪明的郑守仁知道，要破解水下围堰部分拆除难的问题，光凭自己苦思冥想不行，必须学会“拿来主义”，积极借鉴他人的经验和做法。为此，他一连几个白天晚上把自己关在资料室里，查阅了大量国内外有关围堰建设的资料。

功夫不负有心人。在翻阅科技资料时，他看到一则关于国外发达国家在水利水电工程建设中大量使用钢板格型围堰的信息，心中为之一动。后来他又看到，1957 年我国在建设武汉长江大桥时，首次将德国拉森公司的钢板桩用于水中桥墩的围堰施工，获得成功。这种钢板桩格型围堰的突出优点是施工效率高、止水效果好。这让他的思路泉涌，“底部混凝土基座上插钢板桩格型围堰”的创意盘旋脑际。

“我是不是有点一厢情愿，甚至异想天开呢？”激动之余，郑守仁又有些忐忑：一来国内尚无先例，需要摸着石头过河，能否顺利达到预期设想还不好说。二来这种围堰需要一字型钢板桩数量很大（后来确定为 8000 吨），而当下（1975 年）我国尚无能力生产这种钢板桩，只能从国

葛洲坝二期围堰

外进口。三来进口外国钢材可能会被扣上“洋奴”的帽子。

后来，郑氏方案报到了最高首长林一山那里。胆识过人、开明务实的林一山听过汇报后，眼前一亮：“在长江上搞葛洲坝这样前无古人的伟大工程，难题重重，不搞技术革新，不打破条条框框的约束怎么能行？进口国外设备材料，是工程建设的需要，跟‘洋奴’有什么关系？既然纵向围堰采用便于拆除的钢板桩格型围堰优点明显，我看可以考虑。”

在林一山的力主下，经葛洲坝工程技术委员会讨论同意后，专门打报告给国家计划委员会，申请从日本进口这种钢板桩。葛洲坝是毛主席亲自批准、周总理主抓的“国字号工程”，很快，郑守仁他们的愿望就实现了。

鉴于钢板桩格型围堰在我国水电站工程施工中尚无先例，在干地混凝土基座插钢板桩格型围堰国外也属罕见，林一山要求设计人员和一线工人“三结合”，携手并肩，协作攻关，从而扫清了钢板桩格型围堰施工中的拦路虎。

所谓“三结合”，是二十世纪六七十年代党中央所倡导的领导、专家和群众三结合的工作方法，即领导人员、科学技术人员和工农群众三个方面密切结合，以解决工农业生产的技术难题。

在施工现场，郑守仁既动脑又动手，边干边向工人师傅解释设计意图，并随时听取他们的意见建议。凡是合理可行的，他便立即采纳，随时修改优化设计，从不顾及自己的面子。工人们透过郑守仁身上的汗水和泥浆看到了他一颗赤诚的心。

他山之石，可以攻玉。为了尽快突破钢板桩格型围堰设计与施工的难点，设代处还派导流组工程师高黛安专门到武汉长江大桥桥墩建设中曾经采用钢板桩围堰的施工单位学习取经，获取了不少“明招暗窍”。

在不懈努力中，郑守仁带领他的团队终于设计出适用于水深流急的长江、可拆装的钢框结构样架，为大规模修筑钢板桩格型围堰奠定了基础。

二期纵向钢板桩格型围堰于 1976 年 12 月 26 日开始施工，1980 年 8 月 20 日全部安装完毕。它由 31 个圆筒、31 个联弧，计 5986 根钢板桩构成。施工过程中不断总结经验，改进吊装方法和吊具，使工效成倍提高——安装一个圆筒由开始时的 8 天缩短至 1 天。

围堰投入使用后，安全挡水 6 年多。特别是 1981 年汛期，面对 7.2 万立方米每秒的滚滚洪流，围堰固若金汤，笑傲狂澜。

1986 年秋，钢板桩格型围堰完成挡水的使命，被拆除。但这些被拆除的钢板桩并没有回归炼钢炉，而是乘火车倒汽车风风光光地辗转数百千米，来到大渡河铜街子水电站建设工地，继续“发光散热”。

4

郑守仁的第三个杰作：提出二期上游横向土石围堰采用两排混凝土防渗墙的设计方案。

1981 年 1 月 4 日，大江截流成功后，还没来得及从葛洲坝大江截流大战的疲惫中恢复过来，郑守仁和他的战友们又马不停蹄地投入到二期上游横向土石围堰抢修的战斗中。

“大江截流完成后，需要马上进行大江上游横向土石围堰施工，从而与下游横向土石围堰与二期纵向钢板桩格型围堰形成二期基坑，为大江主体建筑干地施工创造条件。要求围堰在大江截流后的 5 个月内必须抢至度汛高程。而且，与其说是修筑一道围堰，倒不如说是在长江干流修建一座大型土石坝。工程量巨大、时间紧迫，必须争分夺秒。”

郑守仁说到这些，思潮翻涌，仿佛又回到了当年的峥嵘岁月。

葛洲坝上游横向土石围堰轴线长 895 米，高 40 ~ 50 米，施工水深 10 ~ 18 米，堰体下部 15 ~ 20 米高度为直接向水中抛填施工，就是说堰体的 60% 需要水下抛填堆筑，限于施工条件和抢工期的要求，无法采取加固密实措施，仅水上部分堰体填料可分层碾压密实。因此，必须找到一种安全可靠且容易实施的围堰防渗方式，方能保证围堰运行安全。

早在大江截流之前，郑守仁就未雨绸缪，组织力量对围堰形式——黏土斜墙铺盖土石围堰、黏土斜墙下接混凝土防渗墙土石围堰、黏土心墙下接混凝土防渗墙土石围堰、钢筋混凝土防渗心墙土石围堰、双排混凝土防渗心墙土石围堰等进行了研究和比较，力求找到最适合的形式。

在河道流水中修筑围堰，堰体基础防渗是事关围堰成败的关键技术。围堰基础及堰体防渗之法有垂直防渗、水平防渗两种，尤以垂直防渗最为常见。垂直防渗的形式五花八门，有土质防渗心墙、塑性混凝土防渗心墙、高压喷射灌浆防渗心墙、钢板桩防渗心墙、塑性混凝土防渗心墙上接土工合成材料防渗心墙、塑性混凝土防渗墙上接土质防渗墙等。

混凝土防渗墙为何物呢？它是一种在围堰的堰心部位浇筑混凝土而成的防渗墙体。其成墙的方法是：采用造槽机械设备在建筑物基础中施造槽孔，造孔过程中在槽孔内注满泥浆固壁，以防止槽孔坍塌；成槽后使用导管在泥浆槽中浇筑混凝土，并将泥浆置换出槽孔，形成混凝土墙体；再将若干连续段混凝土墙体搭接，构成一道混凝土防渗墙。

在技术攻关上，郑守仁从来都是带头冲锋陷阵。这一次也不例外。记不清度过了多少个不眠之夜，要么紧锁双眉，在心中绘制着设计蓝图；要么在书籍和资料堆中徜徉，寻觅着纸页中的智慧；要么铺开纸笔写写画画，计算推演着可行性。

这一天，郑守仁紧锁的眉头舒展了，说明他的方案考虑成熟了。他向设代处处长文伏波和有关专家做了汇报：鉴于大江上游横向土石围堰在大江截流后 5 个月内必须将堰体抢至度汛高度，实为背水一战，且围堰挡水后常年要在高水位下运行，质量必须可靠，不能出现半点差池。由于是向水中抛填砂砾石及石碴作堰体，黏土斜墙、黏土心墙、黏土心墙下接混凝土防渗墙等方式施工复杂、工期较长。综合考量，本着施工简单、安全可靠、便于抢工期的原则，采用双排混凝土防渗墙的方式为佳。

经过讨论，大家一致认为“郑氏方案”可行。后经水工模型试验检验，也给出了“可行”的结论。再经层层审核把关，最终由水电部批准了“双排混凝土防渗墙”方案。

葛洲坝大江截流成功后，林一山的注意力也转移到大江上游横向围堰的修筑上来，而且格外关注围堰防渗墙这个关键问题。他深知，防渗墙可靠与否，事关围堰的安危。因此，在一次专门研究围堰施工的会议上，他强调：设计人员必须深入施工现场，跟踪围堰施工情况，发现问题及时与施工方研究处理，以保证围堰填筑和防渗墙的施工质量。

遵照林一山的指示，郑守仁组织围堰设计、地质和施工技术人员日夜值班，一直盯守在工地上。在混凝土防渗墙施工中，郑守仁又带领他的团队攻克了两大关键技术难题：其一，双排防渗墙的联合运用、墙体结构应力与变形，以及造孔成墙施工技术问题；其二，围堰混凝土防渗墙底部基岩强透水带进行防渗灌浆的技术问题。

据时任水电部驻葛洲坝工程建设工地工作组成员、混凝土防渗墙施工专家陶景良回忆：

在葛洲坝上游横向土石围堰施工的关键时期，时任水利电力部部长的钱正英亲自盯在工地，现场办公解决问题。为了使混凝土防渗墙施工中的技术问题能够迅速及时解决，钱正英责成郑守仁、李允中（时任葛洲坝工程局基础分局主任工程师）和我组成 3 人技术小组，凡防渗墙施工中遇到的技术问题，技术小组不需请示汇报，有权决定解决办法，当场执行。我们3人中，最累的是郑守仁，作为设计代表，对于需要修改设计或补充设计的技术问题，在现场研究拍板后，他回去还要编写设计通知书，而且必须当天下达。这样，他就得经常加班加点。但不论前一天加班到多晚，第二天他还会准时出现在工地现场。

为了加快防渗墙施工进度，李允中和我提出了在防渗墙施工过程中改进工艺，将相邻两段防渗墙之间的接头孔改“套打一钻”的传统方式为“拔管成孔”的创新方式（所谓拔管成孔，就是在防渗墙浇筑时，先将专用接头管置于槽孔两端，浇筑混凝土，待混凝土初凝后，将管拔出，形成两端光滑的半圆柱面和利于后期槽孔施工的两个导孔）。对这项技术革新，郑守仁表示完全赞同，并根据我们共同研究的思路连夜绘出了施工设计图。由于我俩考虑不周和缺乏经验，第一根管下后竟铸在混凝土中，怎么也拔不出来。郑守仁赶到现场，鼓励大家不要气馁，吃一堑长一智。之后，我们3人一连几天泡在工地，与工人师傅共同研究改进方案。经过一番努力，第二根管顺利拔出，形成了又圆又直的接头孔。“成功了！成功了！”现场一片欢呼声，告捷的喜悦弥漫了整个工地。如此一来，不但明显加快了进度，而且保证了施工质量。

电话采访时，陶老还告诉笔者：“在葛洲坝土石围堰防渗墙施工过程中，我与郑守仁朝夕相处，他给我印象较深的还有两点：一是他的刻苦钻研和不耻下问精神。他本是导截流方面的专家，对防渗墙的设计和施工不算熟悉。但就在这次实践的大课堂里，他又成了混凝土防渗墙设计和施工专家。二是在整个混凝土防渗墙施工过程中，他不急不躁，沉稳干练，善于协作，不但我们三人拧成了一股绳，共同拼搏攻坚，而且他还广受工人师傅们的欢迎，因为他的谦虚低调、善于接纳意见和解决问题，工人师傅有合理化建议都愿意给他提。”

▲ 俯视南津关

采访时，我请教郑守仁："郑总，葛洲坝二期上游横向围堰的防渗墙，为何用双墙不用单墙呢？单墙加厚一些，总比双墙省工省料吧？"

听了我的外行话，郑守仁笑了："用单墙还是双墙，可不能想当然，要经过科学的计算和水工模型试验才行。计算和试验的结果表明，单墙薄弱，不能保证围堰安全。"接着，他为我详释就里——

堰体为水下抛填施工，未经加固密实处理，较为松散，防渗墙体受力条件较差，为此采用两道混凝土防渗墙联合作用，分担水头压力。第一排防渗墙建成后水库即蓄水抬高水位运行，同时施工第二排防渗墙。第一排防渗墙挡水头 26 米，墙体实测最大拉应力达 1.0 兆帕斯卡，超过防渗墙混凝土设计拉应力，围堰漏水量增大，堰体背水侧堆石体内的淤沙随渗水带出，说明第一道混凝土防渗墙承担水头超过 25 米后，不堪重负。两道混凝土防渗墙完建后，围堰最大挡水水头达到 48 米，墙体实测最大拉应力为 0.4 ~ 0.6 兆帕斯卡，均在防渗墙混凝土设计拉应力范围内。由于防渗墙造孔固壁泥浆的渗入和冲击钻钻头击碎的细粒挤入，其密实性及防渗性均有大大提高。

这是个非常专业的问题，郑守仁讲得很细致很耐心。我认真地听、使劲地想，算是听懂了个大概。

采访手记

我试着用非专业人士也能听懂的语言表达一下对上述专业问题的理解：一道混凝土防渗墙筑起的防线势单力薄，抵挡不住强大水头的进攻，必须有第二道混凝土防渗墙筑的防线的鼎力相助，双剑合璧，并肩作战，"一加一大于二"，方能抵住水头压力的连续攻击，使堰体坚强有力。

郑总听后点头首肯："你理解得比较到位，是这个意思。"

"帷幕灌浆是怎么回事？"我的好奇心膨胀，又向郑总请教。

老人家没嫌烦，又耐心为我讲解。

帷幕灌浆技术主要是用来处理堰坝基础防渗问题，以避免工程因基础不牢出现崩解、滑坡、失稳等现象。其基本原理是，在钻孔中压入水泥浆等浆液，使其在高压下进入基岩裂隙内，凝固后封堵裂隙，形成一道阻水的屏幕，相当于在坝基之下做一道“帘子”。这道“帘子”由若干沿帷幕线下钻到不透水层的孔洞组成，然后在孔洞里灌注浆液，下注浆液在压力下扩散，渗流相连，从而形成帷幕。这个帷幕最终将坝体与河床、两岸岩体结合成一个整体。

“不知这个问题我说明白了没有？”郑总说着，用询问的眼光注视着我，目光中含着温暖和慈祥。

“我大致听懂了。您说的‘帘子’很形象。”此时，我的脑海中不停地闪现着“帘子”的样子。

有时，郑守仁不在班上，这时工地遇到棘手的技术问题，大喇叭便亮开洪亮的嗓门喊郑守仁前去处理。

记不清多少次了，郑守仁刚刚睡下，大喇叭高亢的声音就传来了：“郑守仁工程师，请抓紧到工地现场解决问题！”郑守仁赶紧穿衣而起，直奔工地。工地距他临时的“家”近 3 千米路，没有任何交通工具，只能靠双腿丈量，一个单程，急步快走也要用上半个小时。好在工地与“家”之间的小道上有路灯照明，不至于摸黑而行。有时，处理完技术问题，重新回到“家”时已是凌晨时分，只能睡个囫囵觉，天一亮又要爬起来投入紧张的工作中去。

在葛洲坝工程导流围堰施工的几个寒暑，郑守仁经常蹲守在现场。施工进入最关键阶段，郑守仁干脆昼夜“泡”在工地。头班的工人下班了，他又参加第二班的施工，当第三班工人来接班时见他还在工地，工人们无不肃然起敬。

在郑守仁和建设者们的挥汗如雨中，二期上游横向土石围堰茁壮成长起来：

1980 年 10 月 4 日开始截流戗堤非龙口进占；1981 年 1 月 4 日大江截流龙口合龙；4 月 25 日，完成第一排混凝土防渗墙；5 月底全部浇筑至设计高程 65.5 ~ 66.0 米，5 月 23 日水库开始蓄水，至 6 月 5 日蓄水位达到 60.0 米，满足通航发电要求和度汛要求；6 月开始对第二排混凝土防渗墙进行施工，12 月底第二排防渗墙完工。当年 7 月，长江中上游发生百年一遇的特大洪水，实测入库流量达 7.2 万立方米每秒。在汹汹大水面前，围堰稳如泰山。至 1982 年 5 月，全线加高至 67.0 米的设计高程，标志着围堰工程全部完成；7 月，水库水位抬升至 64.0 米运行。

不要忘记二期上游横向土石围堰立下的汗马功劳：

除了保护大江建筑物安全施工这项最主要的职责履行到位外，还与已完建的二、三江建筑物共同抬高水库水位，并以铜墙铁壁之躯扛起了二期导流期间二江电站发电和三江 2 号、3 号船闸通航的重任。

围堰安全运行 5 年，经济、社会效益双丰收：二江电站累计发电量 330 亿千瓦时，产值超过 20 亿元；三江 2 号、3 号船闸正常运行，长江航运畅通无阻。1986 年 5 月，葛洲坝二期工程完工，大江电站及 1 号船闸投入运行，大江上游横向围堰功成身退，被拆除。

葛洲坝工程利用大江上游横向土石围堰挡水发电，提前发挥效益，在中国水利水电建设史上写下浓墨重彩的一笔。

捷报传来，林一山开心地笑了，只有微弱视力的左眼放射出一束束明亮的光芒。他提出的“围堰发电”的创新构想不但落地了，而且结出了金灿灿的果实，他怎能不笑呢？！

日起月落，燕来雁归。

1985 年秋，又是一年橘红柑黄时节，好消息伴着金风驾到：“葛洲坝二、三江工程及其水电机组”荣获国家科技进步奖特等奖，郑守仁作为主要参加者榜上有名，名列前茅。

三　首战大江截流：狭路相逢智者胜

葛洲坝工程大江截流，系长江干流上开天辟地第一回，综合难度举世罕见。鼓励的，支持的，担心的，怀疑的，说闲话的，看热闹的……一时间，葛洲坝成了国内外关注的热点和焦点。

1

截流，是个极富挑战意味的字眼，尤其是在万里长江上截流，拦腰斩断万古长流且桀骜不驯的长江。长江能够轻易就范吗？如果失败了怎么办？就政治和维护国家声誉这个大局而言，截流只能成功，不许失败！

葛洲坝大江截流前，法国一家公司提出要帮我们做一个截流方案，开价是 20 万美元。这对于刚刚步入“以经济建设为中心”的轨道，家底贫薄的中国而言，无疑是笔不菲的数目。

葛洲坝建设者有志气、有魄力，更有智慧、有能力，决心以一己之力挑战大江截流这一世界难题！

为了使大江截流能够毕其功于一役，建设者们以“战战兢兢、如临深渊、如履薄冰”的态度，从思想、组织、技术、施工、设备、物料等各个方面做着周密的准备。

作为截流工程的设计者，郑守仁和他的团队被推到了最前线，在截流这场没有硝烟的战争中，他们首先要做的是从技术上研究确定大江截流最佳方案，为高层决策提供科学依据。

郑守仁说，葛洲坝二期大江截流和围堰建设关系重大。截流作为围堰施工的首道关键工序，务必一举成功。而选择安全可靠的截流方案是做好葛洲坝大江截流的第一步，也是至关重要的一步。选择对了，事半功倍；选择错了，事倍功半，甚至“一招失误，满盘皆输”。当时，葛洲坝工程截流规模仅次于巴西与巴拉圭的伊泰普工程。通过水工模型试验和水力学计算，对上游单戗堤立堵、上下游双戗堤立堵、先立堵后栈桥平堵、浮桥平堵和栈桥平堵进行了深入研究和比较。客观地说，各种截流方式的相对难度，以浮桥平堵最低，双戗堤立堵次之，先立堵后栈桥平堵第三，单戗堤立堵（又称全戗堤立堵）最高。但从施工方法和准备条件而言，又以单戗堤立堵方式最为简单实用。“截流方法各有优劣，这就要在选择上做文章了。通过排除之法，最后锁定单戗堤立堵截流方案。”

2

话好说，但选择的过程还是费了好大劲的。

首先被排除的是平堵截流法。试验和研究表明，不论是浮桥平堵还是栈桥平堵，都有明显的缺陷。

浮桥平堵法作为苏联人在二十世纪四五十年代推崇的一种截流方法，适用于水头较低（截流落差不超过 3 米）、流速较慢、水位变幅度较小河流的截流。就葛洲坝大江截流来说，如果采用浮桥截流法，需在截流龙口上游侧架设一座长 316 米、宽 20 米的浮桥，用自卸汽车在浮桥上平抛砂石料，直至戗堤出水合龙。综合考量，浮桥截流法水力学指标最为理想。不过优点突出缺点也突出：一来长江葛洲坝一带水头较高（截流落差超过 3 米）、流速较大（超过 4 米每秒）、水位变幅亦大，不适宜架设浮桥。二来当时我国对截流浮桥的结构、架设和运用在技术上没有把握，而且在浮桥上抛投重型块体的桥面结构及锚定设备复杂，耗资巨大。因而，浮桥截流方案被敬而远之。

栈桥平堵法具有施工安全可靠、技术把握较大的优点，适合在长江这样的大流量、高落差的巨川上截流。但缺点也非常明显：首先，因要在截流的龙口一带架起一座长约 160 米、宽 25 米的三墩二跨公路栈桥，三个桥墩需要两个枯水期施工，投资大，周期长；其次，桥墩施工对长江的这条“黄金水道”的航运干扰不小，施工期百分之百影响舟船通行。仅就工期一项而言，不能保证 1981 年 1 月前后完成大江截流，故栈桥截流方案也只能被束之高阁。

既然平堵法不适应长江截流，那就只能在立堵法中探讨了。

立堵截流作为将截流材料从龙口的一端或两端向中间抛投进占的一种方法，其优势在于：不需要在龙口架设浮桥或栈桥，准备工作相对简单，费用较低。其缺点在于：截流时如遇龙口的单宽流量大、流速快，且流速分布不均时，须抛投单个体积和重量较大的截流块料，同时还要面对堤头坍塌这一棘手的问题。

立堵截流是我国堤防堵口的传统方法。

让我们钩沉一下历史，从我们祖先的治水实践中汲取经验和智慧。

西汉建始四年（公元前29年），为了堵塞东郡的黄河决口，河堤使者王延世“以竹落长四丈、大九围，盛以小石，两船夹载而下”（《汉书·沟洫志》），取得了堵口的成功。

竹落就是竹笼，纵长四丈（相当于今9.3米）；九围是竹石笼的横向尺寸，或以直径满一尺为一围；“两船夹载而下”，可能是连船带竹笼一齐沉于决口的意思。翻译成现代语言是说，王延世是以竹笼装石抛投堵口，先自口门两端分别向中间进堵，待口门缩窄到一定的宽度，再用沉船的方法将船与竹石笼一同沉下，其上再压土石使决口塞合。这种方法就是近现代立堵之法的源头。

元代至正年间，贾鲁治河的关键一役是堵塞黄河白茅决口，同样采用的是两边戗堤进占的立堵之法。

新中国成立后的黄河三门峡、汉江丹江口等水利工程的截流也采用了立堵之法，效果不错。

而纵观世界各国的江河截流，自二十世纪六七十年代以来，随着大型土石施工设备越来越先进，立堵之法备受青睐，渐成主流。

在立堵截流中，主要有双戗堤和单戗堤两种方式。

实践证明，当截流流量过大（超过8米每秒）和水位落差过大（4米以上）时，宜采用上、下游双戗堤立堵截流之法，且以上游戗堤为主的进占方式为佳。这种方式最大的优点是，下游戗堤可承担一部分水位落差，从而有效降低上游戗堤龙口的流速，同时可使下游围堰提前施工，争取工期。

综合考虑长江葛洲坝段的地质、水文、水力等条件，双戗立堵截流方式也非上策。

一是由于上下游戗堤轴线之间相距较远，当截流落差在 4 米左右时，下游戗堤只能承担 1 米左右的落差，降低上游戗堤龙口流速的作用并不明显。

二是下游戗堤龙口底部由卵石、泥沙等组成的覆盖层较厚（10 ~ 15 米），如果让其承担一定的落差，必须采取护底措施。水工试验表明，由于下游龙口段水下覆盖层较厚，需对其实施抛石护底，但即使如此，要想保持戗堤稳固，把握不大。

三是龙口冲刷给围堰防渗施工带来困难。由于下游戗堤进占时要承担水位落差，河底覆盖层不可避免要接受急流的冲刷，卵石滚动，下游龙口一带极易形成卵石堆积层，围堰防渗墙的构筑将遭遇卵石堆积层的重重阻击，施工难度极大。

四是建筑材料用量大增。就像吃饭一样，一个人的肚皮再大，也大多抵不住两个人的食量。据测算，双戗堤截流，上游需要块石及混凝土预制块约 50 万立方米，下游戗堤需要块石约 72 万立方米。这么多的石料需要抛投，施工量很大，既费工又费料（如果采用上游单戗堤截流方案，下游戗堤进占时水流速度一般在 3.5 米每秒左右，且进占多用卵石，可节省 40 万立方米的石料）。

花费如此大的代价，却换不来想要的结果，双戗堤截流方案也只能靠边站了。

最终，综合考量长江葛洲坝河段地形、地质、水文特征和尽可能减少对长江航运的干扰等因素，借助于周密的计算和试验，经过比选、优化，郑守仁和他的团队认定：在诸截流方案中，上游单戗堤立堵截流之法相对最佳。

其实，几乎所有的方案都是优缺点并存的。两害相权取其轻，两利相权取其重——这就是所谓的趋利避害的“相对论”吧！

▲ 葛洲坝水利枢纽全景

▼ 二江泄水闸消力池护坦混凝土施工

▼ 二江泄水闸混凝土施工

▼ 电站厂房混凝土施工

▼ 发电机转子吊装　　▼ 电站厂房内部　　▼ 水轮机转轮吊装

2 葛洲坝水利枢纽

◀ 吊装发电机组转子

葛洲坝工程是二十世纪七八十年代中国人用自己的力量在万里长江上修建的第一座宏伟水利枢纽。坐落于湖北宜昌市境，距三峡出口南津关下游 2.3 千米，距上游三峡水利枢纽二斗坪坝址约 38 千米。大坝全长 2606.5 米，坝顶高程 70 米，最大坝高 53.8 米，总库容 15.8 亿立方米。枢纽主体建筑物包括：一座巨型泄水闸（27 孔）、两座冲沙闸（15 孔），可宣泄 11 万立方米每秒的洪水；两座低水头径流电站，共装机 21 台（大江 14 台机组、二江 7 台机组），总容量 271.5 万千瓦；两条航线、三座单级船闸（大江 1 座、三江 2 座）和一道防淤堤。

3

“单戗堤立堵截流方案为何能够在众多截流方案中脱颖而出呢？”我向郑守仁请教。

郑总见我居然对截流这个技术含量很高的问题有兴趣，眼睛闪亮，犹如遇到知音一般，娓娓道来，抽丝剥茧般为我答疑解惑：

上游单戗堤立堵方案的截流指标虽然比平堵方案和双戗堤方案差，比如合龙过程中需要对付湍急的流速，需要进行龙口护底，需要有先进的抛投机械，但其优点十分突出，主要是：施工简单、经济，无须进行繁复的前期准备工作（如修建浮桥和栈桥），行进间的掣肘环节较少，戗堤进占施工期对通航影响最少。除此之外，还有一个好处不容忽视，就是当时大容量装载、运输机械在国内大型水利水电工程建设中已普遍运用，这无疑为采用单戗立堵截流之法的成功平添了砝码和底气。至于截流过程中的困难，经过大量的水工模型试验和分析计算，只要应对措施得当，比如对龙口采取护底和其他加糙措施、配备足够数量的大型机械等，还是有把握毕其功于一役的。

我颔首，又继续请教：“为何选择上游单戗堤截流而不是下游单戗堤截流？”

“这个问题也够专业。”郑总笑道。看表情，他对我打破砂锅问到底的执着还是蛮欣赏的，遂又耐心向我道出了选择上游戗堤布置的“一二三”：

第一，上游戗堤截流龙口处右侧底部的覆盖层较薄，且截流时因水流湍急基本被冲光；左侧覆盖层厚 1 ~ 4 米，也不算厚。而下游戗堤龙口处覆盖层厚 5 ~ 11 米。截流龙口选在覆盖层浅的位置有利。

第二，上游戗堤截流合龙抛投的大型块体无须拆除；而下游戗堤因妨碍大江电站运行，需要全部拆除，且大块体的水下拆除不易，成本高昂。

第三，有利于提前进行上游围堰的填筑，便于汛前抢修至度汛高程。

郑守仁等提出的上游戗堤进占立堵截流方案，经过层层过关，又报到了林一山的案头。这一次，林一山也不敢自作主张，把它提交到葛洲坝工程技术委员会研究讨论，经各位委员同意后，又报水利部审核……

高层最终认可了郑守仁团队提出的截流方案，慎重起见，做出了如下决策：采用上游戗堤双向进占立堵截流，下游戗堤尾随进占，不承担落差的截流方案，并采取对龙口段河底进行护固等相应措施以降低截流技术难度。同时，为了保险起见，截流按上、下游两道戗堤立堵截流方案做施工准备，万一上游单戗堤截流过程中出现重大的麻烦，立即启动下游戗堤进占，以承担水头落差，确保合龙能一举成功。

后来的合龙实战，“万一”没有出现。这表明，单戗堤双向进占立堵截流方案是科学可行的。

4

确定了上游单戗堤截流方案后，还有一个大块头的绊脚石必须清除，即龙口抛投进占困难问题。因为，采用单戗堤立堵，当截流戗堤进占到龙口一带时，由于口门逐步缩窄，水深加大，水流愈急，不论是抛石头还是混凝土预制块，都不容易在龙口激流中站稳脚跟。

那么，有什么好的法子对龙口段河底进行护底和加糙呢？

郑守仁焦思苦虑，寻找制胜的法宝。一时间，脑子里塞满了各种方案和数据，就连做梦都在解着这道难度系数超高的“多元高次方程”。有时，晚上伏案灯下，一抬头，窗外已经泛起了鱼肚白。

渐渐地，思维开始结巢，并最终定格在“钢筋石笼龙口护底”的构想上。这个构想后来还有一个别名——龙口拦石坎塑造。

仅有构想远远不够。之后，便是试验，大量的、反复的水工试验和研究计算。

郑守仁告诉笔者，就护底结构形式而言，他的团队研究比较了块石护底、综合护底、混凝土预制块拦石坎和钢石笼与混凝土预制块组合的拦石坎护底四种方案，先后做了十几组结构形式比较，结合试验成果，逐步改进、优化，最终选定钢架石笼与五面体混凝土预制块组合的拦石坎护底之法，即在截流龙口段河床采用质量为 30 吨的钢架石笼形成“压脚”，再抛投质量为 17 吨的五面体预制块形成“拦坎”。

根据试验和水力学计算，确定拦石坎的“排兵布阵”如下：

拦石坎平面尺寸，顺水流方向为 50 米，垂直水流方向为 120 米。其下游侧为 4 排质量为 30 吨的钢架石笼，每排 30 个；上游为 12 排质量为 17 吨的混凝土五面体，每排也是 30 块。为加强龙口右侧抗冲稳定性，在右侧顺水流方向和顺戗堤轴线方向又各加了一排钢架石笼，共 30 个。

拦石坎施工主要包括钢架石笼和混凝土五面体制作、吊装、转运、水上抛投等环节。

因拦石坎的施工要在大江上进行水上作业，其施工时间选择关系到施工的难度、效果。最佳时间是长江水位最枯的 1—2 月，水小，流缓，对水上抛投作业最有利。但该时段是长江春运的繁忙季节，不得已，只好兼顾施工与航运的矛盾，将施工期时间推迟到 3—4 月。

1980 年 2 月 26 日，拦石坎设计方案开始走下图纸。

工欲善其事，必先利其器。

90 ~ 120 立方米底开抛石驳船是为葛洲坝工程量身定制的，每船可载钢架石笼或混凝土五面体 4 个；210 立方米侧翻抛石驳船是从日本进口的，每艘 7 个翻斗，每斗载物量 60 吨，可载多个钢架石笼或混凝土五面体；40 立方米铲扬挖石船是经技术革新后改造而成的，去其挖斗改装为起吊设备，可直接吊放钢架石笼和混凝土五面体。由此构成了葛洲坝大江截流拦石坎施工的精良武器。

先是试抛了 4 个钢筋石笼，效果不错。遂于 3 月 1 日正式展开施工，当月 23 日结束。

其时的长江，似乎还没有从冬眠的状态中醒来。施工作业区最大流速 2 米每秒，水流条件比预计的好。前后共抛投 30 吨钢筋石笼 150 个，其中铲扬式挖泥船直接吊放 98 个，进口的侧翻抛石驳船抛投 52 个；抛投

▶葛洲坝大江截流

17 吨混凝土五面体 392 块（铲扬式挖泥船直接抛投 286 块，底开抛驳船抛投 106 块）。经水下测量检查，抛投范围基本达到要求，位置比较准确，排列也比较整齐。

实战达到了预期的效果，郑守仁七上八下的心终于平静下来。

1980 年汛后，经复测未见拦石坎有被冲动的迹象，更让郑守仁欣慰不已。

后续的拦石坎塑造与葛洲坝大江截流几乎同步（稍有提前），而且进一步优化了施工工艺，如采用更加便捷的水上机械抛投方法。自 1980 年 12 月 23 日开始，直至龙口段 1981 年 1 月 3 日合龙为止。这次共抛投 5 吨钢架石笼 43 个、10 吨钢架石笼 24 个、20 吨钢架石笼 96 个。

最终，形成了高达 31 ~ 33 米的拦石坎。此坎非常“坎”，它的强大拦截作用为后来截流合龙的胜利立下了殊功。

“后来的长江葛洲坝截流实战表明，由重型钢架石笼和混凝土块体组成拦石坎护底，对于加糙河床、拦阻抛石投料、增强合龙进占抛投料物的稳定性和减少流失（抛投材料流失量仅占 3%），都起到了显著的作用。”说到拦石坎的作用，多年以后郑守仁的脸上仍洋溢着兴奋。

“看来，钢筋石笼方案是葛洲坝大江截流成功的大功臣，这是个了不起的创举。”我也情不自禁送上了由衷的赞许。

5

“主要矛盾解决了，次要矛盾也不可忽视，比如龙口位置和宽度、截流的时间、大江截流分流条件等。”郑守仁说。

经过反复研究论证，确定龙口位置设在河床右侧，该处河床覆盖层最薄，对合龙最为有利。龙口的宽度为 220 米，右岸非龙口段长 170 米，左岸非龙口段长 185 米。

合龙时间的把握也很重要，不仅关系到截流时的流量，而且影响整个工程的施工部署和进程。经过精确计算和分析，并报国务院批准，葛洲坝工程大江截流时间段选定在 1980 年 12 月下旬至 1981 年 1 月上旬。

郑守仁说，选择这一时段截流也是悉心研究计算的。根据长江水文特征，最枯流量出现在 1 月下旬至 2 月下旬；此后江水逐渐上涨，5 月进入汛期。如在江水最枯期“合龙”，固然对截流最为有利，但由于截流后的上、下游土石横向围堰施工期太短，汛前难以完成；如提前“合龙”，一期（二江）围堰内的工程未了，围堰不能拆除，二江导渠不能开挖，阻碍大江宣泄，势必造成截流难上加难。统筹考虑各方面因素，确定在 12 月下旬至 1 月上旬实施合龙，设计流量为 5200 ~ 7300 立方米每秒。

在截流时间和流量确定的前提下，截流的难易还取决于截流期的分流条件。要确保截流成功，必须进行分流能力的计算和试验。

兹事体大，林一山挂念着。

他多次听取设计、科研人员汇报，与大家共同研讨应对方案。一次会上，林一山郑重其事地向郑守仁等设计、科研人员提出要求：“实现胜利截流的关键是要千方百计降低截流水头，二江泄水闸是截流时唯一分流通道，要尽可能保证下泄流量。27 孔泄水闸总宽 484 米，闸底高程 37 米。设计计算和模型试验表明，截流水头可降低至 3 米左右。为此，一方面要抓紧将二江上、下游围堰拆除至设计过水断面，以保证二江泄水闸的分流能力；另一方面还要开出一条连接二江泄水闸上游与大江主泓之间的引水渠，导流至二江闸下，挖深至 37 米高程。”

葛洲坝工程大江截流分流设施由二江泄水闸和上、下游导流渠（简称导渠）三部分组成。之所以要开二江导渠，原因在于二江天然河床高程 45 米左右，高出大江河床 14 米和二江泄水闸底板 8 米，因此，必须对泄水闸上、下游的二江拓宽挖深，形成上、下导渠，以满足施工导、截流的泄水要求。上、下导渠尤其是上导渠深、宽及断面形式是影响截流期二江分流能力和截流落差的控制性要素。

综合反复计算和试验的结果，确定：上导渠采用横向复式断面渠道，全长 1355 米，大致沿原二江河道布置，其左侧为防淤堤，右侧为纵向围堰，进口呈喇叭形，渠底宽由进口的 780 米渐变至纵向围堰头部的 520 米。下导渠选用单一式梯形断面渠道，渠全长 1372 米，其平面布置主要根据永久建筑物要求确定，大致沿二江原河道布置，其左侧为西坝岸坡，右侧为二期纵向围堰。

确定了上、下导渠位置和断面后，又有麻烦拍马赶到：上导渠部位的葛洲坝覆盖层中夹有胶结石，水下开挖，一般工具啃不下这个硬骨头；下导渠部位为岩石，且大多处于一期围堰内，可干地施工，相对容易些。计划 1981 年 1 月初大江截流，开导渠的时间只有区区几个月，工期紧，难度大。只有从国外进口水下挖石船，方能揽下上导渠水下开挖这个“瓷器活”。

大家又把期盼的目光聚焦在林一山身上。

林一山没有让大家失望，他的勇毅担当和雷厉风行又一次给人们留下了深刻的印象：当即责成有关人员以葛洲坝技术委员会的名义向国家计委和交通部发出求援公函；又亲自跑到北京协调，讲道理、求支持。

有关部委当然知道这是毛主席、周总理格外关注的“国字号”工程，不敢怠慢，一路绿灯。

很快，能揽“瓷器活”的先进挖石船开进了葛洲坝工地。奋战多日，终于抢在截流前开成了上、下导渠。

截流抛投材料的选择和备料是否充足，也是截流能否成功的重要因素。

当时，主要进行了块石备料和四面体、五面体混凝土块预制工作。

块石备料，除利用南津关左、右岸航道整治开挖的部分块石外，还在左、右岸另辟采石场取料。左、右岸采石场均为奥陶系及寒武系厚层至巨厚层白云岩和石灰岩。自1979年11月至1980年底，截流块石开采一年多，共采石约105万立方米。同时从外地购得部分块石，块石备料总量为183万立方米。

除了龙口护底采用混凝土五面体外，截流中的抛投物均为混凝土四面体，共预制四面体（15 ~ 25吨）3000块。

郑守仁说，相同吨位的岩石块比混凝土块抗冲稳定性强，但大吨位块石吊装困难。因此，我们研制了重型抛投体块——混凝土四面体和五面体块。另外，我们还试制了小部分四脚体和空心四面体，虽然其抗冲能力比四面体大，但因预制施工工艺复杂，加之运输困难，故没有批量生产。

6

一切都准备就绪，只待截流时真刀实枪地大干一场了。

如果说拦石坎的施工只是小试牛刀的话，那么大江截流的实战才是真正的大战大考，尽管此前做了大量的、充分的准备，但谁敢担保百分之百没问题？

1980年10月3日，上游单戗堤非龙口段进占在热烈的氛围中拉开序幕。但见6.9立方米的装载机、45吨自卸汽车、350 ~ 410马力推土机和大型施工机械在工人们的操纵下，八仙过海，各显神通，紧张有序地工作着。

当时二江尚未通水，江水从大江束窄的口门宣泄。为减少截流戗堤范围河床覆盖层被冲刷，并考虑两岸戗堤尽量利用一般石碴及中等块石料进占，需逐月分旬控制束窄口门宽度；需考虑下游的流态、流速情况，以避免对下游围堰河床覆盖层造成严重冲刷；还需兼顾各旬的施工强度，尽量做到均衡。

这些“需”和“还需”因素的把控，是郑守仁他们的职责。

1981年1月3日这一天，郑守仁和他的同事们起得特别早。就像大战前的战士一样，想到几小时后就要来临的战斗场景，既充满必胜的信心与斗志，又有些说不清道不明的紧张与忐忑。

天还未亮，郑守仁就从住处往工地赶，一路上但见灯火通明，人头攒动。来到截流现场，映入眼帘的是犹如小山般的各种截流抛投料堆场，各堆场所立的铭牌（标出堆场名称、面积尺寸、堆料数量等）格外显眼；各种机械设备（起重机、挖掘机、自卸汽车、推土机等）各就各位，严阵以待，特别是在通往龙口的宽阔截流施工大道上，排列着长龙般满载着截流物料的大型自卸汽车，煞是威武雄壮。

此时的葛洲坝工地显得格外宁静而安详，这是大战前的宁静！

按照事前的分工，参加截流的技术人员主要分为三路，一路在龙口左岸，一路在龙口右岸，一路在大江左路岸边的望州岗办公楼。

1月3日7时30分，随着截流指挥部的一声令下，薄雾笼罩下的葛洲坝十里工区又一次被巨大的机械轰鸣声震醒，在万众瞩目中，大江截流龙口合龙战役打响。

因为是万里长江亘古以来的首次截流合龙，谁都没有绝对的把握，连在现场督战的水利电力部部长钱正英、长办主任林一山这两位有着“大心脏”、见过大场面的领导都显得临事而惧、小心翼翼。

慎重起见，决定戗堤合龙进占先演习性展开。

在这历史性时刻，郑守仁戴着白色安全帽，奋战在截流左岸的堤头。

截流没有最终合龙，就不能有片刻的麻痹和侥幸。此时的郑守仁面色庄重，神情专注，目光炯炯，紧盯着截流戗堤的新动向，随时准备应对堤头坍塌等问题的出现。

天遂人愿，长江配合。合龙进展顺利，速度很快，大大超过了预期——左、右岸堤头的平均推进速度均在3.0米每小时左右。当晚8时30分，龙口宽度已由203米缩窄至127米。大江波涛不情愿地被逼向二江，二江导流明渠流量逐步扩大，3日14时22分，实测二江明渠流量已达到966立方米每秒，约占长江总流量的22%。

但预计可能出现的拦路虎还是跳了出来：二江下导渠的流路遇到了障碍——所经下游围堰拆除的残余部分迟迟未被江流冲刷干净，致使水泄不畅，造成不断束紧的截流口门水位、落差、流速逐渐加大。

郑守仁即刻与同事们紧急进行了分析评估，确认情势没有恶化，合龙尚在安全、可控制的范围内。

采访手记

郑守仁告诉笔者，意外的出现，主要是此前对导渠内围堰拆除得不彻底。虽然采取了提前翻挖、爆破等措施，但终因堰堤缺口的残留底坎未能拆完、拆净，起到了阻水作用，导致合龙过程中分流不畅，口门流速超过6米每秒的困难提前到来，并有所延长，这就陡然增加了截流的难度。好在龙口设置有拦石坎护底，抛投块体的稳定条件较好，加上抛投块体尺寸大数量多、抛投自卸卡车吨位大数量多、抛投强度高等利好因素的叠加，虽然进入龙口宽度120米后龙口最大流速超过6米每秒，但实际进占并未遇到太大的困难。特别是随着二江下游导渠口门的不断刷深扩展，二江分流条件得到进一步改善，发展趋势明显有利于合龙。

当晚7时许，葛洲坝长江截流工程“前敌参谋部”的会议室笼罩着紧张、凝重的气氛。郑守仁等先后将情况向长办副总工程师魏廷琤（林一山派驻工地的联络员兼前方技术总负责人）、长办三三〇设代处处长文伏波等领

◀葛洲坝大江截流

导做了汇报，并郑重建议：现在虽然二江导流渠所经过的围堰段拆除得不够理想，但根据合龙进占过程中得到的各种资料分析，即使二江导渠流量不再增大，也没有超过我们事前设计的上游单戗堤立堵截流的难度。从白天进占的情势上看，进展顺利，应当一鼓作气，按计划继续推进上游单戗堤进占，直到胜利合龙。至于双戗堤截流合龙，作为不得已而为之的下策，现在看来可以不必考虑。

听着大家的发言，看着手下爱将们布满血丝的眼中闪烁的自信和坚定，魏廷琤、文伏波心中有数了。

一直在前线督战的钱正英和林一山于当天晚上 10 时在截流指挥部会议室召开紧急会议，研究截流中出现的问题，决定下一步行动方案。

会议开始时，魏廷琤做了提纲挈领的汇报。他说，根据各种情况综合考量，以现有的条件，截流备料充足，大型施工机械够用，加之龙口已有拦石坎护底等条件，继续进行上游单戗堤合龙进占的各项条件具备；建议指挥部当机立断，坚持上游单戗堤立堵直到合龙。文伏波做了补充汇报，对于一些技术细节做了说明。钱正英等一边听汇报，一边就有关问题提问，还查看了由郑守仁、高黛安夫妇绘制的葛洲坝大江截流动态曲线图——这条曲线把龙口戗堤进占与截流流量、流速之间的关系揭示得清清楚楚。

经过紧急会商，截流指挥部做出了按上游单戗堤立堵继续进占直到胜利合龙的决策，同时宣布：合龙进占从演习性质转为实战状态！

4 日中午，龙口宽度被束窄到 40 米，流速提高到接近 7 米每秒。龙口截流进入了最后阶段，也是最困难的阶段。长江终于意识到了人类的厉害，但仍不肯轻易就范、屈服，她发疯般地怒吼、咆哮，当龙口缩窄到 20 米时，单个的 25 吨重的混凝土四面体和大石块抛下去后立即被激流冲走，接连抛投一两个小时，龙口依然如故。道高一尺，魔高一丈，事先应对的绝招派上用场了：25 吨混凝土四面体串（3 ~ 4 块一串，总重 75 ~ 100 吨）和 3 ~ 5 吨大块石串（3 ~ 4 块一串，总重 10 ~ 20 吨）接连由推土机推入龙口，再抛投大块石……

几个小时后，长江巨龙终于精疲力竭、黔驴技穷，只好无奈地败退、投降了，开始完全按照人们给她设定的通道——二江泄水闸行水泄流了。

4 日 19 时 53 分，当最后一车砂石料让南北戗堤连成一体时，万古奔流的长江在英雄的建设大军面前驯服了。

“合龙了！”

“胜利了！”

“万岁！”

……

见证这一历史时刻的人们忘情地欢呼着、跳跃着，紧紧地握手、热烈地拥抱……

满脸憔悴、满眼血丝的郑守仁一语不发，唯有热泪奔流。

> 水文尖兵们用先进的测量器械精准地测得以下数据：截流历时 36 小时 23 分；截流流量 4400 ~ 4800 立方米每秒（小于设计流量的 5200 ~ 7300 立方米每秒），最大落差 3.23 米（略超过预测的 3 米），最大流速 7.5 米每秒。

人类首次截断长江，世界为之震惊。

捷报频传。中共中央、国务院及有关部门对大江截流成功分别来电表示祝贺。

事后，钱正英、林一山、魏廷琤、文伏波等权威人士总结截流成功的经验时，都不约而同地高度肯定了拦石坎护底所发挥的特殊重要作用。

林一山说：“葛洲坝大江截流有许多技术上的理论与经验可以总结，其中最值得一说的有三个方面：一是二江泄水闸扩大泄水量，分流大江截流流量，大大降低了截流难度。二是大型施工设备下的高强度施工，如45吨自卸汽车，6.9立方米装载机和410马力推土机，在龙口段共抛投石料和混凝土四面体10.62万立方米，日抛投强度7.2万立方米，首创我国单戗立堵截流的最高纪录。三是龙口段预抛石笼和四面体的拦石坎护底，不仅使大块抛投易于到位，也防止了一般石料的流失，使抛投量不超过3%～5%，戗堤能够快速进占合龙。”

1981年，是葛洲坝建设史上空前的丰收年，硕果累累啊！

年初，大江截流成功；

6月，大江通航；

7月，第1台机组开始发电。

这年秋天，葛洲坝一带的橘子黄了，柿子红了，菊花笑了，从北京来的好消息也蹦蹦跳跳地到了：

9月，葛洲坝水利枢纽大江截流工程设计、施工荣获“国家优质工程金奖”。

10月，截流设计又荣获“七十年代国家优秀设计奖”。

埋头实干的郑守仁，业绩卓著的郑守仁，品德高尚的郑守仁，受到了长办广大干部职工的充分认可和钦敬。采访中，长江委老领导季昌化向笔者透露了这样一个秘密。二十世纪八十年代初，全国上下各级干部老龄化，青黄不接，中央提出干部“四化”，即革命化、年轻化、知识化和专业化。1981年，水利部副部长黄友若接替退居二线的林一山任长办一把手，根据上级要求，他让人事部门进行了一次办级后备干部民意测验，90多名处级以上干部参加投票，结果，当时还只是施工处导流科副科长的郑守仁

得票第一。

“黄友若老领导退居二线后，有一次我去探望他，他对我讲，当时民意测验推荐长办后备干部，得票第一的是郑守仁，第二是你季昌化，第三是王家柱。你和王家柱当时已是处级干部，被推荐上不奇怪，但郑守仁只是位科级干部，而且票数最高，我们觉得有些不可思议。”季老感慨道，“显然，群众的眼睛是雪亮的，大家对郑守仁的认可度是非常高的。”

7

葛洲坝工程在风雨兼程中成长着、壮大着，积小胜为大成，于 1988 年 12 月竣工，比设计提前一年全面发挥效益。

葛洲坝工程从开工至大江第一台机组发电和通航，历时 10 年零 7 个月，扣除停工的 2 年，实际施工期 8 年零 7 个月。而从修改设计完成复工算起，有效工期只有 6 年时间。工程总投资 48.48 亿元。

一个时代有一个时代的标记。葛洲坝作为新中国水电建设的里程碑，在二十世纪八十年代享誉世界，被洋人誉为“中国的新长城”。

那么，这个让中国人骄傲自豪、令外国人刮目相看的葛洲坝枢纽，它的硕大身躯包括哪些部分，而它巨大的效益又体现在哪些方面呢？

▶葛洲坝大江冲沙闸

葛洲坝——万里长江第一坝，横亘在三峡出口南津关下游 2.3 千米的大江之上。大坝全长 2606.5 米，坝顶高程 70 米，最大坝高 53.8 米，总库容 15.8 亿立方米。枢纽建筑物自左岸至右岸为：左岸土石坝、3 号船闸、三江冲沙闸、三江混凝土非溢流坝、2 号船闸、黄草坝挡水坝、二江电站厂房、二江泄水闸、大江电站厂房、1 号船闸、大江泄水冲沙闸、右岸混凝土挡水坝。

沿着大坝轴线，以 27 孔泄水闸为中心，其两侧各有一座水电站厂房、一座泄洪冲沙闸、一座或二座船闸，形成“一体两翼”的枢纽布局，呈现优美的弧形状态。

葛洲坝工程建成后，人们不但为它巨龙般的雄姿和宏伟气势所震撼，更为它创造的巨大经济、社会效益所倾倒：

——葛洲坝工程造就了一座狭长的人工水库，从此峡江险道变通途。大坝将水位抬高 20 米，洪水季节回水 110 多千米，到达巴东以上；枯水季节回水 210 多千米，到达瞿塘峡以上的奉节城，峡江航道的主要险滩、暗礁，悉数被埋于水中。特别是以滩险水急著称的 66 千米西陵峡险航段，水面拓宽、流速减缓，泡漩、险滩和大部分礁石、突嘴、渍坝统统俱往矣，舟船经此畅行无滞。

——葛洲坝建有两座水电站，成为清洁能源的重要基地。二江电站和大江电站总装机容量 271.5 万千瓦，设计年发电量 157 亿度。多年来，年均发电量近 140 亿度，每年为国家节约上千万吨煤或者 500 万吨石油。强大的电流，通过密如蛛网的高压线飞向华中各省，点亮了无数城市、乡村，更给机声隆隆的厂房输入了源源不断的动力。

——葛洲坝设有两条航道、三座船闸，形成舟楫过坝的“阶梯”。两条航道分设在原大江、三江河道上。1 号船闸建在大江航道，2 号、3 号船闸建在三江航道。1 号、2 号船闸闸室长 280 米，宽 34 米，槛上最小水深 5 米，可通过 12000 ~ 16000 吨级的大型船队；3 号船闸闸室长 120 米，宽 18 米，槛上最小水深 3.5 米，可通过 3000 吨级以下的大型客货轮和一般船队。

——葛洲坝更有泄水闸和泄水冲沙闸，此为大江滚滚东流设置的人工出口。枢纽的“心脏”建筑物是由27孔闸门组成的泄水闸（设在原二江河道上），每孔闸门最大泄流量为3000立方米每秒，总泄流能力达84000立方米每秒，是目前世界上泄流能力最大的水闸。另有两座泄水冲沙闸分别设在原三江和大江上，共15孔，泄流能力35000立方米每秒。泄水闸和泄水冲沙闸联手，可宣泄千年一遇、11万立方米每秒的特大洪水。于是，放荡不羁的长江水，乖乖地听从人们的意志，大部分从泄水闸通过。站在大坝下游观看二江泄水闸开闸排洪，可以一睹“雪浪飞虹”的奇观。

就在葛洲坝大坝不断拔节长高的时候，筑梦山水间的郑守仁也在搏风击浪中成长起来。

——1974年9月，郑守仁任长办施工处导流科副科长、三三〇工程设代处（1983年9月改为长办葛洲坝工程设代处）导流设计组组长。

——1983年9月，郑守仁任长办施工处副总工程师、葛洲坝工程设代处副总工程师。

——1984年10月，郑守仁任长办施工处副处长。

——1986年6月，郑守仁任长办副总工程师。

鉴于葛洲坝工程进入扫尾阶段，清江隔河岩水电站即将上马，1986年6月，长办成立葛洲坝、隔河岩工程设计代表处，由郑守仁兼任处长。

此时的郑守仁已年满46岁，长江的风已在他的脸上吹出了细密的皱纹，也吹出了成熟与自信。虽然身材没有威武雄壮起来，但在业内人的眼中，如同葛洲坝大坝一样，他已然成为中国水利水电界一个无法忽视的高大身影。

46岁的郑守仁，胸腹中澎湃着满满的生命能量。

正当盛年，正是大有作为时！

第四章　独当一面隔河岩

1987 年 2 月中旬。清江隔河岩段河谷。

潇潇暮雨过后，河谷里腾起的雨雾在清江两岸苍茫的群山间弥漫，将坐落于左岸不远处的长阳县城笼罩得忽隐忽现，城中稀稀落落昏暗不明的灯火，仿若一只只极度渴盼电能的“眼睛”。

雨后翌日是个大晴天。

晌午时分，一辆破旧的中巴车吭哧吭哧地驶入右岸地势平缓的滩地。车上下来 30 多名男女，来不及放下背上的行囊稍事休整，就踏着泥泞奔向江边，上下打量一番后，不约而同地发出感慨：“这段河谷，太适合建设水利枢纽了！”

这些人，都是长办的工程师，他们有的是曾经实地勘察论证清江开发的老专家，有的是在葛洲坝工程建设中历练出来的技术中坚……现在，他们为了一个共同的使命——做好隔河岩水利水电枢纽的现场设计工作，来到这片河谷。

几年后，不仅是长阳县城那些渴盼电力的“眼睛”，湖北省乃至华中地区不少渴盼电力的“眼睛”，都将因这群人的到来，都将因这些人设计的隔河岩水利水电工程建成投运而点亮。

这群工程师的领头人，就是去年 6 月受任长办副总工程师兼葛洲坝、隔河岩工程设代处处长的郑守仁，此时正伫立江边陷入沉思。

脚下，清江正奔流不息，水流清澈，呈现出独特的翡翠色。

回首遥望，往北 50 千米外，在清江汇入长江上游不远处就是葛洲坝，虽然现在肉眼看不见，但郑守仁心里能感觉到。

数年前，他参与设计和建设的葛洲坝工程第一次截断了万里长江；数年后，在隔河岩，他又将与建设者们众志成城，第一次截断清江，让隔河岩水电站雄起。

如果说，此前在乌江渡工程、葛洲坝工程的建设中，他只是在大战役中执行某几个单项战斗任务的指挥员，那么，这次，他已成为独自指挥一场大战役的统帅。

一　来自清江的呼唤

1

在神州大地如织的水系中，清江以其碧绿澄澈，为自己赢得了一个美丽又充满诗意的名字。

清江位于长江南岸，系长江一级支流，古名夷水。清江之名始见于《禹贡》。北魏时，地理学家郦道元在《水经注》中再次为其定位："夷水，假山清江也，水色清照十丈，分砂石。蜀人见其澄清，因名清江。"

清江自鄂西南齐岳山腾龙洞夺路而出后，左冲右突，如游龙般在高山深谷中蜿蜒穿越，一路斩关夺隘，在身后撞开一条峰回路转、千奇百峻的大峡谷，绵延八百余里后，融入了奔腾的长江。

山因水而钟灵毓秀，水又因山而婀娜多姿。清江流域有着独特的碳酸盐岩地质结构，石灰岩广布，喀斯特地貌发育，形成了壮美瑰丽的高山峡谷和奇峰怪石。许是因了"雪照河，峭壁层岩，仅见一线天光"的穿山越岭历练，才使清江两岸奇观迭出，屏峦入画，石峰雄奇，绝壁林泉，瀑布飘逸，佳景连云。

雄峻的青山与澄澈的江水，一起绘制了八百里清江风景画卷，孕育滋养了古人类文明——"长阳人"文化遗迹，以及多彩的土家族、苗族风情，成为土苗儿女的母亲河。

美丽的清江

八百里清江，山光水色，物产丰富。清江水力资源丰富，每年携带着141亿立方米的水注入长江，为长江提供了出三峡进入中游后的第一次水量大补给。全流域水力资源理论蕴藏量达245.9万千瓦，年发电量215.4亿千瓦时；技术可开发装机容量409.6万千瓦，年发电量117.9亿千瓦时；经济可开发量装机容量402.3万千瓦，年发电量115.7亿千瓦时。

尤其令人瞩目的是，清江水力资源开发条件十分优越，全河几乎与长江平行，曲折往东北流，全长423千米的河道，总落差达1430米。80%以上的水力资源富集在恩施以下的干流河段上，且具备建高坝的地质地貌条件，地震烈度不高，河谷两岸农田和居民点少，适合兴建库容大、调节性能好的水利水电枢纽。

然而，滋养着鄂西南大地的这条母亲河也常常狂暴汹涌，给两岸的百姓生灵带来过不少灾难。清江流域属鄂西暴雨区，是全国著名的暴雨中心之一，曾创造两项令人震惊的“之最”：长江流域有记录以来的最大暴雨和中国有雨量观测资料以来的最大暴雨。资料表明，1935年7月3—5日，清江流域暴雨量竟高达1076毫米，当时的直接估计雨深据说达1400至1500毫米。这就是中国水文史、气象史上著名的“35·7清江暴雨”。而在1975年8月9日，清江上的暴雨再创纪录。长阳县都镇湾站24小时暴雨达630.4毫米，12小时雨量高达545.6毫米，亦为长江流域之冠。

历史上清江洪水灾害频繁。文献记载，清乾隆五十三年（1788年）：“清江大水，坏城郭，漂没沿江田庐无算。”清咸丰十年（1860年）：“夏五月，大雨如注，日夜不绝，清江骤涨，坏城邑，平地水深六尺，沿江冲没田舍无算。”清光绪九年（1883年）：“六月初六，清江大水，坏田宅无算。”另据《长阳县志》载，新中国成立后1949年至1985年的36年间，（清江）大水灾年份有7年，间隔期平均为5年左右。36年中只有4年无水灾，32年中发生的大小水灾共44次，平均每年1.1次。

又因清江恰好在荆江河段上游20千米处汇入长江，一旦清江洪水与长江洪水叠加，又会给荆江河段带来巨大的洪水威胁。因此，控制清江洪水，错开与长江洪水的遭遇，是清江两岸百姓免遭洪水灾害、减轻荆江河段防洪压力、确保江汉平原和长江中下游安全的迫切需要。

千百年来，作为中原地区通往西南云贵高原的要冲、江汉平原通往四川盆地的捷径，清江在历史上是物资流通的重要水运通道，沿岸古渡口、茶马古道、悬棺栈道、青石板、风雨桥、石拱桥……见证了往昔的繁荣。

然而，随着时代的变迁，人背马驮、小舟划桨的交通物流方式已进入历史，而工业化所需之高效轮船货运却被清江山高谷深、滩多流急的自然现状所阻碍。

开发水力资源、遏制洪水泛滥、打通水运航道，这是鄂西南山区经济社会发展的迫切需要，这是来自古老清江的呼唤。

2

开发清江，可获得丰富的电能，可减轻长江防洪负担，可改善鄂西南山区水运交通，对湖北省及鄂西南少数民族地区的发展意义重大。

尽管好处多，但大规模开发清江还是在新中国成立以后。

1951年，刚刚成立不久的长江水利委员会即在清江干流下游设立长阳水文站并开始测流。其后，长江委水文技术人员又先后10次对清江历史洪水进行比较系统的调查，其中1955年和1965年两次为全江性调查，调查的河段共218处，洪水痕迹点1139个，为清江开发治理提供了翔实的水文资料。

清江流域地处喀斯特地区，有着一系列复杂的工程地质问题及水文地质问题、环境地质问题，都是流域开发迫切需要解决的问题。

从二十世纪五十年代中期开始，长江委勘测技术人员跋山涉水，在这条原始而野性的河流上进行了大量测量工作、地质水文考察和科学实验工作。

2004 年 4 月被授予“中国工程勘察大师”称号的徐瑞春，自 1956 年参加工作后不久，就扑在清江 20 多年，被人誉为“清江王”。他以罗家坳河间地块研究为基础，查清了清江梯级开发三个主要坝址的河间地块走向、方位及变化规律，初步建立起石灰岩地区河间地块理论，为解决河间地块渗漏问题积累了翔实资料，并摸清了清江流域的岩溶发育规律、形成条件及分布状况、旅游资源和地质情况。谈起清江的山山水水、沟沟壑壑，他如数家珍。

在对清江做了大量的流域水力资源普查、水文资料调查和地质勘查等基础工作后，长办于 1960 年、1964 年先后编制完成了《清江规划要点报告》《清江流域规划报告》，提出清江开发的任务是发电、防洪、航运并兼顾其他，并推荐隔河岩工程为梯级开发的第一期工程。随后又于 1969 年完成清江隔河岩水利枢纽工程初步设计稿。

1969 年 9 月，水利电力部、湖北省在长阳县联合召开隔河岩水电站初步设计审查会，提出了蓄水位 160 米、装机 30 万千瓦、投资 3.8 亿元的设计方案。同年 12 月，水利电力部以〔69〕水电军基字 590 号文传达国务院业务组批示：同意兴建隔河岩水电站，列入 1970 年计划开工项目，1974 年发电。

然而，隔河岩水电站建设却遭遇一波三折。

1970 年，为了保证葛洲坝工程顺利开工建设，隔河岩工程暂时停建。

此后十多年间，长办对隔河岩的勘测、设计工作没有间断，国家在对中长期水电开发规划的研究中，隔河岩水电站一直是热门议题之一，却一直没能走下图纸。

3

一座大型水利水电枢纽的兴建与否，受很多因素影响与制约。这些因素涵盖政治、经济、技术等方方面面。大型水利水电枢纽的建设投资大，建成后的效益高，后者是经济发展的需要，前者则要视财力支撑程度。所以，经济发展的需要与能否列上国家规划安排的项目，有时并不是同步的。

时光列车快速驶入了二十世纪八十年代。

改革开放之初的中国，百业待兴，社会生产力得到极大释放，电力需求快速增长。经济迅速发展的湖北省及华中地区，电力需求更是迅猛增长，开发清江不仅是流域各族人民的愿望，也成为振兴湖北经济的重要举措。

1981 年 1 月，葛洲坝水利枢纽胜利实现大江截流，而整个工程亦有望于 1988 年全面竣工。当时，从中央到地方，从政府主管部门到设计施工单位，都迫切盼望再有一个新的大型水利水电项目来衔接，而与葛洲坝相隔仅 50 千米的清江隔河岩工程自然成为首选。

同年，长办根据 10 多年的补充勘测设计工作，提出了《清江隔河岩水利枢纽补充初步设计报告》。

1986 年，隔河岩终于迎来了重新上马的曙光。是年 5 月，国务院领导到湖北考察，湖北省在汇报中提出希望尽快上马隔河岩水电站解决电力紧缺问题，国务院领导同志及随同前来的国家有关部委负责人表示原则同意。

按照国家计委新上项目需进行可行性研究评估的新规定，长办又编制了《隔河岩水利枢纽综合设计报告》，于 1986 年 8 月由中国国际工程咨询公司组织评估，评估认为："隔河岩水利枢纽是一座具有发电、防洪、航运等综合效益的大型工程，它的建设将有力地促进华中地区特别是湖北省国民经济的发展""隔河岩工程的前期工作做得比较充分，该工程在技术上是可行的，经济上是合理的，请国家计委在安排项目时予以考虑"。

国家计委在 1986 年 12 月下发《关于湖北省清江隔河岩水电站设计任务书的批复》中指出："为适应华中电网电力增长的需要，同意建设隔河岩水电站。"

至此，历时 30 载，隔河岩水利水电枢纽终于正式扬鞭上马。

4

勘察设计是工程建设的“龙头”。

清江流域的规划、隔河岩工程的设计，始终在长办领导下进行，大批技术人员肩扛背驮着笨重的仪器设备，在崇山峻岭间进行地质勘探，在急流险滩上开展水文测量。他们胸怀一腔热血，奋战在清江河畔，走的是从荆棘中辟出的路，住的是帐篷茅房，点的是煤油灯，听的是野兽嚎叫……日复一日，年复一年，从青年成了老者、黑发变成了银丝，获取了丰硕的一手技术资料，为清江梯级开发和隔河岩工程上马兴建，奠定了坚实的技术基础。

“长江委是隔河岩工程兴建的有力推动者！可以想象，没有长江委数十年如一日的不懈努力，就不会有隔河岩的今天。”湖北省一位领导在隔河岩工程上马之际感慨道，隔河岩工程几上几下，最终上马，与长江委始终如一、坚持不懈地全力推动密不可分，他们把隔河岩工程当成自家事情来办，当成不可推卸的任务来办，当成为建设祖国、开发水力资源和为人民利益的目标来追求。

二　设计的“龙头”舞起来

1

“轰隆隆——轰隆隆——”

1987 年 1 月 15 日，导流隧洞的放炮声响彻隔河岩峡谷，沉睡的清江被唤醒，隔河岩水利水电枢纽正式开工建设。

一个月后，料峭的春寒中，郑守仁率领长办隔河岩工程设代处第一批 30 余名技术人员，进驻隔河岩工地。

为加强现场设计工作，使设计走在施工前面，充分发挥“龙头”作用，长办在工程开工的同时即设立了葛洲坝、隔河岩工程设计代表处（以下简称设代处）。郑守仁任处长，谢修发、张盛京等任副处长。

隔河岩工程设代处与长办所属的驻工地水文、勘测、科研等单位的关系是：凡与工程设计有关的业务工作均由设代处负责牵头协调。设代处下设办公室、枢纽设计组、机电设计组、施工设计组、科研组、地质组。

在隔河岩工程建设过程中，设代处人员常年保持着 60 ~ 100 人，其中设计人员 30 ~ 50 人，科研人员 10 ~ 15 人，地质人员 20 ~ 30 人，行政管理人员 3 ~ 5 人。

从 1987 年陆续进驻现场后，设代团队甘守清贫寂寞，夜以继日地开展技术设计、招标设计和施工详图设计工作。这一干就是 8 年多，他们与高山峡谷为伴、与滔滔江水为伍，以“全力以赴、负责到底”的精神，精心设计、不断优化，用智慧与血汗为隔河岩工程解决一个又一个技术难题，创造了设计精品，使隔河岩工程在建设过程中从未遇到大的反复和波折，保证了工程建设顺利进行，是当之无愧的隔河岩工程建设的中流砥柱。

这支团队的骨干成员里，日后走出了以中国工程院院士郑守仁，中国工程勘察大师徐瑞春，中国工程设计大师徐麟祥、杨启贵为代表的著名水利工程专家，也走出了青海省省长刘宁、黄河水利委员会主任岳中明等高级领导干部。

2

搞工程的都知道，大型水电工程从规划、勘测、科研、初步设计，再到技术设计，颇费时日，而且因为各种原因，往往还会遇到不少的周折和麻烦。

在开工之前的 30 年里，隔河岩工程几上几下，设计方案也随之几度变化，及至 1987 年匆匆上马开工时，工程设计深度只达到初步设计水平。所以隔河岩工程建设基本上处于边设计、边准备、边施工的状况，技术设计任务十分紧迫和繁重。

这就是郑守仁和他的团队进驻隔河岩工地时面临的严峻形势和繁重任务。

时间不等人，施工方等着图纸赶进度，工地一片荒山野岭，现场设计的基本条件都不具备，一切工作都得从头开始。郑守仁和同事们来不及完全安顿好生活和住宿，搭起从老乡家借来的门板，铺开图纸，摆开游标卡尺、丁字尺、三角板、圆规、2B 铅笔和橡皮等工具，冒着料峭的春寒，全身心地投入到编制招标文件、绘制施工详图等工作中。

完善与优化设计，这既是业主的期望与要求，也是设计本着对业主负责的态度而做的重要工作，这在隔河岩工程建设过程中是十分突出的。完善与优化设计，不仅能大大加快建设速度，也可节约工程投资。设计中还采用一系列新技术、新工艺，大大提高了设计水平。

“设计一条线，工人满身汗，国家花钱千百万。” 这是郑守仁在工作中常常挂在嘴边的话。

为节约国家投资，在确保工程质量的同时，郑守仁注重优化设计，他虚怀若谷、广纳良策， 遵从实事求是原则，用惊人的毅力攻克了一系列技术难关，创下了几十项优化设计成果。

在郑守仁的倡导下，设代处在隔河岩工程建设中十分看重质量与造价的统一，大力推广、应用新技术、新工艺和新材料，创造了明显的经济效益和社会效益，让设计的“龙头”矫健地舞了起来。

3

“清江陡涨陡落的山区河流特性明显，若采用全年施工方案，施工难度大、安全系数低不说，经济上也不划算啊。”

“所以啊，施工导流还是应结合清江水文特性，趁现在枯水期实施全河截流导流，到了主汛期水上来了，就采用导流隧洞和碾压混凝土围堰过水。”

“对，对，这样就降低了导流流量标准，还可加快施工进度，节约工期，保证完成今年开工、今年截流的任务。”

……

河谷里冰湿的寒风，顺着关不严的老旧木门和破损的木窗，直往低矮的民房里扑，却丝毫没有影响屋内就着煤油灯、围着设计图纸的人们讨论的热情。

这是 1987 年 2 月，刚刚抵达隔河岩工地的设代处团队在郑守仁组织下为隔河岩导流工程开展优化设计的场景之一。

隔河岩导截流工程，是枢纽主体工程建设的重要准备工程。率先动工的导流隧洞工程也是隔河岩水利水电枢纽开工建设的标志性工程。业主方湖北省清江水电开发公司要求，导流隧洞工程要在开工当年，实现截流，为主体工程建设争取工期。

因此，导流工程的优化设计就是设代处进驻工地后的首要任务。

本着对业主负责的态度，郑守仁组织设计人员根据施工现场实际工情、水情，对设计方案进行深入研究，在确保施工安全和工程质量的前提下，日夜加班，进一步完善和优化导流工程设计方案，保障隔河岩工程顺利建设。

根据隔河岩工程坝址地形、地质和水文等条件，初步设计方案中曾考虑过明渠导流和隧洞导流两种方式。前者由于河床地形狭窄，明渠工程量大，开挖边坡高达 100 多米，大坝明渠坝段施工和上升技术复杂，工期长，不经济，故很快被否定了。

隔河岩坝址两岸山体厚实，开挖导流隧洞有明显的优越条件。具体到导流隧洞布置上，曾对右岸和左岸两种方案进行过比较。布置右岸，轴线较短，进出口岩石条件较好，但出口后需做 140 米涵管，需设专门围堰，并对厂房施工围堰布置、右岸施工场地布置及右岸交通道路布置都有干扰。

导流隧洞布置于左岸，洞轴线长度有所增加，进出口岩石条件较差，但由于有县内交通干线——长火公路通过，具有交通便利、工程进度快等有利条件，且可避免右岸布置上出现的干扰问题。

隔河岩导流隧洞工程在左岸开工后，急需设计方确定导流方式与导流标准。

隔河岩水利水电枢纽属一级工程，导流建筑物为四级临时建筑物，其设计标准应采用 20 ~ 10 年重现期洪水，20 年重现期的洪水流量为 13700

立方米每秒。坝址处为U形河谷，江面狭窄，两岸山体陡峻，出露岩层主要为寒武系中下统石灰岩。枯水期，水深1～3米，水面宽约125米。汛期，水深17～20米，水面宽约135米。

清江处于鄂西暴雨区，洪水陡涨陡落。据坝址下游长阳和搬鱼嘴水文站1951—1985年35年的实测水文资料，汛期最大流量为18900立方米每秒，枯水期最小流量为29立方米每秒，洪枯流量相差悬殊。

针对隔河岩工程这些地形、地质及水文特点，郑守仁和他的团队通过分析计算发现，若采用一次断流、全年挡水围堰的导流方式，需修建3条直径16米的导流隧洞，明挖土石方达76.2万立方米，洞挖土石方45.9万立方米，工程量巨大，施工难度大，从而导致工期长，造价也高。

从导流工程施工进度和工程费用方面综合分析，郑守仁团队向业主方和施工单位推荐“一次断流、汛期围堰过水”的导流方式。

郑守仁夫人高黛安，当时也是隔河岩工程设代处导流设计组的技术骨干。采访时，她向我们介绍，隔河岩工程导流分为初期导流和后期导流两个阶段。初期导流阶段，枯水期围堰挡水，导流隧洞泄流；汛期围堰过水与导流隧洞联合泄洪。该阶段枯水期围堰挡水流量标准采用实测资料统计分析方法确定为3000立方米每秒，与枯水期20年重现期洪水流量3250立方米每秒相接近，汛期导流标准按全年20年重现期洪水设计。后期导流阶段，枯水期由已浇筑混凝土的坝体挡水，坝体底孔和深孔泄流；汛期由已浇筑混凝土的溢流坝预留缺口过水，与底孔、深孔联合泄流。该阶段枯水期坝体挡水流量标准按20年重现期洪水设计，汛期坝体度汛流量标准按100年重现期洪水设计，按200年重现期洪水校核。

导流隧洞开始施工后，发现洞内岩石结构复杂，从上游至下游依次为上峰尖泥灰岩、红溪灰岩、平善坝页岩、石龙洞灰岩、石牌页岩等。同时隧洞内水力条件复杂，途经4条岩溶通道，暴雨渗漏量达2立方米每秒以上，不稳定流、无压流、半有压流、有压流交替出现。为保证隧洞的过流能力，降低糙率，原设计要求全部采用钢筋混凝土全断面衬砌，但工期很难满足1987年截流要求。

清江公司及施工单位与长办设代处协商，希望能够依据实际地质条件，优化导流隧洞衬砌方式，加快施工进度。

郑守仁在集思广益的基础上提出，将红溪灰岩段和石龙洞灰岩段的部分岩层较完好部位的顶拱改为锚喷混凝土衬砌支护，其余部位根据岩层岩石条件，采用厚 0.4 ～ 2 米不等的钢筋混凝土衬砌断面。

如此优化后，锚喷衬砌支护顶拱洞段总长度 361 米，占隧洞总长度 55.9%，达一半以上，锚喷层厚度仅为 15 厘米，大大节约了工程量，加快了工程进度，为导流隧洞一年建成、当年截流创造了有利条件，同时又节省了工程投资。经测算，仅此一项优化设计就节省投资 1300 万元。

按我国水工隧洞设计规范要求，锚喷衬砌支护宜在流速小于 10 米每秒的情况下应用，而隔河岩导流洞设计流速为 15 米每秒，校核情况为 20 米每秒。

为保证安全，郑守仁要求施工单位采用加密锚杆锚固岩层，锚喷段挂钢筋网，第二次喷射混凝土时每 40 千克掺和 1 立方米硅粉。

在隧洞口的施工中，由于出口向下游方向延长了 42 米，使消力池和护固防冲段已延伸至出口土石围堰以外，实施难度很大，需改做围堰，如此一来，隧洞通水时间至少推迟约半年，势必影响主体工程进度。

为了缩短工期，提前通水，郑守仁决定将导流隧洞出口消能方式由消力池方案改为水平护固防冲方案。但这样一来，新问题也找上门来：出口只保护了翼墙段 30 米和护固段左侧 36 米，右侧约 10 米长度在干地施工，其余部位都在围堰拆除过程中兼顾施工，对施工质量产生不利影响。

这难不倒郑守仁和他的团队。他们开动脑筋，因地制宜，在下游土石过水围堰与隧洞出口之间增加设计了长约 60 米的锥形隔流堤，让施工单位就地取材，利用出口土石围堰拆除的土石料，将隧洞出口水流引出隧洞一定距离至天然河床中形成天然消力池消能，从而避免冲刷下游土石过水围堰堰脚。当然，这样在每年汛期，出口翼墙段、护固段、防冲段、尾渠段都会受到不同程度损坏，需汛后进行修补加固。

隔河岩工程导流隧洞经过 1988—1991 年 4 个汛期的考验，泄洪量大于 3000 立方米每秒的洪水共 30 次，导流隧洞运行期洞内最大流速 15 米每秒，经进洞检查，顶拱锚喷混凝土完好，未发现被冲刷剥落现象。

实践证明，隔河岩导流工程的各项优化方案是成功的、经得起检验的。

4

2019 年 6 月 15 日傍晚，又一场潇潇暮雨。

我们在三峡坝区采访过郑守仁夫妇后，驱车抵达隔河岩。

因是夏季，雨中的河谷里并无雾气，视线尚可。从隔河岩电厂门口往上看，只见清江两岸的高山之间夹着一座造型独特却不失雄奇壮观的大坝——上半部为重力坝，下半部为拱坝，即所谓“上重下拱”。

为什么选择这么一个坝型？自动化程度颇高的隔河岩电厂值守的年轻工程师知之不详。

在一个多月后的 8 月 3 日，我们再次采访郑守仁时，这个问题得到了答案——因地制宜，缩短工期，节约投资，兼顾美观。

隔河岩工程正常蓄水位 200 米，坝顶高程 206 米，最大坝高 151 米。而大坝位于峡谷地带，右岸边坡陡峭，左岸则是上陡下缓，明显不对称，这给坝型的设计带来不小的难题。

鉴于坝址两岸地形、地质条件不对称，郑守仁带领枢纽设计组的技术人员考虑了好几种方案。如果单纯建拱坝，左岸低矮的地势使支撑大坝的重力墩必须高达 80 米，难度太大，造价太高；如果单纯建重力坝，则混凝土的浇筑量要增加 70 万立方米，且沉重的坝身可能对坝址下方软弱的页岩产生影响，大坝安全难以保障。

排除了重力坝和拱坝两种基本坝型后，郑守仁就开始琢磨，能否采用上重下拱的重力拱坝设计方案？即下部拱坝减轻坝重，并避开页岩，上部重力坝拦蓄洪水。

“上重下拱”这一创新坝型方案敲定后，在完善设计细节时，问题再次出现。拱坝与重力坝的具体浇筑高程，如何分布才能更安全可靠、更科学合理？

“我们可以大胆假设，但必须小心求证。”对于最初拟定的150米为界方案，郑守仁认为不能教条式地一刀切，他组织枢纽设计人员和坝工研究人员，结合实际的水文地质情况，进一步开展计算分析和模型试验，发现这一按水平标准统一灌浆的方案，在局部区域的坝体会因受力不均而影响稳定，坝体拉应力超过国家标准。

“如果不均匀灌浆，中间高、两边低，再让坚硬的左岸多受点力，大坝不就稳定了吗？”郑守仁组织设计和科研人员开“诸葛亮会”，在热烈的讨论交锋中，设计方案脱颖而出：将两种坝型接缝高程确定为右岸160米、中间180米、左岸150米，这样，左岸的重力坝高程有56米，满足过坝建筑物的要求，中间重力坝的高度只有26米，“从而形成一个竖向斜拱，使大部分水压由这种类似‘冰刀’的大坝传至两岸山体”。

经过一系列设计演算和多次模型试验，证明这一方案能较好地满足隔河岩大坝的稳定和功能要求。更值得夸耀的是，这一方案较当时同等规模的重力坝，大大减少了混凝土浇筑量，缩短了施工工期，节约了投资。

在此基础上，为避免因建拱坝影响挡水安全，郑守仁又煞费苦心，将大坝的迎水面分为三段，中间圆弧半径312米，最大中心角80度，而左右两岸用小半径的圆弧贴角，加大迎水断面，减小大坝单位面积承受的水压。

经过这两项改进，隔河岩大坝的外观就显得非常奇特。因为从大坝结构看，它是上重下拱；从大坝上下游的角度看，它显现出圆弧形；从拱坝和重力坝的接缝线看，它是不规则的斜线。

这种学名叫“三圆心斜封拱的重力拱坝”的坝型在我国还是首次出现，在国外也只有两座高75米的中型坝，而隔河岩151米的坝高远远超过了它们。这一创新坝型设计颇受专家们的青睐，在一片啧啧称赞中，“中国第八届优秀工程设计金奖”翩跹而至。

由于隔河岩是一座高坝，防洪任务较重，不仅要考虑高强度拦洪，其泄流的设计流量也高达20000立方米每秒。如果遇到这种情况，拱坝设计将使泄流相对集中，流态恶化，对下游软弱页岩产生冲击，这一问题如不解决，大坝形状如何特殊都不可能让人放心。

为解决隔河岩工程泄洪消能问题，郑守仁带领设代处的技术骨干们再接再厉，在大坝泄洪消能结构上采用了“不对称宽尾墩加消力池消能”设计方案。

郑守仁解释说：“‘不对称宽尾墩’使原本向中心集中的水流被切割成大致平行的几段，减小向心力；‘消力池’使水流由进水口的 12 米束窄到出水口的 3 ~ 4 米，迫使水流急速抬升，既可减小单位面积上的水压，又因水流抬升过程中掺入空气消减了水流的能量，经过这两次处理，汹涌的水流能量已经大大削减。”

此后，在施工过程中，郑守仁又创新设计，为大坝再上一层保险——二级消力池，使水流在宣泄过程中摩擦时间更长，大坝的安全性也大大加强。

创新意味着风险。

隔河岩罕见的重力拱坝虽然在理论上没有问题，但毕竟没有经受实践的检验。1996 年 11 月，隔河岩遭遇大水，身在三峡工地的郑守仁一直没有停止与前方的联系，直到洪峰顺利过坝他才放心。1998 年 8 月，长江出现超历史水位洪水，为保荆江大堤，隔河岩水库冒险超蓄洪水，隔河岩大坝再次经受了这次极其严峻的考验，为荆江大堤的安然度汛赢得了宝贵时间。

实践证明，“上重下拱”的特殊坝型可以有效解决不对称河谷造成左岸拱座地形高程不足的问题，并能改善坝体拱端应力状态，在实际应用中安全可靠，是重力拱坝设计的一次成功的创新。“三圆心斜封拱”和“不对称宽尾墩加消力池消能结构”两项新技术新工艺，为清江隔河岩水利水电枢纽的提前建成、提前发电提供了基本保证，也为我国今后在类似地形上修建高坝提供了有益借鉴。

5

具备世界水利水电科技先进水平的优秀设计，是确保大型水利水电枢纽优质、高效建成的先决条件。

▶隔河岩水利枢纽

从 1987 年 1 月开工建设，至 1993 年 6 月首台机组发电，在隔河岩水利水电枢纽建设过程中，郑守仁领衔的长江委技术专家和科研人员在确保工程安全和工程质量前提下，敢于创新，精心设计，提出了一系列先进、可靠的技术方案，坚持了现场设计的好传统，在工地密切配合建设及施工单位，及时解决施工中的技术问题，对原设计方案不断进行优化，从而确保了工程建设质量，降低了投资水平，促进了工程提前发挥效益。

据统计，从隔河岩工程开工到发电各个施工阶段和重要环节中，面对地质地形条件复杂、水文水情形势多变等摆在工程建设道路上的一只只拦路虎，郑守仁率领长江委设代处的设计科研人员进行了 100 多项优化设计和科学试验研究，采用了大量的新技术、新工艺、新材料。

限于篇幅，我们只在上述两节中叙述了导流工程和大坝建设中的优化设计和技术创新。其实在隔河岩工程建设中，郑守仁带领他的团队提出了多项重大设计创新，例如：分两个枯水期施工下游土石围堰，在主河床截流后完成全线混凝土防渗墙和上游低土石围堰同时建成闭气，基坑抽水后，抢浇碾压混凝土过水围堰时进行基坑开挖，为提前浇筑大坝混凝土争取了工期；将电站厂房与大坝分开布置，厂房施工围堰标准按全年20年一遇洪水位设计，厂房基坑可全年施工，为加快厂房施工进度创造了条件；针对引水式电站厂房“上硬下软”的地质条件，在国内首次采用后张式预应力混凝土衬砌，以保证引水隧洞的不透水性和大坝右拱基座的安全；对电站厂房高边坡问题，精心设计了合理的断面形态，并采取了软弱夹层置换、边坡排水、锚喷及预应力锚固等技术措施，保证了电站的顺利建设；通航建筑物设计采用全平衡湿运垂直升船机，具有结构简单、功率小、造价低、运行稳定等特点，为我国高坝通航建设提供有益的经验；对灰岩岩溶发育的坝基防渗，将溶洞(井)扩挖回填混凝土堵塞渗漏通道，再进行高压灌浆，使隔河岩工程一次蓄水成功，施工质量优良，提前一年发电。

创新，意味着走别人没走过的路，做别人没做过的事。为了创新，郑守仁率领他的团队艰难跋涉，勇敢攀登，终于突破了一道一道关隘，换来了设计的优化、工程的优良、效益的卓著，也激发了团队的成长、队伍的进步，更点亮了后继者前进的道路！

三　生死置之度外的奉献者

1

“我跟你们讲，有两次，郑守仁差点就死了的呀，晓得不啦……”

2019年6月14日上午，我们在三峡坝区十四小区简陋的工房里采访高黛安时，说起郑守仁在隔河岩工地两次与死神擦肩而过的经历，年近八旬的老太太猛地提高了声调，带着上海口音的话语又快又急。

让时光倒流，再现那惊险的瞬间。

1988年汛期，隔河岩工程导流隧洞经历建成后第一次过流考验，参建各方都瞪大了关注的眸子。

郑守仁记得，那是1988年7月下旬的一个晚上，上游连日暴雨导致清江水位陡涨，在隔河岩段出现一次洪峰过程，水文测报当晚导流隧洞过洪流量大于3500立方米每秒，超过3000立方米每秒的设计流量。

作为工程设计总负责人，他最担心的就是洞内锚喷衬砌和洞口的消能防冲。

当晚，郑守仁打着手电筒，喊上清江公司的李焰云和戴枫，就在大雨和泥泞中深一脚浅一脚地赶往导流隧洞出口处，先后查看了尾渠、护固、翼墙等各段的冲刷情况。

“当时下着雨，我们站在隔流堤靠出口那个位置看就很危险，出口流量比较大，流速又快，那个隔流堤不是修在岩石上，而是在松散的半坡上，结果我站的那块混凝土疙瘩松动了，李焰云就在后面拉了我一把，把我拉到后面了。”郑守仁说，“一拉过来那块混凝土疙瘩就掉下去了，要不拉我也掉下去了，那就麻烦了。”

“掉下去就麻烦了。”郑守仁说得轻描淡写。我们不好意思追问是怎么“麻烦了”，但可以从郑守仁的神态和语气中感觉到，他这个“麻烦了”，或许是工程尚未建完、壮志未酬的遗憾，或许是工程建设中出了人员安全事故给组织添麻烦……但绝不是计较个人生死。

正是因为这种看淡生死、不计得失、一心只扑在工程技术上的奉献精神，郑守仁在隔河岩工地又有了第二次从死神手里“逃回”的经历——在电站尾水叠梁门漏水抢险处置中带病上阵，坚持不下火线，在抢险处置胜利之际昏倒在现场。

2

“丁零零——丁零零——”

1993年5月15日晚9时，急促的电话铃声在长江委隔河岩设代处驻地办公室响起。

“厂房尾水叠梁门大量漏水，直接威胁着电站厂房的安全，请郑总和长江委领导专家速来现场指导抢险工作！”

当时，隔河岩工程建设正按既定目标有序推进，电站首台机组基本就绪，发电前的各项准备工作紧锣密鼓，发电在即，人们翘首以待。

“在这个节骨眼上突发漏水状况，非同小可，若不及时排除险情，损失将不可估量。”郑守仁当即率有关技术人员赶到高程100米的尾水平台。

现场施工人员介绍，下游围堰已破堰进水，电站厂房基坑充水后，刚浇筑埋设的通气孔铁管充起了气，开始冒气泡。当下游水位高程65米左右时，4号尾水门漏水如注，并向上翻气。

兵贵神速，情况紧急，不容犹疑！郑守仁当机立断，向施工单位现场负责人葛洲坝集团公司清江施工局局长林善强建议：迅速关闭大坝深孔闸门，复堵下游围堰，为下一步抢险处置提供有利条件。

随后，在前方调度室召开紧急会议，施工单位代表全面介绍了情况，与会者讨论发言。有的人怀疑是有孔洞未封堵，或未封堵好，但又认为不可能，因为事前进行过认真检查；有的怀疑是上节叠梁因压缩空气导致挪动，大家焦急、担心，但找不出漏水的确切原因。不时有人进来报告厂房廊道及下游水位，说漏水如连通器，2000立方米每秒排水量的抽水泵不能形成闸门的内外水头差。

会议结论是：无论什么方案，当务之急是先把水抽干，要求施工单位调兵遣将，安排抽水。

会议结束时，时针已经指向零点，郑守仁的眉头紧蹙着，又去了尾水平台现场。

5月16日，厂房基坑水位变化不大。潜水员汇报的情况是，上顶节止水未发现漏缝，固定斜拉钢筋未松动，排除了上节梁被压缩空气推动的可能。

是有施工时留下的孔洞未封堵好吗？

负责厂房施工质量的段科长说，4号机的尾水管底部在施工时留有一个排水洞，通向高程53米廊道，完工后，两头封堵，并灌了浆。

设计、施工、监理人员都认为没有其他的孔洞，但不敢肯定，只是说应该没有，平时很自信的人这时也不敢把话说满。

难道门上有洞——有狗窝洞？不可能。

有施工缝？不可能。

“到底是什么……”时间一分一秒过去，至16日下午，在种种可能的原因和假设被否定后，30多个小时不眠不休的郑守仁的鼻腔开始渗血，他不顾众人劝说，拿纸塞着，依然坚守在现场紧张地思考漏水可能的原因。

天公也不作美，漏水偏逢连阴雨。根据天气预报，接下来两天清江流域有中雨，局部地区有大雨。水情预报表明，大雨形成的上游洪峰到达隔河岩坝址后，将翻坝过流。根据水位流量关系推算，下泄流量增加1000立方米每秒，下游水位则上涨1米。

必须尽快完成电站厂房尾水叠梁门漏水的险情处置，重新开启大坝深孔闸门，减轻正在建设中的大坝的挡水压力。

“按天气情况，留给我们抢险处置的时间只有一两天了。”16日晚的会商会上，郑守仁开门见山指出，“我分析判断，节间漏水的可能性最大。要想找到准确的答案，只有先把水抽干。水落石出，也便于施工。”

施工单位继续增调抽水设备和加派人手。趁着夜幕来临，推土机、汽车、吊车开到了尾水，一批批民工也赶到了工地，一个个编织袋装满了黄土，排在尾水基坑的斜坡上。

5月17日早晨6时刚过，现场情况查明，果如郑守仁的预判：是电站尾水叠梁门节间止水橡皮被冲走，导致节间漏水。

情况清楚后，施工单位按长江委设代处已经拟定的除险处置技术方案紧张施工。

郑守仁带领长江委设代处技术人员拟定的除险处置方案是：在上游面叠梁缝面间焊扁铁，下游面用橡皮、棉絮、编织袋填充缝隙或空腔，再用编织袋装泥巴垒墙，其高度与叠梁门同高（后改为一节半叠梁门高）。

此时，郑守仁已经48小时未合眼，眼睛布满血丝，鼻血长流也超过一天。按说漏水原因已查明，处置方案已提交，不需要守在现场了，但他依然不顾众人的劝阻，坚持守在第一线，为的是再出现问题可以随时进行处置。

可是，铁人也经不起这样熬打啊。5 月 17 日晚，郑守仁昏倒在了工地一线，被连夜紧急送往葛洲坝工程局中心医院救治。

事后医生告诉高黛安：再拖延一点时间，后果不堪设想——人恐怕保不住了！

郑守仁人在病房，心却牵挂着隔河岩的鏖战，病情稍稍好转，他便悄悄地“溜”回了工地。

其实，经过奋战，除险施工在 5 月 18 日 23 时前就已完成，5 月 19 日凌晨，上游洪峰到达隔河岩，翻坝过流，洪水破堰进入厂房下游基坑。观测资料表明，经过处理后的叠梁门经受住了考验，保证了电站的安全。

隔河岩电厂尾水叠梁门安全了，电站在半个多月后如期发电。而郑守仁却从此落下了流鼻血的病根。

3

隔河岩工程 1987 年开工， 当年截流。1988 年开春，又赶在汛期前，用 59 天工期提前 7 个月完成了上游碾压混凝土围堰。此后，工程一路快马加鞭—— 1993 年 6 月 4 日， 1 号机组正式并网发电， 比国家计划发电工期提前半年多， 创造了我国百万千瓦级水电站自开工至首台机组发电只用 6 年零 5 个月的新水平；之后每半年有 1 台机组投产发电， 至 1994 年 11 月 26 日， 4 台机组全部建成投产， 总装机容量为 121 万千瓦。至此，除缓建的升船机外，清江隔河岩水利枢纽全部建成，整个工期为 8 年，比国家计划工期提前了整整 1 年。

如此紧的工期，设计图纸供应十分紧张。每年年初，清江公司与长江委签订当年的施工项目设计供图协议，长江委技术人员不辞辛劳，加班加点，根据工程进度要求，按时提供设计图纸，满足了工程施工的需要。

为做好现场技术服务工作，保障工程建设进度与建设质量，郑守仁组织设计人员到建设单位及施工单位进行技术交底，与建设单位及施工单位密切配合，及时解决施工中出现的技术问题。在工程建设中，往往出现由于种种原因造成部分项目工程拖后的情况，为加快工程进度，清江公司委

托设计方研究修改施工设计，长江委设代处经过研究、模型试验、实地观测，先后修改设计30多项。

据统计，从1987—1993年，设代处按协议共提交施工详图6521张。从1991年6月至1992年5月的一年中，设计各专业发出设计通知单和技术文件847份，其中，因部分项目工期拖后，为争取发电工期、确保工程能够安全度汛的99份，占11.6%；应建设方与施工方要求，设计方研究同意在确保工程安全和工程质量的前提下，为方便施工，加快工程进度的297份，占35.3%；由于各方面的综合因素而引起变化需要修改设计的（包括施工质量事故处理要求）229份，占27.0%；设计技术要求222份，占26.1%。

从大量图纸、文件的内容与比例可以看出，设代处的技术服务可谓有需必至，及时周到。

这每一页报告、每一张图纸、每一个数据，甚至每一个标点符号，无不浸润着郑守仁和长江委工程技术人员的聪明才智，以及奉献祖国水利水电事业的碧血丹心。

四　盛开的“金花”

1

船行隔河岩水库，迎水坝面上两处鲜红的大字，十分醒目。

右边的“200m”是指隔河岩水库的额定蓄水位，而左边的“203.94m”下面还有一行字——“1998抗洪最高水位”。

这段文字，颇有点来历，记录了隔河岩水利枢纽在1998年抗洪期间，在坝前水位超正常蓄水位近4米的情况下，顶着巨大的风险超蓄洪水，为荆江不分洪做出了贡献。

隔河岩工程自1994年建成后，留有5亿立方米的防洪库容，可以削减清江下游洪峰，也可错开与长江洪峰的相遇，减轻下游和宜都市的洪水灾害，减轻荆江河段的洪水威胁，减少荆江分洪区的使用机会或推迟分洪时间。据计算，隔河岩水库下泄流量每增加 1000 立方米每秒，荆江河段水位就会上涨 8 ~ 10 厘米。

1998 年，强雨来袭，浊流滚滚，长江流域发生特大洪水，汛情严峻。进入 6 月以后，连续几个洪峰首尾相连，水位居高不下。清江流域亦大雨如注，洪水凶猛，这是隔河岩水电站建成后第一次长江、清江洪峰遭遇。隔河岩水库按设计要求洪水位为 203.14 米，校核洪水位为 204.54 米，正常蓄水位为 200 米。

为了与长江洪水错峰，隔河岩大坝实际水位已超过了设计洪水位，但当时长江防汛形势吃紧，为了最大限度挖掘拦洪潜力，长江委专家组提出短时间内超蓄水位可达 204 米的保坝、保闸门的特殊水位——这一水位非同小可，已接近校核水位！

在当年 8 月上中旬长江第四次和第六次洪峰期间，隔河岩水库在正常蓄水位 200 米以上分别运行了 78 小时和 73 小时，最高水位达到 203.94 米，直逼 204 米的极限高程，超过了千年一遇的设计洪水位，接近 5000 年一遇校核洪水位，错开了清江洪水与长江洪峰的相遇，为荆江不分洪和长江中下游堤防安全使出了吃奶的力气，立下特殊功勋。

令人欣慰的是，根据 1998 年汛后的检查和监测，整个枢纽运行良好，没有出现任何异常情况，也证明了隔河岩工程的整体设计是经得起实践检验的。

2

按照业内的说法，隔河岩工程是当年水电建设的“五朵金花”之一。水电“五朵金花”是指二十世纪八十年代末、九十年代初在我国修建的五座百万级的水电站，分别为湖北的清江隔河岩水电站、湖南的五强溪水电站、福建的水口水电站、云南的漫湾水电站和广西的岩滩水电站。

隔河岩水电站投入运行后，经历了实践的严苛检验，工程安全运行近

30 年，在发电、防洪、旅游和航运等方面发挥了巨大的经济和社会效益，并荣获了中国建筑行业工程质量的最高荣誉——“鲁班奖”。

隔河岩工程，成为“五朵金花”中盛开得最鲜艳的一朵。

有感于长江委设代人员为了隔河岩工程这朵“金花”的盛开付出的耕耘、灌溉和做出的巨大贡献，1991 年 10 月 22 日，隔河岩工程建设领导小组第四次会议上，中国工程院副院长潘家铮在讲话中对以郑守仁为代表的长江委设计队伍赞誉有加，他说：“我印象中的长江委有五大特点，第一，他们为长江的开发治理，为水利水电事业艰苦奋斗，方向非常明确，从来没有动摇。我看到（隔河岩）工地上的设计人员很多，力量很强，而且队伍稳定，很安心，做到这一点就很了不起。第二，他们力量强，水平高。第三，他们敢于碰大的、碰硬的，有大无畏的精神。谁敢碰长江呢？长江委敢碰，在他们的字典中没有一个‘难’字。第四，他们敢于采用新技术。第五，他们一贯强调质量，坚持原则。这五点，我认为都是优点，在隔河岩工程建设中也充分体现出来，不愧是工程建设的‘龙头’，为工程立下了大功。”

1993 年 7 月，长江委设代处被湖北省人民政府授予“隔河岩工程模范建设单位”称号，郑守仁被授予“隔河岩工程特殊贡献者”称号。

▶ 1987 年隔河岩截流成功后受到湖北省奖励

3

山谷里清风徐徐吹来，隔河岩水库里蓄起来的清江水更加碧绿澄澈，正一浪又一浪地轻拍着大坝，仿佛是为即将离开的朋友送行。

坝下，郑守仁再次背起行囊，一如他来时的样子。

这是 1993 年 7 月，隔河岩水电站首台机组刚刚投产发电后，郑守仁就要奔赴新的更大的战场——奉命去全面主持设计寄托着中华民族伟大复兴梦想的三峡工程。

主持三峡工程设计，舍郑守仁其谁？！

参与长江三峡工程建设，是每一名水利工程师的梦想，而郑守仁也时刻准备着迎接这一天的到来。2019 年 8 月 3 日，回忆起当年从隔河岩去三峡的经历，79 岁的郑守仁说：“隔河岩的设计，从开工一直到发电全过程的设计，我都在那里，等于是全方位、多角度地进行大型水电工程的设计，与大家一起经历解决了很多技术问题和挑战。1987 年去的，到 1993 年隔河岩第一台机组发电了，后来三峡工程开工了，我就到了三峡。所以通过隔河岩整个工程的锻炼，对我后来抓三峡工程的全面设计工作，起了很大作用。”

带着对三峡的憧憬，带着对隔河岩的眷念，在脚下清江水低吟浅唱的送行中，郑守仁背起行囊再出发。

第五章　巅峰之作大三峡

君不见，长江之水天上来，奔流到海不复还！

君不见，三峡自古多壮丽，锁钥洪流蕴宝藏！

在中国，长江三峡是个神奇瑰丽的地方，是一个引人做梦遐想的地方。

从宜昌上溯，便进入著名的长江三峡，这里遗落了多少人的梦？古人的梦、今人的梦，国人的梦、洋人的梦，伟人的梦、平民的梦，绚丽的梦、灰暗的梦……

二十世纪以来，“更立西江石壁，截断巫山云雨，高峡出平湖”，一度成为国人孜孜以求的梦想。

蓓蕾孕育久，一朝鲜花开。

▶三峡风光

1992 年 4 月 3 日，七届全国人大五次会议通过决议，批准兴建长江三峡工程。

从此，三峡工程才真正从五光十色的梦化为一粒硕大的种子，出土发芽，在建设者智慧、勇气和汗水的浇灌下，成长成长再成长，最终长成一座巍峨雄壮的“世界第一坝”。

一 这就是大三峡

1

我最早认识的三峡，是在学生时代的书卷之中。

浩荡长江穿越藏、滇、川三省(自治区)之间的横断山脉和四川盆地后，在冲入盆地东缘的巫山山地时，又切割出一段山高水深的大峡谷，即壮丽险峻的长江三峡。

“西控巴渝收万壑，东连荆楚压群山”的长江三峡，是长江风景线上最为瑰丽奇秀的山水画廊，西起重庆奉节白帝城，东至湖北宜昌南津关，全长 193 千米，由瞿塘峡、巫峡和西陵峡三段峡谷联袂构成。

瞿塘峡以雄伟险峻著称——两岸双峰若合，断岩峭壁，宛若刀削斧砍，船行峡中，让人有“峰与天相接，舟从地窟行”之感。在三峡入口，白盐山与赤甲山南北对峙，峭壁直插云霄，如两扇巨门把滚滚江流约束在百米峡谷之间，形成“夔门天下雄”的壮景。

巫峡以幽深秀丽蜚声——“巴东三峡巫峡长”，这段峡谷峡长谷深，曲曲折折，奇峰突兀，峭壁屏列，绵延不断，如一条美不胜收、千奇百怪的画廊。船行峡中，时而大山当前，“山塞疑无路”；时而又峰回路转，“湾回别有天”。最壮观者当数巫山十二峰，尤以神女峰最为绮丽迷人。

西陵峡以滩多水急闻名——这段峡谷暗礁密布，泡漩翻滚，险象环生。令人望而生畏的险滩有新滩（青滩）、崆岭滩等，历史上过往船只在此葬身波涛者不计其数。故人称西陵峡入口的南津关为“难进关”。

天地之心，鬼神莫测。“雄、险、奇、幽”集于一身的三峡，无疑是大自然的奇异构思和精巧安排。

沧海桑田！

三峡一带，在距今1.5亿年前还是一片汪洋大海。

从大约1.3亿年前开始到7000万年前左右结束的“燕山运动”，使原本埋于大海波涛之中的三峡地区遭遇天翻地覆之变，大海在颤抖哭泣中逐渐后退，让位于缓缓隆起的峥嵘——三峡从海水中挣扎着冒出头来，形成了初期的骨骼，最终将初孕的古长江截成东西两段。再后来，这里的地壳不断向上凸成“黄陵背斜”，位于今中堡岛南岸的黄牛岩和东面的天柱山兀起，其西脉之水注入古四川盆地，东脉之水注入古云梦泽。

距今7000万～300万年的“喜马拉雅造山运动”，带来又一次天崩地坼的剧变，喜马拉雅山脉和青藏高原迅速抬升，古中华大地西高东低的格局形成。于是西部古长江掉头东进，不舍昼夜地在三峡背斜上下切。在与石相搏相击中，不屈不挠的水最终上演了“柔弱胜刚强”的好戏——通过千万年的下切与上溯，西部古长江与东部古长江这对同胞姐妹终于拥抱在一起，从此长江一气贯通，大江东去；三个背斜演变成三段既相互独立又相互联系的峡谷，成为造物主赐给人间最雄奇壮丽又风流倜傥的大美。

古代文人墨客对三峡的描述形象生动，令人心旌摇荡，方知三峡又是文化之峡、诗歌之峡。

北魏地理学家、文学家郦道元的《水经注》中，有一段关于长江三峡的描述，堪称绝唱：

自三峡七百里中，两岸连山，略无阙处。重岩叠嶂，隐天蔽日，自非亭午夜分，不见曦月。至于夏水襄陵，沿溯阻绝。或王命急宣，有时朝发白帝，暮到江陵，其间千二百里，虽乘奔御风，不以疾也。春冬之时，则素湍绿潭，回清倒影。绝巘多生怪柏，悬泉瀑布，飞漱其间。清荣峻茂，良多趣味。每至晴初霜旦，林寒涧肃，常有高猿长啸，属引凄异，空谷传响，哀转久绝。故渔者歌曰：“巴东三峡巫峡长，猿鸣三声泪沾裳。”

唐代大诗人李白作有《早发白帝城》一诗：“朝辞白帝彩云间，千里江陵一日还。两岸猿声啼不住，轻舟已过万重山。”

宋代大诗人陆游作有《三峡歌》一诗：“十二巫山见九峰，船头彩翠满秋空。朝云暮雨浑虚语，一夜猿啼月明中。”

……

后来又读书，知道三峡流传着许多美丽动人的神话传说，是神话之峡、爱情之峡。

神女瑶姬、治水英雄大禹，构成了三峡神话的主旋律。

瑶姬，三峡最负盛名的女神，巫山神女指的就是她。传说她是炎帝的女儿，未成年而亡，葬于巫山，成为神女，巫山十二峰的神女峰就是这位女神的形象。战国晚期大辞赋家宋玉作《高唐赋》，绘声绘色地描述巫山神女瑶姬与楚王的一段风流韵事，是三峡神话中的动人篇章，从此三峡又成了爱情之峡。

治水神话的主角是大禹。相传远古之时，洪水泛滥于赤县神州，大禹治理完黄河水患后，又不辞劳苦来到长江，看到长江水患的根源在于三峡的水道不畅，于是借助包括黄牛在内的诸神，疏通了堵塞的三峡，率先奏响了中华先民大规模治理长江的雄浑乐章。

后来又读书，知道造物主独钟三峡，为后世子民留下了宏富无匹的水

◀巫峡神女峰

力资源。

书中说，世界上有许多巨川大河都有不少深邃的峡谷，但从地理位置、资源开发条件、景观壮丽雄奇和全年通航等诸多方面综合考量，似乎还没有可以与长江三峡相媲美的地方。

有了宝藏，如何获取？

亿万年的寂寞，亿万年的等待。

进入二十世纪后，生产力的飞速发展和科学技术的日新月异，让国人踌躇满志，摩拳擦掌：开发三峡宝藏的时机到了。于是，“三峡热”高潮迭起，点亮了人们企盼的眼睛。

……

书卷中的三峡引得我心驰神往。梦中，我多次光顾三峡，穿行于雄丽的山水之间，采撷美好与奇妙。三峡成了我做瑰丽梦的温床。

二十世纪九十年代初，三峡工程开工前夕，我终于得见三峡的真容。

我所乘坐的轮船自重庆朝天门码头顺流而下，出夔门而入三峡。

仰望两岸鬼斧神工的悬崖危岩，俯观狮吼虎啸般的滔滔流水，我被震慑了、征服了，进而沉醉了。我在叩问，天公有何“鬼斧神工”，竟然塑造出这般风流倜傥的峡谷来？！

船到巫山十二峰的时候，一位学识渊博的同伴向我讲述了有关十二峰的美丽传说。

相传大禹治水到三峡巫山时，被十二条兴风作浪的恶龙围困。西王母的女儿瑶姬邀请身边的十一个姐妹下凡，正好目睹了这一幕。瑶姬为大禹治水的奉献牺牲精神所感动，决定助其治水，便送给大禹一本关于治水的天书——《上清宝经》。不料，瑶姬还没来得及告诉大禹如何破解这部天书，就与众姐妹一起被西王母派来的天兵捉拿回瑶池。十二位仙女早已厌倦了仙界寂寞无聊的生活，一天，她们挣脱锁链，重返人间，帮助大禹疏通了峡江，平治了水患。此后，峡江两岸风调雨顺，百姓安享太平。而瑶姬和她的姐妹们爱上了三峡，成天奔波于巫山群峰之间，为船民除水妖，为樵夫驱虎豹，为民夫布云雨……久而久之，她们便化成了十二座奇美绝伦的峰峦耸立于巫峡两岸，被人间称为“巫山十二峰”。瑶姬是十二位仙女中的一姐，所以她化作的山峰既高且美，每天第一个迎来朝霞，故又美名曰“望霞峰”。

我说，大禹开峡导水，神女临峡相助，这些神话故事说明我们的祖先早在 4000 年前就有了治理开发三峡的梦想……

轮船到了西陵峡的中堡岛一带时，有人大声告知：这里就是即将建设的三峡大坝的坝址。游客们听闻，纷纷出舱观赏。

我知道，弹丸之地中堡岛，在悠悠万里长江的画卷中几乎是微不足道的，但在三峡建设者眼里却有着独特的价值。万年以前，中堡岛并不存在。后来，长江泥沙不断聚拢，使它悄然露出头来，逐渐长成一座近 2 万平方米的船型小岛。随着三峡坝址锁定于此，这个小岛成了毛泽东、周恩来、邓小平等无数国人魂牵梦绕、寄托三峡情的“乡愁”所在。

站在轮船的甲板上，眺望被绿色包围和云雾笼罩的小岛，每个人的眼神中都绽放出期待与遐想。

我想，一定会有人在憧憬中把自己炽热的三峡之情打了个结，珍藏于心中。

而我的眼前，已耸起了一座伟岸的大坝！

2

2019 年 6 月 14 日下午，骄阳高悬，楚天澄澈。我们采访组一行 3 人在长江勘测设计院枢纽处副总工程师、长江委三峡设代局枢纽设代处负责人陈磊的陪同下，怀着朝圣之心来到三斗坪，瞻拜三峡工程——这座世界水坝丛林中的“巨无霸”，中华人民共和国的重器。

成语“气壮山河”，形容气概像高山大河那样雄伟豪迈，但其蕴含的意义只可意会不可言传。当我们面对雄壮的三峡大坝时，忽然对“气壮山河”这个成语的含义有了深切的感悟。

从构造的复杂、设计的精巧、建筑的雄伟、工程的浩大、功能的完备、效益的恢宏等各个方面来看，三峡工程都堪称世间无与伦比的杰作。有人赞曰："三峡虽有绝壁之雄、水流之险、峰峦之奇，但大坝耸立形成后，这座宏伟的水工建筑群和溢流坝下翻腾咆哮的洪流所形成的风光，将兼三峡之胜而过之。"

巍巍大坝壮山河！

三峡水利枢纽位于西陵峡庙南宽谷三斗坪河段上，下距葛洲坝水利枢纽 38 千米，主要建筑物由大坝、电站、通航设施三大件构成。

三峡大坝是一座混凝土重力坝，大坝长 2335 米，高 181 米（正常蓄水位 175 米），相当于 60 多层的高楼，可谓"危乎高哉"！

站在位于长江左岸的制高点——坛子岭（经过建设者的"包装"，如今已成为坝区著名的"观景台"）俯瞰，一座由钢筋混凝土和金属结构巧妙构成的水工建筑物将滔滔大江拦腰截断，原本放荡不羁的一江怒水归于平静，呈现出"高峡平湖"的气象。不过，三峡水库虽然肚量巨大，但因大坝以上是狭长河谷，眼前的"平湖"还是欠了些烟波浩渺。

陈磊告诉我们，由于这里是峡谷河段，江面较窄，大水最宽时也只有千米左右，容不下这么多的建筑物，故只得向左、右两岸拓展，用来修建船闸，延长非溢流坝段。这样，大坝挡水前缘的总长约 2300 米。

3

阅读三峡工程这部鸿篇巨制，走马观花、囫囵吞枣不行，需要驻足细观、流连盘桓，以便对"作品"每个重要细节进行深入探究和用心体悟。

先看泄水能力盖世的溢流坝段。

三峡大坝的溢流坝段也称泄洪坝段，全长 483 米，位于大坝的中部、长江的主泓上，左右两侧紧连电站厂房。大坝的泄洪设计标准为千年一遇，泄洪流量为 9.98 万立方米每秒；校核标准为万年一遇，泄洪流量为 12.43 万立方米每秒。每到汛期，水库打开闸门时，激流穿越大坝形成人工飞瀑，气势磅礴，洪波百丈，訇然鸣响，撼人心魄。

大坝溢流设施由众多泄流孔道组成。溢流坝段相间布置了 23 个宽 7 米、高 9 米的深孔和 22 个净宽 8 米的表孔；另外还有发电时排水等其他

大坝泄洪

泄流孔道。在坝体上，深孔进水口底高程 90 米，表孔的堰顶高程 158 米；表孔用来泄洪，深孔既可泄洪又可排沙。众多泄流巨大的孔道，其最大泄水能力可达 11 万立方米每秒，大体相当于迄今已发现的长江最大洪水——1871 年洪水的洪峰流量。

陈磊说，三峡大坝溢流建筑物的形式即泄流孔的数量、尺寸、高程和泄流能力，是根据长江上游历史上最大洪水、中下游防洪对三峡水库的要求，以及水库排沙防淤的需要来设计和建造的。

次看世界上发电能力最大的电站厂房。

三峡水电站为坝后式，分左、右两座厂房，紧靠大坝泄洪坝段的两侧。左厂房长 643.7 米，右厂房长 584.2 米，分别安装 14 台、12 台 70 万千瓦共 1820 万千瓦的巨型发电机组群。

为了更大限度地利用三峡水力资源，除左、右电厂外，还预留了一座地下电站，位于长江右岸白岩尖体中，与右岸电站相邻，可安装 6 台 70 万千瓦的机组。2012 年这座地下电站告竣，等于新建了一座大型水电站。

陈磊说，这样，三峡水电站已安装 32 台单机容量为 70 万千瓦的水轮发电机组，外加 2 台 5 万千瓦的水轮发电机组，总装机达 2250 万千瓦。

再看规模宏大的通航建筑物。

长江是我国千万条内河中最重要的水运交通线。三峡大坝要拦腰截断长江，坝上坝下水位相差 100 多米。为了轮船顺畅过坝，在左岸建造了举世无匹的永久船闸和升船机，写就中国航运史上又一值得大书特书的传奇。

三峡永久船闸为双线五级连续船闸，位于左岸临江最高峰坛子岭的左侧，全长 6.4 千米，其中主体部分 1.6 千米，引航道 4.8 千米。每个闸室均长 280 米、宽 24 米，闸室坎上最小水深 5 米。五级船闸呈台阶形下降，每级级差均为 20.75 米。两线船闸间，隔着宽约 60 米、高 50 ~ 70 米的岩体隔墩。每级船闸主体由 6 个闸首和 5 个闸室组成，闸室可通过 1.2 万吨级的船队，年单向下水通过能力为 5000 万吨。船闸共有 24 扇钢人字门，三分之二的人字门高 36.75 米、宽 20.2 米、厚 3.0 米，重达 850 吨，面积接近两个篮球场，其外形与重量均为世界之最，号称“天下第一门”。至于那推动“天下第一门”的巨手，是通过液压启闭机技术，经过优化设计制造出来的。

陈磊告诉我们，之所以采用双线五级连续布置的方式，也是被“逼”出来的杰作。因为，三峡大坝上下游水位落差高达 113 米，相当于 40 层楼房高的巨大水头差，只有通过多级船闸才能实现船舶的翻越。即使这样，单级最高水头仍达 45.2 米，还是世界之最。

为解决五级船闸“翻越”大坝滞留时间过长的问题，建设者还独具匠心地建造了一艘庞大的垂直升船机。升船机主体承船厢长 132 米、宽 23.4 米、高 10 米，最大提升重量达 1.55 万吨，最大爬升高度 113 米，可载 3000 吨级船舶，提升重量和高度均为世界之最。

在永久船闸和升船机那里，我们驻足了较长的时间。恰逢一艘货轮通过升船机翻坝，大家见机不可失，便饶有兴趣地目睹了过坝的全过程。

其间，陈磊充当了“说明书”，耐心地给我们讲解了升船机的运用原理、设施设备的作用以及船厢进水及止水等技术问题。说到得意处，他的脸上便会掠过一片灿烂之色。

陈磊说，打个比喻，如果说双线五级船闸是爬升式慢节奏电梯（过坝时间约 3.5 小时），那么垂直升船机就是直升式快节奏过坝（过坝时间约

40 分钟）。“大船爬楼梯，小船坐电梯”，这是对两种船舶过大坝的形象说法。

4

宏伟的三峡工程，是一部记载共和国治水兴邦奇迹的恢宏史诗！

三峡工程作为集防洪、发电、航运、供水、生态、旅游等功能于一体的大国重器，具有非凡的使命与担当。不妨陈列如下：

——防洪，阻击狂澜赖屏障。

三峡上扼西南众水，控制了长江上游水系 100 万平方千米流域面积的来水，下接长江中下游 12.6 万平方千米的大平原。巨大的洪流，是悬在长江中下游地区头上的“达摩克利斯之剑”，曾几何时，洪水滔天，堤防溃决，荆江以下的千里平原经常沦为汪洋泽国，田园尽毁，人或为鱼鳖。三峡工程建成后，拥有 221.5 亿立方米防洪库容的巨大水库成为长江防洪体系中不可替代的控制枢纽。巍巍大坝锁蛟龙，昔日桀骜不驯、动辄洪水泛滥的长江温驯了，下游的荆江河段防洪标准从 10 ~ 20 年一遇提高到百年一遇；遇百年至千年一遇的特大洪水，经三峡工程调蓄后，荆江枝城站最大泄洪流量不超过 8 万立方米每秒，配合运用荆江分洪工程和大堤挡水，荆江两岸可避免毁灭性灾害。截至 2018 年底，三峡工程累计拦洪运用 47 次，总蓄洪量 1440 亿立方米，为长江中下游的安澜起到了至关重要的作用。2012 年长江出现超过 1998 年的洪峰，三峡工程 7 月 24 日将最大洪峰流量从 71200 立方米每秒削减至 45800 立方米每秒。当晚，武汉市民在江滩闲庭信步，优哉游哉，与 1998 年夏千军万马上堤严防死守、抗御惊涛骇浪的场景判若云泥。

——发电，留住“煤”“油”输动能。

三峡水能蕴藏量极为丰富，“滚滚长江东逝水，流的都是煤和油”。但在过去，只能眼睁睁地看着这些“煤和油”白白空流。三峡工程建成后，成了一座抽不干的油田、采不完的煤矿。总装机容量达 2250 万千瓦的超大规模的三峡电站，多年平均发电量 882 亿千瓦时，相当于每年 5000 万

吨原煤的发电量，也相当于每年 2500 万吨原油的能量。截至 2018 年底，三峡电站累计发电 11905 亿千瓦时，相当于少燃烧 3.81 亿吨标准煤，不仅为华东、华中、广东等地区提供源源不断的巨量电能，而且为全国减少碳排放、治理雾霾做出了突出贡献，说它是“世界上最大节能减排工程”也非溢美之词。

——航运，千里“崎岖”化坦途。

长江是中国东西水上交通大动脉（1956 年以前是四川省唯一对外交流的大通道），也是中国唯一的内河一级航道，通航里程占全国内河通航里程的 70%。而三峡是长江这条“黄金水道”的咽喉，为沟通川、鄂两省和西南、华中、华东三大区的水上要冲，又是长江航道上险滩最多的航段。自从三峡走船行舟以来，就靠凿礁、清滩来维持航行。三峡工程的建成，使库区 660 多千米航道一扫滩多、水急、狭窄的险途，化身为优良的深水航道，让“自古川江不夜航”成为历史，万吨级船队可由上海直驶重庆，运输成本明显降低、安全性大幅度提升（万吨船队排队过闸，貌似耽误了一些时间，但换来的是人造平湖航道的通畅和十多个小时乃至数十个小时航程的节约）。同时，三峡工程蓄水后渠化了库区干支流水网里程约 1200 千米，织成以川江为骨干、四通八达的水运网。2018 年，三峡船闸全年过闸货运量达 1.42 亿吨，创历史新高；升船机全年过机船舶货运量 154.4 万吨。

——供水，蓄丰补枯造“银行”。

长江中上游水量丰沛，滔滔东逝，从不回头，更不存留。三峡工程建成后，宣告我国重要的战略性淡水资源储备库和长江中下游地区“水资源银行”的诞生。三峡水库每年汛末蓄水，枯水期补水，以巨大的调节容量发挥了“蓄丰补枯”的作用，有效缓解了枯水季节长江中下游地区生产、生活和航运用水的紧张局面。截至 2018 年底，三峡水库枯水期累计为下游补水 1950 天，补水总量 2432 亿立方米。2009 年，长江中下游发生严重旱情，洞庭湖、鄱阳湖“贫血枯瘦”……三峡水库 3 次加大泄量，将沿江地区的城市乡村和“两湖”从干渴中拯救出来。2018 年，三峡水库累计为下游补水 153 天，补水总量 226.7 亿立方米。

——生态，清波浩荡为源头。

三峡水库凭借巨大的库容和灵活的调节，可使长江枯水期依然能够“一条大河波浪宽”，同时助力长江口压制咸潮，为发展渔业和改善生态环境提供了“宝贵之水”。2011—2018 年，三峡水库实施 11 次生态调水，利用“人造洪峰”使江水泱泱，给水生动植物特别是四大家鱼（青、草、鲢、鳙，其产卵需在江流持续上涨的刺激下进行）提供了适宜的繁殖空间。

——旅游，高峡平湖添胜景。

三峡工程蓄水后，增添了高坝巍峨、高峡平湖等人文景观，成为长江黄金旅游带的拳头产品，带动了三峡区域旅游业的发展。三峡坝区成为中外游客青睐的目的地，人们接踵而至，一睹高坝大库的风采。截至 2018 年年底，共接待中外游客达 2704 万余人次。

不是现在还有人质疑甚至吐槽三峡工程的种种不是吗？我想，如果您有足够的耐心，全面系统地了解到真实的三峡工程，看到它为我们这个国家和民族带来的巨大福祉，您一定会放弃成见，为三峡工程送上真挚的掌声和由衷的赞美。

当然，也不能说三峡工程就是“洁白无瑕一块玉”——就像世间所有的水利工程一样，不可能做到“有百利而无一害”，比如淹没土地、大量移民、影响局部生态等，这些都是客观存在、不容回避的“害”。但是，如果放在“两害相权取其轻”“两利相权取其重”的天平上，三峡的“利”远比“害”大得多！

5

站在世界第一坝——三峡大坝上，陡然升起两种情愫——人的渺小和人的伟大。

与三峡大坝的庞大健硕相比，人的躯体显得那样的渺小；然而，无数个“渺小”联合起来，就爆发出惊天的伟力，将小山般的大坝硬生生地托起！

瞻望小山般横亘长江两岸的大坝，除了震撼还是震撼，不能不由衷地叹服，由衷地崇拜！

我想说的是：三峡大坝立西江，耸成世纪之交中华民族智慧与血汗浇灌起的一座巍巍丰碑，耸成华夏雄鸡版图上一座崭新的人文地标！

这就是大三峡，美哉！

这就是大三峡，壮哉！

这就是大三峡，伟哉！

二 几多追梦人

1

三峡工程从梦想到落地，是一个曲折而漫长的故事。

得先从追梦人说起。

第一位追梦者，是中国近代伟大的革命先行者孙中山。

1917—1919年间，孙中山在上海莫利爱路29号（今香山路7号）的寓所里用英文潜心著述，总结“奔走国事三十余年”的经验教训，勾画未来国家经济社会发展的蓝图。

1919年2月，朱执信、廖仲恺等人逐渐将这些“蓝图”译成中文，并在《建设杂志》上陆续发表。之后，这些文章被汇集成《建国方略》（包括“心理建设”“物质建设”“社会建设”三大部分），于1921年10月10日正式出版。而在“物质建设”即“实业计划”（原称“国际共同发展中国实业计划——补助世界战后整顿实业之方法”）中，有一段关于在长江三峡段修建闸坝、改善航运并发展水电的文字，首开中华民族“三峡梦”之先河：

自宜昌而上，入峡行，约100英里而达四川之低地，即地学家所谓红盆地也。此宜昌以上迄于江源一部分河流，两岸岩石束江，使窄且深，平均深有六旬，最深至三十旬者，急流与滩石，沿流皆是。

改良此上游一段，当以水闸堰其水，使舟得溯流而行，而又可资其水力。其滩石应行爆开除去，于是水深十尺之航路，下起汉口上达重庆，可得而致。

就在孙中山在《建设杂志》发表开发三峡水电资源设想后，这年（1919年）的八九月间，英国工程师波韦尔来华，对扬子江（近代以来西方人率先称其为扬子江，后成了长江的别名）进行实地考察，提出了《扬子江三峡水电开发意见》，但这个《意见》仍只是个轮廓性的构想。

1924年，孙中山先生在广州国立高等师范学校举办“三民主义”系列讲座，共16讲。8月17日，在做“民生主义”演讲时，又一次把开发三峡作为改善民生的重中之重提及：

像扬子江上游夔峡的水力，更是很大。有人考察由宜昌到万县一带的水力，可以发生三千余万匹马力的电力。像这样大的电力，比现在各国所发生的电力都要大得多，不但可以供给全国火车、电车和各种工厂之用，并且可以用来制造大宗的肥料。

孙中山对于长江三峡开发的设想足够宏大，也独具战略慧眼。耐人寻味的是，他对长江三峡所蕴藏的电力资源量的估算，竟然与几十年后三峡电站的装机容量相仿。

巧合？玄妙？历史有时就是这样不可思议。

然而，当时的中国积贫积弱，国力和科技水平都十分落后，根本无力在长江三峡上建坝。孙中山何尝不知，他关于三峡的构想还只是纸上绚丽的图画、心中美好的愿景，要落地生根、开花结果，还远着呢。

2

若说外国人对中国的三峡情有独钟，非美国老人萨凡奇莫属。

1944年4月，美国垦务局总工程师萨凡奇应国民政府资源委员会之邀，不远万里来到中国。别看这位萨翁不是什么高官，他却是当时享誉世界的一代大坝权威——二十世纪三四十年代，美国筑起的包括哥伦比亚河上的“大古力”、科罗拉多河上的“胡佛”在内的60余座大坝，差不多都是他的力作。

来到中国战时首都重庆后，65 岁的萨翁不顾鞍马劳顿，辗转于中国大西南四川的大渡河、马边河、龙溪河、岷江，云南的螳螂川等 5 条河流，寻寻觅觅，探索发现，并草拟出在上述江河上修建水电工程的报告。9 月初回到重庆不久，萨翁得知长江三峡一带水力资源异常丰富的信息，精神大振，蓝眼放光，执意要到三峡现场看个究竟。

萨翁要到三峡查勘的请求惊着了国民政府当局，一些政府要员劝阻，称宜昌已经沦陷，日军的前哨就在南津关，日本飞机不时在西陵峡一带的上空侦察扫射，千万去不得。但萨翁不为所动，既然热情之火已被点燃，断无掐断熄灭的道理。他用固执的语气说："生死在所不惜，三峡一定要去！"并写下遗书，以示决心。

当局无奈，只好下令给驻防三斗坪的第六战区副司令长官兼江防司令吴奇伟，让他千方百计保障萨翁的安全。9 月中旬，萨翁在吴奇伟和资源委员会黄育贤、李鸿斌两位工程师的陪同下，从重庆乘民康轮直下三峡。

9 月 20 日，萨翁一行从三斗坪登上小木船下行，冒险行至石牌要塞下游 3 千米的平善坝登陆。在平善坝一带的山上，萨翁用望远镜遥望十千米之外的南津关，久久凝视。

萨翁仍不甘心，坚持要去南津关实地考察。这种执着精神让吴奇伟十

▶萨凡奇查勘长江三峡

分感动，便将自己珍藏的从日军那儿缴获的南津关一带的航拍地形图送给了萨凡奇。萨翁如获至宝，在展图了解到南津关的地形后，这才停住脚步。之后，他做出了又一个惊人的决定：徒步返回，以便对平善坝至石牌间的地形地貌和水文、地质等情况进行详细踏勘。当他看到这一带山高谷深、水流湍急，亢奋异常，神驰意荡……

这次勘察虽然粗略，但萨翁已认定，长江三峡大坝如果建成，无疑将是世界上最伟大的水利工程。因为，他的大半生几乎走遍了世界上的大江大河，只有美洲的亚马孙河的一段支流具有与长江三峡相似的地形，但河流的总水量远逊于长江。

9 月底回到四川长寿县驻地后，萨翁便一头扎进斗室，投入到三峡大坝的计算和设计之中。在 20 多名中国工程技术人员的“助攻”下，40 天后，轰动一时的“萨凡奇计划”——《扬子江三峡计划初步报告》出笼。

“萨凡奇计划”心仪的三峡坝址位于宜昌南津关上游约 200 米处，枢纽工程由大坝、水电厂房、船闸等组成。大坝为混凝土重力坝，最大坝高 225 米、蓄水位 200 米；水库总蓄水量为 617 亿立方米，可容纳 270 亿立方米的洪水，灌溉良田 427 万公顷，并从根本上解除长江水患；水电装机容量 1056 万千瓦（后经美国垦务局计算，修正为 1500 万千瓦），单机容量 11 万千瓦；大坝设船闸通航，万吨轮船可直达重庆。工程总造价为 10 亿美元。

萨翁还在报告后附信一封，给当时的资源委员会主任翁文灏，信中有一段令人热血沸腾的文字：“扬子江三峡计划为一杰作，关系中国前途至为重大，将鼓舞华中华西一带工业之长足进步，将有广泛之就业机会，将提高人民之生活标准，将使国转弱为强。为中国计，为全球计，建造扬子江三峡计划实属必需之图也……三峡计划之初步报告，是我从事工程四十年之一大快事。我能参与研究此项空前伟大的工程，至为欣幸。”

1945 年春，国民政府资源委员会与美国垦务局就建设三峡工程之事达成协议，并由美国垦务局代做工程设计，中国派工程技术人员赴美参与。

在“萨凡奇旋风”的席卷下，“三峡热”持续升温。

1946 年 3 月，萨凡奇又一次来华。这时日本侵略者已被赶走，萨翁得以从容地查勘南津关坝址。在国民政府资源委员会为他举办的记者招待会上，萨翁动情地说：“长江三峡的自然条件，在中国是唯一的，在世界上也不会有第二个……我已经 67 岁了，三峡计划是我一生中最得意的杰作，如果上帝给我以时日，让我看到三峡工程变为现实，那么我死后的灵魂会在三峡得到安息。”

然而，美国人的热心很快被蒋介石挑起的内战的枪炮声击碎了。民国时期的“三峡梦”戛然而止。

几年以后，赤县神州飘扬起五星红旗，历史掀开了崭新的一页。

但萨翁的三峡梦依然未了。1963 年，已经 84 岁高龄的他在会见中国水利专家徐怀云时，还念念不忘三峡：“中国三峡大坝一定会建起来的。你们中国有许多聪明人，不会把巨大的财富长期搁着不用。只是对于我，已是一个失落了的美好而又痛苦的梦境啦！”

3

追梦三峡的路上，开国领袖毛泽东、周恩来来了。

1953 年 2 月 19—22 日，南国早春时节，毛泽东主席乘“长江”舰视察长江中下游。在从武汉至南京的途中，毛主席在二楼舰长卧舱里接见了林一山，与他探讨治理开发长江大计。畅谈中，毛主席的眼睛盯住了地图上的长江三峡一带，用手指着三峡的出口处说：“费了那么大力量修支流水库，还达不到控制洪水的目的，为什么不在这个总口子上卡起来，毕其功于一役？就先修这个三峡水库，怎么样？”

此言一出，大大鼓舞了“长江王”的斗志。回到长江委后，林一山迅速调兵遣将，组织开展了调研查勘等前期准备工作。

“更立西江石壁，截断巫山云雨，高峡出平湖。”1956 年夏，毛主席在武汉的长江中搏风击浪后，诗情澎湃，挥洒出无限的豪迈。

领袖的诗情迅速点燃了国人的“三峡情”。二十世纪五十年代中后期，三峡热冲天而起。

毛主席虽然是位富有浪漫主义情怀的政治家，但他深知三峡工程的浩繁和复杂，未敢轻率决策。

1958 年 1 月 11—22 日，中共中央在邕江边的南宁召开政治局扩大会议。会议期间，毛主席把“主战派”的代表林一山和“反对派”的代表李锐一同请来，让他们当面锣对面鼓地将各自的意见和盘托出，看谁讲得更有道理。思量再三，毛主席对三峡提出了“积极准备，充分可靠”的方针。

1958 年 3 月 30 日，刚刚参加完成中央成都会议的毛主席，在西南、中南、华东三大区的李井泉、王任重、柯庆施等几位大员的陪同下，乘坐江峡轮从重庆顺江而下，考察三峡。江峡轮驶过滩多水急的西陵峡青滩后，江面豁然开朗。此时已是中午时分，一座江中船形小岛——中堡岛闯入眼帘。有人告诉毛主席，这里就是经过反复比选基本确定的三峡坝址，而一旦工程建成，中堡岛将不复存在。

毛主席站在船尾甲板上，举起望远镜仔细打量这座神奇的小岛。但见中堡岛上翠竹丛生、绿影婆娑，它将浩荡的大江一分为二：小江在南，宽约 200 米；大江在北，宽约千米，宛如江中一条不沉的巨轮。

想到将来三峡大坝就长在这里，毛主席的眼里充满了无限的神往，眼前仿佛展现出一幅画面：“西江石壁”横空出世，“高峡出平湖”美景壮哉。他心海翻波，目光如电。

十几分钟后，江峡轮开动了。毛主席挥挥手，向中堡岛告别，隐然有一丝惋惜与歉意。

共和国总理周恩来，是个决断力和执行力都很强的政治家，尤其是具体执行方面，他是绝世高手。有人说，诗人毛泽东已把三峡工程这首抒情诗的序篇写完，要把它交给最合适的建筑师建成实体了。在毛泽东的心目中，这个最合适的建筑师非周恩来莫属。

在 1958 年 1 月召开的中央工作会议上，毛主席点了周总理的将：“三峡工程这件事，你来管吧。”周总理谦虚地说：“这么大的事，还是请主席管。”毛主席说：“我那么忙，哪有那么多时间管？还是你来管。”周总理连连点头说：“好，我来管。”

既然答应毛主席抓三峡，周总理自然当仁不让，格外用心。

1958年2月底至3月初，中央成都会议刚刚开过，周总理即率国务院、中央有关部委、省市负责同志和中国、苏联水利专家100余人，实地考察了荆江大堤和三峡坝区。

3月2日，周总理一行来到三斗坪坝区。这一带是花岗岩区，最适合筑坝。在山下平坝子上的一处岩芯仓库中，整整齐齐放了一箱箱从地层深处钻探出的岩芯。长办主任林一山拿着一截岩芯向周总理汇报说："在这样的花岗岩上建高坝，最好了，最理想了。"周总理高兴地接过来，仔细审视了一番，又从一位地质工作者手中要来地质锤敲了起来，那坚硬的岩芯发出铿锵的金属般的声响。"多好的花岗岩啊！感谢你们为三峡大坝找到了这样好的坝址。"

3月8—26日，中共中央在成都召开会议。周总理做《关于长江流域规划与三峡工程的报告》。会议讨论通过了这个报告，并形成了《关于三峡水利枢纽和长江流域规划的意见》。意见指出：从国家长远的经济发展和技术两方面考虑，三峡水利枢纽是需要修建而且是可能修建的；意见要求，三峡工程初步设计报告争取在1962—1963年完成。

8月31日，周总理在北戴河主持召开长江流域规划座谈会，研究进一步加快三峡工程设计及准备工作，要求长办在1958年底完成三峡工程初步

▶1958年2月，周恩来总理在林一山（前右）陪同下视察三峡

设计要点报告。周总理在总结讲话中明确表示：“三峡两个坝区，应找更多的资料。目前的实际力量可以摆在三斗坪，增加三斗坪区有价值的论证。”

三峡工程已箭在弦上，大有一触即发之势。

历史的车轮驶入二十世纪六十年代后，国内外形势的剧变让毛主席原本炽热的上马三峡之心骤然冷却了。当时有两大问题令他踌躇不已：一是对水库泥沙淤积等重大问题没有论证清楚，如果三峡工程建成后重蹈黄河三门峡工程的覆辙，成了“泥库”，没法向国人交代。二是六十年代国际政治风云变幻，中国面临“美帝苏修”的双重威胁，如果战端一开，三峡工程势必会成为敌人攻击的重要目标，倘若三峡大坝被原子弹炸开，将给长江中下游地区带来灭顶之灾。有了这两方面的忧虑，毛主席不得不暂时收起上马三峡工程的雄心。

1969 年夏，毛主席在湖北视察时，湖北省革委会副主任张体学再次提出上马三峡的建议。毛主席当场给他泼了盆冷水：“现在要准备打仗，你脑壳上顶 200 亿方水，怕不怕？目前战备时期，不宜作此设想。”是年 3 月，中苏两国已然在珍宝岛发生武装冲突。面对苏联在中苏边境上陈兵百万，毛主席进一步绷紧了战备这根弦。看来，战争的危险，才是毛主席最担心的。

出于种种原因，毛主席暂停了上马三峡工程的计划，英雄无奈，令人唏嘘。但后来老人家一直对三峡魂牵梦绕，念念不忘。他曾颇为伤感地对人说：将来我死了，三峡修成后，不要忘了在祭文中提到啊！

4

1980 年 7 月中旬，风涛激荡的三峡迎来了中国改革开放的总设计师邓小平。

在自重庆出发、顺流而下的江轮上，邓小平多次听取长办副总工程师魏廷琤的汇报，详细了解建设三峡工程的利弊。船到三斗坪坝址，邓小平站在江轮甲板上，举起望远镜久久地凝望在江流中巍然屹立的一座船形小岛——中堡岛。他知道，经过多年的精心选择和反复论证，中堡岛这个地方已被确定为三峡坝址。在望远镜中眺望中堡岛，他是什么心绪呢？他肯定是希望三峡工程尽快上马，让小岛化为巍峨的大坝。

说起三峡坝址的选择和确定，还是颇费些周章的。

坝址的确定，要考虑地形、地质、枢纽建筑物布置的空间和施工难易等多重因素。

三峡工程坝址选择在三斗坪，是经过近40年的勘测论证，对南津关坝区5个坝段和三斗坪坝区10个坝段几十条坝线进行反复比较后才确定的。

二十世纪四十年代至八十年代，人们把三峡坝址的选择确定在两个坝区。一为石灰岩段的南津关坝区，上起石牌下迄南津关，全长25千米，共选取了石牌、南津关等5个坝址；一为火成岩段的美人沱坝区，上起美人沱下迄南沱，全长25千米，共选取了太平溪、三斗坪等10个坝址。

美国大坝专家萨凡奇青睐南津关，苏联专家也钟情南津关。而中国工程技术人员自1956年开始，经过大量勘察和比较研究，则投了三斗坪的赞成票。理由如下：

应该说，南津关坝址为窄河谷，对筑坝有利。但弱点亦显而易见，即该坝址多由容易溶蚀的石灰岩和质地柔软的砂页岩组成，这样的基础不适宜建大坝尤其是高坝；而且，由于此地河谷狭窄，需布置大量的地下建筑物，并采用隧洞导流，不便施工。

而三斗坪坝区上下游10余千米内，都是基岩坚硬的花岗岩，且基岩完整、透水性弱，其中三斗坪段又是便于枢纽布置和施工的宽谷地带，能满足泄洪、发电、通航建筑物布置的需要；同时施工场地条件较好，可采用明渠导流，便于施工。

二十世纪六十年代，从战备出发展开了防空防炸研究，重新对南津关坝区的石牌坝址进行了分析论证，得出的结论是：此坝址地质条件复杂、水工建筑物布置和施工条件困难，只能放弃。

1970年12月葛洲坝工程兴建后，又结合该工程蓄水后对三峡工程的影响，以及工程防护、分期建设等研究新成果，对太平溪、三斗坪两个坝址进行了研究比较。太平溪坝址位于三斗坪坝址上游7千米处，为中等宽河谷开阔地，坝基基岩条件与三斗坪相仿，它的最大优点是利于工程的防护，缺点是施工导流困难、场地条件不理想。

经过反复研究比较，最终锁定三斗坪作为三峡坝址。

在亲自“走一走、看一看、听一听”之后，邓小平给出的结论是：“轻易否定三峡，不好。”

之后的 1982 年、1984 年、1986 年，邓小平又几次对三峡工程的上马加油鼓劲，他说：“看准了就下决心，不要动摇！”又说：“三峡工程是一个特大的工程项目，要考虑长远利益，我们应该为子孙后代留下一些好的东西。”还说：“如果技术经济可行，还是应该上。上有政治问题，不上也有政治问题，不上的政治问题更大！”

这些话，完全是“小平式”的，短促有力，干脆利索，一点都不拖泥带水。

在邓小平巨手的推动下，三峡热又一次腾空而起。

自从孙中山先生在《建国方略》中率先提出在宜昌以上江段筑闸堰水的构想以来，到二十世纪四十年代美国坝工大师萨凡奇来中国，痴迷于三峡建坝并抛出“萨凡奇计划”，掀起了第一次“三峡热”；再到五十年代，在毛泽东“更立西江石壁……高峡出平湖”的豪情中，掀起了第二次“三峡热”；又到八十年代，邓小平擘画中国改革开放，希望三峡工程成为推动中国经济腾飞的重要引擎，掀起了第三次“三峡热”。

邓小平关于加快三峡工程设计论证步伐的意见，先后得到中央高层的赞同。但当时大家普遍认可的是一个低坝方案，即“150 米方案”——这是长办为了避开反对派的锋芒，夜以继日赶着设计出的“低调方案”。

150 米，是指三峡工程的正常蓄水位。

关于三峡工程的正常蓄水位，二十世纪五十年代考虑建一座高坝大库，确定为 235 米，但这个水位要淹及重庆许多地方，移民过多、淹没损失太大，故遭到很多人摇头否定。周恩来的态度也很明确，要求正常蓄水位不能超过 200 米。

而“150 米方案”的具体指标是：防洪库容 140 多亿立方米，装机容量 1200 万千瓦，移民不超过 40 万。这样一来，淹没面积和移民大大减少了，但高射炮打蚊子——大材小用的问题也凸显出来：防洪效益大打折扣不说，水能资源更是浪费惊人，有人形象地把这个方案称作“小裤衩方案”——三峡那么大一匹布，本来可以做一件大褂，最后却缝了一个小裤衩。

这个“小裤衩方案”本来已被国务院原则批准，但没想到半路杀出个程咬金——重庆人坚决反对，并上书中央建议采用“180 方案”。

1984 年 11 月 7 日，重庆市向中央提出《对长江三峡工程的一些看法》，明确表示：“150 米方案”回水末端在重庆以下 100 千米的长寿至忠县一带，不仅重庆港水深得不到改善，而且会因回水变动段的泥沙淤积导致碍航。费这么大的劲修三峡，到了枯水季节万吨船队还是不能抵达重庆，反而恶化了重庆现有的航道和码头条件，无疑是得不偿失。而“180 米方案”优点多多：可使重庆主要港区处于深水库区内，形成 600 ~ 700 千米的深水航道，重庆以下的急流险滩全部淹没，川江航运得到根本改善，为西南三省未来经济社会发展创造良好条件。

一石击破水中天！

重庆的意见，虽然得到了不少人的拥护，但原本“反上派”说“不”的声浪更加排山倒海，且不乏重量级人物的高声大嗓。比如，曾任水电部副部长、中组部常务副部长的骨鲠之士李锐，就连续写文章或在各种场合就三峡工程的泥沙、航运、移民、工程建设中的重大技术问题等，提出全面质疑。早在 1956 年，李锐就和林一山就三峡工程是否上马打过笔墨官司。1958 年 1 月，林、李二人又在中央南宁会议上正面交锋，上演了一出热闹非凡的“林李论战”。二十几年过去了，历经多年牢狱之灾的李锐初心不改，仍然是强硬的三峡“反上派”。1985 年，李锐出版了一本专著——《论三峡工程》，将他多年来反对三峡上马的文字集束成重磅“意见书”，在社会上引起了强烈反响。

面对硝烟弥漫的争论，中南海的决策者们显得格外谨慎，在作出上马三峡的决策不久后又收回成命，撤销已经运转快两年的三峡省筹备组，成立国务院三峡经济开发办公室；要求对三峡工程重新进行论证。为了加强对论证工作的领导，中央指定李鹏、薄一波、王任重、程子华等大员负责组织协调工作。

1986 年 6 月，国务院下达 15 号文件，责成水电部牵头进行三峡工程的重新论证工作。论证的主要目的是拿出一个“好处最大，坏处最小”的方案。

很快，水电部根据 15 号文件关于论证“要注意吸收有不同观点的专家参加，发扬技术民主，充分展开讨论”的原则，精心遴选了一支由 412 位著名专家组成的庞大论证团队。这 412 名专家来自国务院所属 17 个部门、单位，中国科学院所属 12 个院所，28 所高校和 8 个省市专业部门，具有广泛的代表性。这些专家不但德高望重，而且大多是各领域的领军人物，甚至不乏泰山北斗级的顶尖高手。论证共分 14 个专题组，包括：地震地质、枢纽建筑物、水文、防洪、泥沙、航运、电力、机电设备、移民、生态与环境、综合规划与水位、施工、投资估算、综合经济评价。

就一个具体水利工程如此兴师动众，尽遣精英，这阵势，这规格，既是空前的，恐怕也是绝后的。

论证自 1986 年 6 月正式开始，到 1989 年 1 月结束，历时 2 年多。论证领导小组先后共开过 10 次会议，在唇枪舌剑的交锋中，最终通过了由长办重新编制的正常蓄水位 175 米的《长江三峡水利枢纽可行性研究报告（审议稿）》。

1990 年 8 月，国务院成立“三峡工程审查委员会”，主任由国务院副总理邹家华兼任，副主任由国务委员王丙乾、宋健、陈俊生兼任，委员由 22 个部（委、局）主要负责人兼任。同时聘请 165 位专家参与技术把关，而这些专家大部分没有参加过此前开展的三峡工程重新论证工作。审查围绕着《长江三峡水利枢纽可行性研究报告》，分 10 个专题先进行预审，然后集体审查，历时 10 个月。

有知情者说，这次审查，与其说是审查，倒不如说是对三峡工程的再次论证。

一轮又一轮的漫长论证，伴随着激烈的争论、质疑、诟病，在祈盼三峡尽快上马的大多数人的焦急等待中，1992 年来了。这年春天，88 岁高龄的邓小平视察南方并发表重要谈话，中国改革开放的大潮再次汹涌澎湃起来。

3 月 16 日，国务院总理李鹏向全国人大提交《国务院关于提请审议长江三峡工程的议案》。

4 月 3 日下午，在人民大会堂热烈、紧张的气氛中，七届全国人民代

▶投票表决现场

表大会第五次会议对兴建三峡工程议案进行投票表决。

15 时 20 分，人民大会堂的荧光屏上，显示出《关于兴建长江三峡工程的决议》字样，主持会议的全国人大常委会委员长万里宣布表决开始。

2633 名代表以按表决器的方式投下了自己神圣庄严的一票。

很快，荧光屏上显示出一组数据：赞成：1767 票，反对：177 票，弃权：664 票；25 人未按表决器。

赞成票刚刚超过三分之二。

万里朗声宣布：赞成票超过半数，《关于兴建长江三峡工程的决议》通过！

话音刚落，会场掌声雷动！

终于通过了！

梦想了 70 多年，论证了 40 余载，争论了 30 多个春秋，终于有了绝大多数人想要的结果！

该是圆梦的时候了。

为了圆梦，本书的主人公——郑守仁就要登场了。

三　天降大任于斯人

1

1994 年 12 月 14 日上午，三峡工程开工的礼炮在西陵峡三斗坪上空鸣响。世界再次把目光聚焦到这个亿万斯年云水激荡的峡谷上。

其实，早在三峡工程正式拉开大幕之前，一系列准备工作已然紧张有序地展开了。

经过多年的研究论证，确定：三峡工程的拦河大坝为混凝土重力坝，大坝轴线长 2309 米，坝顶高程 185 米，正常蓄水位 175 米。工程开挖的土方量 1 亿多立方米，混凝土浇筑量 1000 万立方米以上。与此同时，要求在漫长的 17 年建设中，除非常时期（如大江截流合龙），不允许长江断航。

国家批准的静态投资，按 1993 年 5 月不变价格为 900.90 亿元，其中：枢纽工程为 500.90 亿元，库区移民为 400 亿元。动态增加值是在对每年价差和支付利息预测的基础上，分年核定价差指数。从 1994 年算起，工程建设期 17 年的动态总投资为 2039 亿元。

三峡枢纽的具体布置为：

挖除江中的中堡岛，将泄洪建筑物布置在河床中部，枢纽泄洪时主线居中，大坝上游形成主流平顺的优良河势；电厂厂房分别布置在泄洪坝的左右两侧，泄洪深孔高程较两侧电站进口低 18 米，以利于泄洪、排沙；在左、右电站厂房设排沙孔，可分担排泄各自厂前的来沙；通航建筑物布置在左岸，上游航道口门区位于主流线左侧，有利于减少淤积，远离大坝泄水建筑物和电站，从而较好地解决了通航建筑物与发电、泄洪的关系以及坝区泥沙淤积与通航水流条件问题，适应了分期施工、导流和提前发挥通航发电效益的要求。

建设庞大的三峡工程，不可能一蹴而就，需要大量的人力物力财力投入，需要较长的时间，需要分期进行，循序渐进。

三峡工程采用“一级开发，一次建成，分期蓄水，连续移民”的建设方案，建设总工期为 17 年，分三个阶段进行。

“三峡工程为什么分三期进行呢？”带着好奇，我向郑守仁请教。

这是个复杂的技术问题，郑守仁耐心地为我们解惑答疑。

他说：河流水利枢纽施工的分期，主要由导流条件决定。如果是一条小河，且又不通航，或者虽然可以通航，但在施工期可以断航，一般只做一次导流，就可将工程进行到底。这种一次导流就可以完成的工程，只用一期施工就能告竣，当然不需要二期、三期。如果是大河，水大河宽，且不能断航，就不能采用一次导流、一期完成的方式，只能采取多次导流、分期施工的方式。

他说：三峡工程之所以分三期实施，主要是从妥善解决施工与通航的矛盾、满足施工导流要求、便于施工这三方面综合考虑。在施工导流、截流与通航的方案中，也研究过不通航、分两期进行施工的方案，这个方案也有优点，但需要以施工期长江不通航为代价。经过反复比选考量，确定“明渠通航、三期导流”的施工方案，这样，不但长江通航不受影响，而且可以减少初期工程的规模，缩短工期，并利用围堰挡水，提前发电。

他说：关于三峡工程的工期和建设内容，是经过反复研究、周密论证、精心设计而确定的。

一期工程，从第 1 年到第 5 年（1993—1997 年），以完成大江截流为标志。

除准备工程（包括施工征地，场地平整，修建工地内外的公路、桥梁、港口、码头，建立水、电、通信系统及砂石开采、混凝土拌和、制冷、机械与车辆修配等施工企业）外，主要进行一期土石围堰和一期碾压混凝土纵向围堰填筑，将中堡岛及右岸后河围护起来，形成基坑。在此基础上，挖掉中堡岛，扩宽加深后河后形成导流兼通航明渠，同时修建左岸临时船闸，并开始修建左岸永久船闸、升船机等。导流通航明渠和左岸临时船闸建成后，拆除一期土石围堰，进行三峡工程第一次大江截流，把江水逼入明渠中下泄。

二期工程，从第 6 年至第 11 年（1998—2003 年），以实现左岸电厂发电和永久船闸通航为标志。

工程主要任务是：在大江截流戗堤的基础上，修筑二期上、下游土石围堰并与一期建成的碾压混凝土纵向围堰连接，形成大江基坑。在基坑内修筑混凝土重力坝泄流坝段、左岸电厂厂房、左岸非溢流坝段等，同时完成左岸永久船闸施工，继续升船机的施工。

三期工程，从第 12 年至第 17 年（2004—2009 年），以实现全部机组发电和工程全面竣工为标志。

工程主要任务是：在明渠上实施二次截流，修筑三期上、下游土石围堰，并在其保护下修筑三期碾压混凝土围堰，形成三期工程基坑。在基坑内修建右岸电站厂房坝段及电站厂房、非溢流坝段等，并继续完成全部机组安装。

看看这三期工程要进行的施工项目，我的感觉是眼花缭乱，甚至有些云里雾里。而要使这些项目一步步从图纸上走下来、站起来，该有多少道路要丈量，多少荆棘要披斩，多少沟坎要迈过啊！

道阻且长，行则将至；重器打造，有赖大匠！

2

如果说三峡工程是一座如梦如幻的大舞台，那么孙中山、萨凡奇、毛泽东、周恩来、邓小平，还有林一山等，都曾在这个舞台上扮演过叱咤风云的角色。但在飞逝的时光面前，这些风流人物都先后退场了。

长江后浪推前浪。

在三峡筑梦圆梦的阶段——施工建设时期，一批新的主角被推上了历史的前台，其中在工程技术方面扮演领唱角色的，无疑就是郑守仁。

非常之事，必待非常之人！

历史选择了郑守仁，三峡工程选择了郑守仁，机会选择了有准备的郑守仁。

1993年1月，为了建设长江三峡工程，经请示水利部党组同意，长江委党组决定在葛洲坝、隔河岩工程设代处的基础上，组建三峡勘测科研设计代表局，并升格为副局级，任命郑守仁为局长兼总工程师；1994年1月更名为三峡工程设计代表局。需要指出的是，三峡工程设代局是在原葛洲坝、隔河岩设代处的基础上组建的，同时吸收了来自长江委内各单位的精兵强将——人马最多时，超过400人。

1994年2月，刚刚就任三峡工程设代局局长不久的郑守仁又迎来了一项新任命：长江委党组成员、总工程师。长江委领导班子成员分工，郑守仁全权负责三峡工程设计代表局工作。这意味着，郑守仁的级别更高了，权力更大了，责任更重了。

面对不久就要投入大建设之中的长江三峡，54岁的郑守仁作为主持中国最大的水利工程的设计总成和现场单项设计、招标设计、施工图设计及科研工作的一把手，带着强烈的责任感、使命感，还有莫大的压力，走马上任了。

要当好这个无比庞大、异常复杂、举世瞩目的“世界第一”的水利水电工程技术总负责人，放谁身上都会“压力山大”。

郑守仁是人不是神。他虽然有备而来，但千钧重负在身，时时临深履薄，以至在三峡工程建设的十几年中，有一种难以名状、难以摆脱的焦虑与忐忑，一直如影相随，挥之不去。

“别说是我，每个三峡建设者身上都背负着沉重的压力，只要工程不干完，就卸不下那种压力。”采访时，郑守仁微蹙着眉头，神情庄重，发自肺腑，“从长江水利委员会成立至今，我们几代人都在研究三峡工程。但有不少同志研究了一辈子却没能亲手建设三峡工程。我是非常幸运的，亲自参加了三峡工程的设计和施工，直到把三峡工程建成，最终和无数建设者一道实现了‘更立西江石壁，截断巫山云雨，高峡出平湖’的伟大梦想。能说不幸运吗？！在三峡的建设过程中，我们一直谨记周总理在兴建葛洲坝工程时的谆谆教导：在长江上建坝，要战战兢兢、如临深渊、如履薄冰。我们深感责任重大，不敢有半点马虎和懈怠，精心设计，精心施工，严把质量关，以不辜负党和人民的殷切希望和充分信任。”

沉默了一会儿，郑守仁又说：“因为是建设三峡工程，责任重、压力大，又常常担心自己能力有限、水平不高，怕事情做不好、犯错误、捅娄子，精神常处在紧绷状态。到了三峡工地不久，我的失眠症越来越厉害了，还患上了高血压症，从此就离不开安眠药和降压药了。还好，经过参建各方的团结拼搏、艰苦努力，总算保质保量地把三峡工程建成了。我作为参建大军的一员，感到十分欣慰和自豪。”

说到这里，郑守仁的眼眶湿润了。

望着重病缠身，还在为三峡工程建设技术资料整编呕心沥血的郑总，我心里除了感动还是感动。

“春蚕到死丝方尽，蜡炬成灰泪始干。”眼前这位老者正在以实际行动向我诠释着这两句诗的真切内涵。

有谁能真正体会到，在漫长的近 20 年的筑坝三峡的岁月中，郑守仁所承受的压力有多大！

郑守仁在受命为三峡工程设代局局长兼总工程师时，脑海里定会闪现过“任重而道远”这五个沉甸甸而又意味深长的字眼。

他知道，三峡工程作为世界第一的“巨无霸”水利枢纽，工程浩大，技术复杂，是一个有着无数谜题的长卷。尽管开工之前已经过了长期的研究、试验和论证，一些原则性的问题得到解决或明确，但由于各种局限性，不可能把所有的问题都研究透彻。届时，各种可预料的麻烦、难题，不可预料的“拦路虎”“绊脚石”都将找上门来。

他知道，初步设计主要是确定工程的规模、总体布置和解决一些原则性问题，而施工设计则要明确具体的方案和施工要求，包括要解决许多施工中遇到的实际问题。尽管三峡工程的勘测规划设计者已竭尽全力编制了相当缜密、完备的初步设计方案，但有些问题还没有来得及进行深入研究和试验，而且施工过程中遇到什么问题不可能完全做到提前预知。换言之，初步设计毕竟只是蓝图，而蓝图的落地又是一回事，不仅要编制详细复杂

在三峡工地现场

的施工图，而且面对丛生林立、层出不穷的问题，要开展科研攻关，要对设计进行调整优化甚至推倒重来。而施工设计与施工准备几乎同时进行，时间极为紧迫，任务极为艰巨。

他知道，三峡工程是个宏大的工程，漫长的建设期是个积小胜为大胜的过程。因此，作为工程设计总成单位的主帅，既要有把握方向、掌控大局、突出重点的统筹力，也要有扭住关键环节、具体细节的执行力——细节决定成败。

他知道，三峡工程无小事。只能做好，不能做坏；只能成功，不能失败，任何一个失误哪怕是微小的纰漏都有可能带来不堪设想的后果。国内外众多挑剔的目光始终盯着工程的进展和质量，出现失误和问题都会备受关注，甚至会被放大、渲染和炒作。

古人说："士不可以不弘毅，任重而道远。仁以为己任，不亦重乎？死而后已，不亦远乎？"——君子不可以不宽宏刚强而有毅力，因为他责任重大，道路遥远。把实现仁作为自己的责任，难道还不重大吗？奋斗终生，难道路程还不遥远吗？

可以肯定地说，三峡工程这项世界上规模最大的水利工程，其体量的巨大、技术的复杂、工期的超长，对包括郑守仁在内的所有建设者而言，都将是智慧、勇气、意志、担当等全方位的考验，用“任重而道远”这5个字来概括，再恰当不过！

郑守仁告诫自己：既然肩负起三峡工程建设“总工程师”的使命，就必须殚精竭虑、呕心沥血，扮演好自己的角色！

后来的实践证明，面对三峡工程这份布满复杂难题的答卷，郑守仁作为主答人，他的表现是优秀的。

采访中，人们对郑守仁赞誉有加：

——三峡工程号称“全球一号水电工程”，有20多项经济技术指标名列“世界之最”，有人形象地称之为“科技博物馆”“世界水电难题题库”。要使这一巨型工程从设计蓝图中走下来，需要挑战许多技术极限。郑总就是这个敢于挑战极限团队的领头羊。作为设计总成单位设计工作的前方总指挥，他总揽全局，协调各方，攻坚克难，确保了三峡工程“技术弹药”的供应。

——“设计是工程的灵魂”，郑总就是长江三峡工程设计的灵魂。三峡工程每一项重大设计、每一个重大技术难题的解决，都凝聚着他的智慧、心血和汗水。不论是一期土石围堰基础处理、大江截流、二期围堰修筑、明渠截流，还是永久性五级船闸高边坡处置、大坝混凝土裂缝和三期碾压混凝土围堰漏水问题应对……郑总带领他的团队在“友军”的配合下，攻破了一个又一个“腊子口”“娄山关”，填补了多项水电施工领域的技术空白。

——郑总常对设计人员说：“工程设计画的一条线，工人干得满头汗，国家花钱成千上万。”为了节约国家投资，郑总始终坚持优化设计，带领团队创下十几项优化设计成果，取得了显著的经济效益和社会效益。

——郑总是默默奉献的“老黄牛”，呕心沥血，兢兢业业，默默奉献。在三峡工程建设的日子里，郑总几乎没有了日与夜的概念，大脑中除了三峡工程还是三峡工程，睡梦中也不时盘旋着三峡工程，三峡工程几乎就是他生活的全部，甚至就是他的命啊！

——郑总对工程质量极为重视。他虽然为人厚道，谦虚低调，但对工程质量把关极严，敢于当包公唱黑脸，不怕得罪人，认为不合格的地方，绝不放过，绝不通融。

——浩浩长江耸立起中国治水史上一座巍巍丰碑——三峡大坝，郑守仁这个熠熠生辉的名字被永远地镌刻在上面。

……

我想说的是：奋斗的琴弦，若不紧扣在崇高理想的音符上，就奏不出时代的最强音！郑守仁是个有家国情怀的人，为祖国水利事业献身、为造福中华民族而奋斗的崇高理想激励着他铁肩担重任，与无数建设者一道，殚精竭虑，流血流汗，披荆斩棘，最终让三峡大坝稳固刚健地耸立起来，也让自己奋斗的人生精彩绽放，直抵辉煌！

以上对郑守仁的评价虽然是中肯的、实事求是的，但毕竟过于笼统和抽象，要让读者全面、深入和具象地了解郑守仁，还得见人见事见细节。

下面，就让我们进入三峡工程建设这部“宏大叙事”之中，并着重欣赏一下本书主人公郑守仁用如椽巨笔书写出的精彩篇章。

四　遭遇战：擒下一期土石围堰基础淤砂层“拦路虎”

1

郑守仁坐镇三峡工地，劈面遭遇的第一只拦路虎是右岸一期土石围堰基础淤砂层。

对郑守仁而言，水利水电工程的围堰施工设计是他的老本行和拿手好戏。特别是通过葛洲坝工程建设的洗礼，郑守仁在围堰、导流、截流等方面成了顶级专家。按常理说，这次移师距葛洲坝只有 38 千米的长江三峡，应当驾轻就熟，所向披靡才是。但事实并非我们想象的这么简单，因为葛洲坝的修建，使位于其上游的三峡坝址一带的水文地质状况有了不小的变化。

前已述及，三斗坪坝段长江右侧的大江中，有一座天然的小岛名叫中堡岛。中堡岛海拔高度 70 ~ 78 米，呈纺锤形顺江分布，长 570 米，宽 90 ~ 160 米，将长江一分为二，其右侧是长江的主槽。左侧是一道宽约 300 米的浅流，当地人称“后河”，枯水期断流时，中堡岛与三斗坪右岸陆连，人们可以踩着卵石徒步上岛。葛洲坝工程蓄水后，水位抬高，长江主河槽与后河连为一体，江面宽达千余米，中堡岛遂成了常年被江流簇拥的江心岛。

早在二十世纪五六十年代三峡工程的勘测设计阶段，中堡岛便被前来查勘的工程师们一眼相中，爱怜不已，他们上下打量着这座小岛，越看越欢喜：此乃天赐，借助于它进行施工导流，岂不妙哉？！

后来的工程建设，果然打足了这个小岛的主意。施工人员在中堡岛的右侧修筑一道土石围堰，在围堰的保护下，将中堡岛挖除，扩展深挖，形成一条既宽且深的“明渠”，作为二期工程施工导流兼通航之道。

三峡建设的“第一枪”，就是修筑位于长江河床右侧的一期土石围堰，为开挖导流明渠创造条件。该围堰由茅坪段，上游横向段、纵向段，下游横向段和坡岸连接段组成，轴线全长 2502.36 米，最大高程 42 米。这道围堰是右岸一期工程的生命线，不仅直接影响着右岸工程的进展，更关系到大江截流这部壮剧的前戏能否唱好，必须确保首战告捷。

但要筑起这条体量巨大的围堰，首先要降伏基础淤积粉细砂层这只拦路虎。

勘测表明，围堰基础覆盖层厚 7.0 ~ 16.0 米，最厚达 22.0 米。覆盖层为第四系的冲积层、残积层、坡积层及新淤积层。

而新淤积层的这些粉细砂，主要拜葛洲坝所赐——葛洲坝建成蓄水后，形成狭长形的水库，致使峡江水流变缓，本来要伴随滚滚急流而下的部分泥沙乘机潜伏下来，形成一股水工建筑“强基固本”极难对付的新势力——粉细砂层（厚 7.0 ~ 12.0 米，最厚达 18.0 米）。这种粉细砂层抗冲能力低、渗透稳定性差、容易液化，是影响围堰基础稳定的天敌。一旦处置不当，容易发生“流土型渗透破坏”，甚至导致堰体垮塌。

以往，对付这种粉细砂层最简单粗暴但也最有效的办法就是全面清淤，让这些“捣蛋”的家伙挪窝搬家。然而，三峡一期工程土石围堰轴线全长 2500 多米，围护基坑面积 75 万平方米，在这么大的范围内采取传统的办法进行清淤，投入巨大不说，施工期也必将被大大拉长。

但给围堰修筑的时间有限，从容不迫、按部就班肯定不行。

2

路在何方？

有道是，狭路相逢勇者胜。但事实证明，要打赢这场攻坚战，光有勇是不够的，更要有谋！

郑守仁凭借长期水利施工积淀的经验和明敏，在深思熟虑之后提出：采取排淤挤沙的办法，将一期土石围堰直接建在粉细砂层上，这样不仅能大大缩短工期，而且将节省投资。

这是一个新颖大胆的构想。

他把这一想法提交给自己的团队和有关专家，请人们评头品足，补充完善；接着又将“想法”拿到宜昌前坪基地进行水工试验，证明可行。于是，一个富有创意的设计方案出台了：围堰基础粉细砂层不挖除，而是通过“防、截、压、封”的系列配套之法，逼其就范。

“防”，即在围堰迎水坡脚设置块石及石碴防冲体，防止水流淘刷围堰基础淤砂层，并可起到“压”坡作用。

“截”，即在围堰堰体及基础设置垂直防渗心墙。采用冲击造孔连续防渗墙穿过淤砂层及覆盖层嵌入弱风化岩体 0.5 ～ 1.0 米，截断风化砂堰体和淤砂及覆盖层基础的渗漏通道。这是防止围堰基础淤积层渗透破坏最为关键的一招。

“压”，即在围堰迎水坡脚设置块石及石碴体压坡，在淤砂层边坡与石碴之间设砂砾石反滤层（施工过程中改用土工织物反滤），以防止水流淘刷围堰基础淤砂层。

“封”，即挖除围堰背水坡脚处的淤砂层，沿出露的淤砂坡面填筑砂砾石料封闭淤砂层，砂砾石料起到反滤作用。

◀在三峡工地现场

但以郑守仁为首的设计团队提出的一期土石围堰基础淤积层的处理方案，开始并未得到业主单位的完全认可。三峡总公司的某总工程师就明确表示异议，认为这个方案逾越常法，没有多大的把握。他还找到一所水利院校专门对一期土石围堰基础淤积层的处理方法进行计算分析，给出的意见是：挖除淤砂层是最为稳妥之策；设计方提出的“防、截、压、封”方案未经实践检验，难称保险，弄不好将导致堰垮人亡的恶性事故。某总工程师得到这个结论后，深以为然，更加理直气壮了。

慎重起见，业主三峡总公司在宜昌召开了“一期土石围堰基础处理专家讨论会”。会上，郑守仁代表设计方详细汇报了对付基础淤积层所采取的“防、截、压、封”组合方案，他用结构分析和科学试验得出的数据说话，条分缕析，有理有据，听得在场许多专家频频点头。

郑守仁刚汇报完，前述那位持异议的某总工程师便抢先发言，他说：“处理基础淤砂层，最稳妥的办法还是挖掉淤积层。长江委设代局提出的方案有些想当然，实施起来风险极大，弄不好会造成灾难性后果。”接下来的话就更难听了，不但历数了“防、截、压、封”的诸多不靠谱，而且越说越咄咄逼人：“如果按长江委提出的方案，一期土石围堰挡水之日，就是长江委垮台之时！”（言外之意是，一期围堰基础不牢，建成挡水后肯定会垮掉；围堰垮了，长江委将声名狼藉，吃不了兜着走）如此生猛的断语一出，满座皆惊。这话说得太尖酸刻薄了，太绝对武断了，太骇人听闻了，出席会议的不少专家都皱眉摇头，参加会议的长江委代表有的坐不住了，眼中喷出不服的火焰。但郑守仁稳稳地坐在座位上，不动声色。

出席会议的专家们多是水利水电建设领域的大咖，岂能被几句危言耸听之言所左右，更何况他们之前已研究过郑氏方案，已然心中有数。虽然也有专家对郑氏方案表达了疑问和担心，但大多数专家还是明确表达了肯定和支持的意见。最后，主持会议的两院院士、三峡总公司技术委员会主任潘家铮做总结性发言："长江委设代局提出的解决一期土石围堰基础淤砂层的'防、截、压、封'之法，得到了大多数专家的认可，我也表示赞同。"他加重语气说："我认为这个方案既富有创新精神，又科学、缜密，具有较强的可行性和操作性。"

郑守仁那颗紧揪着的心终于释然了。

有了专家们的认可和技术委员会的把关，业主三峡总公司很快采纳了郑守仁团队关于一期土石围堰基础淤积层处置的设计方案。

水不激不跃，人不激不奋！

因为有前述某总工程师质疑责难的咄咄逼人，设计方和施工方都打起十二分的精神，倍加临事而惧，倍加精益求精，联手打出了一套"防、截、压、封"的组合拳，最终让不可一世的基础淤砂层举起了白旗。

当然，围堰基础处理施工过程并非一帆风顺。比如，堰基块球体和强风化岩石坚硬团块等不利地层的出现，就给围堰防渗墙造孔带来莫大的困难。

兵来将挡，水来土掩。郑守仁带领有关人员一度蹲守在围堰施工第一线，与施工方联合攻关，终于扫清了前进道路上一个又一个绊脚石，一期土石围堰施工高歌猛进。

自 1993 年 10 月 24 日围堰开始抛填施工，至 1994 年 6 月 23 日全线填筑至设计高程，不但提前 10 个月完成了修筑任务，而且节约投资 6000 多万元。

围堰投入运行后，经过 1994 年至 1997 年 4 个汛期洪水的考验，堰体坚固，犹如一道铜墙铁壁，不但没有出现人们担心的堰基不稳问题，而且渗水甚微。

后来，以直接在粉细砂层建造围堰的新技术为核心的《三峡工程一期土石围堰基础处理及其施工方法优化研究》成果受到了专家的高度赞誉，认为总体上达到了应用技术领域国际领先水平，为在淤泥基础上建造水利工程提供了价值极大的借鉴。

1994 年 7 月一期土石围堰建成。在围堰的保护下开挖导流明渠，修筑纵向碾压混凝土围堰，并预浇筑三期碾压混凝土围堰位于明渠断面以下部分；同时，在左岸修建施工通航需要的临时船闸，并开始施工船闸及升船机挡水部位（上闸首）和左岸非溢流坝。

1994 年 7 月 1 日，中国共产党的生日这天，导流明渠在中堡岛上破土动工。在马达轰鸣中，建设者以环岛一周的独特方式与它告别……

1995 年底，导流明渠开成；1997 年 10 月，导流明渠堰外段（通过水下开挖）竣工。导流明渠全长 3700 米，宽 350 米，渠底高程为 58 米。作为三峡工程二期导流通道，大江截流后，它还携手临时船闸共同构成长江航运的通道。

3

就在一期土石围堰热火朝天建设的时候，人们发现，一段时间以来，郑守仁经常把一期纵向碾压混凝土围堰初步设计图纸铺展在办公桌上，看了一遍又一遍，还不时在纸上写写算算。

说起一期纵向碾压混凝土围堰，还得费些笔墨做点介绍。

纵向碾压混凝土围堰位于导流明渠左侧，其平面布置分为三段：上纵段（大坝上游面上游部分，为临时建筑物）、坝身段（坝体部分）、下纵段（大坝下游面下游部分）。其中，坝身段和下游厂坝导墙（下纵段的堰

体内段）为永久性建筑，按垂直坝轴线的直线布置；而上纵段及下纵段堰外段的平面布置，关系到明渠水流能否顺畅、流态是否满足通航要求，需要通过水工试验找到最佳的弧线形式。

有了解郑守仁脾气秉性的人说："看样子，咱们的郑总是对纵向碾压混凝土围堰的优化设计有了新想法。不信，大家等着瞧。"

"设计图纸都经过专家组审查过了，再做修改，不是自找麻烦吗？"有位新人不以为然。

"你太不了解郑总了，在设计上凡能优化设计的，郑总宁愿自己找麻烦，也要寻找省工省钱的办法。"

几天后的一天晚上，现场设计问题讨论会专门研究一期纵向碾压混凝土的优化设计问题。

郑守仁指着挂在墙上的设计图纸说："我看纵向混凝土围堰的设计还有优化的空间，你们看上纵段这个弧形弯度是不是不够，改为椭圆形是不是更好些？这样能缩短围堰的长度，省工省料。当然，有个重要前提是必须能满足明渠泄洪及通航水流条件和保护一期上游横向土石围堰坡脚防冲要求。"

经过大家的讨论，认为确有优化设计的空间。

郑守仁说："光我们自我感觉良好不行，还得经过水工模型试验的验证。"

很快，宜昌前坪水工试验基地忙碌起来。

通过在 1 ∶ 100 导流整体水工模型上进行明渠通航水力学及船模航行试验，对纵向碾压混凝土围堰上纵段的平面轮廓形状进行方案比较，推荐上纵段堰外段上游端部为半圆台形，围堰顶部圆半径 4.0 米，底部圆半径 28.75 米，半圆下接椭圆曲线，沿围堰轴线长为长轴 174.42 米、短轴 42.89 米的四分之一椭圆；沿明渠侧边线为长轴 199.17 米、短轴 69.14 米的四分之一椭圆，椭圆曲线下游接直线，上纵段轴线长 490.98 米，比原设计缩短 50 米。

试验和计算结果出来后，郑守仁拍板定案：将纵向碾压混凝土围堰上纵段弧形优化为椭圆形，长度缩短 50 米。

一期混凝土纵向围堰告竣后，优化设计的效果显现了：较初步设计提出的方案节省混凝土 24 万立方米，节省投资数千万元。

采访手记

许多知情者说，郑总对工程的优化设计十分重视。他经常语重心长地对设计人员讲："工程设计上画一条线，工人干得满身汗，国家花钱成千上万。"为了节约投资、缩减工期，"鱼和熊掌兼得"，他带领团队攻坚克难，创下了十几项优化设计成果，同时用设计要求倒逼施工单位大力推广应用新技术、新工艺、新材料，取得了显著的经济效益和社会效益。相关设计成果还荣获了国家或省部级科技进步奖或优秀设计奖。

在郑守仁的主持下，通过优化设计，一期混凝土纵向围堰节省混凝土 24 万立方米，二期混凝土左导墙节省混凝土 16 万立方米，三期上游土石围堰节省土石方 10 多万立方米……据不完全统计，仅主体工程混凝土工程一项，经优化设计节省下来的混凝土合计达 100 多万立方米，为国家节约投资 3 亿多元。

在这些数字面前，我们感到的不是枯燥和乏味，而是温暖和感动。这数字比任何修辞和语言都更有力地表达出：郑守仁和其他三峡建设者们有高度负责的主人翁精神，有勇于创新的科学态度。

五　再次决胜大江截流

1997 年，中华大地上发生了许多值得历史铭记的大事、要事，其中有两件是扬我国威、振我民心的壮举：一件是 1997 年 7 月恢复对香港行使主权，一雪百年国耻；一件是 1997 年 12 月的三峡工程大江截流，迫使江水按人的意志改道，从导流明渠宣泄。

早在 1995 年 11 月初，李鹏总理就语重心长地说："完成了大江截流，全国人民对这一工程就会更加有信心。三峡工程现在的一切工作都要围绕着为1997年胜利完成大江截流而奋斗。”

长江三峡截流，是继长江葛洲坝之后的第二次大江截流，也是三峡工程建设过程中浓墨重彩的一笔，牵动着全国人民的心，也吸引着全世界的目光。

1

1993年，身负三峡工程设代局局长重任的郑守仁一来到三峡工地，就开始擘画如何解出大江截流这道世界级的难题。

知己知彼，百战不殆。郑守仁和他的团队首先梳理盘点了三峡工程大江截流面临的困难所在。

难点之一：截流水深居世界首位

长江西陵峡三斗坪一带的江流本身就足够深，葛洲坝水库建成后又进一步抬高了此处的水位，使得截流水深达到60米左右。

三峡工程下游38千米的葛洲坝枢纽建成后，虽然筑的是低坝，没有太大的库容，但还是在坝前将水壅高了20多米，汛期回水110千米，抵于湖北的巴东；枯水期回水200千米左右，可上溯到三峡的夔门附近。

葛洲坝壅高上游水位的直接后果如何呢？

一是雄奇险幽的西陵峡丢掉了一个“险”字——葛洲坝兴建前，三峡区间暗礁险滩众多，轮船不敢夜航。1981年葛洲坝建成后，诸多暗礁险滩尽埋水底，自夔门到南津关200千米的峡江因险去而舟行无滞。

二是葛洲坝以上峡江平添了一个“深”字——三峡坝区属葛洲坝水库常年回水区中段，整体水位比建葛洲坝前抬高20米上下。坝区水深一般为26.0～40.0米，最大水深60米。这就意味着三峡最大截流水深达到60米，为世界之冠。资料显示，世界各国大多特大型水利水电工程的截流水深一般都在二三十米，一度执世界截流水深“牛耳”的美国达勒斯工程截流水深55米、巴西与巴拉圭伊泰普工程截流水深40米。

在如此深的水中填筑截流戗堤，容易发生堤头坍塌，危及施工安全，迟滞施工进度，这成为最直接最棘手的技术难题。

难点之二：截流流量世界第一

由于二期上、下游土石围堰工程量巨大，务必在一个枯水期内完成，确保 1998 年汛期安全度汛和基坑形成，因而对截流时间形成了制约，这就意味着合龙时间不可能选在长江最枯时期。

郑守仁说，按原设计安排，1997 年大江截流时间是在 12 月上旬进行，后来考虑到为二期上、下游围堰施工争取时间，决定提前到 11 月上旬。这样，截流流量就从 9000 立方米每秒提高到 14000 立方米每秒，它也因此成为世界上截流流量、截流水深、抛投强度最大的一次截流。

难点之三：截流期间不允许断航

截流施工势必影响长江航运。在截流施工期临时船闸尚未投入使用，截流前期（形成龙口前）导流明渠未分流或分流未正式通航，截流戗堤进占需根据流量控制口门宽度，使导流明渠流量不大于 20000 立方米每秒，以保障船只仍能从主河道束窄口门通行。故截流合龙时机和施工进度必须兼顾大江和明渠通航水流条件，不允许造成长江航运断航。纵观国内外大型水利水电工程，截流且必须保证通航的案例十分罕见。

这对导流明渠及截流口门通航条件提出了更高的要求，也陡然增加了

◀在三峡工地现场

施工的难度。

难点之四：截流河床地形、地质条件复杂

三峡坝址花岗岩质河床上部，为全、强风化层，其上覆盖有砂卵石、残积块球体、淤砂层，更为麻烦的是，葛洲坝水库建成后，水静沙淤，新淤积量骤增，截流龙口（深槽）覆盖层厚达 5 ~ 16 米（其中面层 5 ~ 10 米为葛洲坝水库蓄水后的新淤砂层），深槽左侧呈陡峭岩壁，对截流戗堤进占安全影响不小。新淤砂层的级配较均匀，截流进占过程中，对堤头稳定不利，容易引起坍塌。

难点之五：截流工程规模大、工期紧、强度高

这个难点，是由前面四个难点累加而成的，原因不言自明，故不再赘述。

这么多“难”如同一座座高山挡在了郑守仁面前，用什么办法把它们踩在脚下呢？

谋定而后动，则无往而不胜。经过运筹帷幄和精研细究，郑守仁率领他的团队开始出招了。

2

当务之急要回答的重大问题是采取何种截流方式。

经过反复的水工试验和研究计算，最后确定，大江截流采用上游横向土石围堰截流单戗堤立堵方案。

为何青睐这个方案呢？

郑守仁说，选择这一方案，主要基于以下两点：一是借鉴葛洲坝大江截流的经验，二是针对长江三峡工程大江截流特点，综合考量其可行性。

郑守仁见我眨着眼睛，一脸的问号和渴求了解的样子，便娓娓道来：

“国内外水利工程大流量河道戗堤法截流可归纳为立堵和平堵两大类。葛洲坝大江截流是我国在长江干流上第一次进行的规模巨大的截流工程，当时，我们的设计团队深入研究了浮桥平堵、栈桥平堵、上游单戗堤立堵、上下游双戗堤立堵四个方案，最后选用上游单戗堤立堵截流方案，并最终获得成功。葛洲坝工程截流成功的经验告诉我们，在我国主要通航河流上不宜采用栈桥平堵截流方案。特别是随着大容量、现代化的挖掘、运输设备的迅速发展，单戗堤立堵截流方案彰显出施工简单、快速、经济和对通航干扰小等诸多优点，应优先采用。

“在借鉴葛洲坝截流成功经验的基础上，我们对三峡工程截流的难点进行分析，针对三峡坝址的河势和水文地质等情况，当时主要考虑了两个选项：一是单戗堤立堵截流，一是浮桥平堵截流。浮桥平堵截流方案是在上游截流戗堤中部（主河床部位）350 米宽的口门上提前架设浮桥，由自卸汽车在浮桥上抛投物料直至戗堤出水合龙。该方案的优点是截流水力学指标优越，合龙工程量小；缺点是架设和运用浮桥技术尚无经验可循，而且对航运影响比较明显。而上游单戗堤立堵截流方案已在水文、气象条件与长江三峡相仿的葛洲坝工程中显过身手，证明是行之有效之法，如用到三峡截流上，可谓驾轻就熟。经过综合比较，决定采用上游单戗堤立堵截流方案。

“但这个方案实施起来并不容易，除了合龙工程量大、抛投强度高之外，最大的障碍是解决截流龙口最大施工水深达 60 米（考虑河床覆盖层全部被激流冲光）的戗堤进占困难问题。

“于是，我找来长江科学院宜昌科学研究所所长饶冠生面授机宜，要求他们按照单戗堤立堵截流法抓紧进行模拟试验，看看进占过程中会出现什么情况和问题，以便有的放矢，对症下药。”

3

饶冠生是一位华侨知识分子，一位资深的水工试验研究专家。

他原籍广东梅县，1938 年 4 月出生于缅甸仰光，少小回归故园。1962 年 12 月从武汉水利水电学院河川枢纽及水电站建筑专业毕业后，来到长办加入了治江大军。经过十余载的刻苦钻研和实践磨炼，他成了长科院水工室的顶梁柱，并担任副主任之职，参与和主持了多座水工模型的设计和施工，不但实践经验丰富，而且在水力学理论研究方面也颇有造诣。

1985 年春，当长科院领导将前坪建模现场总指挥的任务交给饶冠生时，他没讲任何条件就离妻别子上任了。当时的宜昌前坪，除了新开辟出的一块较为宽阔的场地外，其他就是一张“白纸”。饶冠生和他的团队没有畏难和抱怨，而是以拓荒牛的劲头辛勤耕耘着。10个月后，就在这张“白纸”上绘出了第一张既新且美的图画——1 ∶ 150 的三峡西陵峡模型（学名为“长江三峡电站日调节模型”，主要功能是探索三峡至葛洲坝间因电站发电水流大小不一即不稳定流条件下船只航行的水情规律）。之后的岁月里，在饶冠生的主持下，又有多座与三峡工程有关的水工试验室在前坪拔地而起。其间，饶冠生主持了“三峡工程施工导流分期与临时通航优化研究”“两坝间（葛洲坝—三峡）通航水流标准研究”等多项国家级课题，取得了斐然的成果。

饶冠生是个干事认真且雷厉风行的人，接到郑守仁交代的任务后，马上组织精干力量在前坪基地开展了水工模型试验。

按 1 ∶ 100 的比例模拟长江的水深、流速、流量和江底的软淤砂，以砂石为材料进行截流。试验中，问题很快暴露出来：戗堤进占过程中，堤头多次发生大规模坍塌现象，坍塌最大长度距堤头约 10 米。堤头坍塌的危害巨大，不但危及施工人员和施工设备的安全，而且延误截流合龙日期，甚至根本无法完成合龙。

但这 1 ∶ 100 的比例还是过大，得到的试验数据精度不够高，特别是有些细节情况如发生坍塌时的进占长度、坍塌的临界坡度等，还需要通过小比例的试验进一步发现问题，找到原因。于是，郑守仁让饶冠生团队按 1 ∶ 40 截流断面模拟，对堤头的坍塌进行专门试验研究。

那段时间，郑守仁隔三岔五就到前坪试验基地，蹲守观察，分析研究，寻求对策……

试验中发现，抛投物堆集至 5 ~ 7 米水深时，随着抛投进占，坡度变陡，当坡度达到 1 ∶ 1 或陡于失稳的临界坡度时，遇到外力干扰即发生首次坍塌；坍体一般停留至 10 ~ 15 米水深处，随着抛投进占复又发生比首次坍塌更大的第二次坍塌；水越深，坍塌次数越多，堤头坍塌规模越大，危害越大。

采访手记

采访中，我就大江截流戗堤坍塌问题向郑总请教。

“葛洲坝大江截流堤头怎么没有大的坍塌呢？”我问。

“葛洲坝大江截流水深不过 9 ~ 11 米，而三峡截流水深最大达 60 米；葛洲坝截流最终落差为 3.23 米，而三峡只有 1 米左右；葛洲坝截流龙口最大流速为 7 米每秒，而三峡只有 5 米每秒，所以在葛洲坝截流时抛投材料容易滚动到底，而且由于落差大、流速快，抛投物不容易在戗堤堤头斜坡上停滞和聚积。”郑总答。

“听说伊泰普水库截流时水深也很大，可戗堤进占时没有发生过大的坍塌，是这样的吗？”我问。

“伊泰普截流水深 40 米上下，但由于落差和龙口流速都很大，所以截流戗堤不易发生坍塌。三峡与伊泰普不同，三峡截流水深超过伊泰普，但落差和流速都小于它……”郑总答。

“世界上有没有和三峡工程类似的工程，截流中遇到了坍塌难题？”我问。

“有啊，二十世纪五十年代，苏联建的一座大型水利工程，截流水深三四十米。由于截流进占时戗堤堤头坍塌，发生了抛投自卸车滚入河中，导致车毁人亡的严重事故。前车之鉴，让我们不得不小心翼翼。”郑总答。

我听明白了，频频颔首。

“看来，堤头坍塌的主要原因是龙口水流过深、堤坡路径长、抛投料沿堤头不能一次降至坡底。这是截流施工的重大隐患，而用传统的截流之法在长江三峡行不通！”主持过葛洲坝、隔河岩截流的郑守仁敏锐地找到了问题的症结所在。

有人提出，采取相应措施，力求使抛投料边坡达到稳定状态。比如，戗堤进占过程中，使用高压水枪将堤头陡坡上的块石冲下去，抑或用小型爆破法将堤头陡坡集料炸塌。

很快，饶冠生他们在试验厅中找到了否定的答案：上述措施虽然对减少堤头坍塌有一定作用，但对截流戗堤进占干扰不小，影响龙口高强度物料抛投。

又有人提出，采用小粒径材料抛投进占，使其止动流速与实际流速相适应，戗堤或可能形成稳定的坡度。

不久，饶冠生把模型试验结果摆在郑守仁的案头上：小粒径材料对流速的变化极为敏感，流速稍有变化，抛投材料便不适应，坍塌依旧。另外，如果大规模实施，施工备料也困难重重。

这些法子都不成，好法子在哪儿呢？

一段时间以来，郑守仁眉头紧锁，陷入冥思苦想之中。他深知，截流戗堤堤头坍塌问题，虽然表面上有一定的随机性，但实质是各种因素共同作用的结果，与水深、流量、流速、水位差、渗透压力、抛投材料大小及级配、抛投强度等诸多因素有关。而在这诸多因素中，“水深”是主导因素。既然“水深”是主导因素或者说主要矛盾，只要把这个“牛鼻子”牵住，其他问题便可迎刃而解。

这天晚上，郑守仁主持现场技术问题讨论会，专门研究戗堤进占坍塌问题。会上，他说出了自己的想法：“水工试验说明，减小龙口水深是缓解截流戗堤坍塌的有效途径。既然这样，何不用人工的方法垫高江底，让大江变浅呢？这样一来，可以有效地减小截流水深、降低戗堤的相对高度、减小戗堤坍塌的规模；同时，江底垫高了，截流难度自然也会降下来。大家讨论一下，看可行性如何。”

会场一片沉寂，大家各自开动脑筋，陷入思考中。过了一会儿，有了叫好声：“是个好主意！”“真是个不错的办法！”……

“人造江底，深水变浅”的平抛垫底方案，在这个平常的晚上冒出头来，给人们带来无限的惊喜。

“这只是个大概的思路，这个底垫多高、怎么垫、用什么材料垫，这些都是问题，需要深入进行试验研究来寻找答案。”郑守仁说着，刚刚舒展的眉头又拧紧了。

于是，前坪基地的试验厅又高速运转起来。只是，这时坐镇第一线的指挥员已由饶冠生换成了杨文俊。

4

1996 年 6 月。

为了加强前坪试验基地的力量，长科院派年仅 30 岁的杨文俊到宜昌前坪水工科研所任总工程师。

饶冠生想，我今年都 58 岁了，是到了把一线试验研究工作交给所里中青年技术骨干的时候了。于是，他把杨文俊叫到了自己的办公室，诚心实意地对他说：“文俊，你是科班出身，又是所里的总工，年轻有为，以后的水工试验研究工作就由你来主抓。为了减少环节，郑总那边的试验任务你可以直接对接。”

“请饶所长放心，我一定尽百分之百的努力，带领团队把郑总交办的各项水工试验任务搞好。但大事还得您主持和把关。”杨文俊虽然年轻，却是个勇于任事的人，有干劲也有闯劲。

这时杨文俊接手的任务是对大江截流龙口进行预平抛垫底试验：在 1 ∶ 40 与 1 ∶ 80 模型上对不同水深、不同抛投强度、不同粒径、不同流速、单一料与混合料、有水和无水等进行对比试验。

◀采访杨文俊

采访手记

采访长科院副总工杨文俊就在他的办公室，时间是2019年11月19日上午。杨文俊戴着一副金边眼镜，虽然年过五旬，但眉宇间仍透着一股英气，目光中闪烁着睿智和激情。可以想见，他年轻时当是个外表俊朗帅气的小伙，一如“文俊”这个名字。当然杨文俊不是演员，不会也不可能靠颜值吃饭，而是靠肚子里的“墨水”——这种墨水不是通常意义上的“文史”之墨，而是“理工”之墨。

杨文俊是湖北应城人，1966年10月出生，1992年毕业于武汉水利电力学院，获水力学及河流动力学硕士学位，毕业后便进入了长江科学院。三峡工程的建设，给这位胸怀抱负、才华横溢的年轻工程师提供了大展拳脚的舞台。

业务精湛、精明干练、思维敏捷、性情中人，接触了不长的时间，杨文俊给我留下了这样的印象，我们很快“打成了一片”。

提起那段不平凡的峥嵘岁月，提起郑守仁，杨文俊充满了激动和感动，他说：“当时做大江截流预平抛垫底试验那阵子，郑总跑前坪试验基地可勤了，经常是不请自到，有时白天，有时晚上。到了现场，盯着试验看，常常一两个小时不动窝。看过后，又跟现场的人员一块分析平抛垫底到什么程度才能有效减少堤头坍塌的范围和规模。我知道，他表面平静，其实心里浪奔浪涌，着急上火呀。为了给郑总分忧，我们不敢怠慢，经常是‘快马加鞭不下鞍’。”

5

谈起三峡工程的大江截流试验，郑守仁的眼中充满了光亮和温度。

他说：“截流是一门实验性很强的学科，除了要进行复杂的水力计算外，还必须通过水工模型试验验证，必要时还要进行实战‘演习’。

“当年葛洲坝工程大江截流设计过程中，长江科学院先后在葛洲坝工地现场（水工模型场地在今三江坝头附近）用1 ：100水工整体模型和

1 ：60 截流模型，在汉口九万方试验场用 1 ：80 截流模型和 1 ：60 断面模型进行了大量试验研究。特别是围绕二江分流条件及其布置形式，不同截流方案的选择，龙口护底方案比较，各种抛投料特性、形状，最大块体重量选取及理论论据，工程措施等等，分别进行了大量试验研究，为设计、施工提供了重要依据。后来的三峡工程建设，包括截流在内的许多重大技术问题都离不开科学试验研究成果的有力支撑。

“试验是实战的准备，可以通过试验发现问题，最大限度地为实战扫清前进的障碍。”郑守仁对我说这话时，脸上露出了会心的微笑。但我知道，换来这微笑的代价是：遍尝各种艰难困苦的滋味。

采访中，郑守仁特别提到了两个试验场——汉口的九万方和宜昌的前坪：“这两个水工试验场对破解三峡工程设计和施工的难题出了大力。没有它们，三峡工程不可能顺利完成。”

耳听为虚，眼见为实。既然九万方和前坪如此神奇和不同凡响，岂有不去拜访之理？

2019 年 11 月下旬，我们先到前坪，后到九万方。与前坪和九万方亲密接触后，果然见识了它们的不同凡响。

先说九万方。

九万方是个地名，当年是武汉郊区的一个村落，名九万方（现已成为市区的组成部分）。二十世纪五十年代，九万方是一片低洼地，分布着稻田、藕池和水塘，仅有一条晴时尘土飞扬、雨天泥泞不堪的乡间土路通往城区。

九万方试验场创建于 1957 年，是三峡热的产物。

在这片荒凉之地上，经过各方面特别是长科院人 30 余载筚路蓝缕、砥砺前行，先后完成了 8 次征地和扩建，形成了一块完整的、拥有 163 亩面积的试验基地，为葛洲坝、隔河岩、三峡工程等一大批大型水利水电工程的论证设计和施工提供了大量极富价值的试验研究依据。

九万方试验场初创的使命，是进行三峡河工模型试验及高速水流试验。草创时兴建的第一座试验室为装配式活动房屋，方木柱子和桁木架构成房屋框架，屋面是浅灰色石棉瓦，白色墙壁由刨花板组合而成。这座长

▶九万方试验场

50 米、宽 10 米的活动房屋，除了大部分作为试验室外，还兼作办公室和宿舍。据当年参与创建的科研人员回忆，由于试验室简陋，漏雨透风是常事。尽管当时的工作条件十分艰苦，但科研人员却等闲视之，工作的热情高、干劲大。他们在试验室里开展了荆江模型断面绘制、波浪水槽试验、黏土冲刷试验等工作。

后来又搭建了一座更加简陋的芦席棚，进行了扩大下荆江气流模型试验。再后来又修建了一座露天模型试验场，进行三峡下游日调节正态模型试验。为了保证试验时水面线观测不受风吹影响，科研人员经常在晚间进行试验。夏季的九万方四周一片黑漆漆的，唯有试验厅内经常灯火通明，与天上的星星眨眼对视着，似有互相炫亮的意味；而科研人员可没有这种闲情逸致，他们要在酷暑炎热和蚊虫叮咬的陪伴下度过一个又一个不眠之夜。

二十世纪五十年代末至六十年代，九万方除了承担长江中游整治和裁弯等项目的科学试验外，还重点开展了三峡工程防空模型试验。为配合我国高坝枢纽工程建设，建造了三层楼高的平水塔和高速水流试验大楼，以及高速水流试验设施（包括大型减压箱、高玻璃水槽等）。七十年代，主要开展了葛洲坝水利枢纽重大技术问题的科研试验，并建造了水工一厅、二厅、三厅及河工一厅、河流室办公楼、岩基试验楼等。八十年代以后，围绕长江三峡工程建设重大技术问题的试验研究，对九万方进行了大规模改建扩建，河工二厅、三厅及河流水槽试验室、振动爆破办公楼等建筑相继落成。三峡工程建设期间，主要进行泥沙冲淤模型试验，通过模拟河道、水库、沉沙池、上下游引航道等动态过程的试验，取得科学数据。

如今的九万方模型场，高大的试验厅鳞次栉比，像工厂的一座座大车间。走进三峡水库泥沙模型试验大厅，发现它已被局部改造，正承担着国外一座水利工程的试验任务，大厅内的工作人员都在忙碌着……

陪同我们参观的长江科学院河流研究所副所长刘同宦自豪地说：现在的九万方，不但硬件鸟枪换炮，而且软件建设也得到了长足的进步，已由初期的单一河工模型试验场发展为多专业的水利科研基地，不只在国内，在国际上也处于领先水平。

再说前坪。

前坪和九万方一样，也是长江科学院所属的一座水工试验科研基地，坐落于风景秀丽的宜昌西陵峡出口——南津关附近的一处高低错落的阶地和坪岗上，南望雄伟的葛洲坝水利枢纽，西眺三峡。在这座 8 万多平方米的大院中，最有价值的宝贝都藏在那几座屋脊弯弯曲曲、似屋非屋的建筑——不同形制和功能的水工试验厅。

前坪也是为建设三峡工程应运而生的。

二十世纪七十年代初，为了修建葛洲坝工程，长科院的科研技术人员在离葛洲坝工程施工现场不远的三江坝头附近找到了一块得天独厚的场地。这里原有一条天然的小河沟，稍加修整，便成了模型的河床基础；高坡处有一处水塘，一泓碧波荡漾，可代作水塔；更远处有一股清泉，可作为补充模型用水的水源；造模需要的河沙、石子等填料和混凝土骨料等就近可取。很快，一个竹席结构的临时试验棚搭起来了，上至三斗坪、下至葛洲坝的水工试验模型建成了，各种试验紧锣密鼓地做起来了……

葛洲坝工程尚未完建时，三峡工程前期科研工作被提到了议事日程。于是长办领导层决定另选场地，为三峡工程建一座大规模的水工试验厅，前坪水工试验场应运而生。

二十世纪八十年代以前，前坪还是一片古墓错落、乱石嶙峋的荒岭。1984 年春，在鸟语花香的陪伴下，一群知识分子模样的人来此盘桓指画了一番。几个月后，在机声隆隆、炮声震天中，这里的峭壁被铲平了，进出的公路修通了；又过了一段时间，多座规模形状不同的水工试验厅棚如雨后春笋般相继冒出头来……

宜昌水工所的前身，是 1958 年 10 月为勘探三峡坝址而设立的现场岩石力学试验组。几经变迁，于 1988 年 3 月成立长科院宜昌试验研究所，所址设在前坪基地内。1992 年 11 月，为了更好地服务于三峡工程建设，又改称“长江科学院宜昌科学研究所三峡试验场”。

有人说，前坪依傍葛洲坝平湖，周围绿树掩映，处处鸟语花香，是个读书的好地方。这话说得没错。只不过这里的“读书人”读的不是平常的有字书，而是三峡工程这部厚重的、晦涩难懂的“大书”，并不断破译着其中的一个又一个“哥德巴赫猜想”。

前坪宜昌科研所占地面积 326 亩，里面的宝贝是十余座宛如游龙般的水工试验厅（棚），内中布置着按天然河道或各种水工建筑比例缩小而制作的各种模型（以整体模型居多，还有少部分单项整体模型和断面模型），可以复演与原型相似的水流，进行水工建筑物各种水力学问题的试验研究。

其中，当年为三峡工程建设量身定做的模型主要有：三峡工程大江截流模型、三峡双线五级船闸通航模型、三峡电站日调节模型、三峡水利枢纽整体布置模型等。依靠这些模型，科研人员先后完成了三峡重大科研课题 80 多项，为解决三峡工程建设过程中的重大技术问题及时提供了科学数据，并随即转化成了巨大的生产力。《两坝间（葛洲坝—三峡）通航水流技术标准试验研究》等一批优秀成果达到了国内领先和国际一流水平。

采访手记

2019年11月21日下午，我们驱车来到长江科学院宜昌试验基地（前身为宜昌科研试验所）参观采访。基地负责人车清权热情地接待了我们。

车清权是位身材魁梧的红脸汉子，说话嗓门大，底气足，走路大步流星，言语行动中透着一股豪爽和干练。他是湖北红安人，今年53岁。1986年1月从长江水利学校水工专业毕业后就来到这里工作。三峡工程上马后，他在饶冠生、杨文俊的领导下，根据长江委三峡工程设代局的安排具体进行试验研究工作。现任长科院后勤服务中心副主任，分管前坪基地。实际上他的后勤服务中心副主任是挂名，他的主要工作就是坐镇前坪试验基地，家也安在了宜昌。

"当年，我几乎参加了郑总他们布置的所有关于三峡建设的试验研究工作。那是一段激情燃烧的岁月，也是令人难忘的岁月……"车清权侃侃而谈，红红的脸膛上不时掠过掩饰不住的自豪。

"郑总经常来试验现场吗？"我问。

"来啊。我们做大江截流试验时他来得最多了。往往是忽然大驾光临，有时带助手，有时就他和司机两个人来。看我们做试验，与我们共同研究出现的问题。"

说话间，我们走进了"两坝间水工模型试验室"。所谓"两坝间"，是指葛洲坝到三峡大坝之间的河道。这是一座不规则的水工试验室，里面有一座1∶150的水工模型，曲曲折折的，宛如游龙一般。

车清权告诉我们："这个试验室建得最早，始建于1985年，对三峡建设发挥了重要的作用。"

我们沿着模型巡行了一遍。

"这个模型就是好，两坝间的河势、地质和工程布置情况一目了然。"我不禁赞叹道。

在石牌到南津关间，长江拐了两个近90°的大弯，河岸坡度高低不一，河底还散落着不少深坑浅坎，尤其是距葛洲坝坝址不远的

地方有一处面积不小的深坑，很是显眼。

“这样的地质、水文条件，难怪会有泡漩、剪刀水、裤裆水出现。”我喃喃自语，又向车清权请教何为“泡漩”“剪刀水”“裤裆水”。

车清权笑道：“您对这些名词还感兴趣？”

我说：“我得把相关情况包括一些技术问题大体搞明白了才能写作，以其昏昏使人昭昭不行啊。”

“这些都是对葛洲坝前水流状态的形象说法。‘泡漩’就是既有气泡又有漩涡的水流；‘裤裆水’就是原本一股水忽然分成两股水，如同人的裤裆一样……”车清权一边说一边比比画画，不时发出爽朗的笑声。

“您解释得挺形象的，我听明白了。”我向他伸出了大拇指。

说话间，来到了三峡大坝模型前，三峡水利枢纽的布置看得清清楚楚。

我指着溢洪坝段与右岸电厂厂房之间的隔离建筑物向车清权请教：“车主任，这是一期纵向碾压混凝土围堰吗？”

“是啊，这只是纵向碾压混凝土围堰的下游导墙段（下纵段的堰内段）。另外还有大坝前的上纵段和坝身段，是三峡主体工程的组成部分。”

“那当年为了省工省料，郑总提出把围堰上纵段由弧形改为椭圆形，这个试验是谁做的？”

“我参与做的，而且是主力之一。那时，我们根据郑总的要求，按照不同的弧度对上纵段做了好几个模型，终于找到了既能保证水流顺畅和通航要求，又省工省料的椭圆形。郑总后来还专门对我们的这个试验提出表扬呢。”

我又伸出大拇指送给他一个真诚的点赞！

6

杨文俊团队加班加点获得的试验成果送达了，一连串极富说服力的数据，让郑守仁连日来紧锁的眉头舒展了许多。

通过抛石将河床垫高，当截流龙口水深由 41.0 米减至 27.0 米时，堤头相应的坍塌面积、坍塌边与堤边的平均距离最大值、最大一次坍塌面积分别减少 35%、27% 和 36%；当水深减至 20.0 米，上述各值分别减少 64%、49% 和 55%。可见，平抛垫底可以有效减少截流坍塌的范围、长度、坍塌面积和坍塌次数。

平抛垫底至 40.0 米或 45.0 米，再进行单戗堤立堵截流方案，虽然不能完全消除坍塌现象，但能大大减少坍塌的范围和规模。若再辅以适当的工程措施，截流施工安全是有把握的。

有了这个振奋人心的试验成果后，郑守仁又组织力量对龙口河床平抛垫底的结构布置、石碴料的漂移特性、砂砾石料漂移特性、施工船舶选择、航运和施工安全等课题进行了一系列深入研究和试验。

采访手记

当时，郑守仁最关注的问题有两个：一是龙口河床平抛垫底度汛防冲问题；一是如何将砂石准确地抛到河底，且与淤沙堆积的江底有机衔接。

对于第一个问题，采取优化平抛垫底结构的方式找到了途径——即在戗堤部位平抛垫底至 40.0 米高程时，其上游侧堰体范围平抛砂砾石料高程降低 35.0 米，形成高低坎结构形状。同时，要求高程 35.0 米～ 40.0 米平抛粒径大于 0.4 米的块石以大块石抗冲。

对于第二个问题，则通过驳船改造和现场实船抛投试验找到了办法。一方面，改造驳船，使其舱底可以开启；当船行驶到预定地点后，舱底打开，砂石料顺势倾注江底。另一方面，采取先抛小块细砂，次抛小石，再抛大石，逐渐加大石料体量的方式，实现所抛砂石与江底的有机衔接。

郑总告诉我们，通过实船抛投试验，取得了用以指导水下抛投的水力要素和施工参数，从而使龙口段河床平抛的砂砾石料和块石碴料到位成型较好，并经受了汛期大流量的冲刷考验，证明平抛垫底施工是成功的。

爬坡过坎后，蕴含着郑守仁大智大勇的“龙口深水河床平抛垫底”的实施方案落地了。

——龙口段河床平抛垫底的范围为：顺水流方向宽度 140 米，河床底高程 40 米以下的深槽部位沿截流戗堤轴线长 180 米。

——高低坎结构形式，平抛垫底堰体下游部位比上游部位高 5.0 米。

——平抛垫底使龙口水深减至 20 ~ 27 米，填料分三层：底层为 2 ~ 4 米，采用砂砾石铺垫，以对江底起反滤作用；中部填石碴；表层为 2 ~ 5 米，垫填0.3 ~ 0.5米的中石料，既可以起到防冲护底作用，也可以达到加糙的效果。

——抛投设备为 280 ~ 500 立方米开底驳船。

——计划施工时间为 1996 年 11 月至 1997 年 5 月，分期进行。

7

1996 年 9 月 25 日，曾经在长江葛洲坝工程建设中大显身手的水电雄师——葛洲坝集团公司，以 4.7 亿元标价赢得大江截流的决战资格。

为了确保大江截流一举成功，截流戗堤龙口段平抛垫底须先行。

龙口平抛垫底的施工时间，除了考虑垫底结构要求、施工船舶特性外，还要考虑长江的水文情况以及航运和施工安全。

在实际操作过程中，第一个阶段施工安排在 1996 年 12 月至 1997 年 3 月。此时，长江已进入春运季节，出入三峡的各种船舶骤增，大有舳舻蔽水之势。为了既满足平抛施工的条件，又保证航道通畅，分左、右平抛区，一侧通航，另一侧施工，各司其事，两不耽误。上、下游围堰轴线相距 1000 米。春运期间的施工，采取先上游围堰、后下游围堰的抛投的方式。

第二阶段平抛垫底，原计划安排在 1997 年 9—10 月，与大江截流非龙口进占同步。鉴于导流明渠通航之前过往船只仍从束窄的主河槽通过，平垫与航运安全之间的矛盾更加尖锐。审时度势，决定将第二阶段施工安排在大江主河槽禁航之后，时间为 1997 年 10 月 6 日至 11 月 20 日。

在施工过程中，杨文俊团队要跟踪模拟前方施工过程，同步试验，以便及时发现和解决问题。施工日夜不息，试验也要不舍昼夜。

杨文俊说："那时连轴转是常态，既做试验又要分析数据，发现新的重要信息还要马上到郑总那里去汇报。有一次因为太困了，我在模型上迷迷糊糊睡着了，一头栽进了'长江'，从水中爬起来继续干。嘿嘿，那时真是拼命干啊。"

他还给我们讲了一个有惊无险的故事。

10 月中旬的一天，凌晨 2 时左右，刚刚睡下不久的杨文俊被一阵急促的电话铃惊醒了。电话是三峡总公司导流工程部副主任孙志禹打来的，声音紧张急促："文俊，刚才施工单位测量结果显示，江底抛下的碎石垫底长起的高度达不到设计要求，我们怀疑抛石被激流冲走了，是不是你们的试验有误啊？！"

孙志禹与杨文俊是武汉水利电力学院的校友，同届不同班，杨学水力学及河流动力，孙学水利施工，两人在学校就认识，因为建三峡工程，彼此打交道多了起来，平素私交不错。

杨文俊一听孙志禹这样说，脑袋瞬间大了，瞌睡虫一下跑到了爪哇国。他知道，预平抛垫底是保证截流成功的重要前提，如果出现问题，不仅影响施工的进程，而且事关截流的成败。

"我们马上查找原因。"杨文俊放下电话后，急忙去敲郭仁民、柏林等技术骨干宿舍的门，把他们从睡梦中唤醒，叫到自己的宿舍。几个人打开电脑，调出试验过程中的相关数据，查找和分析原因所在。折腾了半天，都感到试验和结论不应该有问题。杨文俊突然想到，是不是测量时出了偏差，比如测船颠簸倾斜，导致测量时偏离了垂直水平线，造成数据失真？于是，他打电话给孙志禹，说了自己的判断，并建议他们再测一次，同时提醒要充分考虑影响精度的因素，如测量时船体保持稳定等。

犹如热锅上蚂蚁般的等待中，凌晨5时，杨文俊的手机骤然响起，是孙志禹打来的，语气中带着歉意："文俊，你说对了，确实是测量有误。问题出在测船在测量时出现了左右摇摆，偏离了应测的部位。重测结果表明，平抛垫底的高度达到了设计要求。非常抱歉，让你们受惊了。"

杨文俊听罢，绷紧的心弦顿时松了下来，他的嘴上却没饶人："我说孙大主任啊，以后你们测量能不能认真点、精细些，可别再摆乌龙了。让我们心惊肉跳的，一宿都没睡。"

在平抛垫底的过程中，郑守仁隔三岔五就来工地现场督战，直到龙口段从"尖底釜"变成"平底锅"。当然，平底锅的外侧还设有一道5米高的"大锅沿"——拦石坎，作用是在截流合龙时"打阻击战"，挡住抛投块体溜走的去路。

8

1997年深秋，长江枯水期来了，大江截流决战的总攻号角就要吹响了。

屈指算来，三峡工程自准备到现在，已整整五个年头了。这五年做的所有工作，从某种意义而言，差不多都是为大江截流做准备。

采访手记

采访时，郑总耐心向我解答了三峡截流的有关技术问题。

三斗坪段长江主河床宽1000多米。大江截流是以中堡岛上的纵向碾压混凝土围堰和左岸为基地，从左右两岸相向而行，向大江中抛投石块和石碴，步步为营、循序渐进，不断向江心逼近，最后截断大江，迫使江水从导流明渠宣泄。打赢大江截流这场攻坚战，才能修筑二期上、下游土石围堰，与纵向碾压混凝土围堰形成基坑，从而建设大坝泄洪坝段、左岸厂房坝段和电站厂房等工程。

非龙口段进占选择在1997年主汛期之前，进占到江心一带就暂停下来。在江面预留下约460米宽的口子，即通常所说的龙口，使其过流通航，安全度汛。汛期过后，继续进占，使龙口逐渐缩窄到280米、220米、170米，直至130米，这130米就是龙口了。堵住这个口子，就表明大江截流成功了。

从 9 月 12 日开始，非龙口段戗堤进占正式开始。左、右两岸同时向江心推进。上游截流戗堤先行进占，下游石碴戗堤尾随跟进，其口门控制宽度以不承担水头落差为原则，一般比上游宽 40.0 ~ 50.0 米。

上游戗堤进占过程中，还要根据堤头稳定情况，有针对性地选用相应的抛投方式——浅水时，采用 32 ~ 77 吨自卸汽车在堤头直接卸料，全断面抛投；深水时，采用堤头集料、推土机赶料的方式抛投。当长江流量加大、堤头流速超过 4.0 米每秒时，则采用大吨位自卸汽车块石卸料冲砸，冲压堤头不稳定边坡，起到防冲保护作用。

下游戗堤尾随进占，主要是抛投石碴料和混合石碴料，采用全断面进占抛填。

戗堤进占不是随意的、无序的，而是严格按设计方案分月、分旬控制进尺。9 月底，上下游戗堤口门宽度分别束窄至 360.0 米和 380.0 米。10 月底，上游形成 130.0 米宽的截流口门；下游戗堤至 11 月上旬束窄至 120.0 米，待上游戗堤合龙后，随即进行下游戗堤合龙。

10 月中旬，三峡来了一股 1.8 万多立方米每秒的洪流，虽然对长江这条巨川而言这个流量只能算“小巫”，却给截流戗堤的进占带来了不小的困难。连日来，郑守仁带领总工助理刘宁、施工设代处总工程师陈琪新等几次到截流施工现场，勘察“敌情”，研究对策。

这天上午，正当郑守仁聚精会神注视着堤头进占情况的时候，危险悄悄逼近了。猛然间，他脚下的土石开始移动、沉陷，说时迟，那时快，跟在郑守仁身后的陈琪新猛地拉了他一把。就在他的双脚刚刚移开的刹那，“轰隆”一声闷响，堤头的土石堆积物大面积塌陷，迅速坠向江底……

好险啊！郑守仁和陈琪新，还有跟在后面的刘宁等人，无不惊出了一身冷汗。

1997 年 11 月 8 日早晨，薄雾笼罩三峡三斗坪一带的江面，这里的黎明静悄悄。

长江在等待，中国在等待，全世界在等待，等待三峡建设史上那个高光的时刻。

人们看到，数百辆（台）披着朝霞、威风凛凛的大型施工设备——挖掘机与电铲、大型自卸汽车、大功率推土机等，正整齐地排列于指定位置，随时准备雄赳赳、气昂昂地投入战斗。

上午 9 时，现场指挥部发射的 3 颗信号弹腾空而起。刹那间，但见装满石碴、石块及混凝土四面体的大型自卸汽车犹如一头头威武的雄狮鱼贯而入，“隆隆”地冲向激流奔涌的龙口。载石碴的一般直接卸料抛填，载石块和混凝土四面体的多卸料于堤头，由大功率推土机接力，挥动巨大铲刀将积料赶入龙口。抛投下去大块物料的击水声，激流夺门的咆哮声，各种机械的轰鸣声，还有挥动小旗指挥者的叫喊声，协同演奏着激越的合龙进行曲。

而纵向围堰之右的明渠，则以宽阔的胸膛为滚滚江流开辟了新的通道……

龙口越来越窄了。

30 米、20 米、10 米、5 米……

动人心魄的时刻终于来到了。

8 日 15 时 30 分，上游戗堤截流龙口合龙！测定截流最大水深 60 米，龙口最大流速 4.22 米每秒，最大落差 0.66 米，截流流量 8480 ~ 11600 立方米每秒。

尾随进占的下游戗堤，也于当日 18 时 30 分合龙。

上下龙口共抛投巨石和砂土约 6.5 万立方米。

两道长堤力锁大江。

霎时，祝捷的欢呼声、鞭炮声连成一片……

在三峡截流过程中，作为设计总成单位领衔主演的郑守仁在做什么呢？

在这特殊的历史性时刻，郑守仁没有坐在主席台上观“风景”（以郑守仁的身份和名望，他能够在主席台上就座，但他婉拒了），而是戴着白色安全帽和几位同事冲在截流的最前沿。虽然在截流之前做了大量的试验，

◀三峡工程大江截流龙口

做了充分的准备，但那毕竟不是真刀真枪的实战，特别是戗堤进占，如果出现堤头坍塌等问题，必须随时应急处置。

当大江截流胜利的欢呼声、祝捷的鞭炮声响成一片的时候，郑守仁的脑子里好像出现了短暂的空白，谁都看不出他内心激荡的波涛。他一语不发，任凭脸上热泪婆娑……

9

大江截流成功后，建设者们来不及“中场休息”，便迅速重整行装，操起戈矛，奔赴新的战场。这一次，等待郑守仁和他的团队的，是二期围堰的修筑任务。

大江截流之后，二期围堰施工必须马上跟进。从某种程度上说，它是大江截流战果的扩展，即在截流戗堤的基础上迅速加高培厚堰体，形成施工基坑，以修筑泄洪坝段和左岸电站厂房。

二期围堰的修筑，难迈的“坎”有以下几道。

第一，工程量巨大。二期上、下游围堰轴线长达 2515.5 米，堰体填筑方量共达 1032 万立方米，同时还要在堰体中填筑面积达 13.53 万平方米的防渗墙（其中混凝土防渗墙面积达 8.12 万平方米），上述指标规模超过国内外已建围堰。

第二，围堰施工水深大。葛洲坝水库抬高了三峡坝址的水位，致使上、下游围堰施工水深最大达 60 米，围堰挡水水头最大达 82 米；且堰体 80% 填料要在水下抛填，无法采用机械碾压。

第三，围堰基础稳定问题突出。上、下游围堰堰基普遍分布有粉细砂层。前面已经提及，这种粉细砂层十分刁蛮，很难对付，特别是由于其强度低，在遇到烈度大于 6 度的地震时可能液化，容易产生流土型渗透破坏。

第四，围堰质量要求高。按二期主体工程施工安排，要完成左岸大坝浇筑、电站厂房建设和机组安装工作，需要 4 年多（1998 年 1 月至 2002 年 5 月），这就意味着围堰要挡水运行 4 年多，堰体必须十分坚固。用工程术语来说，二期上游横向围堰为Ⅱ级临时挡水建筑，设计洪水标准为 100 年一遇（洪峰流量 83700 立方米每秒），相应上游水位 85.0 米；二期下游横向土石围堰为Ⅲ级临时挡水建筑物，设计洪水标准为 50 年一遇（洪峰流量 79000 立方米每秒），相应上游水位 78.3 米。

第五，时间紧迫。必须赶在 1998 年汛期来临前完成施工，工期仅有半年的时间。

又是一场不折不扣的“硬仗”！

其实，二期围堰就是筑起上、下游两座土石坝（形式为砂石堰壳）。最难啃的骨头是围堰防渗墙体的施工——在土石围堰中，如果没有“强有力”的防渗墙体这个“主心骨”，围堰的漏水问题就不能解决，稳固安全更无从谈起。

郑守仁告诉笔者，在初步设计阶段，三峡二期上、下游围堰都是按 80 多米高混凝土防渗墙进行研究和设计的。在技术设计阶段，我们分析认为，二期围堰深槽段长达 200 多米，按 80 多米高墙进行施工难度大。经过反复试验研究，决定把深槽部位改为两道 70 米高的混凝土低墙，上接土工合成材料防渗，同时确定采用造孔成槽、泥浆固壁、浇筑水下混凝土的方法成墙。这样，就降低了防渗墙的施工难度，加快了施工进度。

降低了防渗墙的施工难度可不等于没有难度，原因在于：深槽双排防渗墙需要穿过堰体水下抛投风化砂、砂砾石，还要穿过堰基覆盖层的淤砂、砂砾和夹杂其间的块球体，再穿过基岩强风化带，最后嵌入微风化岩 0.5 ~ 1.0 米。这就给深槽造孔带来了莫大的困难。尤其是风化残留的块球体，堪称一股凶顽的势力，这些块体直径一般为 1 ~ 3 米，最大 5 ~ 7 米，岩质坚硬，隐伏着集中渗流，是防渗墙造孔的大敌。而深槽左侧存在倾角 80 度的陡岩，岩面光滑，岩性坚硬，成槽嵌岩更是难上加难。另外，堰基弱化岩体上部存在张开的卸荷及风化裂隙，形成集中透水层，须进行防渗处理。

郑守仁多次主持召开现场技术问题讨论会，研究破解之策，并要求设计人员深入施工一线，与施工单位的工程师和工人师傅们群策群力。经过各方共同努力，先后攻克了陡岩成槽、透水层防渗处理等关隘。

中标承建上游围堰防渗墙施工的中国水电基础局有限公司，是水电工程基础施工的“龙头老大”，他们在郑守仁设计团队的鼎力帮助下，表现出敢打硬仗善打硬仗的勇气和能力。从 1997 年 11 月开始开槽造孔，12 月开始浇筑混凝土，至 1998 年 5 月第一道墙（上游墙）全线封闭，6 月 22 日完成墙下帷幕灌浆，1998 年 8 月第二道墙全线封闭，8 月 27 日完成墙下帷幕灌浆及两墙间的横隔墙。

二期围堰如期完成，大江基坑于 1998 年汛前被抽干，露出峥嵘奇特的地貌。

二期围堰刚刚建成，便遭遇了 1998 年长江特大洪水的冲击、检验。围堰非常争气，不仅挡住了 1998 年长江惊涛骇浪的反复冲击，而且在长江上坚强挺立 4 个汛期，几乎滴水不漏。

好评如潮。

三峡总公司总经理陆佑楣多次称赞二期围堰“滴水不漏”，是世界上同类工程中的“标杆”和“经典”。

两院院士潘家铮等权威人士也对围堰防渗墙工程给予高度评价。潘家铮兴奋地说：“二期围堰建设的经验和成果，不仅实践价值很高，为同类防渗墙型土坝的设计提供了重要借鉴，而且所获得的多项创新成果进一步丰富了土工研究的方法和理论，总体上达到国际领先水平。”

六　勇闯大坝地质缺陷处理关

大江截流成功和二期围堰修筑告竣后，接下来便是修筑三峡大坝的重头戏。

众所周知，三峡三斗坪坝址的地质条件得天独厚，甚至被外国人视为“上帝对中国的恩赐”。三峡坝基地质条件总体上佳，但不等于局部没有瑕疵。事实上，仍有少数坝段的基础属于全风化带（以疏松的碎屑状岩石为主，多呈砂砾状）或强风化带（由疏松、半疏松状岩石夹坚硬、半坚硬岩石组成）。另外，岩体卸荷和爆破也导致一些裂隙的产生。

郑守仁清楚，这些由断层、裂隙、破碎岩脉等不良岩体构成的地质缺陷，如果不进行妥善处理，将会殃及大坝的整体稳定和安全。万丈大坝平地起，基础稳固最重要。要使这道横跨长江的混凝土巨龙坚如磐石，必须首先拿下“基础地质缺陷”这道关口。

1

早在三峡大江截流之前，郑守仁就已着手考虑如何处理三峡大坝“基础缺陷”这个“老大难”了。

三峡一期工程基坑纵向围堰坝基开挖至设计建基岩面高程时，发现坝基花岗岩体中存在风化槽及风化囊，而地质勘探钻孔很难查清其位置。这引起了郑守仁的警觉，他明确提出：必须进行二次开挖，挖除风化槽和风化囊，使坝基建在微风化及新鲜岩体上。此举虽然大大降低了建基岩面，增加了工程量和投资，但确保了坝基稳固，非常必要。不过，二次开挖毕竟影响了施工进度。鉴于此，为了避免二期基坑坝基开挖再出现类似的问题，郑守仁要求地质队在大江截流前的枯水期增加河槽部位勘探钻孔，进一步查明坝基岩体中的风化槽及风化囊分布情况。根据勘探结果，果断地将河床深槽部位坝段建基岩面的高程由 10.0 米降至 2.0 ~ 4.0 米。

不过，郑守仁并非一味地机械保守。他强调，凡事都要实事求是，不能一刀切，该降低建基岩面的一定不能含糊，要舍得付出代价；该提高建基岩面也不要保守，以达到既安全又经济的目的。在一次现场讨论会上，郑守仁提出：“大坝两岸滩地及岸坡部位的坝段建基岩体属弱风化带下部，地质条件良好，能否提高建基岩面，以减少岩石开挖，节省施工材料？请勘测代表处尽快对地质情况进行综合分析，拿出具体意见，再提交会议讨论。”

几周后，勘测代表处把有关情况和适当提高建基岩面的建议摆在了郑守仁的案头：

弱风化下部岩石以坚硬岩石为主，夹带少量半坚硬、半疏松岩石，约有20%裂隙含疏松、半疏松风化碎屑，但厚度一般小于1厘米，少数厚1～4厘米，RQD值一般为70%～90%，透水性弱……弱风化下部岩体风化较弱，岩体完整，变形较均一，各项物理力学指标与微风化岩体相近，其力学强度、变形特征、稳定可靠性能均能满足大坝建基岩体质量要求。据此建议：可以适当提高建基岩面……

经过现场技术问题讨论会研究和专家咨询，郑守仁拍板并报请三峡总公司批准：大坝两岸滩地及岸坡部位的建基岩面提高2.00～3.00米。

后来有人算账，这项优化设计所产生的生产力十分显著：减少岩石开挖50.40万立方米，节省混凝土43.20万立方米。

2

如何做好坝基岩面高差控制及其处理，是郑守仁团队面临的又一重要问题。

三峡大坝坝顶轴线长2309.50米，分为113个坝段。最高建基岩面高程，左岸为169.00米，右岸为172.00米，坝基开挖轮廓面积约28.5万平方米。

在一次专题会议上，郑守仁语重心长地强调：“对于三峡这样规模巨大、影响深远的工程，设计对建基岩面的质量必须有既严格又明确的要求。要根据各段坝基的具体情况，相应确定各坝段建基岩面开挖高程、水平尺寸和开口线，并据此进行建基岩面开挖的设计。”

根据三峡坝基的实际，结合有关规范标准，设代局向施工单位提出了建基岩面开挖轮廓控制、高差控制及处理措施的标准和质量控制要求。

轮廓控制主要有：

第一，建基岩面要开挖成略倾向上游的斜面、台阶面或平面，不能开挖成倾向下游的斜面，不得有反坡。

第二，对建基面存在的松动岩块、孤立岩块和爆破炸裂的岩块应予清除，尖锐棱角突出的岩石，应削成钝角或平滑形状。

第三，凡缓倾平直光滑的构造面或附有方解石、钙膜、水锈、黏土及其他软弱物的岩面，均应清除凿毛，并不得有反坡。

高差控制及处理措施主要有：

第一，对高差过大的坝基，应开挖成台阶以满足坝体应力方面的要求，确保坝块在施工期和运用期保持稳定。同时要尽量避免优良岩体的挖除。

第二，尽可能调整大坝分缝分块，使台阶位置和高差与坝段的分缝分块一一对应，减少应力集中。

第三，难以调整坝块分缝的部位，要对低台阶一侧先进行填塘混凝土浇筑，然后布设陡坡钢筋以强化混凝土与岩体的接触，改善坝基应力状态。

第四，若岩石凸起或台阶边缘造成坝体应力集中无法避免，则尽可能削平尖锐部位的岩体，并在对应坝体部位一定范围内配置受力限裂钢筋，强化结构。

没有规矩，不成方圆。有了规矩，必须严格按规矩办事。人是趋利避害的动物，对规矩执行有“挑食”的毛病，三峡工程的某些施工单位在利益的驱动下，有时竟把有关质量的规矩抛在了脑后。对此，郑守仁不但本人寸步不让、寸土必争，而且要求设计人员必须守土有责、守土负责、守土尽责，敢于当包公唱黑脸，牢牢把住基础质量控制这道关口。

这方面的“斗争故事”，留待后面再讲。

3

曾国藩有言：“天下事无所为而成者极少，有所贪有所利而成者居其半，有所激有所逼者居其半。”

三峡建设重岩叠嶂，但为了国家和民族的利益，郑守仁和他的团队只能奋勇向前，不断翻山越岭，逆风而行。这不，在大坝建基岩面地质缺陷的处理上，为了争时间抢速度和节约投资，最终逼出了无混凝土盖重固结灌浆施工新工艺的发明。

以往，我们在建水利工程的时候，对诸如断层、裂隙等不良坝基缺陷，都要采用传统的固结灌浆（亦称“有盖重固结灌浆”）之法，即在大坝基础上浇筑 3 ~ 5 米厚的混凝土层，再采用分序加密、自上而下分段钻灌，以充填坝基表层岩体中的裂隙，降低其透水性，提高岩体的整体性、稳定性。

有盖重固结灌浆方法的优点是：有足够的灌浆压力，能够保证浆水渗透到裂隙、断层的每个角落，同时可有效防止基岩面冒浆。但其缺点也突出：第一，盖重混凝土位于大坝基础强约束部位，固结灌浆施工期间，如遇气温骤然下降的情况，盖重混凝土易产生表面裂缝；由于坝基岩体对混凝土的约束，表面混凝土受约束作用，易发展为贯穿性裂缝，损害大坝躯体的整体性。第二，有盖重灌浆增加混凝土钻孔量，易损坏混凝土内的冷却水管及监测预埋设施等。第三，与混凝土大坝浇筑存在矛盾，在大坝基础上浇筑 3 ~ 5 米厚的混凝土，工程量大，势必要拉长大坝混凝土浇筑等待的时间。这种难以调和的矛盾，在葛洲坝工程和隔河岩工程建设中都有上演，令人头疼不已。

三峡大坝混凝土浇筑量比葛洲坝、隔河岩的工程量大得多。全长 2300 多米长的混凝土重力坝，基础部分需要固结灌浆量巨大（36.5 万米），但施工时间又不允许老牛拉车，慢慢腾腾。比如左岸厂房坝段的基础固结灌浆就达 5.67 万米，而给的工期是 1997 年 11 月至 1998 年 3 月，要在短短 5 个月完成，施工强度之高令人咂舌攒眉。与此同时，如果采用有盖重固结灌浆，大仓面混凝土浇筑与有盖固结灌浆争时间的矛盾冲突不可避免。

如之奈何？郑守仁的眉头又拧成了一个大疙瘩。几经盘算，他想到了无混凝土盖重固结灌浆技术。

所谓无混凝土盖重，并非没有一点混凝土，而是只在基岩面上浇筑一层薄薄的、一般为 0.2 ~ 0.5 米厚的混凝土，以找平岩面、封闭裂隙，同时防止灌浆过程中浆液串、冒和弃浆对建基面的污染以及清理的困难，所以这种工艺又称“找平混凝土封闭式固结灌浆”。

无盖重固结灌浆施工方式最大的优点就是简易和省工。但缺点也有，主要是施工中容易出现串、漏冒浆现象。遗憾的是，这种施工方法虽然优点多多，早已被业界所承认，但由于思维惯性使然，在国内水利水电施工中采用者寥寥，成功的例子亦不多见。

于是，郑守仁主动登门拜访中国长江三峡开发总公司（简称“三峡总公司”）的总经理陆佑楣，碰巧主管技术的副总经理王家柱（兼任长江委副主任）也在陆佑楣的办公室，二人正在商议进入二期工程后如何保证工程进度的问题。二期围堰完成后便真正进入大规模主体工程施工阶段，主要进行泄洪坝段和左岸电站厂房施工，这是三峡工程中的“硬骨头”，工程量大，施工强度高，技术问题复杂。

说起这三峡总公司，也是改革的产物。以往我们建设水利水电工程，一般都设工程建设指挥部（管理局），没有项目法人——业主。

为了组织好三峡工程建设，1993 年 1 月，中共中央下发文件，决定成立“三峡工程建设委员会”——这是三峡工程建设的最高决策机构。这个委员会规格很高，主任由历届国务院总理兼任，副主任由国务院副总理及相关负责人兼任，成员则由国务院有关部委和重庆市、湖北省负责人组成。下设机构有：国务院三峡建设委员会办公室，承担建设委员会的日常工作；国务院三峡库区移民局，负责三峡库区移民政策、规划、计划的制定和监督实施；中国长江三峡工程开发总公司，作为建设和经营三峡工程的业主单位（还是一个自负盈亏、自主经营的经济实体）——这就意味着，公司作为三峡工程的项目法人，从工程的立项到资金的筹集、设计、建设直至生产经营、归还贷款本息以及确保国有资产保值增值，都要全过程负责。

1993 年 9 月 27 日，三峡总公司在湖北宜昌挂牌成立，首任总经理陆佑楣，副总经理李永安、袁国林、贺恭、秦中一、王家柱。

之后，三峡总公司承担起业主的职责，在组织工程建设时采用了国际通行的办法，实行招标承包制，通过公开招标，引入竞争机制，选择优秀的施工企业承包工程；实行工程监理制，对工程施工质量、进度、成本进行控制；实行合同制管理，以合同为依据严格履约，力求工程建设取得最好的质量和最佳的效益。

在三峡工程建设的日子里，作为工程设计单位长江委的派驻机构，长江三峡工程设代局，自然要经常与三峡总公司打交道。令人欣慰的是，以郑守仁为局长兼总工程师的设代局和以陆佑楣（后继者为李永安）为总经理的三峡总公司，双方围绕着建设好三峡这一共同的神圣目标，既各司其职、各负其责，又密切协作、互相配合，演奏出既铿锵又和谐的二重唱。

当着陆佑楣、王家柱的面，郑守仁将自己的想法和盘托出，最后加重语气说道："如果在基础处理中采用无盖重固结灌浆的方式，必须进行生产性试验，确定其可行性并取得工艺上的经验之后，方可推广。"

郑守仁的想法得到了积极的响应，陆、王二人会心一笑，开口谈了意见。

"郑总啊，我最近也在为这个事情着急上火呢。有盖重固结灌浆的技术固然传统、保险，但所耗工期太长，而且容易造成混凝土浇筑与固结灌浆的矛盾。特别是如果因此影响了三峡大坝的建设工期，那问题就严重了。如果你说的无盖重固结灌浆的技术可行，那就太好了。"王家柱当过长江委的总工程师，在技术方面是个"大拿"。他说这番话时，眼睛放光，充满期许。

"既然英雄所见略同，就请郑总和设代局会同施工单位，先做试验，如果效果好，取得工艺性经验之后再加以推广。"陆佑楣侃侃而谈，最后用坚定的口气说，"抓紧实施，经费问题由三峡总公司解决。"

这是郑守仁想要的结果，进门时绷紧的严肃表情被轻松的微笑取代。

很快，在郑守仁的组织下，设计和施工方联手，在一期基坑内摆开了两处试验场，一处按传统方式进行有盖重固结灌浆（为试验 A 区），一处按创新思路进行无盖重固结灌浆（为试验 B 区）。

试验 A 区尺寸为 10.5 米 ×24 米，基岩以块状结构为主，有小断层 7 条。断层交会处岩体质量较差，局部较破碎，且建基岩面局部爆破裂隙张开度达 1 ~ 3 毫米，小断层张开度达 1 厘米。找平混凝土厚度 0.3 ~ 0.5 米，凹坑处达 1.0 米，完整岩石的凸包处没混凝土，允许岩石外露。找平混凝土设计标号为 90 天龄期 200 号，三级配，混凝土施工质量良好。

试验 B 区尺寸为 12 米 ×19 米，位于 F7 断层构造岩上，断层倾角陡，构造岩胶结较好，质坚硬，因受后期构造运动的影响，裂隙较发育，属于断层破碎带。找平混凝土厚度 0 ~ 1.0 米。混凝土标号与 A 区同。

无盖重固结灌浆采用自上而下分段钻灌、阻塞器阻塞、孔内循环的灌浆方法施工。在灌浆过程中，有时发生了串、冒、漏浆现象，但采取浓浆封堵、降压、间歇、待凝等措施后，均达到了技术要求值。

试验过程中，郑守仁经常来现场，观摩、检查、研究……

“郑总，采用填塘式找平混凝土方案，找平混凝土厚度以 30 ~ 40 厘米为宜，但混凝土厚度有限，建基面凸起的石头咋办？”

“可以不管它，等灌浆完了再将它和发生抬动的混凝土一并凿除。”

“郑总，灌浆中出现了串、漏、冒浆现象，如何处理？”

“试试通仓浇筑法（指浇筑大坝混凝土时，坝段内不设纵缝，只按水平分层进行整坝段混凝土浇筑的方法）。”

……

经过不断调整和优化，试验得出的结果令郑守仁信心大增：尽管 A、B 两区处于不同的地质条件，岩石透水性、吸浆量差别大，但通过找平混凝土（无盖重）固结灌浆后，岩体的强度和整体性都有了较大的改善，单位透水率、纵波速度、弹性模量都能达到设计要求值。

三峡总公司组织专家对找平混凝土无盖重固结灌浆试验成果进行了验收，得出的鉴定结论令人振奋：此无盖重固结灌浆技术不仅便于施工，有利于缩短工期，降低工程造价，也有利于保证主体工程的施工进度和质

在三峡工地现场

量，在岩石坚硬、裂隙发育而无规模较大地质缺陷的条件下，可以推广应用。

“经过大家努力，总算找到了一个较好的固结灌浆施工方法。有了试验的结论，我们的心里就有底了，可以放手用于生产实践了。”郑守仁兴奋地对笔者说，“从总体而言，三峡大坝地质条件优良，尽管局部有一些地质缺陷，但只要进行妥善处理，大部分坝基处理是可以采用无盖重固结灌浆的。后来，在三期基坑内修筑的大坝右岸电站厂房坝段及右岸非溢流坝段，均采用无盖重固结灌浆施工方法，这就为大坝基础约束区混凝土连续浇筑创造了条件，同时也降低了混凝土产生裂缝的风险。”

七 叫板大坝混凝土裂缝

1

在世界水利水电工程建设史上，混凝土年浇筑量的世界纪录，是巴西伊泰普水电站创造的年浇筑 320 万立方米。但这个世界纪录，1999 年被中国三峡建设者一举打破了。

三峡大坝是混凝土重力坝，大坝及船闸、电站厂房等主体工程混凝土浇筑总量大约为 2800 万立方米，是世界上混凝土浇筑量最大的水电工程。

1999年到2001年的三年中，是三峡大坝修筑大干快上的阶段，连续三年打破世界纪录——1999年是特殊年份，诸多进口设备（当时进口先进设备30台座，即6台塔带机、4台胎带机、8台高架门机、1台塔机、2台缆机、2台履带机、7座拌合楼）晚进场或不配套、不适应，三峡建设者因地制宜，土洋结合，创造了年浇筑量458万立方米的崭新世界纪录；2000年，浇筑强度达到540万立方米，月最高浇筑强度达到55.35万立方米，日最高强度达到2.2万立方米；2001年，依旧突破400万立方米。大坝混凝土浇筑施工从此有了“中国强度”。用两院院士潘家铮的话说，“这是史诗般的成就”。

建设者们还没来得及在“史诗般的成就”中陶醉，麻烦——而且是潜伏已久的大麻烦，忽然吹着“集结号”杀奔而来。

2000年10月，首次发现泄洪16号坝段上游底孔之间出现裂缝，至12月中旬共发现5个坝段出现7条裂缝；2001年11月以后，相继发现有新裂缝产生，原有的裂缝有所发展，至2002年2月，共发现裂缝40条，其中由23个坝段组成的泄洪坝每段均出现1～2条裂缝（个别坝段有3条裂缝）。这些裂缝的位置大多在高程45～77米，最高的裂缝上至深孔“牛腿”根部，最低的裂缝延伸至基岩部位。泄洪16号坝段裂缝最长35米，宽一般为0.1～0.3毫米，深度一般小于2米。

自混凝土这种创新型建筑材料发明以来，混凝土建筑物出现裂缝便成了司空见惯、习以为常的事。混凝土浇筑后，在硬化期间要释放出大量水化热，坝块内部温度升高，然后逐渐降低。就在温度由高而低的这一过程中，混凝土会因体积的变化而有可能发生裂化现象。因此，在全球水利水电界，素有“无坝不裂”的说法。

混凝土自十九世纪二十年代问世，最初用于道路和房屋建筑，二十世纪初开始用于水利工程建设，是近现代广泛采用、独领风骚的建筑材料。混凝土大坝的浇筑工艺，是在二十世纪三十年代末美国胡佛水坝施工之法的基础上发展起来的，其主要特点是分缝、分块、分层浇筑。之所以采取“三分法”，主要是为了防止混凝土坝因温度变化热胀冷缩而发生裂缝，同时受制于浇筑能力的限制。

在三峡工地现场

三峡工程如此大规模、高强度的混凝土浇筑，要想做到一条裂缝都没有，可说是“难于上青天”。

1997年12月11日，在三峡工程胜利截流后，三峡建设者在大坝左岸电站厂房坝段浇下第一仓混凝土。从那一天起，建设者们就跟混凝土裂缝展开了一场旷日持久的较量，采取了不少软、硬措施。比如，采用水化热低的水泥，对混凝土骨料采取二次风冷，严格控制混凝土拌和系统出机口温度，混凝土运输中加盖遮阳篷，浇筑过程中仓面喷水降温和混凝土浇筑层内通制冷水，加强混凝土表面的流水养护，坝体内埋设水管通水冷却，等等。

饶是如此精心，疏忽之处和薄弱环节依然难免。更让人想不到的是，藏匿其中的隐患竟然集结起来，酿出了一场质量风暴。

进入2001年11月下旬后，坏消息蜂拥而至：三峡左岸泄流坝段上游迎水面高程90米以下接连发现大面积裂缝。

就像当头挨了几闷棍，一干人都懵了。

三峡工地的气氛骤变，紧张不安的气氛开始蔓延。

面对大坝裂缝，如临大敌的除了以郑守仁为首的长江委三峡工程设代局，还有以陆佑楣为首的三峡总公司。

作为设计方的总负责人，郑守仁忧心忡忡，坐卧不宁；作为业主方的总负责人，陆佑楣同样愁肠百结，寝食难安。

陆佑楣是何许人也？

陆佑楣同郑守仁一样，也是位院士级的水利水电专家，他的简历中这样介绍：

> 陆佑楣，男，1934 年生，江苏太仓人，教授级高级工程师，中国工程院院士（2003 年当选）。1956 年毕业于华东水利学院（现河海大学）河川结构与水力发电专业。长期从事水利水电工程建设的技术和管理工作，先后参与、组织了黄河刘家峡水电站、汉江石泉和安康水电站、黄河龙羊峡水电站、长江三峡水利枢纽等工程的建设。曾任水电部副部长、能源部副部长、国务院三峡工程建设委员会副主任委员、中国三峡工程开发公司总经理、中国大坝委员会主席等职。

简历透露出的信息表明，陆佑楣是我国著名的水电专家，与郑守仁是华东水利学院（现河海大学）的校友，且所学专业一样。不一样的是，他比郑守仁年长 6 岁，早毕业 7 年。

出了问题，不论是业主、设计、施工、监理，都有责任，都有压力，而且如负大山，感到喘不过气来。

郑守仁与陆佑楣，郑守仁团队与陆佑楣团队，还有施工方、监理方以及来自全国各地的专家们，多次就大坝裂缝处理问题进行研讨、磋商。

现代化的检测手段用上了——用监测仪器定期观测裂缝的张开度随时间和气温的变化规律，用读数显微镜测量裂缝的宽度，用激光测距仪测量裂缝的长度、裂缝端点坐标及裂缝延伸轨迹，用超声波法和钻斜孔压水法检查裂缝的深度。

潘家铮、文伏波等院士级的专家来了，他们用一双双充满经验和智慧的眸子，现场进行“望闻问切”，并借助于现代仪器的检测数据，作出了“病情”的诊断：裂缝位于坝体表层，为表面向浅层发展的温度裂缝，属于混凝土大坝的常见病、多发病。

一般情况下，大体积混凝土浇筑，在各种控制特别是温控到位的情况下，平均每 1 万立方米会产生 0.5 ～ 1 条裂缝。二期工程左岸大坝浇筑了 800 多万立方米的混凝土，有 73 条裂缝，而且都是浅表性裂缝，属于正常范围，也不会对大坝运行安全构成实质性的危害。但是，如果不进行处理，水库蓄水后高压水渗入对裂缝形成劈裂作用，裂缝尖端将存在应力集中，可能使裂缝进一步扩展为危害性裂缝。

至于左岸泄洪坝段出现裂缝的“病因”，专家给出的诊断意见是：泄洪坝段建筑物孔洞多、结构尺寸大、混凝土面长期暴露在外，受年气温变化的影响，特别是气温骤降时，混凝土内部温度高、表面温度低，产生温度应力，造成裂缝的产生。另一个不可忽视的因素是，左岸泄洪坝段混凝土浇筑成型后，许多部位要等上两三年后方能挡水运行，而对长期“晒太阳”的暴露面并未采取相应的保温措施，致使裂缝扎堆出现。

2

正当业主、设计、施工、专家等各方全力以赴对左岸泄洪大坝裂缝进行诊治的时候，“三峡大坝出现大裂缝”的消息不胫而走，一时间舆论哗然，各种媒体对此事进行了穷追猛打、狂轰滥炸。有媒体危言耸听地说，三峡大坝出现了数百条裂缝，有的裂缝手掌都能伸进去。有的网友甚至把正在修复裂缝时切出的表面沟槽当成裂缝，拍照发布，说裂缝的宽度足以容一个人侧身钻进去……

中南海被惊动了。

江泽民、李鹏、朱镕基、胡锦涛、吴邦国等党和国家领导人相继过问大坝裂缝的情况。江泽民作出批示：“现在只有一个目标，就是出了问题以后，大家要齐心协力解决问题。”

2002 年 2 月 26 日（农历正月十五）上午，朱镕基总理专门把陆佑楣和郑守仁召到他的办公室，询问大坝裂缝情况及处置意见。听完陆佑楣、郑守仁的汇报后，朱镕基说：三峡工程是全国人民都在关注的工程，出任何一点问题都是大事。你们说大坝裂缝对三峡水库运行不会造成大的影响，我还不放心。小的裂缝虽然不会影响大坝安全，但给人们心理留下的阴影却拂之不去。必须采取强有力的措施把裂缝处理好，确保万无一失。虽然混凝土温控、防裂是个世界性难题，但你们能不能通过科研攻关，改进材料和工艺，让三峡大坝裂缝尽可能减少，甚至消灭裂缝？

陆佑楣、郑守仁未敢拍胸脯说大话，只是郑重承诺：我们尽最大努力！

当日下午，郑守仁又参加了在中南海国务院会议室召开的“三峡大坝泄洪坝段上游面裂缝处理专家讨论会”。

会议由国务院三峡建设委员会副主任郭树言主持，国务院总理兼三峡建委主任朱镕基、副总理兼三峡建委副主任吴邦国、全国政协副主席钱正英出席，参加会议的有张光斗、潘家铮、朱伯芳、曹楚生、梁应辰等15位专家。会场气氛凝重，甚至有些压抑，每个与会者的脸上都写满了紧张和严肃。

会上，三峡总公司副总经理王家柱、长江委总工程师兼三峡设代局局长郑守仁先后就三峡泄洪坝段上游混凝土裂缝状况、成因及发展趋势、处理方案及措施等情况作了汇报。潘家铮、张光斗等专家先后发言，谈了自己的意见和看法。钱正英、吴邦国也讲了意见。

在听取专家意见后，朱镕基发表讲话，他说：三峡工程是千年大计，国运所系，一定要把质量放在首位，确保万无一失；进度必须服从质量，确保不留隐患。他强调，对三峡左岸泄洪坝段上游面裂缝处理，要“抓紧抓紧再抓紧、严肃严肃再严肃、周密周密再周密”，防止“百密一疏”。

据郑守仁回忆，朱镕基总理就三峡大坝裂缝处理问题发表讲话时，神情凝重，语气严厉，尤其是“千年大计，国运所系”和“抓紧抓紧再抓紧、严肃严肃再严肃、周密周密再周密”等话给他留下深刻印象，更让他感到身上的责任比泰山还重。

之后的一段日子，郑守仁为解决大坝裂缝问题操碎了心，现场勘查仔细问诊，主持会议研究对策，协调各方联合攻关，组织试验检验效果，集思广益出台方案……

为了达到裂缝处理的优良效果，郑守仁建议，请三峡总公司协调施工方，引进新材料、新技术、新工艺，且所有材料在使用前都要进行严格的性能检测和现场工艺试验。

于是，上游基坑内原有的混凝土墩台有了新的用武之地——成了进行施工工艺试验的试验场。

按照工艺和材料类别，进行 SR — 2 塑性止水材料嵌缝工艺、SR 防渗盖片粘贴工艺、粘贴氯丁橡胶片、锚固剂、喷聚丙烯纤维混凝土、水泥基渗透结晶型防水材料 KTI 涂刷等 20 多个项目的试验，获得了大量有效施工参数和施工经验。

经过反复研究、试验和不断优化，最终确定：裂缝处理以防渗为主要目标，兼顾坝体整体面貌恢复，具体措施包括缝内灌浆、缝口封闭、表面防护等。

大坝裂缝的处理自 2001 年 11 月开始施工准备，至 2002 年 4 月 15 日全部完成。整个修复过程组织之周密，措施之严格，在世界筑坝史上是空前的。

经过一段时间的挡水运行后，业主、设计、施工、监理四方又联合进行了一次检查验收，结果令人欣喜：不但裂缝没有发展，而且这些被处理过的裂缝不会对工程带来任何隐患。

5 月 1 日，上游围堰拆除进水，大坝挺身挡水，运行正常，后续监测未见异常。

郑守仁憔悴的脸上露出了久违的微笑，盘踞心头已久的那团愁云终于一扫而空。

这天早晨，郑守仁迈着轻盈的步子走在上班的路上，忽然感到暖风拂面，路边花红柳绿，四周都是鸟儿欢悦的歌唱，不禁在心中感叹：春天是什么时候到的？！天怎么这么热了？噢，春天快要过去喽，夏天就要来了。

3

三峡大坝裂缝给郑守仁和其他建设者们上了震撼的一课。

面对社会上对三峡大坝左侧泄洪坝段裂缝问题的质疑和指责，郑守仁没有回避，而是主动与业主、施工单位携手，以积极审慎的态度进行处置。当大坝裂缝处理取得理想的效果后，郑守仁举一反三，又开始思考这样一个问题：三峡工程是“千年大计，国运所系”，必须坚持高质量、高标准建设。我们能否改变国际上“无坝不裂”的惯例，通过制订一套完整、严格的质量保证体系，进一步提高施工材料标准，优化施工工艺，使以后的三峡工程建设质量达到较高的水平，最大限度减少混凝土裂缝，甚至浇出“无缝大坝”呢？

2003 年 7 月下旬，三峡总公司主持召开三峡三期工程混凝土防裂研讨会。会上，著名拱坝专家、中国工程院院士朱伯芳的一番发言让郑守仁醍醐灌顶，眼前一片柳暗花明。“朱伯芳先生关于混凝土大坝可以无裂缝的发言，对我启发很大，真是听君一席话胜读十年书啊。”多年后，郑守仁对朱伯芳的发言依然记忆犹新。

朱伯芳说了些什么呢？

朱伯芳说：“长期以来，混凝土大坝‘无坝不裂’一直是困扰坝工建设的‘老大难’问题，症结在哪里呢？我认为是在建设过程中，只重视早期表面的养护，而忽视了后期表面的保护。比如，三峡大坝左侧泄洪坝段，混凝土浇成型后二三年方能挡水运用，对长期暴露面没有采取保温措施，这是导致该坝段大面积出现裂缝的主因。前些年，我的团队经过长期的研究和实践，出了‘全面温控、长期保温、有效防裂’的新思路，经在国内几座混凝土拱坝和重力坝上运用，取得了显著的防裂效果。”

朱伯芳指出：“如果在全面控制温度的基础上，加上长期表面保护，就可能最大限度地防止混凝土坝的裂缝，而且费用不高。我的结论是，建设‘无裂缝坝’可能是可行的！”

朱伯芳还就三峡工程如何做到“全面温控、长期保温”提出了具体的意见。对于“长期保温”，他给出的“方子”是：大坝上、下游表面可以用 3 ~ 5 毫米厚的聚苯乙烯泡沫板，其保温效果不会让人失望。

郑守仁在发言中说：朱伯芳院士的混凝土温控理论与实践意义重大，对我们的启发很大，非常解渴。泄洪坝段是三峡工程结构最复杂、承压水头最大的部位，由于诸多因素影响，其上游迎水面高程 90 米以下部位产生了浅层裂缝，教训是深刻的。三期工程要在质量上更上一层楼，特别是避免混凝土裂缝的出现，工程施工之前、进行和之后的温控措施都要跟上，必须从材料、工艺、管控等细节入手，设计、施工、监理都要负起责任，才能有望实现“建无裂缝坝”的目标。

在三峡总公司的组织下，郑守仁和他的设计团队与施工、监理方联手出击，打了一场“无裂缝坝”的攻坚战。

这次祭出的是连环招，而且招招都够“硬核”。

第一招：制定并实行一流质量标准。

制定一流质量标准是实现一流工程的起点。由业主单位——三峡总公司主持，在现有国家规范、行业标准的基础上，结合三峡工程设计的部分特殊要求以及三峡工程的施工特点，编制出 150 多个质量检测标准——这些标准对三峡工程的各个环节进行了严格的规定和限制，其中很多标准高于国家标准和行业标准。

第二招：提高建筑材料准入的门槛。

三峡工程建设所需原材料（水泥、钢筋、砂石、粉煤灰等）主要技术指标，均由设计单位——长江委三峡设代局提出并经专家审定后颁布执行。其中，水泥和粉煤灰的技术指标均高于国内外同类工程。如粉煤灰质量要求一级，需水量比小于或等于 0.95，这在国内外水电工程中标准是首例。特别是对至为关键的水泥指标，除强调强度、水化热等常规指标必须达标外，尤其重视碱和氧化镁的含量，要求高于国家标准。原材料不达标的，不管是哪个厂家所产，一律进不了三峡工地。

著名作家李春雷在《钢铁是这样炼成的》这部报告文学中，曾绘声绘色地讲述了邯郸钢铁公司的螺纹钢在进军三峡过程中遭受到三峡工程质检人员的种种“刁难”。兹摘录一段，可见三峡建设者对原材料质量把关之严：

> 1999 年 5 月 28 日，邯钢突然收到三峡总公司的通知：鉴于你厂大直螺纹钢存在微裂纹问题，暂停供货……

（邯钢）副总经理王义芳率专家组连夜赶赴三峡。原来，随着三峡工程需要，各厂供应了一批大直径螺纹钢。螺纹钢表面普遍存在一种隐隐约约、断断续续的竖纹，三峡质检人员称之为“黑线”，判定为微裂纹，定性为质量事故。

王义芳和先期赶到的各厂老总看到这种情况，真是哭笑不得。这是轧钢过程中出现的一种自然形态，与质量毫无关系，国内钢厂都普遍存在类似现象，历史上也从未有人对此提出质疑。

邯钢专家从力学性能、屈服点、拉伸强度和化学成分等方面进行了详细说明，但三峡质检专家不相信，马上打电话咨询冶金部权威专家。北京的回答也十分明确：国际评审对此没有规定。

“黑线”事件到此该结束了吧？

但三峡自有三峡的标准，他们要为国家为民族负责。

要知道，三峡工程的目标是全方位的世界第一。质量重于泰山，一切从最坏处着想！

最后，三峡（总公司）负责人正式通知各大钢厂老总：6 月 21 日的招标会如期进行，如果没有过硬的措施克服“黑线”，请勿投标！如果各厂都达不到要求，三峡宁愿进口钢材！

板上钉钉，没有丝毫通融。

……

第三招：运用新材料、新工艺。

经过比选和试验，确定采用保温性能更佳的聚苯乙烯泡沫板等新型保温材料。同时，在施工方法和工艺上做足文章，比如，在混凝土浇筑完成后，专门有施工人员对混凝土内部通冷却水降温；在低温季节，在混凝土表面加盖聚苯乙烯制作的“保温被”。

第四招：严格控制施工质量。

实行“以单元工程为基础、工序控制为手段”的程序化管理模式。在这一模式下，参建各方共同密切配合，不断完善和优化设计，加强技术交底；严格施工工艺，杜绝粗枝大叶；实行旁站监理、巡视检查和平行检验等方式，层层严格把关。

说起挑战“无坝不裂”这段往事，郑守仁难掩内心的激动，动情地说：“三峡右岸大坝混凝土施工，三峡总公司和参建各单位都拼上了，设计、施工、监理、管理等各单位都使出了浑身解数，从原料生产、采购、混凝土拌和、运输、温控、冷却，到仓面平仓、振捣，到施工后期保湿、养护，再到对大坝进行长期养护，对整个过程进行了严格、全面的管控和质量把关。为了保证混凝土出仓温度不高于 7 摄氏度，夏天时，对混凝土中的石子用风冷却，搅拌混凝土时用‘冰’代‘水’——俗称‘吃冰棍’。到了冬天，则要给新浇筑混凝土‘盖棉被’，以免温度过低影响质量。对于长期‘晒太阳’的大坝上、下游面，则用聚苯乙烯泡沫板进行长期保温。”

郑守仁说的是实话，而且有根有据。

早在三峡工程建设伊始，三峡总公司就建立了一套从原材料到施工现场较为完整的质量保证体系。1999 年以来，又进一步加大质量管理力度，形成了质量控制“4+1”的监督机制，即施工单位自检、监理单位监督控制、业主项目部统筹协调、质量总监督按专业把关，再加上国务院三峡质量检查专业组的定期评价，为保证工程质量设置了道道防线。

施工单位也动了真格的，毫不留情地抡起了维护质量的“狼牙棒”。有记者报道了这样一件真人真事，读后令人唏嘘不已：

曾倩彬，三峡工程混凝土拌和楼的一位项目经理。一次，他的部下误将当班生产的混凝土打成了相近的标号，并浇筑到施工部位。内部质检人员发现这一情况后，向他报告。若隐瞒了之，因标号十分接近，对整体质量无大碍。况且，这一情况外部人员并不知道。若如实纠错，返工量极大，经济损失也大，更要耽误工期，并对企业形象造成不利影响。

是上报还是隐瞒？曾倩彬选择了前者。近 6 立方米业已凝固的混凝土，在流着眼泪的建设者手中被生生地从坝体上凿了下来。他们实在心痛呀！

就这次“事故”，曾倩彬忍痛对相关12位责任人进行了严厉的处罚。被罚者包括随他转战南北的班长、调度员、质检员、工区主任、副经理，而他本人也在处罚之列。直接责任人被下岗解聘，责任班组就地解散，重新进行优化组合。

被解雇的职工离开三峡时，曾倩彬这位热情、开朗的汉子哭了。他对记者说：“不是我无情，实在是因为三峡工程太重要了，她不允许你有半点差错！”

正是这种不允许出现“半点差错”的精神，造就了三峡右岸大坝无裂缝的奇迹！

一系列的实招硬招落地后，带来了令人大喜过望的丰厚回报：从2003年到2006年的4年间，三峡右岸大坝共浇筑500万立方米的巨量混凝土，但坝体没有发现一条裂缝——不仅上游迎水面没有，下游背水面也没有；不仅结构性断裂没有，表面、浅层裂缝也没有；不仅宽的裂缝没有，细的、发丝般的裂缝也没有，没有！

又一个了不起的奇迹在三峡建设中横空出世！

▶2006年5月在三峡大坝封顶新闻发布会上讲话

2006年5月20日，三峡大坝全线到顶庆祝会上，两院院士、国务院三峡工程质量检查专家组组长潘家铮满面春风地对中外记者宣称：“三峡工程是一座优质工程、安全工程、争气工程，她达到了‘千年大计、国运所系’的要求……三峡三期工程中所施工的右岸大坝是一座没有裂缝的大坝。三峡建设者们谱写了坝工史上的新篇章，创造了建筑史上的奇迹！”

一些外国人不太相信中国会创造这样的奇迹，他们带着满腹狐疑和挑剔的眼光来到三峡大坝，经过对右岸大坝详勘细查，不得不被眼前的“无缝”事实所折服。美国垦务局的一位水工专家更是不吝颂扬之词：“这是世界工程史上的杰作！”

八　再战导流明渠截流

1

导流明渠截流，是历史上第三次在长江上截流。一而再、再而三，似乎是司空见惯的寻常事了。

于是，一些不明就里的外行出言云淡风轻：已经有了前两次大江截流的经验，明渠截流自然容易搞定，没什么大不了的。

然而，导流明渠是根据三峡工程二期导流和通航要求开成的，既是泄水通道又是舟行航道，布置在右岸中堡岛右侧的后河处，渠底为平整光滑的强风化岩面；底宽350米，横断面为复合高低渠（右侧渠高58米，左侧渠高45 ~ 50米）；渠内水深15 ~ 25米。

这哪里是一条渠，分明就是一条人造长江！

事实上，明渠截流虽然规模远不及大江截流，却堪称世界上难度最大的截流工程。

就各项水力学指标而言，可用一个“高”字来概括——明渠截流不仅流量大、落差高，而且经人工开挖的江底平整光滑。水工模型试验和水力学计算表明，龙口合龙能量世界第一，而采用传统方式抛投的材料难以在大江中“立足”，施工综合难度不亚于大江截流。

需要提出的是，造成截流流量大、落差高的原因还有截流时间提前这个重要因素。最初设计截流时间为 2002 年 12 月上旬，这时长江水量处于最枯期，是截流的最佳时机。但业主考虑到三期碾压混凝土围堰要赶在 2003 年 6 月主汛期前完成，工期过紧，不得不在截流时间上“挖潜”，于是确定提前 1 个月即在 2002 年 11 月上旬实现截流合龙。如此一来，截流的设计流量为 10300 立方米每秒，水头落差 4.07 米。而截流设计流量与最终落差的乘积为截流水流的总能量，是衡量截流工程综合难度的一项重要指标。据此计算明渠截流的水流总功率达 410 兆瓦，为世界之最。

就施工条件而言，可用一个“艰”字来概括——明渠截流具有施工时间短、合龙工程量大、抛投块体尺寸大、双戗进占配合度要求高、进占抛投受水文条件影响显著、截流前准备工作（垫底加糙等）受通航条件制约等诸多不利因素，可谓困难重重，举步维艰。

如何破解呢？人们不禁为郑守仁和他的团队捏了一把汗。

出乎意料的是，截流前夕，郑守仁胸有成竹地对外宣称：导流明渠的截流合龙已胜券在握！

一向谨慎、低调、谦逊的郑守仁，能说出这样信心爆棚的话，看来，明渠截流合龙的一个个绊脚石已被郑守仁和他的团队搬开了。

2

郑守仁的“高调”是有原因的。

以郑守仁为首的设计团队通过大量的计算分析、科学试验，提出了以上下游双戗堤同时进占分担截流落差、龙口设置拦石坎为主的一系列降低截流难度的措施，为后来导流明渠截流的成功扫清了障碍。

细心的读者会发现，前面两次大江截流都是采用单戗立堵截流，而这次大江明渠截流采用的是双戗立堵截流——上、下游戗堤同时进占（上游戗堤进占以右岸为主、左岸为辅，下游戗堤进占则自右岸单向而行），以分担落差。这当然不是拍脑门的臆想，而是针对明渠截流的特点，经过试验研究和反复计算作出的抉择。

采访手记

采访时，郑总告诉我们，当时决定采用双戗堤立堵截流，主要是因为明渠截流面临的流量大、水头差高。另外，明渠左侧为混凝土纵向围堰，截流戗堤备料集中在明渠右岸场地，只能采取戗堤单向进占抛投，致使合龙时间延长。针对上述综合因素，确定了双戗堤立堵截流方案。上、下游戗堤各为三期土石围堰的组成部分，两堤相距 1.1 千米。经过计算和模型试验研究确定，上下游戗堤同时进占，调节上、下游口门宽度，以达到分担落差的最佳效果。推荐上游戗堤截流时分担近 3/4 落差，下游戗堤截流时分担近 1/4 落差。截流流量 10300 立方米每秒，合龙过程中上、下游龙口最大落差分别为 2.73 米和 1.18 米，轴线最大平均流速分别为 6.69 米每秒和 4.66 米每秒。

双戗立堵截流方案确定了，但截流龙口合龙难的问题犹在。

郑守仁心里明镜似的，导流明渠底部系人工开挖，为平整光滑的强风化岩面，其中部分软弱基础亦用混凝土进行护底处理。这样平滑的基础带来的直接后果就是截流抛投材料在水深流急的情况下很难立足。

果然，杨文俊团队所做的水工模型试验验证了郑守仁的担心：通过分别对流量 10300 立方米每秒和 12200 立方米每秒按分担落差条件作抛投试验，发现龙口合龙进入困难段后，抛投中、大石块，基本会被急流冲走；抛投 20 ~ 30 吨混凝土四面体或块石也大部分流失。

为了跨过明渠截流这道关口，连日来郑守仁又绷紧了思考的神经。这天，他灵光一现，智慧的火焰点燃了黑暗的夜空：当年，葛洲坝大江截流合龙，上游龙口就是采用拦石坎护底措施，起到了提高截流抛投料稳定性的良好效果。三峡明渠截流不妨来个“拿来主义”，截流前在上、下游龙口段分别设置水下“拦石坎”，使“江底加糙”，从而起到拦截阻挡作用。

但拦石坎的结构形式和范围、施工时机、汛期抗冲稳定性及对通航期的影响等一系列的“不确定性”，都有待进一步的试验和研究。

杨文俊又领走了任务。前坪水工试验基地的夜晚又灯火明亮起来。

根据试验和计算结果情况，最终研究确定：在上、下游截流戗堤的龙口段下游侧均设拦石坎。其中，上游的拦石坎采用钢架石笼方式，下游拦石坎采用合金钢网石兜方式（以方便拆除）。

具体设计方案是：上游龙口拦石坎，沿戗堤轴线长 132 米、顺水流向 15 米、坎高 2.5 米，采用 2.5 米 ×2.5 米 ×2.5 米的钢架石笼（重 25 吨），每排 4 个，共 6 排 24 个，工程量为 318 个钢架石笼；用抓斗船定位（GPS 定位系统配合），起吊船抛投。下游龙口拦石坎，沿戗堤轴线长 90 米、顺水流向宽 15 米、坎高 3.0 米，采用单个重 8 吨的合金钢网石兜，工程量 6000 立方米；用链斗船定位，底开式石驳抛投。

施工时间原计划为 2002 年 10 月上旬至下旬。因导流孔提前分流，实际施工提前于 9 月 20 日开始，10 月 26 日完工。

不过，设置了这道硬核的“拦石坎”，还不能保证万事大吉。因为试验提示：按上游戗堤分担 3/4 的落差，龙口最大落差达 2.97 米每秒，轴线最大平均流速近 7.41 米每秒，此时不但抛投的巨石、混凝土块无法在激流留住，就连特大块石串、3×20 吨混凝土四面体串抛下去后，也难保证完全在水下站稳脚跟。

这天晚间的现场设计问题讨论会上，郑守仁提出了一个新想法：“四面体 4 个面都是三角形，容易在水中站住。一条钢绳锁了 3 块，没想到推下去立刻就被冲走了。普通四面体对付不了明渠截流的湍流，可否考虑加大四面体的自重，这样的四面体就不容易被冲走了。”

原来，普通混凝土四面体都是由水泥、细砂和石子按一定的配比预制的，比重只有 2.4。而加大四面体比重最有效的办法是在四面体制作中加入钢筋——钢筋比重大,这样同等体积的四面体的分量自然会“水涨船高”。

对于郑守仁的这一“创意”，设代局内部也有不同的声音。一部分人赞同，认为四面加钢筋体可以备不时之需，很有必要。一部分人认为意义不大，而且业主单位未必同意，因为额外制作一批加钢筋的四面体是要花“银子”的。

“文俊，你们先做一下试验，如果加钢筋的四面体抗冲效果好，就说服业主做上一些。对于难度颇大的明渠截流，我们要宁可把困难想得多一些，准备工作做得再充分一些，有备才能无患。”郑守仁吩咐道。

在宜昌前坪科研基地，杨文俊等人按照郑守仁的要求，开展了缩小版的混凝土加铁砂四面体试验工作，得出的结论是：容重 3.25 吨每立方米的含铁混凝土四面体，抗冲稳定流速可达 7.8 立方米每秒；单重 30 吨含铁的混凝土四面体，比 3 × 20 吨的普通混凝土四面体串的稳定性强得多。做一些单重 30 吨的钢筋混凝土四面体，无疑会成为截流合龙遇到麻烦时的“杀手锏”。

在随即召开的现场设计技术问题讨论会上，郑守仁充分肯定了加铁的混凝土四面体试验成果，他说：一期、二期工程中剩下不少短钢筋堆在仓库中，正好变废为宝，把仓库中那些趴着没用的钢筋头掺入混凝土四面体块里，以加大四面体的比重。

大家都觉得“变废为宝”是个不错的想法。

会后，郑守仁派设代局一位副局长找到三峡总公司建设部，建议做四五十个加钢筋的四面体，以备不时之需，却被建设部的负责人一口回绝：“小题大做，没有必要嘛。这么多石块、四面体，还有石串、四面体串，截流时够用了。”

郑守仁不甘心，亲自出马，找到三峡总公司的领导做工作，苦口婆心地陈述了预制“含铁四面体”的好处，并用试验数据说话，终于说服了对方。

不久，50 块容重为 3.7 吨每立方米、单重 30 吨的钢筋混凝土四面体做出来了。“这是截流合龙的‘核武器’，不到万不得已的时候不能用。”有人指着这些四面体半开开玩笑半认真地说。

采访手记

后来我了解到，这些好不容易说服业主制造出的50块加钢筋的特殊混凝土四面体，在截流合龙时并没有派上用场。这岂不是一种浪费？！

针对这个问题，郑守仁的老搭档、三峡工程设代局副局长林文亮给出了解释："郑总在主持像明渠截流这样事关成败的重大工程时，是非常小心和缜密的，要求我们在技术上多准备几手，而且一定做好应对最大困难的各项准备。抓住时机可以减少困难，克服困难一定要积极寻找时机、抓住时机。但是，各项准备尤其是技术准备不能心存侥幸，宁可备而不用，不可用而无备。这就是郑总对人民负责、对历史负责的态度。正如郑守仁自己所说：'经我手的工程必须能够经得起历史的检验。'"

又是一番你追我赶的奔忙，截流合龙准备工作就绪。

——明渠上、下游截流戗堤龙口段设置的拦石坎筑成，预平抛填底达到设计高程。

——大块石（重10～20吨）、混凝土四面体（单重20吨）、含钢筋混凝土四面体（单重30吨），还有由块石、四面体连接起来的"葡萄串"等物料悉数运至截流现场。

——由多台自卸汽车、挖掘机、装载机、推土机、吊车等大型设备组成的施工设备方阵，盔明甲亮，排列整齐，以威武雄壮之姿严阵以待。

3

进入2002年9月份后，长江三峡坝址段流量持续偏枯，而导流底孔达到提前分流的条件。有鉴于此，经业主单位——中国长江三峡工程开发总公司、设计单位——长江委三峡工程设计代表局、施工单位——葛洲坝集团公司共同研究，决定将原计划11月1日开始的上、下游戗堤非龙口段进占提前至10月16日。

车辚辚，马萧萧，戗堤进占在热火朝天进行着。至10月31日上午，形成上、下游龙口，宽度分别为 120 米和 80 米。同日下午，明渠禁航，截流合龙大幕正式拉开。

经过两天半连续进占，上、下游龙口分别突破了合龙的最困难段。鉴于上游戗堤龙口承担的水头落差大、流速高，合龙过程中分别抛投了质量为 10 ~ 20 吨特大块石构成的串体、质量为 40 ~ 60 吨混凝土四面体构成的串体。嘿，还真达到了笑傲激流、稳稳立足的效果。

至 11 月 2 日晚，上、下游龙口宽度进占至只留下 20 余米的小口门。

11 月 6 日，又一个值得纪念的历史时刻到来了。上午 9 时，国务院副总理吴邦国下达了截流令。

千军万马鏖战急。

因为做足了功课，不到50分钟的时间，三峡导流明渠截流合龙大功告成。

实测数据表明：截流流量 8600 ~ 10300 立方米每秒，上游戗堤龙口最大落差 1.73 米，最大流速 6 米每秒；下游戗堤龙口最大落差 1.12 米，最大流速 5.1 米每秒。上、下游戗堤起到分担落差的作用。实践证明，双戗堤立堵截流是成功的。

欢呼声、欢庆的锣鼓和鞭炮声，又一次以激越高亢的协奏曲响彻三斗坪上空。

此时，郑守仁坐在明渠截流观礼台上（这是三次大江截流中郑守仁仅有的一次坐在观礼台上），远眺截流大堤，激动万分，思绪飞扬。他想到，为了战胜明渠截流的种种困难，此前打响的前哨战因准备充足而接连成功，眼下的龙口合龙则是占据了天时、地利、人和，胜券在握、顺理成章的结果。他想到，打完这场硬仗，离圆梦三峡又大大进了一步，今后要继续策马疾行，快马加鞭，向着最后的胜利冲刺。

三峡导流明渠截流成功，举国又是一派欢腾。人们说，这是三峡建设者用智慧和心血献给中国共产党十六大（2002 年 11 月 8 日—14 日）的一份实实在在的厚礼啊！

导流明渠成功截流，被中国科学院和中国工程院联合评为“2002 年中国十大科技新闻”之一。

九 应对三期碾压混凝土围堰渗漏水事件

明渠截流奏凯后，三峡工程开始进入三期导流及后期施工期。这一期的施工导流工程，先要在截流戗堤基础上修筑上、下游土石围堰，以形成基坑；再修筑三期碾压混凝土围堰（简称 RCC 围堰）。

位于右岸导流明渠中的 RCC 围堰可非一般的临时挡水建筑物，它实际上是一座库容 147 亿立方米（水位 139 米）的挡水高坝，而且要常年抵挡 135 米以上的高水位，其肩负的职责可谓大矣：既要保证三期施工安全，又要承担三峡工程蓄水、发电、通航重任（左岸电站水轮发电机组开始发电、双线五级船闸通航），三峡工程自此跨入边建设边运行的崭新阶段。

RCC 围堰的修筑无疑又是一场与时间赛跑的攻坚战，而建成之际围堰廊道发生的漏水事件，让整个三峡工地阴霾密布，山水战栗。考验郑守仁和建设者们智勇的日子又来了。

1

RCC 围堰为重力结构型式，属 1 级临时建筑物。围堰平行于大坝布置，轴线位于大坝轴线上游 114 米处，全长约 580 米，分 15 个堰块；围堰右侧与白岩尖山坡相接，左侧与混凝土纵向围堰堰内段相连。堰顶高程 140 米，顶宽 8 米，最大底宽 107 米，最大堰高 115 米。堰体在高程 40 米、90 米处分设排水廊道，在高程 107.5 米设爆破拆除廊道。

按照工期，RCC 围堰必须在明渠截流后第一个枯水期内建成挡水，这意味着这座规模巨大的围堰要在半年的时间内拔地而起，时间之紧、任务之重、难度之大可想而知。用两院院士、时任三峡总公司技术委员会主任潘家铮的话说，RCC 围堰的工程量相当于新安江大坝的工程量，有 110 万方混凝土。新安江从 1956 年一直干到 1960 年，整整干了 5 年，而 RCC 围堰要在半年之内全部拿下一座新安江大坝。这将是一个全新的世界纪录。

RCC 围堰之所以采用碾压混凝土修筑，是因为它有独门的优势。

碾压混凝土是一种低水灰比、无坍落度，用振动碾压代替振捣器进行密实形成的水泥含量偏低的超干硬性混凝土，具有施工程序简单、水泥用量少（可多掺粉煤灰，减少水泥用量）、便于连续施工、造价低（一般能节约工程造价 10% ~ 40%）、对施工环境污染少等优点，被称为混凝土筑坝技术的一次革命，问世以来颇受水利水电建筑界的青睐。

不过，与常规混凝土相比，碾压混凝土也存在明显的短板：其一，它的设计强度和抗渗指标低，如不同仓面（混凝土浇成的层面）浇筑相隔时间过长，易造成层面间的结合不良，导致层面渗水或漏水，从而危及大坝安全。有人戏称碾压混凝土坝像“千层饼”，难保不出现层间漏水、“挂帘”。其二，大坝泄水孔洞过多，钢筋密集，不宜采用。

碾压混凝土筑坝技术始于二十世纪七十年代，开先河的是美国人。1970 年，美国陆军工程兵团及田纳西流域管理局率先在蒂门斯、福特等大坝上进行碾压混凝土筑坝试验，取得成功。之后，这项技术迅速在巴基斯坦、日本、美国等国家得到推广。我国最早使用碾压混凝土技术的是福建省闽清县闽江干流上所筑的水口电站，时间为二十世纪八十年代末至九十年代中期。

郑守仁介绍说，鉴于 RCC 围堰堰体高、工程量大，为减少施工难度，加快进度，设计提前介入、主动作为，在工程实施前着重做了以下创新和优化设计工作。

第一，提出了采取两个阶段分期施工的设计方案，为抢工期创造了条件。初步设计确定 RCC 围堰为一次性施工。技术设计审时度势，确定分两期建设，以有效缓解明渠截流后 RCC 围堰的施工强度，节省时间。

第二，简化围堰结构，为采取大通仓平层、薄层铺设、连续施工奠定了基础。优化设计主要有：①堰体不设纵缝，仅设横缝和诱导缝，以利于大面积施工；②简化混凝土品种，同一层面只采用单一标号的混凝土，防

渗层采用变态混凝土；③堰体排水管采用机钻孔，在廊道内施工，以避免对混凝土浇筑的干扰；④堰体廊道采用预制方式，可快速吊装；⑤在围堰施工时，将堰体的排水廊道抬高约 10 米至高程 107.5 米，兼作装药廊道，预埋拆除爆破药室和断裂孔（这种建与拆的有机结合，开我国水利水电工程爆破拆除之先河）。

什么是常态混凝土和变态混凝土呢？常态混凝土，顾名思义，即普通混凝土，塌落度一般为 10 ~ 100 毫米。变态混凝土是指在已摊铺的碾压混凝土中掺入一定比例（一般为变态混凝土总量的 4% ~ 7%）的灰浆后再振捣密实的混凝土。所谓“变态”，是指通过加浆的工艺措施，使干硬性的碾压混凝土变成可振捣的极低流态变态混凝土的施工方法。在碾压混凝土坝施工中，有些部位无法用机械设备碾压，必然存在混凝土密实度的问题。如采用常态混凝土浇筑，由于常态混凝土与碾压混凝土之间的优劣各不相同，因此连接部位浇筑效果不理想，这时必须借助于变态混凝土前来“补台”。变态混凝土广泛用于振动碾无法直接碾压的基岩面与碾压混凝土结合处、模板边缘、廊道周围、坝内配筋等部位。

第三，论证了连续浇筑碾压混凝土的技术可行性，简化了温控防裂措施，为施工中充分发挥碾压混凝土大仓面、薄层辅助和快速连续上升提供了有力的技术支撑。

优化设计后，RCC 围堰的施工不但趋于简易方便，而且按下了“快进键”。

第四，明确了合理的碾压混凝土拌和物工作度（VC 值）控制标准。VC 值反映碾压混凝土材料的稠度，适当降低其指标，可提高碾压混凝土黏聚性，保证碾压混凝土层间结合的质量。换言之，可避免碾压混凝土施工出现“千层饼”的现象。这一研究成果，也为《水工碾压混凝土施工规范》的完善提供了“养料”。

第一阶段的施工，安排在一期导流明渠施工期间，主要包括：围堰的基础开挖，混凝土纵向围堰堰内段，三期碾压混凝土围堰高程 50—58 米基础部分及岸坡段，并于 1998 年底前完成。

第二阶段是 RCC 围堰施工的重头戏，主要是浇筑高程自 50 米至 140 米的碾压混凝土。因为有了第一阶段基础工程的先行，第二阶段的混凝土浇筑得以开足马力，全速进行。

工程自 2002 年 12 月 16 日开工，在参建各方的共同努力下，连续闯过高强度浇筑、混凝土入仓手段转换、廊道药室安装等难关，创造了碾压混凝土施工月浇筑 47.5 万立方米、日浇筑 2.1 万立方米和日上升高度 1.2 米、连续上升 57.5 米的世界纪录。

到 2003 年 4 月 16 日，RCC 围堰全线达到堰顶高程 140 米，较设计工期提前了一个半月，避免了堰体填筑与洪水赛跑的风险。

6 月 10 日，围堰开始在 135 米水位挡水运行，11 月 5 日，进入库水位 139 米运行。

2

该做的似乎都做了，但不该来的还是来了。

就在 RCC 围堰即将建成挡水之际，一个“幽灵”——围堰廊道漏水，忽然大摇大摆地现身了。

2003 年 12 月 12 日，在围堰高程 107.5 米廊道发现横缝排水槽引管出水和 1 号爆破药室装药管出水。测值显示， 12 月 15 日渗水速度为 204 升每分钟，到 12 月 18 日增大至 828 升每分钟，呈逐渐增大的趋势。

围堰采用碾压混凝土施工工艺，上游防渗及排水对围堰安全特别重要，而坝中廊道就是为了排水和监测检修而设立的，是保证围堰安全所必需的。本来，围堰有少量的渗水是正常现象，但渗水速度突然加大，甚至变成漏水，就不正常了。

如今廊道中出现大面积的漏水，说明 RCC 的防渗出了问题，而且出了大问题。

波澜横生，整个三峡工地为之震颤！

面对险情，当时责任最重、压力最大的有两个人，一个是三峡工程设代局总负责人郑守仁，一个是三峡总公司的一把手陆佑楣。

陆佑楣和三峡总公司的其他领导及有关部门的负责人多次到现场查看漏水情况，主持召开会议研究对策，还请来两院院士、质量检查专家组组长潘家铮等专家对 RCC 廊道漏水问题把脉会诊。

紧急关头，郑守仁当仁不让地冲在了前头。现场查险情，召开专题讨论会，与专家共商对策，制定应急处置方案……

12 月 15 日，郑守仁带领有关人员到 RCC 围堰廊道现场查看漏水情况后，马上主持召开现场设计技术问题讨论会。根据现场查勘和大家的分析，郑守仁作出了基本判断：围堰渗漏水通道与围堰上游面裂缝有关，尤其是高程 107.5 米廊道上游侧防渗层距离围堰上游面 4.5 米，防渗层采用常态混凝土浇筑，常态混凝土内埋设堰体爆破药室及装药管道（水平间距 2.2 米），常态混凝土与碾压混凝土之间的水平间缝是漏水的主要通道。水平层面渗漏水是沿水平裂缝绕过围堰结构缝的第一道止水片而进入排水槽——这说明两种混凝土浇筑时存在不良对接。

作出基本判断后，郑守仁要求施工设代处抓紧起草给三峡总公司建设部的函文，请他们抓紧组织开展廊道漏水的观测工作。

12 月 31 日，当人们沉浸在迎接新年的喜庆气氛的时候，郑守仁和他的团队还在为应对 107.5 米廊道漏水之事故奔忙着。

当日下午，长江科学院副总工程师、著名爆破专家张正宇从武汉赶来。吃过晚饭后，郑守仁带领张正宇及有关人员，冒着寒风，踩着积水到廊道里仔细检查渗漏情况。郑守仁焦灼的目光扫遍了廊道里的每个角落，似乎要把这里的一切都看穿看透。

现场检查归来，已经是晚上九点多钟，郑守仁又连夜在设计代表局二楼会议室主持召开会议，研讨下一步的处置意见。责成施工设代处连夜起草给三峡总公司建设部的函文，请求他们火速安排潜水员对 RCC 围堰上游面裂缝进行探查，以便对症下药。

当郑守仁郑重地在文件上签上自己名字的时候，墙上钟表的指针已指过了31日24：00，2004年元旦已然悄悄来了。

郑守仁回忆道，RCC围堰漏水事件发生后，受到了国务院三建委及各有关方面的极大关注。清华大学水利系的一位教授得知情况后，从工程安全的角度出发，主张尽快降低水库蓄水位，以避免围堰发生大的不测。他把这个意见报告给张光斗先生，张先生也赞同这个意见，便给陆总打电话，强调只有降低蓄水位才能保证围堰的安全。陆总给我打电话，问我怎么办，我说，张先生他们提出的办法固然保险，但蓄水位降到135米以下，会影响航运和发电。我跟陆总讲，据我们的观测，目前局势还没发展到不可收拾的地步，应立即加强监测、巡视和包括钻孔、水下电视、潜水等一系列检查监测，再根据检查情况研究制定对策措施。陆总表示同意我的意见，并让我们设代局尽快拿出应急处置方案。

根据设计的意见，三峡总公司责成旗下的长江电力股份公司检修厂以十万火急的速度进行了水下检查。

2004年1月2—6日，长江电力股份公司检修厂从外地聘请潜水员携带水下摄影设备，对RCC围堰上游面高程107.5米一带进行了水下作业，检查范围为6—15号堰块，检查方式为水下摄影和潜水员目测相结合。检查发现：

7—8号堰块高程107.6米左右有不连续水平缝，缝宽1.0～1.5毫米；

9—12号堰块高程107.6米左右有不连续水平缝，缝宽1.0～1.5毫米；

13—15号堰块高程111.4米左右有一条水平缝，呈连续状，缝宽1.0～1.5毫米。

此后，在对高程107.5米廊道漏水进行处理过程中，又发现高程107.5米廊道至基础廊道间个别堰体排水孔（底孔被堵）向上涌水。经孔内电视录像检查发现，高程86.0—88.0米处有层面裂缝，缝间有射流状水流喷出。再后来又发现，高程78米、82.0米处亦有水平层间裂缝。

检测数据出来后，郑守仁组织力量对 RCC 围堰的安全性进行了计算分析，结论让人后背冷风飕飕：高程 107.6 米和 111.4 米附近产生近乎水平的裂缝，导致江水通过裂缝进入排水槽；高程 107.5 米廊道至基础廊道间堰体大量漏水的主要原因，是高程 82—88 米间水平裂缝延伸至堰体排水孔，江水通过裂缝渗入其中。尤其是高程 88.0 米水平层面缝已向下游延伸至距上游面 5.0 米以上，若水平层面缝向堰体排水孔下游继续延伸，将危及围堰的安全。如果不采取及时有效的措施控制廊道渗漏水量，堰体某个层面被击穿，很可能导致围堰垮塌，甚至酿成惊天事故。

经过反复研究，郑守仁团队提出了“外堵内排”的应急处理方案。

3

险情还在发展。

到了 2004 年 1 月 21 日，围堰漏水速度超过每分钟 1800 升，堰体排水孔出水；1 月 31 日漏水速度增至每分钟 3482 升；2 月 20 日，又发现高程 107.5 米廊道至基础廊道间堰体排水孔开始大量漏水；2 月 25 日围堰排水孔渗漏出水量达 8352 升每分钟，达到最大值。

1 月 23 日（农历正月初二）上午，郑守仁率设代局有关人员到围堰高程 107.5 米廊道进行检查。检查回来后立即召开会议研究下一步应对方案。

郑守仁在总结讲话时心情沉重，语气严肃：此前，我们已就 107.5 米廊道漏水问题研究提出了“外堵内排”的处理方案，但实施进展缓慢。最近，高程 107.5 米廊道渗漏水速度已超过每分钟 2000 升，并在 14 号和 15 号堰块廊道顶部预制拱块间也发现了漏水，其中 14 号堰块顶部漏水较大，说明裂缝深度已超过廊道上游防渗层混凝土厚度 4.5 米，渗漏水发展趋势不容乐观，若不及时处理并根据新情况调整原处理方案，渗漏水裂缝层面将可能继续向堰体深部发展。鉴于高程 107.5 米以上堰体排水孔尚未实施，上游面水下裂缝封堵处理施工进展不理想等情况，请施工设代处重点针对 14 号堰块廊道顶部的渗漏水情况，尽快研究在 14 号堰块高程 107.5 米廊道顶拱肩部位原增布排水孔之间再增布一排倾向上游面的排水孔……另外，应提请有关单位抓紧进行围堰上游面水下裂缝的表面封堵施工，同时建议相关部门调整原水平裂缝与围堰结构横缝、诱导缝结合部位“+”处封闭灌浆孔的孔深。以上意见，请施工设代处尽快以设计通知的形式送发业主建设项目部安排实施。

有风雨的日子，才能承载生命的厚重。但这厚重，往往要付出沉重的代价。

时任长江委设计院副总工程师、郑守仁的主要助手（现为长江勘测规划设计研究院总工程师）王小毛告诉笔者：“2004 年的春节，是郑总在三峡工地过得最为煎熬的一个春节。”

这年的春节，王小毛本来要和郑守仁及三峡设代局的部分人员留守三峡工地，但郑守仁考虑到王小毛的妻子不久前才做过手术，执意让他回家陪妻儿过节。初七下午王小毛赶回三峡工地时，见到郑守仁脸色灰黄、面容憔悴，心疼不已。

晚饭后，王小毛陪郑守仁到外面散步，师徒二人边走边聊。郑守仁说，现在廊道漏水的原因还未完全查清，处理进展缓慢，我心急如焚，寝食难安啊！

王小毛听后，心中更加难过，向郑守仁说了不少宽心的话，并一再表示要尽可能多做工作，为老人家分忧。

正月初八（1 月 29 日）一大早，王小毛便带领有关人员到围堰廊道现场查看漏水情况。回来之后，立即将最新动态向郑守仁作了汇报。郑守

◀采访王小毛

仁当即主持召开现场设计技术问题讨论会，专题研究“三期碾压混凝土围堰高程 107.5 米廊道内 14 号和 15 号堰块廊道顶部排水孔问题”。会上，王小毛介绍了有关情况，施工设代处总工陈珙新汇报了处理意见，与会人员进行了讨论。

王小毛回忆道：“初八这天下午 2：00，三峡总公司要组织召开三期碾压混凝土围堰漏水处理研讨会。郑总责成我拿出一个有文有图的应急处理方案，并让我在下午的会上代表设代局作汇报，他来补充。当时距开会只有三四个小时的时间，我们必须争分夺秒才能编写出处理方案汇报稿。在下午一点钟的时候，文字稿（包括分析报告和附图）终于搞定，在下午 1：40 左右送达会议室。”

下午 1：50 左右，当郑守仁一行走进三峡总公司的会议室时，会议室已坐满了人，大家的脸上都写满了焦急与不安。三峡总公司掌门人陆佑楣更是眉头紧锁，显得忧心忡忡。

会议由三峡总公司曹广晶副总经理主持，业主、设计、施工、监理四方均派负责人参加会议。设计方除了郑守仁、王小毛外，还有施工设代处副处长陈珙新。王小毛代表设代局汇报了围堰廊道漏水的最新情况、原因分析和下一步处理建议。郑守仁在发言中重申了设代局的意见。

施工、监理、业主等单位负责人先后发表意见。

三峡总公司建设部的负责人是位“老施工”，他的主张简单粗暴：在围堰廊道内施堵，哪儿漏堵哪儿。这让陆佑楣听得皱眉摇头：“你这个堵屁眼方案不行，哪能顾腚不顾头，而且光堵不疏呢？我看郑总他们提的方案可行。”

在陆佑楣的主导下，会议围绕着设代局提出的方案展开了讨论，取得了共识：原则同意“前引水、后堵漏”的方案，并请设计方抓紧完善细化，尽快提交实施。

4

在三峡总公司的组织下，设计与施工单位联合出击，对围堰渗漏打了一场“外堵内排”（也称“上堵下排”）的攻坚战。

所谓“外堵”，即对围堰上游面水平间缝、堰体横缝及诱导缝等，通过灌浆封闭后，再用 SR_2 塑性止水材料封堵，再加 SR 盖片保护。

所谓“内排”，即在堰体高程 107.5 米廊道上游侧和顶拱肩处布设排水孔呈梅花状布置，排距 0.5 米，孔距 1.5 米，孔深 2.5 米（穿过常态混凝土与碾压混凝土层面），并在高程 107.5 米廊道下游侧施钻堰体排水孔，增加一道排水孔幕加强排水，以达到“内排”减压之目的。

与此同时，为保证围堰的安全运行，结合补偿下游航运流量不足及配合上游面裂缝水下封堵施工的需要，自 2004 年 3 月 3 日起，以每天 0.2 米的速度连续 15 天泄水，将堰上水位降至 136 米左右。

“疏堵结合”双管齐下后，果然收到了立竿见影的效果。观测给出了让人欣喜的数据：2004 年 6 月 24 日实测渗水速度为 24.09 升每分钟，围堰 10 号堰块堰顶最大水平位移 21.4 毫米；8 月 20 日实测围堰渗水速度为 10.38 升每分钟，10 号堰块堰顶最大水平位移为 20.58 毫米。这表明，围堰渗漏处理效果良好，围堰安全运行无虞。

对郑守仁来说，2003 年和 2004 年之交的这个冬天显得格外漫长。阴冷、恓惶、焦灼、失眠、噩梦……甩都甩不掉。

在处理三期碾压混凝土围堰渗漏问题过程中，郑守仁每天都提心吊胆，唯恐稍有差池，酿成堰毁人亡的惨剧。最紧张的日子里，他每晚要吃上三四片安定才能睡上二三小时；噩梦连连，梦中的场景令人毛骨悚然：堰体轰然垮塌，大水排山倒海，吞没基坑，工程尽毁，他本人也在滔滔洪水中挣扎、沉浮……

采访时，郑守仁对我们说：“RCC 围堰发生漏水事件后，让我在水深火热中走了一遭。在整个三峡工程建设过程中，我遇到了许多棘手的难题，但没有哪一次感到压力这么大。一旦堰体垮塌，将是灾难性的后果，业主、设计、施工和监理单位都难辞其咎，有关人员要负刑事责任。出了事故自己坐牢是小事，拖了三峡建设的后腿，给国家利益和声誉造成重大损失是大事，交代不了啊！当时的压力真是太大了，可以说每天都是在提心吊胆中度过的。这件事不光是我，许多人压力都很大，比如三峡总公司的陆佑楣总经理，他的压力不比我小。好在后来处理及时得当，没有酿成大祸，算是有惊无险吧。”

谈起这段往事，郑守仁脸色阴郁，似乎到今天仍心有余悸。

5

让郑守仁意想不到的是，RCC 围堰在拆除时竟出现了波折。

2006 年 5 月，随着三峡大坝全线浇筑到设计高程，RCC 围堰即将结束临时挡水发电的历史使命，功成身退之事被提上日程。尽管围堰大坝仍然筋骨强健，壮心不已。

RCC 围堰拆除的日子越来越近了，郑守仁的心中涌出了怅然若失之感。多年来他亲自参与或主持设计的围堰，因大坝建成，蓄水发电，就要被拆除、被炸掉，如同昙花一现。一想到这座浸透了自己智慧和汗水的巍巍 RCC 围堰很快就要被爆破拆除，最后永沉江底，郑守仁心中就有一种说不出的滋味。

但他很快释然了。何止是眼前的 RCC 围堰要消失，他们这些奋战在一线的水利水电工程建设者，当大坝矗立，江水复平，也会悄然离开，不留一点痕迹——这或许就是水利水电工程建设者的宿命。

▶在三峡工地现场

由于 RCC 围堰的爆破规模、总装炸药、爆破难度在我国水利水电工程领域绝无仅有，这座围堰还趴在设计蓝图上时，它的拆除就引来了各方面的热辣目光。

初步设计阶段，设计部门对 RCC 围堰拆除方案进行了初步研究，提出了钻孔爆破法拆除方案。三峡工程上马不久，三峡总公司又委托长科院和中科院力学研究所等单位开展了 RCC 围堰拆除方式研究，拿出了几个备选方案。之后，在郑守仁的主持下，长江设计院、长科院联手开展了 RCC 围堰拆除方式的研究、试验及设计工作，包括火工材料选型、安全标准、爆破振动冲击波、爆破涌流影响、安全防护等研究及模型试验等，并重点研究比较了钻孔爆破挖除、爆破滑移下落、爆破倾倒下落等三种方案的优劣。

起初，多数人倾向于传统的爆破挖除方案，认为这项技术既成熟又保险。但同时大家也清楚，因为需要在深水下作业，面临最大也是最让人头疼的问题是：清理残渣十分麻烦，且工期过长。

在一次技术讨论会上，著名爆破专家（时任长科院副总工）张正宇和吴新霞（时任长科院爆破与振动所所长）等提出：鉴于 RCC 围堰拆除量大（拆除范围沿轴线长度 480 米，拆除高度 30 米，拆除混凝土方量达 18.6 万立方米）且时间紧迫，建议采用“中部倾倒爆破 + 两端深度爆破”（又称“中间倾倒、两侧炸碎”）拆除方案，即两侧堰块（左侧与纵向围堰接头连接段堰块和右岸 2—5 号堰块）采用超深孔台阶爆破法炸碎方式，中间明渠段（6—15 号堰块）采用洞室爆破倾倒方式。这种拆除法与以往常用的粉碎性爆破最大的不同是：通过“切割”倾倒爆破，不必再进行水下挖除堆积的残渣，干净利落，从而大大缩短拆除的工期。当然，爆破从陆上转为水下，带来的不仅是原有理论、经验的改变，而且对爆破器材和爆破技术等方面都有了更加严格的要求，比如，需要引进国外最先进的数码雷管和 DDA 分析软件等数值仿真分析技术。

刚开始，张正宇、吴新霞等人的“异想天开”遭到了大多数人的反对，反对的理由冠冕堂皇：在 30 多米的水深中进行洞室爆破使堰体倾倒，这项新技术国内外都没有经验可循，理论支撑依据不足，实施起来风险很大，如果出现“万一”，势必危及大坝及左岸电站的安全运行。而采用传统的爆破炸碎再清除的办法，虽然工期相对要长些，但保险系数高，容易做到十拿九稳。

大家的目光聚焦到郑守仁身上。

此前，郑守仁已经多方征求意见，并反复研究比较了有关方案的优劣，心里早有了“定盘星”。看着大家各抒己见，讨论得很热烈，郑守仁的脸上露出了欣慰的表情：“对技术问题充分发表意见，这种民主氛围很好。每位同志的看法都有一定的道理。”说到这里，他停顿了一下，脸上的表情变得严肃起来：“建设三峡工程，要挑战很多技术极限，没有更多的经验可循，需要大胆创新。大家想一想，三峡工程建到现在，如果没有诸多的创新和突破，哪有现在的局面？”

一番循循善诱后，郑守仁开始切入主题了：“对 RCC 围堰拆除，采用传统的爆破挖除的方案固然保险，但残渣清理的工程量太大，耗费时间太长。三峡建设任务重、时间紧，工期一环套一环，时间可不等人啊。因此，我倾向于采取定向爆破倾倒的方案。当然，这个方案有三大难点：一是如何精准计算装药量；二是如何合理选择各药室之间的起爆顺序和延期时间；三是被拆除的围堰距离大坝仅 114 米，如何确保大坝、施工设备和电站运行系统安全。但我相信，经过认真的研究计算和试验，这些问题能够得到妥善解决。”

事实上，到底采用什么爆破方式，郑守仁的意见固然重要，但他说了还不算，还要经过专题论证、模型试验和专家审查等程序，最后由三峡总公司拍板定夺。

自 2005 年 5 月以来，在中国水利学会工程爆破专业委员会、中国工程爆破协会常务理事会、中国电力学会工程爆破专业委员会等组织召开的多次会议上，张正宇、吴新霞、陈敦科等长江委爆破专家先后就 RCC 围堰爆破方案作专题汇报，广泛征求专家们的意见。

2006 年 2 月 27—28 日，在三峡工地，三峡总公司组织召开了“长江三峡水利枢纽三期上游碾压混凝土围堰拆除方案”审查会。这次会议规格很高，特邀了冯叔瑜院士、汪旭光院士、郑守仁院士等 8 位在工程爆破、水工建筑等方面的权威出席。会上，专家们的意见并不一致，一度出现了各持己见、舌剑唇枪的火辣场面。多个回合交锋后，大多数专家认为，“中部倾倒爆破 + 两端深度爆破”的拆除方案总体是合理的，技术上是可行的。鉴于 RCC 围堰的拆除规模、爆破难度和重要性在国内外均无先例，为稳妥起见，专家们还提出 9 条意见和建议。

北京一位颇有影响的著名爆破专家坚决反对倾倒爆破方案，他不但在专家审查会上声色俱厉地反对，回去后还向朱镕基总理上书，力陈“定向倾倒爆破会弄出大乱子，会殃及大坝和电站的安全运行”。

为了详细了解 RCC 围堰拆除前后的“传奇”，我们专门采访了时任长科院爆破与振动研究所所长、爆破现场监测小组组长的吴新霞。

1963 年出生于湖南株洲、1987 年毕业于武汉水电学院并获得硕士学位的吴新霞，圆脸、短发、干练，一双镜片后饱经沧桑的明眸闪烁着执着、坚毅的光芒。甫一接触，这位著名的工程爆破专家、女中丈夫就给我留下了精明能干、富有主见的印象。

说起当时的场景，吴新霞显得有些激动。对自己亲身经历的 RCC 围堰爆破这件大事，她记忆犹新，侃侃而谈，让我们了解到许多鲜为人知的细节。

她说：“别看郑总表面给人的感觉是温良敦厚，但他骨子里可一点儿也不保守，既敢于创新，又善于创新。就拿 RCC 围堰拆除来说，他在多个场合都态度坚定地支持我们提出的爆破倾倒方案。当然，他也非常谨慎，要求我们科学审慎、精益求精，做好调研、计算和试验工作，从技术上确保万无一失。根据郑总的指示，我们在 2005 年先后进行了多项试验。比如，专门浇筑了 20 个 1 立方米的混凝土块，分别在陆地和长江 20 ~ 25 米的水下进行爆破试验，从而计算出相同的爆破力下水下安装炸药量是陆地的 2 至 4 倍。再如，在宜昌前坪基地进行了 1:100 的围堰倾倒模型试验，这次试验引进使用了德国数码雷管等先进火工材料，花了一大笔钱，当时让我们感到挺心疼的。试验结果表明：爆破震动不会影响大坝及发电机组的正常工作；坝前最大浪高只有 2.3 米，距坝顶还有 50 米；涌浪到达岸边最大浪高 4.2 米，不会对周边环境造成危害。这样，郑总和大家的心才算踏实下来。”

她说："对设计人员来说，临近爆破的2006年上半年最为紧张，仅出施工图就达100多张，所有参与者加班加点甚至熬通宵是家常便饭。在对起爆间隔时间、起爆段数等难点问题进行充分论证后，最终选择了数码微差起爆网络方式。"

采访手记

通过吴新霞的讲述，我们又了解到RCC围堰爆破拆除的更多信息：

这项堪称"天下第一爆"的作业，要炸掉长480米、高30米，总容积达到18.6万立方米的混凝土堰体，总装药量达191.3吨，相当于爆破一座十层楼房用药量的400倍。按照设计，RCC围堰采用"中段380米倾倒爆破与两端深孔爆破相结合"的方案，将580米长的堰体分隔成961段，单段最大装药量690千克。爆破中使用的成品炸药由世界著名的澳瑞凯公司生产，混装炸药在国内知名专家指导下专门研制。炸药位于水下30多米，对于爆破器材的抗水、抗压性都提出了极高的要求。整个爆破区域由三个爆破子网组成，使用数码雷管2524发、导爆索1800米，由计算机专用编码起爆，要求在13秒内完成961段连续爆炸，每一爆炸时段不能叠加，在堰体水压作用下，爆破后的堰体像积木一样向上游面倾倒。

为了确保左岸大坝和电站运行安全，这次爆破做足了安全防护的文章。采取分段连续起爆技术，就是为了最大限度减少震动对大坝安全造成的影响。专门在右岸大坝上游面（大坝轴线上游20米处）增设了一道深40米、长570米的双排气泡帷幕，以削减爆破冲击波对大坝和枢纽设施、设备的影响。在大坝建筑物附近设监测仪，监测爆破震动对建筑物的影响。爆破当日，上游7.5千米水域实行交通管制，禁航2小时，以确保交通安全。

中国有句老话，凡事预则立。正是有了RCC爆破拆除的组织协调、方案设计、爆破施工、安全防护、安全监测等各方面的充分准备，方使得"天下第一爆"一举成功。

RCC 围堰拆除施工期只有 2 个月，时间紧，任务重。为了确保爆破的一举成功，成立了由三峡总公司牵头，设计（长江委三峡设代局）、施工（葛洲坝工程集团易普力公司）、监理（三峡发展公司三峡工程监理部）等单位参加的“RCC 围堰爆破指挥部”。施工单位根据设计要求，制定了周密的“施工组织设计方案”，组织精干力量进行了认真细致的施工。

吴新霞说，爆破倾倒方案实施过程中，郑总经常到施工现场，查看钻孔、安放炸药、围堰充水等情况，与各方技术人员共同研究解决遇到的问题。经过充分的准备，三峡大坝三期 RCC 围堰于 2006 年 6 月 6 日下午实施了爆破。

当时的一位记者以《12.888 秒，‘天下第一爆’成功爆破》为题，详细记载了“现场直击”的情况。

> 下午 4 时整，随着一声警报划破长空，三峡大坝三期围堰爆破开始。葛洲坝集团总经理杨继学一声令下：“起爆！”现场指挥张曙光、邢德勇同时启动爆破按钮。刹那间，从江底钻出一串闷雷，三峡大坝前最后的保护屏障像被切割一样，一块块慢慢向上游倾斜没入江底，整个过程仅用时 12.888 秒。
>
> 4 时 10 分，当监测组组长吴新霞报告“监测正常，大坝运行正常”后，三峡总公司总经理李永安宣布：“三峡三期 RCC 围堰爆破拆除成功！”
>
> 4 时 15 分，因三期上游围堰爆破拆除一度关闭的三峡船闸恢复正常运行。
>
> 三峡大坝提前挡水后，意味着三峡工程提前 2 年发挥防洪作用，防洪库容 72.9 亿立方米，可有效拦截像 1998 年那样的特大洪水。

另一位记者则以《像多米诺骨牌依次倾覆》为题，对这次爆破中的“事故”——一块堰体没有倾倒的情况进行了记述：

下午4时整，在宣布起爆约10秒后，在震耳欲聋的“砰砰砰”的爆破声中，RCC围堰横向堰体从左向右接连爆炸，192吨炸药像一挂961响的鞭炮，以毫秒微差依次鸣响，堰体像多米诺骨牌依次倾覆。爆破激起的巨大水浪宛若在水中腾动的巨龙，虎啸狮吼般地咆哮着，激起水花直蹿至四五米高。

……

一块堰体没倒，将用水下爆破拆除。

爆破结束后，记者在现场看到有一块堰块没有倾倒。据现场技术人员介绍，它是第15块堰块，在爆破前，网络没有检测到40发雷管，预计有一块不会倾倒。但考虑到这一块堰块不会影响爆破效果和大坝挡水效果，因而按预定计划实施起爆。下一步，对这一堰块将采取水下爆破的方式予以拆除。

“听说爆破过程中出了点故障，有这回事吗？”我问吴新霞。

“总体而言，三期RCC围堰爆破拆除是成功的，而且堪称我国爆破技术提升实践的典型范例，代表了中国工程爆破的最高水平，也达到了国际领先水平。这是冯叔瑜、汪旭光院士等权威人士的评价。在实施过程中，虽有小的瑕疵，但绝对是瑕不掩瑜。”吴新霞边说边斟酌，似乎不愿意再揭当年的短，但看到我打破砂锅问到底的神情，还是实话实说，“当时确实发生了一个小意外。具体情况是这样的——”

2006年6月6日下午3：00，准备爆破前，发现电脑操作系统有一组数据没有显示，就是说1000多发数码雷管中有40发没有数据显示。当时中央电视台已做好了向全球进行现场直播的准备，名为“天下第一爆”，超过下午4：00，直播的效果就会打折扣，也会引起外界的猜疑。因此，爆破组的中外专家没有足够的时间去检测这40发未显示的数据雷管到底处在哪一块堰体上。当时我们凭经验和感觉判断应该是最靠近岸边的那块堰体，按顺序靠近岸边的那块堰体最薄，基本不会影响整体爆破效果。

现场的气氛顿时紧张得让人感到窒息。郑总反复问身边的爆破专家：

“你确定未显示数据的雷管是最靠近岸边的那块堰体吗？”得到的回答语气坚定：“确定！”“没问题！”

为了不影响现场直播的效果，下午 4：00 启动了爆破按钮。

在轰隆隆的巨响声中，堰体大部分倾倒了，唯有江中间一块 40 米的堰体只爆了一半，有 20 米的堰体仍然示威般地挺立江中——为自己是独一无二的“漏网之鱼”。

事后查找原因，发现是在计算机操作时，外方技术人员不慎将引爆控制文件覆盖了，导致那 40 发未爆雷管的确切位置没有显示。这确实是个不小的教训。好在没有影响大局，后来我们很快对留在江中的 20 米的堰体进行了爆破。意外的收获是，原来认为堰体连在一起会影响爆破倾倒的效果，费了很大的劲将堰体切割成数十块，实践表明，即使不对堰体进行分段切割，也能取得预期的爆破效果。

对于这个在爆破专家看来情有可原的事故，郑守仁却看得很重。他不但当面把那位爆破专家狠狠批评了一通，而且后来在多个场合讲到这次事故的教训，言辞恳切、表情严肃：“科技人员说话不能拍脑袋。技术上不能留死角，特别是遇到棘手的技术问题，更不能凭感觉拍胸脯发誓，一定要找到充分严谨的科学依据，再说话！”

大家理解郑守仁的良苦用心，诺诺连声。

十 挑战“高边坡”

1

何为高边坡？

顾名思义，高边坡是指高度超过 30 米的岩质边坡或者高度超过 20 米的土质边坡。高边坡通常是人工改造地质体的工程设施，其稳定性受到自然山坡、地质条件和人为改造的影响，其临空面经常出现不稳定块体，影响施工安全。

广义的边坡概念，是指地球表面具有倾向临空的地质体，主要由坡顶、坡面、坡脚及下部一定范围内的坡体组成。按照坡高可分为低边坡、高边坡、特高边坡，按照边坡成因可分为人工边坡、自然边坡，按照物质组成可分为土质边坡、岩质边坡、二元结构边坡等。

在岩土工程或地质工程研究领域，所谓“边坡”一般指自然斜坡、河流水岸坡、台塬塬边、崩滑流堆积体，以及人工边坡（交通道路、露天采矿、建筑场地与基础工程等所形成）等坡体形态的总称。边坡的常见病害有风化剥落、流石流泥、掉块落石、崩塌、倾倒、坍塌、溃屈、溜坍、坍滑、滑坡、错落等。

就岩质边坡而言，由于各种结构面（软弱夹层、裂隙、节理等）的存在，岩体并非一个均质整体，而是被结构面切割成形态各异的岩块的集合体。在自然状态下，这些空间块体处于静力平衡状态。当进行边坡、地基以及地下洞室的人工开挖，或对岩体施加新荷载后，暴露在临空面的某些块体失去原始的静力平衡，因而造成某些块体首先沿结构面滑移、失稳，进而产生连锁反应，造成整个岩体工程的破坏。

边坡的稳定性评价和边坡处理方法是目前岩土工程界的“哥德巴赫猜想”，难度之大，令人望而却步。

水利水电工程有不少建在山高谷深的河道上，高边坡是不容回避的客观存在。而高边坡的建设，其稳定性受到边坡所在岩土体的基本特性等限制，具有多变性和不均匀性等特征，使得高边坡的勘察设计变得十分复杂。

峡江一带属于特殊的区域地质环境，高边坡景观发育，由高边坡造成的滑坡、崩塌、泥石流等地质灾害频繁。而三峡工程许多建筑物处于高边坡之下，尤其是双线五级船闸，是从左岸山体中硬生生凿出来的，更是面临着超高边坡的严峻挑战。

于是，问题来了。比如，三峡工程高边坡与控制爆破及快速开挖的矛盾如何解决？船闸高边坡施工程序怎么布置最有利？这些问题虽然早

◀在三峡工地现场

在“七五”“八五”期间国家科技攻关项目中赫然在列，包括长江委在内的一些水利科研部门都做过研究，并取得了不少有价值的成果，但到了蓝图落地阶段，设计必须提出可操作的技术要求和施工详图来指导施工，同时还要与施工单位密切配合，不断扫清高边坡施工过程中出现的各种“疑难杂症”。

2

三峡永久性双线船闸，1600 多米长的主体结构段全部夹在两面高高的陡坡之间。就是说，由于船闸上下游水位落差达 113 米，修建船闸要在花岗岩山体中切出一道最大深度为 176 米的高边坡。特别是二期工程，要在花岗岩层面进行闸室直立墙的开挖，最大坡高达 60 多米，形成了高边坡下的高陡坡。如何保持高边坡岩体内的稳定和控制高边坡的变形，是一项世界级难题。

天津勘测设计研究院的曹楚生院士，一生设计或审查的高坝大库无数，多次遇到高边坡的难题，因而对三峡五级船闸的高边坡格外关注，心怀忧虑。在审查船闸初步设计方案时，曹院士不无担心地说：“高边坡中的所有岩块都能处理好吗？有一块石头砸下来就能置人于死地。这可是船

在三峡工地现场

闸啊，密密麻麻地走船过人，如果对不稳定块体处理不到位，哪天滚落或坍塌下来，后果不堪设想。”

郑守仁深知，三峡船闸建设的高边坡是否安全稳定事关工程的成败，必须慎之又慎，不能有丝毫的马虎和侥幸。他在审查升船机承船厢段高边坡设计时，提出增加排水洞以保证高边坡运行安全的意见；在双线五级船闸高边坡设计中，提出增设锁口锚杆加固坡顶，以提高边坡稳定安全裕度的意见。

他还格外重视船闸建设中高边坡不稳定块体的处理事宜，及时调兵遣将，跟进解决闸室开挖过程中出现的技术问题。

3

作为世界首座采用“全衬砌式”新型结构的双线五级特高水头的大型船闸，三峡船闸自 1993 年破土动工，至 1997 年夏进入槽挖攻坚阶段，屡遇高边坡问题的困扰。

双线五级船闸施工由武警水电部队承担，这是一支水电建设队伍中的铁军。铁军转战南北，拳头够硬，牙齿够锋，但从来未遇到过这样强劲的对手、难啃的骨头，一度叫苦不迭。他们甚至请来了曾经建造世界最大水电站之一——伊泰普水电站的洋专家来助战。洋专家到现场后也是苦无良策，急得抓耳挠腮，脑门冒汗，叽里呱啦地直叫。

设计方也难，因为郑守仁和他的团队之前也没有遇到过“这么难剃的头”，多次主持召开技术讨论会，多次请专家来咨询，冀望通过大家的经验智慧制伏高边坡开挖中的这只大个头的拦路虎。

经过反复研究，设计对永久船闸施工提出了严格要求：其一，开挖前必须做爆破试验，以确定控制的质点振动速度和相应起爆药量，做到精准爆破。其二，开挖须自上而下、分层梯段爆破施工，梯段高度不大于10.0米。其三，边坡施工必须按照控制爆破开挖——修坡清理——支护加固——坡面排水的程序进行，并随开挖高程下降及时支护。

由于永久船闸的闸室要在坚硬的山体中凿出，施工中困难重重，施工速度一度滞后了许多。郑守仁急得跳脚，责成勘测设代处尽快拿出优化设计方案。

这天，地质勘测专家、勘测设计代表处总工叶渊明找到郑守仁，提出建议：“三峡永久船闸的开挖过程中，我们发现这一带的岩石发育状况还不错，可以对闸室直立墙的开口支护方式进行改进，由原来的‘全面系统锚固支护’改为‘马道锁口中与块体锚固支护相结合’，这样既可以节约投资，又能加快施工进度。”

“这不失为一个好办法。前提是不能影响施工安全。”郑守仁想了想，眼前一片豁亮。他立即组织现场技术讨论会，并请有关专家来把关，大家都连连称好。

付诸实施后，效果立竿见影，省工省料省钱，一下改变了永久船闸施工滞后的局面。

后来，设代局副局长林文亮向郑守仁献策：“郑总，我看得成立一个现场设计支护小组，及时跟进观察岩体爆破后的情况，及时对出露的不稳定块体提出加固处理设计方案，为施工方提供可操作的技术服务。”

郑守仁说：“你说得有道理。我看就由你牵头，组成由地质、基础、航建、结构等跨专业人员组成的现场支护设计小组。”

以林文亮为组长的现场支护设计小组很快成立了。

每一次开山爆破的硝烟未尽，林文亮便带领支护设计小组冲了上去，对开出的高边坡中出露的块体产状进行仔细“打量”，然后通过计算分析，对不稳定块体提出加固处理的设计方案，及时交付施工单位。

两年以后，因为林文亮年纪大了，又有三峡工程设代局副局长的重任在肩，经郑守仁提议，这个支护设计小组的组长又落在了设代局枢纽设计处副总工陈磊的头上。

4

陈磊接任三峡船闸支护设计小组组长时，三峡船闸建设已进入主体（直立墙）开挖的关键期。

闸室直立墙施工工程量大且要求特殊，特别是要在山体上进行直立式的开挖，对变形控制要求高，当时国内外都没有先例，设计和施工都只能硬着头皮摸索着干。

在主体施工的三年多时间里，陈磊和他的小组成员长年在岩壁硝烟中冒着生命危险穿行——晴天一身灰，雨天一身泥，每一个开挖面都要像探照灯般扫射到，越是岩石结构复杂的断面越要留心，深究细测，不放过任何一个“疑似”部位。

针对三峡船闸高边坡特殊的地形地质特点，陈磊带领他的团队创造性地制定了一套加固技术措施和技术标准，及时提供了不稳定岩体块处理的设计方案。

三年多的时间，陈磊带领的支护小组共处理100立方米以上的不稳定块体700多个，为船闸墙体开挖闯过最艰难最危险的时段立下了汗马功劳，而且创造了没有死伤一个人的安全生产奇迹。

2002年2月，一个“吹面不寒杨柳风”的日子，三峡工地迎来了一位大牌岩土专家——美籍华裔科学家石根华博士。石根华是“关键块体理论”创始人，是位自视甚高的不稳定块体处理方面的权威。实地考察和听取陈磊等人的情况介绍后，石根华服了，瞪大眼睛，竖起大拇指，连声赞叹：“你们对不稳定块体的年处理量之大，十分惊人；你们的认识程度和工作方法，十分先进，对未来的工程界是非常好的范例，我非常佩服。”

采访手记

采访中，我向陈磊请教：“何为块体理论？”

陈磊说：“块体理论的核心是找出岩石临空面上的关键块体。所谓关键块体，是指在外荷载和块体自重作用下，由于滑移面上的抗剪强度不足以抵御滑动力而将失稳的块体。块体理论对实践的指导意义在于，在边坡和洞室工程中，可用来优选边坡走向和倾角，优选洞轴线方向和断面形状，确定不稳定岩块的坍塌形式及加固措施。”

陈磊还说：“块体理论对我们处理五级船闸高边坡开挖同样有指导意义，但在实践过程中要冒一定的风险。就是说船闸高边坡爆破后，我们必须及时跟进，看哪些地方存在不稳定的块体，这些块体是否需要支护，支护是用锚杆还是喷锚等，最迟要在一周之内确定设计处理方案，交给施工方实施。处理得越快对岩体稳定越有利。”

我问：“这项工作危险大吗？”

陈磊表示：“危险系数相对还是比较高的。比如，搜索过程中倘若有松动的石头掉下来，砸到人身上，轻者受伤，重者可能当场牺牲。好在我们很幸运，虽然遇到过几次危险，但都化险为夷了。”

“处理三峡永久船闸开挖过程中高边坡中出现的块体的不稳定问题，郑总到现场吗？”我又问。

“郑总虽然忙，但也会抽时间来现场。特别是双线船闸进入直立边坡开挖的关键时期，郑总到现场的频次多了，如遇问题，还会与我们共同研究处理方案。另外，为了保证设计意图能在施工中得以贯彻，年过六旬的郑总也会同中青年工程技术人员一样，爬高坡、钻隧洞、攀登脚手架……”陈磊说这些的时候，眼中充满了钦敬。

十一 质量重于泰山

1

千秋大业，质量第一。责任重于泰山！

作为三峡工程设计总成单位的总工程师，郑守仁的双肩一边驮着神圣的使命感，一边驮着高度的责任感。在他的心中，工程质量高于一切，对党负责、对国家负责、对人民负责和对历史负责是他始终不渝的信念。

“长江委主持设计的水利水电工程，从葛洲坝开始，就不仅管设计，也管质量，形成了一个传统，即使后来有了监理，也不例外。对于三峡这样世界瞩目的工程，作为设计单位，我们格外重视质量问题，不敢有半点的马虎和懈怠。”郑守仁郑重地对笔者说。

三峡工程开工不久，一度出现了一些标段层层转包的现象，对工程质量带来不良影响。对此，郑守仁忧心忡忡，他奔走于业主、施工、监理等单位之间，严肃指出问题，呼吁叫停这种行为。

他坐在三峡公司总经理陆佑楣的对面，神情凝重地对这位学长说：施工层层转包，必然会导致资质不够、实力不强的关系户涌入；而施工企业为了赚钱，只得层层扒皮，偷工减料在所难免，这样一来，施工质量如何保证？！三峡工程不同于其他工程，必须避免层层转包的问题，这样方可从源头上把住工程质量关和廉洁关。

此前，陆佑楣已陆续听到一些反映，这次郑守仁亲自登门“游说”，更让他认识到问题的严重性。他蹙眉正色道：“这事不解决不行了！”之后，陆佑楣专门召开会议，责成有关部门出台相关制度，约谈施工单位，提出严格要求，基本扭转了工程层层转包的局面。

大会小会，大场合小场合，郑守仁必讲工程质量，反复强调三峡工程的成败首先在设计，一流的设计才有一流的工程。他叮嘱设计人员，要牢记周总理当年在葛洲坝的谆谆教诲，“战战兢兢，如临深渊，如履薄冰”，以科学严谨的态度，竭尽全力把三峡工程设计工作做好。他还在多个场合强调指出：“在质量问题上要原则第一，不能妥协，不能搞少数服从多数。”

他是这样说的，更是这样做的。每一块大坝基础、每一项分部工程、每一个项目工程的验收，他都要求设计人员以铁面无私的精神把好质量关。

从工程开工到大江截流，从浇筑第一方混凝土到大坝巍然耸立，从临时船闸通航到永久船闸建成，十几年如一日，他为三峡工程质量精益求精、一丝不苟，认真履行着应尽的职责——如同有洁癖的人眼见地板缝中塞入什么脏东西，一定要挑出来并扫走一样，一点都不迁就。

1997 年，郑守仁当选为中国工程院院士。但是郑守仁还和原来一样，没有一点高高在上的权威架势。三峡工程重点部位的基础验收，他仍要亲临现场，为工程质量站台把关。

高质量来自高标准，高标准必须有章可循。于是，百忙中的郑守仁抽时间主持编写了 130 万字的《水利枢纽工程质量标准及监控》。

有了标准和规范固然重要，但执行的刚性更重要。在这方面，需要执行者有黑脸包公的狠劲。

曾多年跟随郑守仁进行现场设计的刘宁（曾任水利部总工、副部长，现任青海省省长）这样评价他的上级和老师：“郑总为了三峡工程质量能达到一流水平，严字当头，坚持原则，不怕得罪人，就是舍弃一切也在所不惜。”

“郑总是个很低调、很尊重别人的人，平时说话和风细雨，没见过他跟谁发过脾气。但在工程质量问题上，他的眼里从不揉沙子，说过不少硬话、狠话。”现在依然工作在郑守仁身边的陈磊说。

说起郑守仁对三峡工程严把质量关的情况，顺手可以拈来一串故事。下面只讲三则，虽是管中窥豹、冰山一角，却能说明问题。

2

故事之一：“陈磊就是我们这里最有经验的工程师！”

这个故事的主角是时任三峡工程设代局的工程师、现任长江设计院枢纽处副总工程师兼三峡工程设代局土建技术负责人陈磊。

1987 年 7 月，20 岁的陈磊从葛洲坝工程学院毕业，直接被分配到清江隔河岩水电站建设工地，成了时任长江委隔河岩设代处处长郑守仁手下的新兵。这个外表俊朗、内心要强的小伙子，在郑守仁等前辈的指点下，在实践的磨砺中，像春苗一样茁壮成长。1995 年隔河岩工程完建后，他又追随郑守仁转战三峡工地，成了坝工专业驻现场的设计代表。

在与郑守仁共事相处的日子里，他耳濡目染，既学技术又学做人，骨子里渗透着对工作一丝不苟、精益求精的因子。

陈磊来到三峡工地后，具体负责的第一项工作便是三峡一期工程大坝右纵坝身段基础开挖和混凝土施工的现场设代,并代表设计参加基础验收。

三峡右岸一期碾压混凝土纵向围堰位于中堡岛右侧，其中坝身段是三峡主体工程的组成部分。围堰全长 1228.45 米，分上纵段（544.21 米）、坝身段（106 米）和下纵段（578.24 米），最大高度 90 米。

万丈高楼平地起。三峡大坝的基础是重中之重，在质量把关上一定要坚持原则，坚决不搞变通。陈磊这样告诫自己。

他整天泡在工地，严格按设计要求和施工图纸贯彻设计意图，进行工程验收。对待工程质量问题，他敢于当包公唱黑脸，不怕得罪人。

1995 年 10 月，在中堡岛进行的三峡大坝第一块——右纵坝身段基础开挖基本完成，施工方是国内大名鼎鼎的中国水利水电建设王牌之师——

▶郑守仁和陈磊在三峡工地现场

葛洲坝工程局。

正当葛洲坝工程局认为施工前的一切准备就绪，就要派人进场开浇第一仓混凝土时，却被陈磊给叫停了。

原来，陈磊在现场检查时发现，大坝基础总体开挖量不足，未能满足设计要求。经请示设代局领导同意，陈磊及时向施工单位下达了加深基础开挖的处理意见。

施工方见陈磊虽然年轻，但在工程质量问题上“眼里不揉沙子”，加上自知理亏，只好组织了第二次基础开挖。但由于赶工期，活干得比较糙，致使开挖面起伏差明显增大，仍达不到设计规范的要求。陈磊一方面要求施工单位对不符合规范要求的部分进行填塘处理，一方面明确表示，该工程单元质量等级只能评为“合格”。

心高气傲的葛洲坝工程局的一位负责人不干了：我堂堂葛洲坝工程局，当年曾为万里长江第一坝——葛洲坝建设的铁军，之后又转战多个水利水电建设工地，兵强马壮，谁不敬我们三分？你陈磊一个毛头小伙，居然小题大做，吹毛求疵，这不是存心跟我们过不去吗？

施工方的这位负责人直接找到陈磊，脸挂冰霜，语中带刺：“小陈啊，我们都按你的意见对基础进行处理了，费了这么大的劲，评个优良有何不可？我和你们郑总在搞葛洲坝工程时就是老相识了，你这个小年轻就别较真了。”

陈磊的倔犟劲上来了，寸步不让：“你们对基础处理得还不到位，基面高低不平还很明显，只能评为合格。”

那位负责人见陈磊如此不谙人情世故，气呼呼地拂袖而去，驱车直奔郑守仁的办公室。

“郑总啊，你们设代局的陈磊太年轻了，没有工作经验，你还是派个有经验的工程师来验收吧。”来人仗着与郑守仁是老相识，进了郑守仁的办公室便高门大嗓地放起了“机关枪”。

郑守仁问明事情的原委后，明白了对方的意思，语气坚定地予以回绝：“陈磊就是我们这里最有经验的工程师。”

那人在郑守仁那里碰了一鼻子灰，又把状告到了业主单位——三峡总公司一位副总那里。这位副总曾是郑守仁的老上级，他显然被施工方忽悠了，居然打电话给郑守仁，为施工方讲情，请设代局高抬贵手，把该单元的工程质量评为“优良”。郑守仁没有给老上级面子，在摆事实讲道理的基础上，明确表示陈磊严把质量关没有错，该单元的工程质量只能评为“合格”。

之后，郑守仁在设代局有关会议上多次提及此事，立场鲜明地肯定陈磊坚持原则的做法。他说：“对工程质量把关，就是要像包公那样铁面无私。”

有了郑守仁这样的“后台”撑腰，设代局的工程师们对工程质量把关的底气更足了。

3

故事之二：“不把地质缺陷问题处理好，我们不会在验收单上签字。”

这个故事的主角是时任长江委设计院枢纽处坝工室副总工程师、现任长江委长江设计院总工程师的王小毛。

1996 年春节前，左岸非溢流坝 8 号坝段进行基础验收。当时设计方的验收代表正是王小毛。在施工质量把关上，王小毛也是位铁面人。

此时城市乡村到处洋溢着浓浓的节日氛围，但在三峡工地上，这种节日气息似乎与建设者无关。大家都忙得不可开交，几乎把人间烟火都忘记了。

这天，王小毛奉命代表设计方对左非 8 号坝段基础进行验收。在现场，他发现施工方没有按设计要求将基岩裂隙和松动块石等地质缺陷处理好，特别是有一块数立方米的大石头，因爆破震动松动了，但施工方并未进行挖除或锚固处理。

“这怎么行呢？差得太远了。”王小毛急了，黑着脸拒绝在验收单上签字。

业主、监理方的验收代表也认为达不到验收的要求，不约而同地摇头摆手。

施工方的负责人也觉得他们自己干得过于粗糙，一位负责人尴尬地打圆场道：“你们说得有道理，我们抓紧处理一下。”

大年三十这天下午，王小毛接到施工方的电话，说基础处理已经完成，请业主、设计、监理方到现场进行验收。

王小毛赶到施工现场，再次检查，发现施工方仍没有按要求把大坝基础的地质缺陷处理到位，面沉似水：“不把地质缺陷尤其是这块松动的大石头处理好，不能进行验收。”

施工方的负责人说：“民工都回家过年了，找不到人处理。王工你看能不能通融通融，差不多就行了。我看这块石头不会影响质量大局……”

监理方（华东设计院派驻）的代表也替施工方说情：“大家都不容易，王工你就高抬贵手吧。签了字，大家都可以回去过年了。”

王小毛摇头：“这不是通融不通融的问题，这是个责任问题，处理不到位我不能在验收单上签这个字。”

“明天是正月初一，有关领导都要到工地进行检查和慰问，中央电视台还要到现场拍摄浇筑第一仓混凝土的镜头，影响了施工进度，大家都不好看。”施工方的负责人还在试图说服王小毛放他们一马。

王小毛没有答应。回到设代局后，立即向郑守仁作了汇报。

郑守仁表面不动声色，心中却不平静：“小毛，你坚持得对。不把基础地质缺陷处理干净，不能进行验收。”

郑守仁不放心，又带领王小毛急匆匆地赶到左非 8 号段基础现场。

这时，已是下午 5 点多钟，夜幕已经降临。但见现场的灯已亮了起来，有三四十人在那里劳动着，里边还有一些妇女和半大孩子。

施工方的负责人见郑守仁来了，连忙打招呼：“郑总啊，您看我们把职工家属都发动起来了，正按你们的要求对基础缺陷进行处理呢。”

郑守仁见家属都到工地干活来了，心生感动：“大年三十了，你们辛苦了，给大家拜个早年！”接着，他话锋一转，对施工方负责人说：“三峡工程是千年大计。基础不牢，地动山摇！大坝基础不能有半点问题，否则将留下无穷隐患，我们将成为千古罪人！”

说这番话时，郑守仁虽然没有高声大嗓，但谁都能听出其中蕴含的严厉和分量。

临走的时候，郑守仁又撂下一句狠话：“不把地质缺陷问题处理好，我们是不会在验收单上签字的。”

施工方见郑守仁态度鲜明，没通融的余地，只好打起精神，组织力量，对基础缺陷进行了较为彻底的清除，特别是对那块松动的大石块进行了锚固。

正月初一凌晨 3 点半，设代局值班室的电话铃急促地响了，王小毛拿起听筒，里面传来施工方一位工程师的声音："王工，抱歉，大半夜打扰你，我们已把基础地质缺陷处理好了，请你来验收。"

"总算把地质缺陷处理好了。"检查过现场的情况后，王小毛长出了一口气。

凌晨 4：30 左右，设计、业主、监理、施工方的代表先后在验收单上签了自己的姓名。

王小毛说："当时签上自己的姓名时，我感到握笔的右手沉甸甸的。"

十二　真正的"秘诀"在于把"总工程师"当好

1

老话说：一个人浑身是铁，也捻不出几根钉子。又说：三人为众，众人拾柴火焰高。

"长江王"林一山说："什么是总工程师？某种意义上是'工程师之总'，主要是把来自各个专业的工程师们的智慧集中起来。集中好了，才能当好总工程师。"

从 1983 年 9 月郑守仁任长办葛洲坝工程设代处副总工程师起，"郑总"这个称呼便被人们叫了起来，但只是在内部的小范围。1988 年 6 月，他被任命为长办副总工程师，自此以后，叫"郑总"的人逐渐多了起来。到了 1994 年 2 月，他被任命为长江委总工程师兼三峡工程代表局局长以后，"郑总"这个称呼逐渐成了郑守仁的代号，不论是在长江委还是全国的水利界，几乎都这样称呼他，郑守仁也愿意大家这样称呼他。

郑守仁的老同学也是老领导黎安田说："当年提拔守仁当长江委总工程师时，有些同志持有不同意见，认为郑守仁是个好人、劳模，但好人、劳模不一定能当领导。说白了，就是看他老实厚道，对他的组织协调能力有所怀疑。但我和大多数同志了解他，认为他行。后来的实践更充分证明，守仁不但是个好人、劳模，而且还是一个非常称职的总工程师。”

曾多年跟随郑守仁“南征北战”的林文亮说：“早年间，有些人见郑总为人厚道，脾气温和，不爱言语，就怀疑他的领导能力。其实，郑总的组织协调能力相当强，他属于那种大局在握且心思缜密的人——不论是宏观微观、总体局部，还是设计、科研、试验，什么时候该做什么，他都能全盘把握，统筹兼顾，有条不紊；同时，对于现场设计和施工的每一个细节都熟稔于胸。他还有一个优点，就是知人善任，作风民主，勇于担责。大家在他手下工作，虽然干得很累、很苦，但心情舒畅，都能充分发挥所长，而且本事提高很快。”

曾在三峡工地给郑守仁当了多年助手、现任长江设计院总工程师的王小毛说：“郑总抓工作有两个特点。一是抓大放小。他善于把握工作的方向和重点，主次分明，而不是眉毛胡子一把抓。安排部署工作时，他慢条斯理，思路清晰，逻辑性强，显然是之前进行过深思熟虑的。对于具体工作，他会根据责任分工，放手让下属大胆去干，而且推功揽过。当然，对一些大事要事，他又十分重视细节，一丝不苟。二是作风民主。虽然郑总本人经验丰富、技术高超，又是三峡工程设代前方的‘一号首长’，但他总是虚怀若谷，从不将个人的意见强加于人。技术民主、科学决策是他的一贯作风。每遇重大的技术问题，他都要组织开会讨论，集思广益，充分听取各方面意见，然后慎重作出决策。”

“郑守仁这个总工程师，最大的特点是能够充分发挥团队中每个人的聪明才智。”采访中，黎安田、季昌化、傅秀堂、袁达夫等人都这样评价郑守仁。

郑守仁对“总工”这个角色也有自己的见解。

他说：“搞水利水电工程，不同于解一道数学难题或做一次化学试验，它需要一个群体，不是一个人能完成的。而我只是这个群体的代表之一。”

他说：“总工程师这个角色，并不意味着在工程技术问题上总比别人强，而是要能够集思广益，善于吸纳别人的意见，善于总结经验教训，尽最大可能作出正确的技术选择。同时还要勇于负总的责任，不能出了问题推给别人。遇到像三峡工程这样的庞大复杂的工程，没有集体的智慧做后盾，想把工作做好是不可想象的。”

郑守仁属于那种行胜于言的人，而且言必求实，以行证言——他说的话，必然会在行动中兑现。

2

“现场设计技术讨论会”是郑守仁在长期工程建设实践中独创的一种集思广益的方法，也是他当好总工程师的“秘诀”之一。

三峡工程建设期，工程出现的问题层出不穷，现场技术讨论会也就经常开，有时白天开，有时晚上开，有时是白天晚上连续开。讨论的问题有时是一两个，有时是三四个，重要技术问题一般要多次开会研究。会上，涉及哪个专业，相关部门负责人先谈意见，以抛砖引玉；之后，大家围绕问题展开讨论，谁都可以发言表达观点，而且郑守仁要求大家知无不言，言无不尽。由于气氛民主，每个人都可以畅所欲言地表达观点，甚至对一些问题争得面红耳赤。这样做明显的好处在于，能够激活大家的思维，形成智慧火花的碰撞，使富有创意的“金点子”迸发出来。最后，再由郑守仁集中大家的智慧，加以总结升华，作出判断或决定。

▶ 与专家在施工现场研讨

对于一些大家争论较大的重大技术问题，郑守仁也没想好的，留待下次会议再作讨论，或者借助于水工试验和水力学计算成果，提请专家咨询论证，再作决策。

水利界元老、中国工程院院士钱正英当年曾发出这样的感慨：凡涉工程拍板的事，往往是摇头容易点头难，点头是要冒责任风险的。别看郑守仁平时严谨细致，为人谦和，但他并不优柔寡断，他是一位敢于直面问题、敢于拍板的人。

采访手记

事实上，由郑守仁主持的三峡工程技术问题讨论会除了“长江三峡水利枢纽工程现场设计技术问题讨论会议”外，还有“长江三峡工程设计技术问题讨论会”——这同样是郑守仁广泛听取各方面意见、集中大家智慧的重要方式。只不过，这一会议的规格更高，研究的问题更重大，参加的人员除了长江委、长江设计院、长科院等单位的负责人和技术骨干外，还有长江委技术委员会的老专家。比如文伏波院士、洪庆余大师等，只要没有特殊情况，都被邀请参加会议。而且，这种会议大多以长江委的名义召集，地点多在武汉的长江委或长江设计院的会议室。郑守仁则以长江委总工程师、党组成员的身份主持，并对大家讨论的问题进行归纳总结，形成决策意见。

我手头有一本《长江三峡工程设计技术问题讨论会纪要汇编（1999年）》，里面汇集了1999年郑守仁主持召开的49次会议的纪要。仔细阅读，发现会议主要是围绕当前三峡工程存在的急需解决的有关重要技术问题进行讨论，涉及的内容很多，如三峡工程右岸地下电厂总体布置、三峡工程左厂2—3号坝段混凝土裂缝处理问题、加强三峡工程安全监测设计管理、审查《三峡永久性船闸第一级船闸闸门适应不同分期水位方案专题研究报告》、审查《三峡水利枢纽永久船闸、大坝和电站二期启闭机械、电力拖动及控制设备采购招标文件》、大坝基础约束区混凝土夏季施工中与设计有关的问题、审查三峡水利枢纽建筑规划方案、三峡工程三期碾压混凝土围堰爆破拆除试验研究工作安排等内容。

由于经常在晚间召开现场技术问题讨论会，后来在设代局逐渐形成了一个约定俗成的习惯，即便没有会议通知，各位局领导和部门负责人以及一些技术骨干也大多会在看过央视的《新闻联播》后，自觉走进办公楼二楼会议室碰碰头，说说话，交流一下有关情况。

每次技术讨论会都要出会议纪要，将会议情况和讨论的问题记录在案。“要是一个内行看这些纪要的话，那真是一部关于三峡工程建设的历史画卷。大多数情况下，郑总会提前一两年甚至更长的时间运筹某个重要问题，下好先手棋，通过集体讨论的方式确定初步思路或方案后，就布置做试验，试验结果出来后，再组织大家做进一步的研究论证，确定方案后，再去和业主、施工等单位交换意见，达成共识。”林文亮对“现场技术问题讨论会”的价值有着深刻认识，“郑总的这种善于调动人们主观能动性、群策群力的做法深深影响着身边的每个人，对大家的成长进步好处多多，我自己更是受益匪浅”。

当笔者问郑守仁为何不嫌麻烦，搞这些现场技术讨论会的会议纪要时，老人家憨憨一笑：“除了为了留存资料，方便向专家征求意见外，还有一个责任问题，出了问题我负责，因为会议决定的这个事情是我拍板定的，跟其他人员关系不大。”

如果说《现场设计技术问题讨论会议纪要》大多是他人整理，由郑守仁审核签发的话，那么《现场设计工作简报》则是郑守仁亲自操刀所为，期期如此。“这些简报耗费了郑总很多精力，而且几乎都是加班加点完成的。”林文亮说。

郑守仁告诉笔者，亲自动手编写简报的习惯始于葛洲坝工地。当时，他作为葛洲坝设代处施工导流组负责人，即开始动手编写与自己业务相关的工作简报。

据当年的《人民长江报》载：“从围堰施工到现在（1981 年 2 月），他编写了大量大江截流和围堰设计施工简报，一般 3 ~ 7 天编写一期，从未间断，目前已编至第 85 期，约 30 万字。这些简报的每一期都能把当时的设计施工情况和围堰安全情况写进去，写得详细、具体，有数据，有说明，而且数据准确，误差很少，实际上是设计施工情况面貌的录像、纪实，是一个重要的、有价值的、连续性的档案材料。这些简报，起到了及时向各级领导和兄弟单位通报情况，表扬设计施工中的好人好事，督促及时改进工作、改进施工管理、提高施工质量和通报建筑安全运行情况等作用，引起各方面的普遍关心和重视。水利部领导很高兴地向长办领导提出，希望其他方面的工作也能像截流和围堰施工一样，能定期出简报。”

后来到了清江隔河岩水电站和三峡工程建设工地，郑守仁坐镇主持设代工作，这种亲自写简报的习惯不但被传承下来，而且进一步发扬光大。

为何要花费这么多时间和精力亲自编写这些工作简报呢？郑守仁给出了这样的解释：

其一，自己有需求。通过写简报这个过程，对前一阶段的工作进行梳理总结，有助于深入系统地掌握情况，发现问题，触动思考，为扬长避短、谋划下一步的工作打下基础。

这让人想起伟人毛泽东的一句名言：“我是靠总结经验吃饭的。”总结经验就是在实践和再实践的基础上，进行认识和再认识的工作，就是不断地把感性认识上升到理性认识，不断使认识升华的工作——这是一种重要的思想方法和工作方法。我想，郑守仁之所以成为郑守仁，郑守仁之所以成为三峡工程设计总工程师和著名的中国工程院院士，与他一贯重视向实践学、向他人学，善于在学思践悟中总结提高，包括用撰写简报这种在别人看来很“笨”的方法总结提高，有着密切的关系。其实，纵观世间那些事业有成者，真没有谁是靠偷懒耍滑走捷径而获得成功的，勤奋勤奋再勤奋、坚持坚持再坚持、自律自律再自律，一定是成功者身上的重要标签。很多时候，“笨办法”其实就是最好的办法。

其二，工作有需要。通过编写工作简报，可以及时为有关领导、专家和工程技术人员掌握三峡工程建设动态、了解相关情况提供有价值的信息。当然，在不经意间，也为后人研究三峡工程的建设过程留下了宝贵的史料。

对此，曾任三峡总公司总经理的李永安给予了高度评价：“郑总主持的现场设计技术问题讨论会所形成的《会议纪要》和他亲笔起草的《现场设计工作简报》，从隔河岩工程到三峡工程的十几年里，我每期必读。这是不可多得的、极为重要的第一手资料。”两院院士张光斗先生更是对《现场设计工作简报》青眼有加，每期必读；若偶尔脱期未收到，必来信或来电讨要。而且老先生通过看简报，一方面了解到三峡工程进展的真实情况，另一方面发现技术、质量和管理等方面的问题后，一定会毫不客气地指出，表明自己的立场和观点，往往还要开出解决问题的“方子”。

当然也不乏“见贤思齐”者。比如，现任长江委勘测设计院副总工程师、全国工程勘测设计大师翁永红曾说过这样的话：“我在现场主持会议，尽量不接电话的，因为任何人发言我都要听。金沙江乌东德水电站从开工到现在，我已积攒了600多份会议纪要，它们记载了工程进展的全过程。这一点我是向郑守仁总工学的。”

自三峡工程1994年开工到三峡工程完建及收尾，20多年来，在郑守仁的组织、主持（个别时候因出差或其他特殊原因，则委托其他人主持）下，召开“长江三峡工程设计技术问题讨论会”300多次，召开“长江三峡水利枢纽工程现场设计问题讨论会”2500多次，形成会议纪要680多万字。由他亲笔撰写的《现场设计工作简报》500多期，400余万字。这些看似烦琐、枯燥的工作简报和会议纪要，无疑是极为珍贵的原始资料，也是郑守仁一步一个脚印走在三峡工地最真实、最细致的写照，更烙印着他对三峡工程的一片赤诚之心和真知灼见。

至今还在三峡坝区陪伴郑守仁的三峡设代局枢纽处副总工程师陈磊告诉我们：在三峡工程设代局工作的人都知道郑总有一个习惯，就是认真审签每一次会议纪要，亲笔撰写《现场设计工作简报》，供技术人员和相关领导、专家参阅。后来，三峡工程完建了，郑总仍然驻守工地，主持技术成果整编和工程扫尾的工作。虽然年纪越来越大了，又重病在身，但他仍然亲力亲为，认真撰写每一期《现场工程设计简报》。当然，伴随着三峡建设扫尾工作的基本完成，编写的简报数量逐年递减，但直到2018年还编发了四五期。

翻看这些会议纪要和工作简报，三峡工程建设时的每一点进展成就、每一个问题的发生和解决、每一次技术讨论和工作安排，都清清楚楚。这一期期的《会议纪要》和《现场设计工作简报》是郑守仁和他的团队智慧和心血的结晶，是一部反映三峡建设技术历史的皇皇巨著！

3

自 1993 年 1 月郑守仁任三峡工程代表局局长以来，先后与他搭班子或做得力助手的干将有谢修发、王世华、林文亮、陈珙新、刘宁、王小毛等人。这些人作为郑守仁的左膀右臂，都在他的手下如鱼得水，充分发挥聪明才智，成为建设大三峡的功臣。

1. 老将：谢修发、王世华

说谢修发、王世华是老将，是因为他们的年龄比郑守仁大几岁。俗话说，老将出马，一个顶俩。在郑守仁诸多的助手中，这二位老将发挥了特殊重要的作用。

1936 年出生于广东潮州的谢修发，1963 年 7 月从华南理工大学工业与民用建筑专业毕业，与郑守仁同年来到“长办大院”的施工处。因所学专业不同和工作需要，郑守仁主打施工围堰和导流、截流设计，谢修发主打施工附属企业（如砂石料拌和系统、皮带机安装等）设计。

郑守仁与谢修发缘分很深，是一同转战陆水、乌江渡、葛洲坝、隔河岩的老战友。1986 年 6 月，长办成立葛洲坝、隔河岩工程设代处，郑守仁任处长，谢修发任副处长。1991 年 5 月至 1993 年 1 月，郑守仁任长江委副总工程师，仍坐镇隔河岩工地（事实上仍是现场设代的“最高指挥官”），谢修发则代郑守仁成为葛、隔工程设代处处长。到了 1993 年 1 月，三峡工程设代局成立，郑、谢为正、副局长，两人又成搭档。

谢修发的长项一是附属企业和混凝土施工设计，二是具有较强的组织协调能力。在三峡工程准备阶段和一期工程建设时期，谢修发主持了三峡坝区征地移民和坝区规划、布置，“四通一平”（四通是指通水、通电、通路、通电信，一平是指平整场地），砂石料混凝土生产系统设计等工作。

人们看到，谢修发团队忙碌身影的背后，一座采用水上水厂船新技术建起的水上施工供水系统造出来了，一条以桥隧为主的对外交通路铺出来了，一幢幢办公楼和职工宿舍耸立起来了，还有当今世界上规模最大的人工砂石料生产系统、混凝土生产系统带着骄傲的微笑落地，向人们诉说着一种殷殷的企盼……

二期工程建设中，谢修发带领他的团队，打破传统思维窠臼，开展了人工砂石料、混凝土、低温混凝土生产系统、塔带机、供料线浇筑和施工栈桥等方面的优化设计工作，为工程顺利实现蓄水、通航和发电三大目标扫平了道路。其中，混凝土预冷二次风冷骨料技术研究与应用（获国家技术发明二等奖）、大坝混凝土快速施工技术（获湖北省科技进步一等奖）等项发明，谢修发在其中起到了重要作用。

为加快二期厂坝混凝土浇筑的速度，经业主和设计等单位研究，决定采用塔带机、皮带机供料线为主，门塔机、缆机和汽车运输、吊罐为辅的施工方案。

所谓塔带机，是指在塔式起重机上增设一套悬吊皮带输送机械系统而形成的联合体，是一种新型的先进混凝土浇筑设备。与传统的浇筑设备相比，塔带机具有明显的优势，它集水平运输和垂直运输混凝土于一体，简化了运输环节，加快了混凝土入仓速度，而且操作灵活，运行稳定。

1996 年 9 月 2 日，三峡工程首次引入美国生产的塔带机，这是一台世界最大的塔带机，甫一应用，就让人刮目相看——不但运送混凝土的数量惊人，而且速度很快。但在实施过程中，也出现骨料分离或过于集中等突出问题。为此，谢修发带领设计、施工单位组成攻关组，因地制宜对塔带机进行了优化设计和改造，解决了其“水土不服”的问题，为后来的大批量引进铺平了道路。

王世华于 1932 年出生在甬江之畔的宁波，成长于黄浦江畔的上海，1956 年初毕业于华东水利学院河川系水工专业后，便怀揣着建设大三峡的梦想来到长办（长江委），主要从事大型水利水电工程规划设计和现场设代工作，历任专业项目组组长、副科长、施工处副总工程师等职。

王世华与郑守仁曾在乌江渡、葛洲坝等工程建设中并肩战斗；郑守仁兼任三峡工程设计代表局局长后，王世华先后被任命为设代局的副总工程师、长江委长江设计院驻三峡工地设总等职，成为郑守仁技术上的得力助手。

郑守仁对王世华这位学长兼兄长信任有加，而王世华也用卓有成效的业绩作为回报——从 1994 年三峡工程开工建设到 2005 年主体工程完工，十多年间，他全力协助郑守仁组织、协调和指导现场设计工作，积极参与施工过程中有关技术问题的解决。

王世华与郑守仁都经历过葛洲坝大江截流的洗礼。三峡大江截流，郑、王两位老搭档再度联手，他们心有灵犀，配合默契，为三峡建设贡献着力量。比如大江截流的前奏——“预平抛垫底”，如果说郑守仁是总策划、总设计的话，那么王世华则是在具体实施上下足了功夫。

“王总，你在截流方面经验丰富，大江截流预平抛垫底的技术问题请你多抓一抓，现场施工多盯一盯。”郑守仁用商量的口吻对王世华说。

“郑总，我的脾气你了解，只要我能干的，一定会不遗余力！”老当益壮的王世华心里早就憋足了劲，掷地有声地回答。随后，他便义无反顾地冲到预平抛垫底的设计与施工第一线。

为了确保平抛垫底材料汛期过水不被激流冲走，并缓解与长江通航的矛盾，王世华创造性地提出了平抛垫底高低坎结构布置、分序施工的方案。经过试验和实践证明，效果相当不错。

设计拟定用 500 立方米对开驳船和 280 立方米底开驳船在水上定位抛投垫底物料，但一个重要前提是要摸清沙砾料和石碴料在深水动水中的沉移和成形。王世华认为，需要通过模拟试验来确定沉移和成形的参数。得到郑守仁的首肯后，王世华找来长科院宜昌水工所的科研人员，与他们共商试验方法和路径，确定以物料流失率和粗化率为控制标准，并据此锁定抛投的位置。试验时，王世华经常“蹲守”现场，及时与试验人员研究解决问题。试验成果出来后，王世华又到现场指导施工单位做实船试验，采取 GPS 定位和水下跟踪等技术，使平抛垫底施工得以顺利进行。

在二期土石围堰、三期碾压混凝土围堰、茅坪溪沥青混凝土心墙土石坝建设中，王世华运用扎实的理论知识和丰富的实践经验，协助郑守仁攻克了不少技术关隘。

2. 骁将：林文亮、陈珙新

骁将者，勇猛的将领也。说林文亮、陈珙新是骁将，是因为他们二人都是急性子，工作风风火火，说干就干，敢打敢冲。

林文亮，湖北当阳人，1946 年 11 月生，1970 年毕业于北京地质学院水文地质工程专业，后又到葛洲坝工程学院（现三峡大学）进修水工建筑专业。由于他具有地质、水工双专业的学养，又参加过葛洲坝、隔河岩等重大工程的设计和现场设代，成为难得的“两栖”之才。

1993 年，三峡工程即将开工，郑守仁点将，林文亮告别澧水江垭枢纽工程监理总站副总监的岗位，履新三峡工程设代局。他先是主持枢纽设代处工作，后任设代局局长助理、副局长、长江设计院副总工程师等职，成为郑守仁手下的得力干将。

1997 年是三峡大江截流和一、二期工程衔接的重要年份，枢纽设代处承担着通航、发电、大坝等各主体工程建筑的施工详图供应的繁重任务。

“文亮，现在施工详图供应要求很急，咱们可要千方百计保证‘弹药’供应啊。”郑守仁对林文亮说，语速虽然不快不慢，但脸上却写满了焦急和迫切。

“郑总，请放心，我们就是拼死拼活也要保证施工详图的供应，要是断了供，您拿我是问！”林文亮声若洪钟，眼神坚毅。

在郑守仁的支持下，林文亮积极协调长江设计院安排现场设计，克服了工地住房、办公设备不足等困难，使现场设计迅速步入正轨，扭转了这一时段三峡施工详图提供滞后的局面。

能否及时、迅速处理现场设计中出现的问题，是检验一位工程师综合能力的试金石。岗位职责使然，林文亮在三峡工地常常处在风口浪尖上。

三峡永久船闸高边坡是三峡工程建设的重大技术难题之一，备受国内外工程界的关注。进入直立墙开挖阶段后，设计时预测的大型不稳定块体逐步露出狰狞面目。这些块体具有体量大、埋藏深、力学参数变化大等特征，更让人头疼的是，它们中的大多数恰处于闸首或支持体等结构受力复杂的部位，其稳定计算复杂、设计周期长。

为了及时扫清船闸建设中的拦路虎，郑守仁责成林文亮成立一个由地质、基础、航建、结构等跨专业人员组成的现场支护设计小组，随时跟进双向五级船闸直立边坡的开挖情况，及时对岩体爆破后出露的不稳定块体提出加固处理方案，以满足施工的需要。

在林文亮的带领下，现场支护设计小组冲锋陷阵，仅在两年的时间内，就处理了 600 多个不稳定块体。

这天，支护设计小组遇到了第三闸室直立墙一处断层，但见断层顶部裂隙张开，监测资料显示变形加剧。对于这个大块头的“硬骨头”，支护小组的个别成员产生了畏难情绪：“要不先放一放，明天再说。”

林文亮一听，脸色紫黑，眼睛喷火，大声吼道：“必须在 24 小时拿出设计方案，否则谁也别下班！”

大家一怔，全体噤声。

“林局，别着急，我们干就是了。”说“放一放再说”的那位青年工程师伸了伸舌头，深深地低下了头。

在林文亮的主持下，设计小组连夜开会研究解决对策，经过群策群力，终于在天亮之前完成了设计方案，交付施工单位。

在永久船闸二期开挖支护中，林文亮积极主张和推动现场优化设计，改系统支护为针对性局部支护，既保证了施工安全和进度，又节约了投资。

林文亮深知，郑守仁作为总揽三峡工程设代工作的“一把手”，工作千头万绪，担子很重，便主动多替他分担管理工作和日常事务。比如，他协助郑守仁在设代管理方面进行了创新，组织制定了设代人员信息传递规定、设代人员守则、质量档案管理制度、现场值班记录制度、生活管理规定、枢纽设代工作条例等，使设代工作更加规范有序。再如，每晚技术讨论会后，别人都回去休息了，他还要组织有关人员整理会议纪要，重要会议的纪要则亲自动笔撰写，再呈郑总审定。这样，他经常要工作到很晚才能“收工”。

与郑守仁同龄的陈珙新，是湖北兴山人，1965 年自武汉水利水电学院河川枢纽及水电站建筑专业毕业后，成了长办施工处的一名技术员，主要从事基础灌浆设计工作，是水利工程基础处理和围堰防渗方面的专家。

陈珙新目光炯炯，浑身上下充满了精气神。当年林一山那句“技术人员一定要深入现场，没有哪一个工程师坐在办公室能够搞出来”的话，他记了一辈子，也坚持了一辈子。在陆水、葛洲坝、隔河岩等水电建设工地，都留下陈珙新苦干、实干的足迹。

三峡工程上马后，陈珙新任三峡工程设代局设计代表处副处长。

三峡工程一期横向土石围堰，要建在厚厚的淤沙层上，这是个“禁区”。为了在一个枯水期完成围堰的防渗施工，陈珙新具体组织实施了上游段防渗墙和强风化层灌浆试验，引进冲击反循环钻机建筑槽孔，并促成中南冶金机械厂（现为宜昌黑旋风工程机械有限公司）与葛洲坝工程局合作，成功研制出反循环钻机配套设备——泥浆净回收装置，为工程的顺利进行提供了利器。

二期围堰防渗墙建设同样是一场攻坚战。为了解决施工中的技术问题，郑守仁多次召集会议，研究应对之法。每次会议，郑守仁都点将陈珙新，让他率先发言，提出意见和建议。如对塑性混凝土墙体材料配比、深槽左侧遇 80 度岩石斜坡以及超深孔预埋灌浆管定位架定位、块球体爆破、低压浓浆预灌防止塌孔等技术问题，陈珙新提出的许多富有创见的意见被采纳。同时，他还深入施工第一线，进行设计交底并指导施工单位实施。

二期围堰防渗墙施工的最后一个阶段，正值 1998 年长江大洪水期，围堰被凶猛的洪峰反复冲击。当时，围堰深槽段第一道防渗墙挡水，与之相距 6 米的第二道墙正在紧张施工中。

险情还是出现了。

一次大洪峰来临时，观测到第一道防渗墙体每时每刻都在向下游倾斜变形，测得最大变形量高达 69 厘米，远超预计的变形值；其间还发生防渗墙顶端上接的土工布拉裂和多处漏水的情况。

危险的阴云笼罩着施工现场。

郑守仁坐镇现场，指导排险。

“珙新，你的围堰和防渗墙施工经验丰富，现在这种情况，有什么好办法吗？”郑守仁向陈珙新征求意见。

“郑总，我认为采取化学灌浆措施，可以堵住漏水通道。”陈珙新郑重地建议，显然是思谋已久的方案。

“我看可以。立即通知施工单位连夜实施。”郑守仁想了一会儿，觉得没有比这更好的办法，表态同意。

施工单位早已严阵以待，设计方案一出，便迅速展开抢险，挑灯夜战数小时后，漏水通道被堵住了。疯狂的洪水最终没能撼动围堰。

“好在围堰设计时已充分考虑到遭遇大洪水的情况，故在防渗墙下游侧实施了振冲加固，加上塑性混凝土墙体材料及其配比试验研究获得了充分可靠的依据，才使得防渗墙适应了堰体较大的变形，没有被压垮。当然，抢险措施及时有力，也是确保围堰转危为安的重要保证。”事后，陈珙新总结道。

3. 小将：刘宁、王小毛

相比于前面的“诸将”不是“30 后”就是“40 后”，刘宁和王小毛都是“60 后”，当年是不折不扣的“小将”，也有人称他们为“少壮派”。

1962 年 1 月出生于吉林临江的刘宁，是清华大学水利系水利水电工程专业的高才生。1983 年 7 月毕业后便怀揣着建设大三峡的梦想来到长办。1994 年三峡工程开工时，年仅 32 岁的他已经担任长江设计院枢纽处副处长兼三峡设计室主任，主持挡泄水建筑物的设计工作，出色完成了各项设计任务。

1996 年，刘宁以长江委总工程师助理的身份来到郑守仁身边。郑守仁是个惜才、爱才的人，放手给刘宁压担子、交任务，让他全面介入三峡工程的各项设代工作。最初的一段时间，老少两代工程师无论是在工地上还是会场上几乎是形影不离，这位年轻的助手很快以他优异的表现赢得了“师傅”的赏识。

1997 年 11 月大江截流成功后，三峡工程进入二期阶段，也进入了建设任务最繁重的关键期。1998 年，时年 36 岁的刘宁被任命为长江委副总工（这是长江委历史上最年轻的副总工程师），成为郑守仁的“左膀右臂”。

在郑守仁身边工作，刘宁学到了很多，也为郑守仁分担了不少。郑守仁到现场处理工程技术问题时，刘宁就在后方协调各方配合前方的设计工作；郑守仁镇守后方时，刘宁便冲到前方“东挡西杀”，负责现场设代工作。一老一少配合默契，一时传为佳话。

作为副总，刘宁不仅要协助郑总做好技术协调和统领工作，还要独当一面，负责二期工程大坝厂房、船闸闸室开挖等重大项目的设计工作，打赢了一个又一个现场施工设计的硬仗。

伴随着三峡主体施工的全面展开，工程的质量缺陷和问题接连暴露出来，设计单位必须要派得力人员到施工现场去处理。郑守仁审时度势，决定在设代局成立工程质量缺陷处理设计小组。

“刘宁，这个小组长你来当吧，虽然不好干，但对你很有锻炼价值。”郑守仁点了刘宁的将。

“没问题，这个组长我来当！”刘宁当仁不让，迎难而上。

刘宁走马上任后，立即投入到各种棘手问题的处理中。在郑守仁的大力支持下，刘宁既敢于坚持原则，又善于协调矛盾，得到了方方面面的认可。对于刘宁的出色表现，郑守仁感到十分欣慰，他这样评价自己的爱徒：“施工质量缺陷的处理，刘宁要和各方面打交道，这项工作不好做。能做到各方满意，不容易。”

2001 年 12 月，刘宁调离长江委，另有重用。走出三峡工地的刘宁先后任水利部总工程师、副部长，青海省委副书记，现任青海省省长。

刘宁离开三峡工地后，他的继任者王小毛来了。

1963 年 11 月出生于江苏昆山的王小毛，1985 年 7 月从华东水利学院水工结构专业毕业后，成为长江设计院枢纽处的一名技术员。凭着扎实的技术功底和勤奋努力，王小毛很快脱颖而出——枢纽处二室副主任、枢纽处副处长，长江委总工助理，长江设计院副总工、全国工程设计大师，长江设计院总工……他的履历虽比不上刘宁辉煌，但也足够炫目。

2002 年 3 月，王小毛以长江委总工助理的身份来到三峡设代局，协助郑守仁负责技术工作；2003 年 9 月，王小毛任长江院副总工，仍以郑守仁助手的身份常驻设代局。

对于新来的助手王小毛，郑守仁同样悉心培养，呵护有加，一方面当他的技术导师，一方面给他压担子，让他在实践中历练。作为青年才俊，王小毛与刘宁一样，在郑守仁身边学习着、成长着。

采访时，王小毛对郑守仁对他的栽培充满了感激。他说："郑总很重视年轻技术人员的培养和提携，我在郑总身边工作的几年，他在技术上不但言传身教，而且还有意识地给我压担子，让我在实践中经风雨、见世面、长才干。比如，在处理三期碾压混凝土围堰漏水事故时，郑总就有意把我推到前场，让我带领有关人员先研究提出处理方案，让我在三峡总公司召开的围堰漏水处理讨论会上代表设代局汇报发言，让我与业主、施工单位共同研究解决处理过程中遇到的问题。而他则更多是站在我的身后，面授机宜，指点把关，做坚强的后盾。"

有师如此，夫复何求！

刘宁、王小毛们是幸运的。

当然，幸运者还不止刘宁、王小毛，还有不少其他"小字辈"，前面提到的杨文俊就是其中的一位。

采访手记

杨文俊对郑守仁对他的照拂提携充满了感恩。除了在做三峡工程导流、截流等试验中郑守仁耳提面命，给予他不少悉心的指导外，还有一件事情让他终生难忘。杨文俊讲述道：

2002年前后，《长江科学技术文库》丛书编委会的负责人找到郑总，说他们策划的"长江科学技术文库"已列入国家"十五"重点图书出版规划项目，准备请各有关方面的著名专家分头撰写，请郑总就长江葛洲坝、三峡截流技术方面写一本书。郑总觉得这是一件很有意义的事，就答应了，并确定题目为《河道截流及流水中筑坝技术》。可是因为三峡工程尚未建完，他还很忙，想找一位助手。郑总想到了我。我当然求之不得，能和大院士共同著书立说，是件荣幸的事，但我又担心自己没名气和水平低，达不到编书的水平。郑总给我打气，鼓励我要有勇气有信心，初生牛犊不怕虎，并提出编写的思路和提纲，做了分工。著书的过程，实际是总结经验、研究学问、提高水平的过程。遇到技术问题，我便向郑总请教，他不论多忙碌，都会找时间耐心答复，并指出问题，明确方向。就这样，在郑总的指导和帮助下，我较好地完成了我要承担的部分。完稿后，郑总又进行了认真审核把关。

杨文俊感慨道："当然，和郑总在一起工作的日子里，不但向他学习本事，更向他学习做人，他的敬业、担当、坚韧，他的奉献、高尚、清廉，都给我们树立了标杆。"

4

为了当好三峡工程设计总工程师，郑守仁除了注重充分调动设代局每位工程师的工作积极性、主动性和创造性外，还特别倚重设代局背后强大的技术支撑单位——长江委长江设计院的力量。

当时，长江设计院有近两千人马，人才济济，兵强马壮，是三峡工程的设计总成单位。三峡工程勘测设计与研究论证时期，设计院是主力军；三峡工程建设时期，设计院负责各单项设计和工程招标文件、施工详图的编写等工作，还要配合前方设代局做好现场技术服务。

谈起长江设计院对三峡工程的技术支撑作用，郑守仁的脸上露出欣然之色。他说，没有长江设计院这个强大后盾，单靠前方设代局这三四百号人马，要完成三峡这座规模超巨大、技术极复杂的工程设代任务是不可能的。谈话中，他提到了袁达夫、钮新强、宋维邦、谢向荣、薛果夫等许多人的名字，如数家珍般地道出了他们的功绩。

因篇幅关系，这里单表袁达夫。

袁达夫其人，是位勇于任事、敢挑重担的猛将、干将，行事风格大刀阔斧、雷厉风行。他于 1937 年出生于浙江新昌，1962 年毕业于上海交通大学发配电专业，先后参加了丹江口、偏窗子、虎跳峡等水利工程的勘查设计工作；参加或负责葛洲坝、隔河岩、三峡等工程的机电设计工作，是著名的机电设计专家。

1993—1998年，袁达夫任长江设计院（1994年8月之前称长江委设计局）常务副院长，主持日常工作。其时，正是三峡工程设计供应的大忙季节，不但要完成8个单项工程设计（包括4座主要建筑物——大坝、电厂厂房、永久船闸和升船机，还有机电、二期围堰、建筑物的监测和泥沙专题），还要做好各种招标设计、施工设计详图的供给等，有些问题还要补充做试验研究，不少工作需要突击完成，任务特别紧急，困难重重叠加。

三峡工程正式宣布开工前，郑守仁就找到袁达夫，与他推心置腹地交换了一次意见，中心意思是请长江设计院务必做好三峡工程的技术保障工作。

袁达夫深知前方设代工作的强度，更知郑守仁肩上担子的沉重。面对他一向十分敬重的郑总，袁达夫郑重而又充满豪迈地表态道："郑总，请放心。三峡工程设代现场需要什么，不论是单项设计、招标设计、施工图纸，还是科研等工作，我们设计院都会全力以赴，绝不拖前方的后腿。"

袁达夫说到做到，不放空炮。

他居中调度，精心组织，周密安排，一手抓设计，一手抓科研，带领他的团队不断闯关夺隘，使各种设计图纸、招标文件、科研成果等源源不断地输送到三峡建设前方。

如果说郑守仁是三峡工程现场设计的前敌总指挥，那么袁达夫就是后方负责粮草、兵马补给的后勤部长，一个韩信，一个萧何。

为了三峡，袁达夫带领他的设计院勇挑重担，担当作为，关键时刻冲得上、顶得住，交出了一份又一份高分的成绩单。下面只举一例。

1997年2月初，三峡总公司组织专家对三峡工程大坝和电站厂房土建与安装施工招标文件进行审查。根据三峡工程施工总进度的安排，要求长江委设计院务必于当月25日前将打印好的招标文件交给三峡总公司，然后迅即开展招标，以利于1997年大江截流后立即投入二期主体工程建设。完成任务的时间满打满算不到20天，其间还包括春节。

"袁院长，这项工作时间紧，任务重，是块硬骨头，只能辛苦你们加班加点去啃了。"会后，郑守仁握住袁达夫的手，关切地叮嘱，郑重地拜托。

"郑总，放心，请相信我们设计院的战斗力！"袁达夫一脸的坚毅和自信。

2月5日，袁达夫率参加审查会的人员自宜昌返回武汉后，立即进行了紧急动员和部署。2月8日（正月初二）下午，参加标书编写的60多位工程技术人员进驻长江委招待所，开始了封闭十几天的集中办公。袁达夫亲自督战。大家没日没夜地苦干，忙得天昏地暗，终于在24日晚完成了130多万字、200余张图纸的招标文件的编制工作。2月25日，当飘着淡淡墨香的招标文件如期送到三峡总公司时，贺恭副总经理十分感动，连声说："好！好！长江委真了不起！"

像这样争时间、抢进度的遭遇战、攻坚战，说常态化有些夸张，但在袁达夫的印象中至少有二三十次之多。

袁达夫所领导的长江委设计院成了三峡设代局后方的坚强堡垒，打了一个又一个漂亮的攻坚战，这让郑守仁颇为满意。

让郑守仁满意的还不止这些，还有袁达夫的拿手好戏——机电设计方面的独特贡献。

内行都晓得，机电工程设计不是机电产品设计，也不承担机电设备制造，但它决定着制造厂为各个水电工程生产什么样的设备及提供设备的规格、技术参数、数量等，也决定着水电机电、金属设备的先进性和可靠性。

三峡机电工程不仅有世界上规模最大的水电站，还有世界上规模最大的双线五级船闸、升船机等永久建筑物的电机拖动与控制。这样，无论是集成设计还是单个设备容量、技术要求等，都超过国内外已建的水电工程，都面临着一个又一个技术难题。当时，国内要制造出适合三峡工程的主要机电设备还存在困难，加之三峡工程采取分期蓄水、围堰挡水发电的建设方案，更增加了机电工程设计和设备制造的难度。

就说三峡机电设备的龙头老大——水电机组的设计、制造和安装。

三峡电站一台水轮机组的容量为70万千瓦，相当于新中国第一座自己设计建设的大型水电站——新安江水电站全部机组的发电机容量，是体积重量都十分了得的一个庞然大物。

三峡工程开工前，世界上已有制造单机容量100万千瓦的能力，世界上已运行的50万至70万千瓦的水轮发电机组已有50多台，其中70万千瓦的机组有 21 台，但我国能设计制造的最大机组只有 32 万千瓦。而且还有一个难题不容忽视，就是三峡工程实行分期蓄水、围堰发电，机组运行时坝前水位变幅达 50 米。如此大的变幅，水轮机要不断适应不同水头压力的冲击，设备本身受损严重，而且容易发生水管冲垮事故。

三峡工程发电机组的单机容量，1986 年至 1987 年重新论证时确定为 68 万千瓦。进入初步设计阶段后，长江委设计院会同有关单位综合考量各种因素，特别是考证国外同类型机组成功运行的实际而最终敲定为 70 万千瓦。莫小觑每台机组只增加了 2 万千瓦，如此一来，水电站的总装机容量由原来的 1768 万千瓦提高到 1820 万千瓦，多年平均发电量由 840 亿千瓦时增至 847 亿千瓦时。

我们说 70 万千瓦水轮发电机组是庞然大物，是因为一方面它很重——从下至上由水轮机座环、涡轮涡壳、转轮及其导叶、发电机转子、定子等构成机组本体。水轮机总重 3350 吨（每一个叶片就重达 21 吨），发电机总重 3800 吨，装配好的机组总重量高达 7150 吨，接近法国埃菲尔铁塔的重量。另一方面它很大——一台水轮发电机组，水轮机名义直径达 9.5 米；发电机定子（非转动部分）铁心内径长达 18 ~ 20 米，这个发电机与水轮机联轴的大块头的身量足够魁梧。

水电的发电原理与火电截然不同。水电的动力来源是水，火电则是煤；水力发电需要拦河筑坝，自坝前引水孔放水冲击水轮机叶片，使其旋转，由于水轮机与发电机联轴，水轮机转动便带动发电机转子转动，转子切割定子线圈磁力线，形成强电磁场，电能便从水能、机械能实现转换；火力发电用煤首先燃烧形成热能，然后将热能转换成气能（即蒸气），再将气能推动汽轮机旋转，从而实现热能、气能、机械能到电能的转换。

不看不知道，一看吓一跳，在考察国外某著名机电制造公司时，看到人家的机电产品和生产工艺的先进，袁达夫心中五味杂陈，一种强烈的渴望如长江洪流般撞击着他的心扉：能不能以引进为契机，实行拿来主义，把国外的先进机电制造技术学到手，通过消化吸收和研发创新，实现国产

化，使我们的技术赶上乃至超过发达国家的水平，跻身于世界先进行列？

回国后，袁达夫还把这种渴望报告给了郑守仁，郑守仁深以为然，他们又共同把这种渴望通过各种方式传递到三峡总公司、国务院三建委。

国务院三建委审时度势，作出了深谋远虑的英明决策：三峡工程水轮机组、施工设备、超高压输变电线路等采用技贸结合、技术转让、联合设计、合作生产的方式进行国际招标。目的显而易见，就是想借助三峡工程上千万千瓦的巨大蛋糕，在采购国外先进设备的同时，通过“引进、消化、吸收和再创新”，为特大型水轮机组国产化创造条件。

三峡总公司在左岸电厂 14 台机组的招标文件中，旗帜鲜明地提出了“三个必须”：投标者必须与中国企业联合设计、合作制造；必须向中国制造企业全面转让核心技术，技术转让内容由中方厂家提出，而且要培训中方技术人员，中方认为培训合格为止；中国制造企业分包份额不低于合同总价的 25%，14 台机组的最后 2 台必须以中国企业为主制造。

消息传来，郑守仁和袁达夫都很兴奋，袁达夫甚至像年轻人一样手舞足蹈。高兴之余，他们清醒地认识到，要做成这件具有里程碑意义的事，严峻的考验还在后头呢！

三峡机组是世界上最大的混流式水轮发电机组之一，又具有额定水头低、水头变幅大、过机水流含一定的泥沙等特点。特别是水轮机要在 61 ~ 113 米如此大的水头变幅下运行，运行条件十分苛刻，在世界同类机组中绝无仅有。

国外著名机电专家了解到上述情况后，对郑守仁、袁达夫等人说：“三峡工程的机组设计不仅是对中国同行的挑战，也是对世界同行的挑战。”

国内专家对郑守仁、袁达夫等人说：“机组如果不能安全稳定地运行发电，三峡水电站就白建了。”

郑守仁对袁达夫说：“袁院长，你是机电方面的行家，发电机组的安装调试，就看你的了。”

郑守仁虽然称袁达夫为袁院长，但其时袁达夫的实际职务已是长江设计院三峡工程设计总工程师（因年龄的原因，1998 年 8 月，袁达夫已从常务副院长的岗位退了下来，转任三峡工程设总）。摆脱了行政事务的羁绊，袁达夫反而心无旁骛，全身心地投入到三峡工程的机电设计工作中，专业特长发挥得淋漓尽致。

2003年6月，三峡左岸电站首批发电机组进入紧张的安装调试阶段时，经郑守仁等提议，袁达夫被“钦点”为三峡左岸电站发电启动验收委员会试验运行指挥部副总指挥。

面对这项光荣而艰巨的任务，已经66岁的袁达夫“老夫聊发少年狂”，当着郑守仁和各方人士的面，以舍我其谁的气概立下军令状：“三峡机组不发电，我决不回家！”

在首批机组调试期间，袁达夫率领30多位机电设计人员，日夜奋战在设备安装第一线，针对调试过程中出现的问题，及时优化设计，纠正偏差，保证技术服务的到位。

在第一台机组开机时，长江三峡总公司总经理陆佑楣、长江委总工兼设代局局长郑守仁等领导都来到了现场，以示重视，以壮声势。

首次启动70万千瓦的庞然大物，袁达夫心里不免有些紧张和忐忑。

陆佑楣轻声问袁达夫：“能行吗？”

郑守仁也把询问的目光投到了他身上。

平时以“豪放”著称的袁达夫这次没敢说大话，因为他心里也没有百分之百的把握，只好照实回答：“等转起来看。”

电门启动了。从点动开机后逐步升至额定转速、过速试验，显示一切正常。

现场响起一片欢呼声。

接下来的日子，正当人们对下一步调试工作满怀乐观的时候，意外从天而降。

5号机组调试。在做过速试验紧急关机过程中，突发状况：水轮机顶盖、控制环、流道剧烈振动，剪断销部分断裂，在水车室给人以地动山摇的感觉。

在场的人无不大惊失色。袁达夫大张着嘴，半晌说不出话来，身体的每一根神经都乱突突的，像过了电。

闻讯赶来的郑守仁对参与调试的设计人员说："出了问题大家不要慌，只有稳住心神才能沉着应对。先找发生问题的原因，再找解决问题的办法。"

"郑总说得对，请大家尽快平复心情，当务之急是抓紧检查一下是不是我们的设计出了问题。"袁达夫也收拢了之前被冲得乱七八糟的思绪，开始沉着地对应急处置工作做出安排。

通过对相关设计进行复核，发现设计没有问题；接着又根据录制的各种曲线和数据进行分析，认定是发生水力振动所致；继而又查找引发水力振动的因素，发现可以通过调节导叶关闭的时间来解决。但由于时间紧迫，发生问题的机理尚来不及搞清楚。

最终袁达夫的团队认为，从安全的角度出发，适当延长第三段导叶关闭时间，可以避免水力振动。

后来的调试表明，这个办法果然奏效。

5号机组顺利通过72小时试运行、成功并网发电后，三峡总公司专门委托长江设计院对机组调试过程发生水力振动问题进行专题研究，得出如下结论：由于水轮机导叶片快速关闭，导致引水管振动失衡，产生水锤激发了振动；通过调整导叶片的三段关闭时间，特别是适当延长导叶的第三段时间，可有效避免激振的发生。

一阵风雷电，始见日月光。经过中外专家的共同努力，5号机组调试了21天，过速试验终于过关。

"成功总在风雨后。但我们的调试任务还没有完成，大家还要加油干噢！"袁达夫用充满血丝和喜悦的眼睛扫描着手下的爱将们，又发出了"革命尚未成功，同志仍需努力"的号令。

经过近两个月的艰苦付出后，袁达夫的团队（当然少不了业主、施工、监理等友军的协同会战）迎来了三峡首批发电机组调试的成功，实现了"不发电不回家"的庄严承诺。

三峡工程左岸电站混流式机组引进和安装调试的过程中，也是我国哈尔滨电机厂有限责任公司、东方电机公司等制造厂家拿来引进、消化吸收、研发创新的过程，最终拥有了水轮机水力设计、定子绕组绝缘、发电机蒸发冷却等具有自主知识产权的核心技术，具备了与国际水电设备制造巨头同台掰手腕的能力。

于是，在三峡右岸和地下电站机电设备招标中，“哈电”“东电”两家国内制造商拿到了订单。在机组制造过程，郑守仁责成袁达夫团队向厂家“挑刺”“发难”，逼使他们进行技术创新、优化设计，拿出呱呱叫的产品。

这年秋天，当峡江两岸满山遍野挂满累累果实的时候，袁达夫们也分享到一份硕大的丰收喜悦：在大型水轮机组制造上，中国人用智慧解出了一道“7=30”的数学题，即用 7 年的时间追赶了世界 30 多年的水平，实现了从“跟跑”到“领跑”的历史性跨越。

十三　善借“外脑”虎添翼

好风凭借力，送我上青云！

郑守仁深知，要当好三峡工程设计总工程师，除了必须紧紧依靠长江委特别是长江勘测设计研究院、长江科学院这两支由无数聪明大脑和勤奋双手汇成的强大技术力量外，还必须善于借智借力，特别是借助于“外脑”——外部专家学者的智慧和经验，从而在充满泥泞和荆棘的道路上少走些弯路。

应该说，三峡这座“全球第一号水电工程”，本身就具有无与伦比的吸引力，加上郑守仁独特的人格魅力，于是，以文伏波为首的长江委技术委员会和张光斗、潘家铮、曹楚生等一批顶级水利水电专家纷纷出山，献计献策。借助于这些强大“外脑”，郑守仁和他的团队如虎添翼。

“长江委技术委员会和张光斗、潘家铮等老专家，理论功底深厚，技术经验丰富，见多识广，是我们十分倚重的‘智囊团’。每当三峡工程遇到技术上的‘疑难杂症’，都会请他们来指点迷津，别看有时他们的意见或建议就那么几句话，却往往切中要害，让你有拨云见日之感。按照他们的法子去做，许多难题迎刃而解。”郑守仁如是说。

最强外脑之一："长江委技术委员会"

1

三峡工程开工后，各种技术问题便排着长队找上门来，让郑守仁和他的团队应接不暇。

郑守仁首先想到了以文伏波院士为首的长江委技术委员会，决定请他们来做技术顾问和咨询，一方面为重大技术问题的解决出谋划策，一方面为技术成果和工程质量进行审验把关。

那么，长江委技术委员会（以下简称技委会）是个什么样的队伍呢？

资料显示，技委会成立于 1985 年 11 月 9 日，是日长办印发了《关于成立技术委员会的试行决定》，明确其性质"是一个咨询性的组织"，其任务是受长办（后来的长江委）委托，对某项规划、设计、科研等技术问题进行咨询，以充分发挥已退休的高级技术人员的余热。

根据长办的决定，1986 年聘任了 15 名技术委员，由文伏波、洪庆余分别担任正副主任委员，并明确长办技术顾问李镇南、杨贤溢、曹乐安三位同志参加技委会的领导工作。之后，随着长江治理开发事业的发展，技委会承担的咨询任务越来越多，聘任的委员逐渐增多，至 1996 年技委会成立十周年时，共有技术委员 59 人，后来保持在百人左右，其专长基本上涵盖了全长江委的各项业务。

当问起为何想要邀请技委会的专家们出山时，郑守仁回答："一来技委会中的那些老专家具有丰富的水利水电建设经验和较高的技术水平，而且他们中的不少人过去曾经从事过三峡工程的勘测、规划和设计工作，对三峡工程的地质、水文、关键技术环节等情况比较熟悉。二来技委会还有一大优势，就是这些委员专家们几乎都居于武汉，不论是在武汉还是到宜昌三峡工地，请他们来参加会议或咨询比较方便。"

的确，在以文伏波为首的技委会委员中，不少是当年参加或主持过三峡工程前期勘测、设计、科研和论证的"老三峡"。只是这些"老三峡"

虽然与三峡工程轰轰烈烈地“恋爱”了一场，却最终无缘缔结“连理”——因为岁月无情，三峡工程上马的时候，他们大多已经退休或退居二线了。但他们对“三峡恋人”的痴心未改。

郑守仁理解他们的情愫，也深知他们的能力水平。现成的“智库”不用，岂不可惜？不只是可惜，那简直是傻！但郑守仁可不傻，别看他温和善良、隐忍静虑、寡言少语、不善交际，但他自有精明和高明之处。

采访手记

翻阅技术委员会委员们的简历、事迹，听采访者的介绍，笔者发现这些委员中不乏重量级的人物，比如文伏波、洪庆余、李镇南、杨贤溢、曹乐安等，都是水利水电界一流的专家。除李镇南（原长办总工程师）、曹乐安（原长办副总工程师、中国工程设计大师）在三峡建设时年事已高且去世较早外，文、洪、杨等资深专家后来都成了郑守仁特别倚重的“张良”。

技术委员会主任文伏波，先后参与或主持设计了荆江分洪、丹江口水库、葛洲坝工程等重要工程，后又主持编制了《长江流域治理综合规划》，一生致力于长江流域重大水利工程建设，以卓越的才能和丰富的经验破解了许多重大技术难题，创建多多，成果丰硕，先后任长办（长江委）副总工程师、副主任，1994年成为中国工程院首批院士。

技术委员会副主任洪庆余，参与主持了丹江口、陆水、葛洲坝、万安、隔河岩、三峡等水利工程的规划、勘测、设计和科研工作，曾任长办枢纽处副处长、处长，长办副总工程师、总工程师，1994年被评为全国工程设计大师。1986年至1989年三峡工程论证过程中，洪庆余是长江委配合各专家组论证工作的主要技术负责人之一，还是1989年《三峡水利枢纽可行性研究报告》和《三峡水利枢纽初步设计报告》的主要编写人和审核者。

技术委员会顾问杨贤溢，长期从事长江水利水电工程设计与科研工作，参与或主持了荆江分洪和丹江口、葛洲坝等工程的设计，他还是长江委水利科研工作的奠基人之一，先后任长科院副院长、长办总工程师、长办副主任等职。当年，他所领导的长科院承担了三峡工程试验研究的大部分课题，取得了一批高质量的科研成果。

除了这些院士、大师级人物外，技术委员会还有一些在工程规划、勘测、设计、施工、管理等领域的资深专家，比如潘天达、刘一是、季昌化、季学武、吴康宁、郑允中、洛叙六、宋维邦、徐麟祥，等等。这批技术骨干虽然已退出一线工作岗位，但他们的脑力、精力和热力尚在，无疑是建设大三峡的一笔宝贵财富。

对邀请长江委技委会专家开展三峡工程技术咨询的提议，设代局上下都拍手称好。于是郑守仁决定，除了吸纳技委会的部分资深专家经常参加在武汉举行的“三峡工程技术问题讨论会”建言献策外，同时邀请技委会每年至少 4 次组织有关委员来三峡工地调研考察，现场提出咨询意见。每次活动大体时间为 3 天，过程基本上是“三部曲”：现场考察、听取汇报、进行座谈讨论并提出咨询意见。

郑守仁说，自 1995 年起，请技委会的专家每季度到三峡工程现场搞一次咨询活动，这是常规动作；也有自选动作，就是在工程建设中遇到大的技术问题时，事先“安排”的时间等不及了，就请他们随时来，增加咨询的频次。2008 年三峡主体工程完成后，三峡建设进入尾声，技术问题不多了，技委会的“咨询”次数亦随之减少，改为每年两次或一次，到 2013 年以后基本没有了。

已退休多年的长江委原副主任、84 岁的季昌化先生，身板硬朗，耳不聋，眼不花，思维敏捷，十分健谈。谈到长江委技术委员会对三峡工程的技术咨询情况，季老告诉我们：“当年守仁请我们这些退居二线的老同志每年去三峡至少 4 次，头些年主要是文主任（文伏波）、洪总（洪庆余）带队。后来他们年事渐高，去现场不方便了，主要是我带队。三峡工程中的重大技术问题，比如一期土石围堰淤砂处理、大江截流与明渠截流、纵向碾压混凝土围堰漏水处理、左岸混凝土裂缝处理、永久船闸高边坡处理等，我们都出了不少主意。而且每次咨询活动都要写出书面咨询意见，供守仁和设代局参考，有时还视情况抄送业主单位和长江委党组，让他们了解情况，心中有数。守仁非常尊重我们，除了极特殊情况，每次都陪同我们到施工现场考察，亲自介绍有关情况，并与我们一同座谈讨论，虚心听取意见。他还让设代局的技术骨干参加咨询讨论会，与我们共同探讨问题；有时他们提问，我们解答，形成互动和碰撞。咨询会上，大家都能坦诚地发表意见建议，有时对某个问题看法不一致，还会“吵翻了天”，但都是对事不对人……”

我手头有一本《长江委技术委员会咨询意见汇编》（2001—2002 年合订本），其中开篇为《长江水利委员会技术委员工作简况》，其中有这样一段文字：“据不完全统计，技术委员会成立以来（截至 2002 年 12 月），参加长江委领导和有关部门召开的技术讨论会 500 余次，涉及三峡工程设计、移民规划、监理及其他工程项目，提出书面咨询意见 70 余份；应长江委三峡代表局邀请（自 1995 年开始），技术委员会到三峡工地开展现场调研咨询活动 27 次（年均 4 次），提出书面咨询意见 27 份，都起到了较好的作用。”

2

长江委技术委员会对三峡工程建设的技术咨询，绝不是流于形式走过场，而是实打实地搞咨询、硬碰硬地解难题。

何以见得？

1997 年，是三峡工程的大江截流期，也是三峡工程进入主体大规模施工的关键年。这一年，技术委员会应郑守仁之邀，四上三峡工地，每次活动 3 ～ 4 天，内容包括现场查看工程、听取汇报和座谈提出意见建议。

《四月份导流明渠通水前咨询意见》洋洋洒洒数千字，兹将基本内容辑录如下：

> 1997 年 4 月 28 日至 30 日，长江委技术委员会应总工程师郑守仁同志的邀请，组织了 12 位技术委员，由技委会副秘书长赵纯厚

带队到三峡工地。在郑守仁总工、设代局局长助理林文亮等同志的陪同下，技术委员实地察看了三峡工地左岸永久船闸、1—6号机组和钢管槽、临时船闸、升船机坝段开挖、右岸导流明渠开挖及护岸护底工程、纵向围堰坝身段及RCC混凝土浇筑质量实际情况。在工地，委员们还听取了总工郑守仁、设代局施工设计代表处副总工高黛安、长江委总工助理刘宁等同志关于三峡目前设计、施工进展情况及施工质量问题的情况介绍。委员们经过实地察看和听取介绍后，对三峡工程施工中出现的质量问题和技术问题提出了许多宝贵的意见和建议。现将主要意见综述如下：

一、关于大坝及厂房混凝土配合比参数问题

单项技术设计阶段，我委考虑到大坝混凝土耐久性要求，提出外部混凝土一律不掺粉煤灰。但三峡总公司有的领导坚持认为外部混凝土应掺30%的粉煤灰……这次报送的计划合同部的混凝土配比参数中，外部水上、水下部位变化区均掺粉煤灰20%。

这次委员们在纵向围堰坝身段看到RCC混凝土岩芯，其中有“蜂窝状”孔洞、“微喀斯特式”发育。据介绍，坝身段RCC混凝土裂缝多，压水和灌浆各处串通，RCC坝身混凝土今后要承受100多米水头，情况严峻。建议吸取历史和现实经验。当年湖南柘溪大头坝混凝土也是大量外掺烧黏土作为全国技术领先水平来推广，（水库）建成蓄水后出现大量劈头缝、危害坝体安全，后来处理的投资相当高昂。现纵向围堰坝身段混凝土大量掺粉煤灰，裂缝严重。因此建议：

1. 三峡工程二期混凝土中，粉煤灰掺量要严加限制，维护“标书”让步的允诺范围……

2.……如三峡总公司坚持对外部混凝土要提高掺粉煤灰30%，我们也只能按公司的意见执行，但要做备忘录，保留我们的意见。

3. 纵向围堰坝身段RCC混凝土裂缝问题。接缝灌浆时发现灌区上下层相互串通，混凝土不密实，廊道漏水较严重。坝身段为永久建筑物，存在的质量问题应予重视。建议钻孔检查，研究补强措施，可在邻近上游坝面的 RCC 混凝土中钻孔灌浆，形成坝体防渗帷幕……

4. 对抗冲耐磨混凝土，特别是深孔有压段，应采用 525 号纯熟料水泥，不能掺用粉煤灰。因影响到工程安全，应坚持原则据理力争，寸步不让，不能妥协。

5. 对长科院材料所等单位提出的混凝土掺粉煤灰的抗冻试验成果的看法。该方法采用水胶比为 0.5 的混凝土，按不同粉煤灰量 20%、30%、40% 与不同掺量的加气剂组合，成果表明掺粉煤灰 40% 的抗冻性较好，并得出掺量愈多抗冻愈好的结论。多数委员认为这是个假象数据，因为粉煤灰掺量愈多，同时加气剂就成倍地加大，必然是含气量造成的假象，尚不能说明粉煤灰掺量多就对抗冻有利。建议采用同一加气剂掺量，按不同粉煤灰掺量进行对比试验，对粉煤灰的掺量问题作出客观、全面、科学的结论。

二、关于明渠进水与通航问题

1. 三峡开发总公司已确定明渠 5 月 1 日破堰进水，7 月 1 日过船试航。按目前工程进展情况，明渠堰内段问题不大，遗留的主要问题是明渠上下游进出口须挖设计断面，尚余有土方 100 余万立方米……上述进出口开挖在明渠进水后，全部为水下开挖。

2. 三峡导流明渠的布置形式、横向和沿水流向的复式断面、渠身及进出口渠底高程是经多年设计科研单位多方案研究和优化的结果。如果进口不能按设计断面开挖干净，势将影响明渠水流流态和通航的水力学条件。

3. 明渠 7 月 1 日过船试航，上述水下挖方须在 5、6 两个月挖走，时间紧，强度大，任务重。根据国内工程实践，深水水下开挖工效较低。为此，建议三峡总公司督促施工单位高度重视，制订具体的切实可行的施工计划和技术措施，集中精力组织力量会战，抓紧完成……

4. 明渠下口处右岸护坡护脚宽度设计 40 米，三峡总公司决定为 16 米，我方除出具不同意的书面文件外，要求认真做好抛填混

凝土四面体的施工准备和加强汛期监测，备好临时抢险的材料，做好技术准备工作，以确保这段护坡的安全……

三、关于永久船闸开挖质量问题

永久船闸开挖已进入闸墙直立段，施工爆破质量不如临时船闸的航道开挖。两者的地质条件类似，效果不同，说明施工技术水平有差距。现在的问题是爆破槽两侧虽然距直立墙面留了约 8 米保护层，但保护层岩体已被炸得乱七八糟，爆破影响非常严重。因此建议：

1. 鉴于船闸规模大，技术复杂，必须慎重对待地质条件，特别是裂隙的具体展布情况。在勘测阶段很难判断清楚，必须根据开挖过程中发现的实际情况，修改、优化设计，即采取动态设计。业主成立四方联合小组，协调指导和解决施工中出现的问题是必要的，同时，业主将临时支护设计交给长江委设计院，对于保证施工安全以至动态设计，也是非常有利的。建议给这个联合工作组增加一条职能：随班控制爆破装药量，监控岩体质点震动速度。

2. 永久船闸闸室槽直立墙开挖得很不好，看不出直立墙的样子。不知现场施工人员实际上是否严格按技术规程操作了。为了保证直立墙开挖成功，首先要严格控制爆破装药量，密切监控直立墙岩体中的质点震动速度，其标准应通过实测确定。

3. 向三峡总公司正式提出要求施工单位严加控制爆破，提高爆破质量。

4. 请长江委主动派遣有经验的爆破专家到现场详细观察布孔、装药及爆破程序，发现问题及时提出改进措施，供施工单位采用……从实践看，武警部队爆破技术比葛洲坝集团差，为了工程质量，我们应主动进行帮助。

5. 永久船闸——竖井塌方 200 多立方米，升船机北坡一处塌方 1000 立方米，都是较大裂隙密集且交会构成顺坡不稳定楔体，加上爆破影响造成的。这些高边坡均有局部的大裂隙（长 5 米以上）密集地段，间距只有 2 ~ 3 米，如有不利的组合形成，不稳定楔体就容易坍塌……施工单位有责任及时做临时支护，设计单位可根据地质素描预测可能不稳定楔体并及时通知监理及业主转告承包商。

……

四、关于左岸厂房1—6号坝段坝基、升船机坝段及临时船闸施工质量问题

……

长江委总工室整理

一九九七年五月八日

洪庆余副主任阅后批示：

施工质量问题是今后三峡建设中的一个关键问题，委员们在这次考察中提出的混凝土配比问题与船闸开挖爆破质量问题都很重要。对质量问题，我认为长江委必须坚持原则，不能有丝毫退让，有些一时搞不清的问题，宁可“保守”一些，不要怕戴保守的帽子。

之所以用这么大篇幅把《四月份导流明渠通水前咨询意见》的大部分内容原汁原味地摘录下来，目的是想还原长江委技委会专家们在咨询中的真实工作状态，比如：采取了什么方式？咨询了哪些问题？建议意见的“含金量”如何？看过之后，您觉得技委会的这帮老专家厉害不？

我觉得挺厉害的，试着总结出以下三条：

一是技委会的专家们内行，看问题入木三分。这些专家中不乏理论功底深厚、实践经验丰富的高手，特别是许多人都做过大工程，曾经沧海，见多识广。你那工程有什么问题，症结在哪里，扫上几眼就能看个八九不离十，提的意见和给出的建议既稳、准、狠，又专业、到位、透彻。一帮闯荡水利的老江湖了，打蛇打七寸，不服不行。

二是技委会的专家们敢说真话、实话，讲的是“工程师的话”。不管是对娘家人（长江委、设代局），还是对外人（如三峡工程的业主单位——三峡总公司），只要有问题、有毛病，就敢于面陈直谏，不吞吞吐吐，不拐弯抹角，有一说一，实话实说。所谓讲工程师的话，就是各位专家都是工程师，

讲话要以科学为依据，力求言之有理、言之有据，而不是看谁有权势就看谁的脸色、讲违心的话、讲明知是错误的话。“工程师要讲工程师的话”，这是当年长江委的老掌门人林一山一贯倡导的，后来成了长江委的一种文化，特别是技委会这些专家，大多与林一山亲密地共过事，耳濡目染，受他的影响很大，骨子里“讲工程师的话”的基因非常强大。至于所说所讲对与不对，则另当别论，因为谁也不敢说“真理就掌握在自己手里”。

三是技委会专家们的咨询意见，或有为郑守仁和他的团队站脚助威的成分。郑守仁和设代局处于三峡工程设代第一线，要与业主、施工、监理等方方面面打交道，尤其是业主，作为三建委派驻的法人代表，位高权重，相比较而言，设计、施工等单位是“弱势群体”。郑守仁虽然德高望重，敢于讲“工程师的话”，但他不可能事事遂心，也不能无所顾忌，郑守仁有郑守仁的难处和不得已。技委会的专家都是退休人员，“身在三界外，不在五行中”，凡事遵从自己的良心、理性和法纪，没有什么不敢据理直言的，特别是对心心念念的大三峡，他们渴望她茁壮成长，成为名副其实的精品工程、标杆工程。正好，郑守仁给了他们这个舞台和机会，看到三峡建设中的毛病，他们会当仁不让地帮着诊治一番。另外，作为“娘家人”，他们也想尽力帮衬一下老实厚道的郑守仁，比如帮他拉拉风箱，说几句公道话，站站脚、助助威之类，也是人之常情。

3

“我觉得，技委会的专家除了在技术上帮助我们破解了许多难题外，还在以一种独特的方式给我们以支持和帮助。有时，我和设代局不好说的话，不好协调的事，他们听说后，主动替我们代言，向业主等单位反映或者呐喊助威，旁敲侧击，从而促进问题的解决。特别是文总（文伏波）、洪总（洪庆余），利用他们院士或设计大师的身份和影响，对我们帮助最大。”郑守仁从另一个角度来看技委会专家的价值，这让我感到新鲜。但具体的事，他没多说。后来我想就此事向他问个究竟，但老人家又住进了医院，不能接受采访。

只好在材料堆中寻找答案。别说，还真找到了耐人寻味的证据。

证据一：1997 年技委会向设代局提交的《九月份截流验收前咨询意见》和向长江委党组提交的《关于提高三峡二期工程设计与施工质量的几点建议》。

1997 年 9 月 8 日至 10 日，应郑守仁之邀，技术委员会主任文伏波、副主任洪庆余率领部分委员到三峡工地进行了考察咨询。随后，部分委员又参加了三峡总公司邀请的高级专家咨询，以及三峡建设委员会组织的截流前验收小组的活动。这一次，技委会不仅向设代局提交了《九月份截流验收前咨询意见》，还向长江委党组提交了《关于提高三峡二期工程设计与施工质量的几点建议》，就保证设计质量、三峡工程二期混凝土施工质量控制、三峡二期工程岩石爆破及锚固施工质量、设计单位对工程质量评价等问题提出了具体的建议。同时，在建议后面附了 4 个附件：《需要尽快确定的布置方案和深入解决的技术问题》《三峡二期工程混凝土质量控制及采用塔带机施工的若干意见和建议》《三峡二期工程施工保证岩石开挖及锚固质量的建议》《国外工程管理的一些做法》，就相关问题提出翔实的意见。这份写给长江委党组的《建议》，每位党组成员都要传阅，甚至会开党组会进行专题研究。我推测，技委会的专家写这份《建议》的目的，一方面是希望长江委党组多了解一些三峡工程建设的实情，特别是存在的重要技术和管理问题，以期引起领导层的重视；另一方面是希望长江委党组特别是一把手，能够在方方面面进一步加大对郑守仁和他的团队的支持力度。

证据二：2002 年 6 月技委会正副主任文伏波、洪庆余写给三峡总公司总经理陆佑楣的一封信。

2001 年 5 月，应郑守仁之邀，技术委员会主任文伏波率技术委员会委员 22 人和 2 位特邀专家，于 5 月 28 日至 31 日赴三峡工地进行了现场考察、咨询。这次考察、咨询的主要课题是：大坝混凝土质量检查及处理情况、大坝基础帷幕灌浆的设计和施工情况、永久船闸混凝土质量检查情况、金属结构和机电设备的制造及安装情况。

考察结束后，技委会的专家除了向设代局提交了《长江技委会 2001 年 5 月对三峡工程现场考察后的咨询意见》外，还于 6 月 15 日以文伏波、洪庆余的名义，专门就三峡工程混凝土质量问题给三峡总公司总经理陆佑楣写了一封信，信中报告了“发现混凝土质量检查进展相当缓慢问题”，分析了产生问题的原因，提出了改进的建议。

在这封信中，两位专家首先肯定了“泄 1—16 坝段导流底孔底板以下 6 ~ 10 米范围内的混凝土质量钻孔检查和灌浆处理进展情况较好”之后，便直指问题：“其他坝段和部位的钻孔检查工作进度则显得相当缓慢。设计部门已按照‘全面检查，重点加密，一次布孔，分坝（块）实施’的原则制定了全面布孔方案和设计图纸，分三批提交给总公司有关部门。”接着又分析了产生这种局面的原因，“可能是有些同志对混凝土进行全面检查的必要性认识不足。他们看到现在已打的少数钻孔大部分压水和抽水试验情况尚好，就以为不需要再抓紧检查了。实际上因为混凝土不密实问题是分散的，且随机存在的，不是靠很少钻孔就能发现的，必须通过一定数量的钻孔检查才可能发现，或者做出有据的明确的判断……产生这个局面的另一个原因是组织和检查督促不力。设计图纸和文件虽然转发给了施工单位，但未提出具体要求，制定明确的进度计划。”最后提出了建议：“质量检查工作要像其他主体工程施工一样，应与施工单

▶ 和技术委员会的专家在三峡工地

位签订合同，明确质量和进度要求，明确经费计算办法，明确监管单位（人），限期完成任务。”

仔细读这封信，笔者觉得不乏弦外之音：一是设计单位（长江委三峡工程设代局）关于加强质量检查的要求贯彻不下去。以郑守仁对工作的态度，他肯定会到三峡总公司和有关施工单位进行协调和呼吁，但效果不明显。二是问题主要出在业主身上，除了“认识不足”外，还有“组织和检查督促不到位”的现象。

有些话，郑守仁为首的设代局说了不管用或不那么管用，那么好，我们技委会这帮老家伙替他们出头、说话。于是技委会的两位大咖——文伏波院士、洪庆余大师联名，给三峡总公司的一把手陆佑楣总经理写了这样一封信。

信发出后，果然收到了积极的效果。在陆佑楣的重视下，三峡总公司动了真格的，明显加强了混凝土质量钻孔取芯的督查工作。

20 天后的 7 月 10 日，陆佑楣专门给文、洪两位老先生写了《关于三峡工程混凝土质量检查钻孔取芯工作的复函》，报告了有关方面工作的开展情况，明确表示：“目前总公司已要求有关单位加强协调，加大投入，以确保取芯工作的顺利完成。”

可见，一封短信有时也会出生产力。当然，这在很大程度上取决于写信的人是谁。

或许，笔者对长江委技委会专家们提交的《咨询意见》和文、洪两位大专家给三峡总公司总经理陆佑楣的信，“过度解读”了。

最强外脑之二：“张老先生”

1

郑守仁尊称张光斗为“张老先生”。

老话说，人不可貌相，海水不可斗量。瘦小的张老先生，就有着与身貌极不相符的巨大能量。他名声赫赫，是水利界公认的泰斗级专家，先后担任清华大学副校长、中国水科院院长等职，是一位资深的两院院士。

张光斗早年以清华公费留学生的身份与水利结缘，是美国加州大学的水利工程学硕士。1937 年 11 月他放弃优越的继续深造机会，回国参加抗日救亡工作，先后在四川的龙溪河、瀼渡河上主持修建了一批小型水电站。1949 年以后，他到清华大学水利系任教，凡 50 余年，为新中国水利事业培养了众多的优秀人才，用“桃李满天下”形容不过誉。其间，他主持了黄河人民胜利渠渠首、密云水库等大型水利工程的设计，先后为官厅、丹江口、葛洲坝、二滩、小浪底、三峡等数十座大中小型水利水电工程提供技术咨询，对工程枢纽布置、结构设计等提出了许多真知灼见。

张光斗与三峡工程结缘是在 1945 年。当时国民政府资源委员会在美国著名坝工专家萨凡奇的推动下，组织开展了三峡工程的勘测设计工作。张光斗作为资源委员会的技术骨干，对上不上三峡工程十分纠结。一方面，他认为当时国家百业凋敝、积贫积弱，不具备修建三峡工程的条件，而迫切需要并有可能实现的是在中小河流上修建中型水电站；另一方面，他又觉得三峡工程防洪、发电、航运等综合效益巨大，早建比晚建好。

三峡工程开工时，张光斗已进入耄耋之年。但老先生人老心不老，既然三峡工程需要他，便慨然出山，殚精竭虑地为三峡建设付出着。

郑守仁说，张老先生为建设三峡工程发挥了特殊重要的作用，特别是在设计审查和工程质量把关上，贡献很大。

曾任三峡总公司副总经理的王家柱和曾任水利部总工程师的刘宁，在《不尽长江水，悠悠报国情》一文中这样评价张先生在三峡工程设计审查中的作用：

1993 年 5 月，张先生被国务院三峡工程建设委员会聘为《长江三峡水利枢纽初步设计报告》（总字数达 300 万字）审查核心专家组组长，主持了三峡工程初步设计的审查，在汇集 10 个专家组 126 位专家意见的基础上，慎重研究、反复推敲，逐字逐句地核定了最终审查意见……审查意见提出了对初步设计的一系列重大修改，包括水电机组单机容量和总装机规模、水电站排沙布置、船闸高边坡和充泄水系统，以及三期导流建筑结构和布置方案……（实践）证明，审定的初步设计方案是可行的，也是可靠的。

2

1993年5月，由国务院三建委组织，在北京怀柔召开了有百余名专家学者参加的《长江三峡水利枢纽初步设计报告》审查会，张光斗以审查核心专家组组长的身份出席了会议。会上，一个争论较大的问题是施工导流布置，实质是三峡工程采用二期还是三期施工方案。

长江委提出的设计方案是：明渠导流、三期施工。关于导流明渠截流和135米水位围堰发电，确定在已建左岸重力坝中，靠近导流明渠设不同高程的几个大导流孔，以利明渠截流；在每个泄洪坝段预留一处高程109米的缺口，用闸门控制泄流，维持135米水位发电。

这个方案的优点是利于通航和施工；缺点是两次截流，工期稍长。

会上，有专家提出采用二期导流，在右侧导流明渠内建坝，坝下设超大的导流底孔，用两个临时船闸和升船机通航。这样可以缩短建设工期，并节约一定的投资。

此意见一出，得到了部分专家的响应。

郑守仁和长江设计院的参会人员紧张了。如果这些专家的建议得到通过，那就意味着原来按三期施工做的设计方案要推倒重来。更要命的是，这一方案存在明显缺陷：一是为满足二期导流的要求，必然要加大导流底孔的规模，但导流底孔设置过大势必造成闸门启闭的困难；二是临时船闸通航量过小，且升船机短期内很难建成，势必影响长江的通航。

“面对有些专家的质疑，张老先生作为核心专家组组长的意见显得尤为关键，说一言九鼎也不为过。他明确表态，支持长江委提出的明渠导流、三期施工的总体方案。这就给我们吃了一颗定心丸。”郑守仁说，“不过，老先生对我们提出的采用左侧重力坝109米高程留缺口、设平面闸门控制泄流的建议方案提出了不同看法。他认为，缺口门宽 15 米、高 26 米，是无法操作启闭的。他的意见是，改在溢流坝段设 22 个导流底孔，底坎高程 55 米，以弧形闸门作工作闸门，进口设检修闸门，与 23 个深孔一起控制流量。与会专家认为他提出的这个底孔导流方案好，应在设计中采用。我们也觉得他的这个方案比我们的高明，心悦诚服地接受了。后来实践证明这个方案是理想的，由此可见张老先生的厉害。”

3

在三峡建设期间，郑守仁亲自动手撰写了数百万字的《三峡工程现场设计工作简报》。这些简报不但及时发送给业主、施工、监理等单位，还发送给钱正英、张光斗、潘家铮等老专家，以便他们及时掌握工程建设的动态。“这些简报发出后，没想到张老先生每期都认真阅读，还对有关问题提出建设性意见，方式包括电话、面谈，还有信件。”郑守仁说着，从抽屉里取出几封张光斗写给他的信，展开给我看。

信中的字迹工工整整，由此可见张先生的认真态度。现摘录三封，以管窥其拳拳之心，感受其殷殷之情。

之一：

郑局长：您好！

收到《现场设计工作简报》第 5 期、第 6 期，谢谢！

三峡工程通航建筑物的航道布置模型试验成果交流会，我也参加了，并做了发言，提出了布置意见。后来我把发言整理后把意见书寄送技术委员会程山副主任。

关于永久船闸直立坡和竖井开挖亟待进一步加强管理，落实技术措施，设代局提出许多意见函告（三峡）总公司，是很重要的。高边坡大都有这样高的直立坡，还有很深的竖井，开挖需要较高的工程技术措施，以保证胜利完成，岩体稳定，施工安全。这是三峡工程中的特点、难点之一。岩体中裂隙漏水，不但降低岩体的力学参数，还会在岩体中形成渗漏压力或静压力，这是导致边坡失稳的很大原因。所以必须做好岩体表面的防渗，防止雨水入渗，还要做好岩体内排水，降低地下水位，排除裂隙中积水。《工作简报》中没有提到岩石防渗和岩体排水问题，特提请注意。

此致

敬礼

张光斗上

1997 年 4 月 17 日

之二：

郑局长：您好！

在三峡工程通航建筑物上游导航布置会议上，您谈起：1. 上游坝面水位变动区混凝土中粉煤灰用量问题。2. 坝面坝体内的用量差问题。

长科院刘博士专门为三峡大坝耐久性问题上书江泽民主席、李鹏总理，后由钱正英副主席召开专家讨论会，到会的有很多专家，包括吴中伟院士等，会议有纪要，其中提到上游坝面水位变化区的混凝土配合比的要求。你提到坝面坝体内的用量差问题，请查找这个纪要，长江委有人参加，记得王文桂同志参加了，一定有这个纪要，可供参考。如与目前规定的不同，别参照这个纪要，进一步研究一下。这涉及大坝的耐久性问题，需慎重考虑。

此致

敬礼

张光斗上

1997.5.12

之三：

郑守仁总工程师：

……

收到《现场设计工作简报》2002 年第一期，称“大坝迎水面出现裂缝，施工单位正按设计要求抓紧继续处理”。设计代表局出的裂缝处理施工技术要求基本是好的。裂缝处坝面粘贴柔性橡胶片是对的，不宜用刚性的钢筋混凝土防渗板，因为如裂缝继续开展，防渗板将会拉裂，不起防渗作用。在“技术要求”图 4-1 有裂缝处，橡胶片宽 26 厘米，橡胶片边离缝口不到 10 厘米，渗径很短，宜加宽。图 4-2 中没有裂缝处橡胶片宽 60 厘米，比有裂缝处宽得多，似不适应。外包 5 厘米厚砂浆要锚系。打排水孔是好的，可防裂缝中压力水产生劈裂裂缝，宜在廊道中打斜孔，与裂缝相交。

诚如您说的，大坝迎水面裂缝产生的原因是多方面的。主要考虑的是，坝段 21 米较宽，岩基起伏大，约束力强，花岗岩骨料面有黑云母；混凝土极限拉伸值低，混凝土浇筑质量差，保温不够好等，所以厂房坝段和非溢流坝段也产生裂缝。溢流坝段孔洞多，暴露面多，导流底孔有穿堂风，保温不好，更易产生裂缝。至于跨缝板混凝土浇筑时气温高，因体积小，收缩力是不大的。是坝段混凝土收缩拉跨缝钢筋，裹握力能起局部作用，不会是主要的。有些跨缝板是在低温时浇筑的，坝段也产生裂缝。裂缝原因可进一步研究，目前应集中力量处理裂缝。

……

顺祝

春节快乐！

张光斗

2002 年 1 月 30 日

上述三封张光斗写给郑守仁的信中，涉及的主要是三峡工程面临的“高边坡”“岩体防渗”“混凝土配合比”“大坝迎水面裂缝处理”等重大技术问题。当然，即便诸如某某参加了什么会议、“会议有纪要，其中提到上游坝面水位变化区的混凝土配合比的要求”等看似婆婆妈妈的表述，也与解决技术问题不无关系。透过信中的字里行间，我们强烈地感受到，张先生对三峡工程建设技术和质量问题的“指指点点”完全出于一种发自内心的期望和厚爱，可谓“爱之深，责之切”。

“老先生这么大岁数了，还认真看我们给他寄的简报，从中发现问题还亲笔写信指出，令人感动。而且，张老先生信中内容谈的都是三峡建设中应注意的技术问题，还有解决的办法，其中不少意见是建设性的，对我们启发、提醒、帮助很大。”郑守仁如是说。

对张老先生来信反映的情况、问题和提出的意见建议，郑守仁都高度重视，认真研究，有则改之，无则加勉，并通过给张老先生回信、电话报告等方式做好反馈。

最强外脑之三：“潘总”

1

郑守仁尊称潘家铮为“潘总”。

别看潘家铮个小、瘦削，戴一副瓶子底般的近视眼镜，他年轻时就成了中国水利水电技术领域当之无愧的“大牌”——1980 年当选为中国科学院院士（学部委员），1994 年当选为中国工程院首批院士，成为我国水利水电战线少数拥有双院士称号的专家之一。

潘家铮是一位颇具传奇色彩的水利水电大家，这个年轻时做梦都想当作家的人，却因命运的“阴错阳差”一头撞进了水利水电行业。潘家铮说：“文学是我的初恋！”又说：“我走上水电道路纯系‘历史的误会’，我与水电是‘先结婚，后恋爱’。”

虽然水利水电事业不是他的“初恋”，但并没有耽误他在与水利水电“先结婚后恋爱”中，成为“国家大坝建设交响乐团第一提琴手、中国水利水电建设终生总工程师”。因他当过水利水电规划设计院、水电部、能源部的总工程师，业内人士都亲切地称他为“潘总”。潘家铮还是一位创意超群的科幻作家、一位激情满怀的诗人。

潘家铮出生于浙江绍兴一个书香门第，1950 年毕业于浙江大学。投身于新中国的水利水电建设事业不久，就迎来了水电人生中的得意之笔——以惊人的创新之举设计出我国第一座以电厂厂房顶溢流洪水的大坝——新

安江水电站，将原设计的实体重力坝型改为大宽缝重力坝，大大减少了工程量，并缩短了建设工期。此时的潘家铮刚过而立之年，可谓年少成名。

郑守仁与潘家铮也算是老相识了。从年龄上看，潘家铮比郑守仁大13岁，算是他的前辈了。郑守仁在华东水利水电学院上大学的时候，潘家铮已是独当一面的水电专家了。郑守仁与潘家铮真正发生交集与熟识，始于清江隔河岩水电站建设时期。当时，郑守仁是长江委隔河岩工程设计代表处处长，在业内只能说小有名气，而潘家铮已是名声赫赫的水电大家、中国科学院院士。

隔河岩水电站是湖北清江水能资源开发的梯级骨干工程，于二十世纪八十年代后期开工建设。隔河岩水电站在同类电站中引水水头最高，达121.5米，全部采用压力背管引水，这一设计引起了很大的争议。潘家铮看了设计方案后，认为这个设计极富创新精神，大胆而合理，故他在主持的审定会上，给予全力支持。有专家持不同意见，要求做1 ∶ 1的试验，并需要加固背管。潘家铮认为不必再劳民伤财做这样的试验，因为国内已有磨盘沟水电站成功运用这项技术，虽然水头较隔河岩低一些，但经过他复核计算，安全运行没问题。但主张进行1 ∶ 1试验的专家是位“倔老头”，犟劲来了九头牛也拉不回，他一再坚持自己的意见，甚至要求在备忘录上注明“潘家铮不主张做1 ∶ 1的试验，坚持不加固，出了问题由潘家铮负责”等语。但潘家铮不为所动，他胸有成竹，果敢决策：尊重原设计方案，照此施工。后来，这个大背管运行至今，一点问题也没有。

这件事，给主持隔河岩工程设计技术工作的郑守仁以强烈的印象，深为“潘总”超凡的胆识所折服。

2

早年，潘家铮对上马三峡工程是持异议的。用他自己的话说，自己对三峡工程可能面临“爆发核战争”带来的灾害，以及“景观被淹、古迹被毁”“珍稀物种灭绝”“环境恶化”“地震、滑坡、水库淤积、航道堵塞等等”，也“忧心忡忡”。但他成为三峡工程论证领导小组副组长兼技术总负责人之后，主持参与 3 年多的论证工作，深入了解到三峡对国家、民族和百姓的大利后，思想有了 180 度的大转弯——从“反对者”变成了坚定的“支持者”。

三峡工程上马后，潘家铮仍有许多头衔与三峡工程有关，如：三峡总公司技术委员会主任，国务院三峡工程三期工程专家组组长、验收组副组长、三峡建委质检专家组成员。尤其是三峡总公司技术委员会主任一职，那可是承担技术把关任务的实职、要职。这样，潘家铮便与三峡的建设结下了深缘，年逾古稀的身影经常出现在三峡工地，与常年驻守三峡工地的郑守仁有了更多的交集，并建立了深厚的友谊。

郑守仁对潘家铮的学识、能力和人品都非常钦敬，经常就三峡工程建设中出现的重大技术问题向他请教。

郑守仁说：“潘总的理论造诣很高，实践经验丰富，帮我们解决了不少技术难题。其中有两件事给我的印象特别深，一件是三峡大坝左侧 1—5 号坝段深层抗滑稳定的处理；一件是三峡上游泄洪坝段迎水面裂缝的处理，他的指导性意见和仗义执言具有特别重要的意义。”

从总体而言，三斗坪的地质情况是比较理想的，但也有局部的例外。比如，左侧坝 1—5 号坝段就存在着一处面积较大的地质夹层，直接关系到大坝深层抗滑稳定问题。该区域所处的基础虽然也是花岗岩层，但裂隙比较多，而且存在着不利的缓倾角软弱结构面。大坝建基高程 85 ~ 90 米，坝后布置的电厂厂房最低建基高程 22.2 米，形成坝后的高边坡，构成了基础处理最忌讳的“硬伤”。如果解决不好，就会给坝基稳定带来不良影响。

郑守仁说：“这是个令人头疼的难题。可我们一时又找不到妥善的处理办法，就找潘总请教。潘总作为三峡总公司技术委员会主任，对这件事很上心，他给我们出主意：首先，要彻底搞清这一带的地质问题的要害部位，仅凭目前的几个钻孔，很难取得完整真实的地质资料，需要加密钻孔，用钻孔取芯、岩芯定位、孔内录像等先进勘测手段查清缓倾角结构面的产状、分布范围和连通率等情况。其次，在探明‘敌情’的基础上，进行科研分析，通过现场原型抗剪试验并辅以室内试验，确定缓倾角结构抗剪断指标，并就不同滑移模式进行分析计算，再确定相应的处理措施，以提高该坝段深层抗滑稳定的安全度。”

根据潘家铮提出的“特殊勘察”思路，郑守仁组织设计和施工单位加大勘探密度和采用取芯新工艺，并改进了“井下彩电”，探测查明了左侧坝 1-5 号坝段坝基抗滑结构面的位置、规模、产状及力学性质等情况。接着，在三峡总公司的组织下，调动国内多家设计单位和科研院所，根据探测给出的数据进行平行计算，但计算结果大不一样，因而设计调整方案迟迟不能落地。后来，潘家铮又亲自出面，请来了中国水利水电科学院著名的土力学专家陈祖煜（2005 年当选为中国科学院院士）教授，终于找出了问题的症结所在，从而为坝基抗滑稳定计算提供了确定性滑移模型，为左岸坝段稳定分析、设计与科研和大坝基础加固提供了科学依据。

最终，通过采取降低建基高程、封闭抽排、厂坝联合受力等有效措施，顺利破解了左厂 1—5 号坝段基础不稳的难题。

3

2001 年三季度，三峡大坝左泄洪坝段出现的裂缝问题引起了社会的广泛关注，一时间舆论哗然。作为业主单位的三峡总公司和作为设计代表单位的长江委三峡工程代表局，还有相关施工、监理单位，无不陷入恓惶之中。郑守仁向三峡总公司建议，速请潘家铮等专家来出谋划策。

潘家铮等有关专家到三峡工地后，在陆佑楣、郑守仁等陪同下，到裂缝坝段“望闻问切”，又通过专家会诊，开出处方。

更为难能可贵的是，2002 年春，面对媒体对三峡大坝混凝土裂缝问题的追问、疑问甚至质问，潘家铮以水电专家的身份挺身而出，坦陈自己的观点。他郑重其事地说出了这样一番话：

我的看法是，三峡工程总体质量是良好的，甚至是相当好的。与国内其他工程相比已经很好了，与国外的工程相比也不逊色。这么大的工程，这么高的浇筑强度，这么紧张的工期，不可避免会出现一些质量缺陷，这并不奇怪。问题要看所出现质量缺陷的性质。最近讨论的热点是三峡工程泄洪坝段上游坝面裂缝问题，其性质是表面的、浅层的裂缝。发生裂缝不是好事，但裂缝有不同性质：有贯穿性的裂缝，把大坝分成两部分，这是不允许的，影响也非常大；也有表面性质的裂缝，世界上任何一座大坝出现表面裂缝都是正常的。三峡大坝的裂缝是属于第二类的。

为了消除人们心里的疑惑，潘家铮还对裂缝的处理效果给予了肯定：

有裂缝毕竟不是好事，我们采取了很细的检查手段、很严格的处理方案，现在正在进行全面处理。处理的措施，照我个人的看法，非常安全，甚至超过了要求。但三峡工程这么重要，为了加大安全系数，把工程做得更充分一点，我也赞成。裂缝经过这样处理后，对三峡大坝安全绝对没有影响。

潘家铮的仗义执言，让郑守仁感佩至深："这就是潘总，对建设三峡工程建言献策不遗余力，面对责难也敢于说实话、道真情，不避风险。"

对于三峡工程质量问题，潘先生说过这样的话：三峡大坝的质量是逐步提高的，二期比一期好，三期比一、二期要好。要说缺陷，二期工程中有一定的缺陷，在左泄洪坝段出现细裂缝，尽管比较浅，并且已经补救好了，今后工程运行不会出现任何安全问题，但终究是工程上的一个缺陷，也是心理上的一个负担。就好像一块布，有了破口，缝补好了，看不出来了，也不会影响其使用，但终究会有遗憾，有一定的心理负担。

潘先生是个科学家，也是个文人、作家。他对三峡工程的挚爱，有他自己情深意切的表白为证："如果三峡工程需要有人献身，我将毫不犹豫地首先报名。我愿意将自己的身躯永远铸在三峡大坝之中，让我的灵魂在晨曦暮霭之中听那水轮发电机的歌唱，迎接那万吨船队的往来，直到千秋万载……"

▲ 1997 年大江截流前

▲ 2002 年明渠截流后

▲ 2003 年蓄水 135 米

▲ 2006 年蓄水 156 米

▲ 2008 年后试验蓄水 175 米

▲ 工程坝址原始地貌

▲ 1993 年准备施工

▲ 1994 年主体工程开工

3 三峡水利枢纽

2019 年 6 月 14 日下午，骄阳高悬，楚天澄澈。我们采访组一行 3 人在长江勘测设计院枢纽处副总工程师、长江委三峡设代局枢纽设代处负责人陈磊的陪同下，怀着朝圣之心来到三斗坪，瞻拜三峡工程——这座世界水坝丛林中的“巨无霸”，中华人民共和国的重器。

▼双线五级船闸

▲左岸坝后电站机组安装

▲升船机通航运行

▲地下电站厂房

▲大坝泄洪

3 三峡水利枢纽

第六章　老骥伏枥自奋蹄

长江西陵峡畔，三峡坝区北面一隅的十四小区办公楼。

这座共 5 层、100 多间办公室的大楼，当年有三四百人出出进进，每天不论白天还是晚上，都是一派紧张忙碌的景象。自 2006 年 5 月三峡大坝全线建成、10 月蓄水至 156 米，工程进入初期运行期后，随着建设者们大批回撤，楼中人声渐弱，人影渐稀。

2019 年夏，我们来这里采访时，只有二楼有几个人还在坚守办公，整幢大楼显得静悄悄的，特别是在绿树浓荫的掩映下，让人感到有一种说不出的空旷宁静。

这几个坚守者中，就有郑守仁。

除了必要的出差、参加重要咨询会议，以及住院治病外，无论严寒酷暑，无论风霜雨雪，郑守仁每天都有十多小时要在办公大楼 206 办公室度过。

而他的“家”，就在西南三四百米远的 4 号楼 320 室。一般情况下，他每天要在家和办公室之间往返三趟——早晨来，中午回；下午来，傍晚回；晚上看完央视《新闻联播》后又来，22：30 左右回。

于是，人们在十四小区经常会看到，一位身体虚弱的老者，在 4 号楼至办公室之间踽踽而行，日复一日，月复一月，年复一年。

按说，除国家批准缓建的升船机外，三峡工程初步设计中的所有项目已全部建成，作为中国工程院院士和长江委总工程师，郑守仁完全可以撤回武汉，过几天清闲安稳的日子。自 1969 年赴乌江渡水电站工地起，他几十年来长驻工地，基本上没在武汉的那个“家”中待过。

◀郑守仁院士

“三峡（工程）还没宣布竣工，我还不能走。”2019年6月，郑守仁在接受采访时对我们说，他之所以还坚守在坝区没有回去，一来是可以就近观测三峡工程投入运行后，大坝、船闸、电站厂房等建筑物的运行性态；二来方便研究工程发挥效益的同时对长江带来的各种变化和影响；三来可以投入更多的精力和时间，把三峡工程的技术资料整理好、总结好。

一 “后三峡时代”的新挑战

2003年6月10日晚10时。

当三峡工程梯调中心的多媒体荧屏跳出“135米”时，现场雷动的掌声和相机的咔嚓声响成一片。

这是一个历史性的时刻！

从此，巍巍大坝将100多亿立方米的巫山云雨揽入怀抱，百余处险滩悉没江底。著名的西陵峡、巫峡、瞿塘峡较蓄水前水深增加75米、60米、47米，江面比蓄水前增宽约1倍。47年前毛泽东主席描绘的“高峡出平湖”诗境，已经展现在世人面前。

从此，三峡工程开始初步发挥防洪、发电、航运等效益，揭开了长江治理与保护的新篇章。

江湖巨变，喧嚣的峡谷急流被波澜不惊、一碧万顷的平湖取代——新的江湖关系和治水模式，又携带着新的矛盾和问题叩开了郑守仁的心门。

1

135 米，在 1870 年夏天，三峡库区巴东水位曾接近这一高程，长江中下游数以万计的生灵被洪涛吞噬。

而今天，这个水位才只触摸到三峡大坝的“腰带”。高坝挡住上游汹涌而下的洪水，留住一库清水，给人类带来安宁与福祉。

三峡水库 135 米蓄水期间，由于准备充分，库区未发生人们担忧的大滑坡、大崩岸、大地震等地质灾害，长江中下游的航运、灌溉一如往常。

蓄水运行后，仪器监测显示，三峡左岸大坝安全运行，右岸碾压挡水围堰滴水不漏。尽管三峡工程建设进展顺利，蓄水后效益初步显现，枢纽运行性能良好，但作为顶级水利专家，郑守仁依然充满忧虑地观察和研究着后三峡时代长江治理与保护的种种新挑战。

他关注的第一个挑战就是三峡水库清水下泄对长江中下游河势演变及防洪的影响。

清水下泄是个什么概念呢？简单来说，就是水库蓄水后，库区水位抬高，流速减缓，上游进入水库的泥沙将大量淤积在库区，以致下泄水流含沙量减少，呈“清流”之态。

这种新的变化，有利有弊。

“三峡工程蓄水运用后的清水下泄，对减轻长江中下游防洪压力、延缓洞庭湖淤积萎缩、改善中下游通航条件有较大的有利作用。”力学及河流动力学研究专家、水利部江湖治理与防洪重点实验室副主任杨文俊介绍，“三峡及上游干支流控制性水库运用后，中下游干流河床冲刷，河道过流面积增加，河道槽蓄量加大，有利于增加河道下泄和调蓄洪水的能力，对减轻中下游防洪压力具有积极作用。”

长江中下游干流主要控制站水位流量关系随着水库运用时期不同而

出现相应的变化，总的趋势是同流量的水位有所下降，干流洪水位有不同程度的下降。同时，干流河道冲刷导致洞庭湖出口附近长江干流水位降低，减轻了长江干流对洞庭湖洪水的顶托影响，有利于湖区洪水下泄——洞庭湖的防洪压力随之大大缓解。

另一个利好是延缓洞庭湖淤积萎缩。三峡及上游干支流控制性水库运用后，长江干流河道冲刷，水位降低，泄量扩大；三口分流有所减少，三口分沙量显著降低，洞庭湖区泥沙淤积量大幅度减少。

除对调蓄洪水有利外，“清水下泄”对改善中下游干流航道条件总体表现也很有利：枯水流量明显增加，宜昌站最小流量由蓄水前的 2770 立方米每秒增加到不小于 6000 立方米每秒，增加了约 117%，随着上游水库群的联合调度，三峡水库最小下泄流量还将进一步增加；坝下游河道冲刷以枯水河槽冲刷为主，据统计，2003—2016 年，宜昌至湖口段枯水河槽（宜昌流量 5000 立方米每秒）冲刷量占总冲刷量的 87%。枯水流量增加和枯水河槽的冲深发展，使中下游碍航河段长度和碍航持续时间都明显缩短，总体有利于改善中下游干流航道条件。

河道下切可提高河道的行洪能力，提升航道水深，对防洪和通航有利；但另一方面，除了汛期以外，三峡水库一年中约有 8 个月下泄的是清水，流经下游河床时必然要带走河道中的泥沙，使河道受到冲刷，改变河势，引发河道的侧切与崩岸，影响防洪与通航。

清水下泄后，既能因河槽下切与拓宽，对防洪和通航有利，又能因河道侧切与崩岸，对防洪和通航不利。

这就成了一个悖论。

2

2019 年 8 月那次采访时，我们抛出了清水下泄的利弊问题。

郑守仁解释说，崩岸是河流的自然现象，自古有之。河道并不是一成不变的，在水流漫长的淘刷、冲蚀过程中，河道也在不断发展变化。长江中下游干流河道为冲积性平原河道，河岸地质构造多呈二元结构，河岸抗冲性较差，河床冲淤变化剧烈，迎流顶冲段常发生崩塌险情，这在“九曲回肠”的荆江河段特别明显。三峡工程运用后，下泄泥沙大幅减少，河床冲刷明显，河道崩岸频度和强度确实有所加大，但在可控可治理范围，不会任其发展。

其实，泥沙问题和清水下泄影响在三峡工程规划论证期间就是重要议题，工程开工建设后，郑守仁就组织了长江委有关科研设计力量进行这方面的研究工作，相继开展了原型观测、分析计算、科学试验、河道整治和堤防加固设计的前期工作，并将三峡工程投运后对长江中下游河势演变和防洪影响及其治理措施列为长江治理开发保护的重大问题。

在三峡工程135米蓄水前后，长江委水文局对清水下泄引起坝下游河道长时间长距离冲刷进行了实地测量。观测资料显示：2002年10月至2005年12月，三峡大坝下游宜昌至九江总计长910千米的河道冲刷量为4.95亿立方米，局部河段冲刷的数量和强度远较建库前多年平均冲刷值要大，而且也超出了三峡工程论证与初步设计阶段的预估值。

郑守仁分析造成三峡大坝下游河道冲刷的原因有二：

其一，二十世纪九十年代以来，长江上游来沙量减少，与1990年前相比，1991年至2002年三峡水库入库站（寸滩站）年均输沙量减少约29%，坝下宜昌站年均输沙量减少25%。

其二，三峡工程蓄水运行后，水库拦沙作用明显，2003年至2005年的入库泥沙占40%，宜昌站输沙量的减幅达80%。因此，进入宜昌以下河道的泥沙也比预测值少45%，在此情况下，坝下游河道发生较强的冲刷是不可避免的。

郑守仁说，由此得出结论：三峡工程投运后，清水下泄对坝下游河道产生冲刷，河床冲深，泄流能力增大，汛期遭遇同标准洪水时水位有所降低，总体对中下游防洪有利。荆江三口（松滋、太平、藕池）向洞庭湖分流、分沙量减少，洞庭湖区洪水位将降低，泥沙淤积量减少，湖区泄流排沙能力增大，洞庭湖容积萎缩速度减缓，有利于改善江湖关系。

同时，他也不讳言，大坝下游河道冲刷也带来了负面影响：首先是河势调整加速，崩岸比蓄水前有所增多，产生新的险工险段，威胁长江堤防安全。其次是河床局部冲刷使一些浅滩河段在枯水期出现坡陡流急现象，船舶上行困难增大。再就是随着河床冲刷的发展，荆江水位降低，荆江入洞庭湖三口的分流量与分沙量继续缩减，致使洞庭湖调蓄长江中游洪水的能力有继续减弱的趋势。

“总的来说，利大于弊，不利影响好于预期且可控。”郑守仁乐观地表示，针对荆江局部河段河势调整、三峡工程清水下泄等综合因素所致崩岸险情，长江委编制完成了“长江荆江河段河势控制应急工程”的初步设计，主要针对长江荆江段防洪重点区域、河势起控制作用的洲滩、护岸工程薄弱地段及空白段共计 129 千米堤防，进行维护和加固。

3

2006 年的长江汛期来得有点早，春汛汹涌。

二三月间，因上游雨水较多，长江干流水位迅速回升，流速加大。受江水冲刷影响，九曲回肠的长江荆江河段沿岸的湖南华容、湖北监利等地发生了多处崩岸险情。其中，湖南华容县境内出现了长约 600 米的崩岸险情，最近处距长江干堤不足 60 米，已危及堤外民众的生命财产安全。

3 月 30 日，中新网发出一则题为《长江荆江段发生多处崩岸险情》的消息：

> 记者今日从此间长江委获悉，长江荆江河段近期发生多起崩岸险情，长江防汛总指挥部办公室先后派出专家组，会同湖南、湖北两省有关部门对崩岸严重段进行现场查勘，并将查勘情况上报国家防汛部门，同时建议尽快启动荆江河段河势控制应急工程……目前，长江防总和沿江有关部门正密切关注荆江河段崩岸情况，抢护工作正在进行中。

一石激起千层浪！

这则消息发出后，引发社会公众热议和有关部委及湖北省领导的高度

关注。

当时，三峡工程156米蓄水各项准备工作正在紧锣密鼓进行中，即将由围堰发电期转入初期运行期，开始全面发挥防洪、发电和航运效益，容不得半点闪失。

156米蓄水，是三峡工程建设中的一个重要里程碑。蓄水至156米高程后，三峡水库防洪库容达110亿立方米，三峡电站已投产14台机组的发电出力达到额定的70万千瓦，长江上游航道改善里程约570千米，比135米水位时延伸140千米左右。

为正本清源，解答社会各界的疑惑，郑守仁以湖北省政府参事的身份提交了《关于三峡工程投运后对坝下游河道冲刷亟待立专项研究及治理的建议》。

这份建议中，郑守仁以严谨科学的态度阐明看法：三峡水库蓄水至135米运行以来的实践表明，泥沙问题比预计的要好，尚未对工程运行与河道安全产生较大影响。但坝下游河道的冲刷变化比预计的要大些，发展也快些，应引起足够的重视。今后，随着上游干支流水能资源的开发利用，可兴建一系列水库起到拦沙作用。三峡水库冲淤平衡的时间将延续超过100年，三峡水库下泄沙量将长期大量减少，清水下泄对坝下游河道冲刷引起的河势演变将进一步发展。因冲刷时间长，影响范围大，而长江中下游地区又是我国人口密度大、经济发达地区，对此问题必须认真对待、加强研究，居安思危，以防患于未然。

为此，他提出了四条建议，以应对不利影响。这四条建议既中肯，又具有前瞻性，兹实录如下：

1. 三峡工程投运后对长江中下游河势演变及防洪影响亟待立专项研究和治理。三峡工程投运后，清水下泄引起坝下游河道产生长时间、长距离冲刷，对长江中下游河势演变以及防洪的影响，提请国家主管部门立专项进行研究和治理。包括中下游河势演变的观测与分析，验证坝下游河道冲刷数学模型计算成果；利用长江中下游防洪模型研究三峡工程投运后清水下泄引起中下游河势演变及对防洪和航运的影响，提出相应的河势控导工程措施和堤防护岸加固方案，并及时实施，以确保长江堤防安全和航运通畅。

2. 尽快实施荆江河势控制应急工程建设。荆江河段是长江中下游防洪形势最为严峻的地区。三峡工程蓄水初期荆江河段受冲刷时间最早，冲刷幅度最大，对河势和堤防安全均有不利影响。目前，上荆江河段河势还在变化，对堤防已造成威胁，出现新的险工险段。水利部已审批《荆江河段河势控制应急工程可行性研究报告》，建议有关部门尽快实施荆江河势控制应急工程建设，确保荆江两岸堤防安全。

3. 建立健全崩岸险情监测及应急抢护机制。近年来，荆江河段局部河势发生了较大变化，发生了崩岸险情，而崩岸的发生具有一定的隐蔽性、突发性和剧烈性。须尽快建立健全坝下游重点河段重点部位的崩岸险情监测系统和应急抢护机制，制定崩岸险情监测和抢护应急预案，明确职责，加强监测，及时发现或预报潜在崩岸险情，并组织抢护，确保长江堤防安全。

4. 启动长江中下游河道整治工程的前期工作。三峡工程蓄水后，长江中下游河道局部河段河势发生变化，并引起江湖关系的调整，特别是荆江河段的冲刷问题，直接关系到荆江大堤的安危，已引起各级领导的关注。因此，在对长江中下游干堤进行全面除险加固后，须把长江中下游河道整治工程作为长江治理开发及保护的重要任务之一，抓紧研究制定有效的对策措施，并适时实施。应尽快启动长江中下游河道整治工程的前期工作，尤其是近期河道整治工程的前期工作。

这份建议，由湖北省政府参事室上报至国务院参事室。兹事体大，国务院参事室又呈报给国务院领导。2006 年 7 月 19 日，国务院总理温家宝对此建议作了重要批示。

得到国家领导人重视，长江中下游河势演变及防洪影响专项研究和治

理由此拉开帷幕。

2007—2011年，在水利部主导下，荆江河段先后实施了两个河势控制应急工程项目，实施护岸长度32.365千米。工程的实施进一步巩固了1998年大水后该河段河势控制工程的建设成果，更为三峡工程建成后下荆江河段中远期治理打下了良好基础。

2014年，长江中下游河势控制和河道整治工程列入国务院172项节水供水重大水利工程，使长江中下游干流现有重点崩岸河段得到系统治理，应急防护和安全度汛得到全面加强。

4

三峡工程自规划论证起，就一直存在不同的意见和声音。

二十世纪五十年代至八十年代，三峡建坝的"主上派"和"主下派"，进行了旷日持久的论战，在此就不再赘述。无论主上派还是主下派，其出发点都是为国为民，那些反对声音多数都是专家学者因专业见解不同而发出。

2006年5月20日，三峡大坝全线施工至设计高程185米，工程从建设阶段转入初期运行阶段。2008年汛末开始实施175米试验性蓄水，

▶在三峡工地现场

2010 年 10 月首次蓄水至设计水位 175 米，至 2019 年 10 月已连续 10 年试验性蓄水成功，发挥了巨大的防洪、发电、航运、补水和生态等效益。三峡枢纽建筑物各项监测和水轮发电机组试验成果表明，大坝、船闸、电站厂房等建筑物运行性态正常，水轮发电机组运行情况良好。

在此期间，长江流域发生了强震、干旱、洪涝等自然灾害，引起了人们对三峡工程的热议，有人甚至指斥这些灾害是“三峡工程惹的祸”。

特别是随着自媒体的兴起，一些个人和组织为博眼球，不断发布对三峡工程的诟病、谩骂之语，甚至各类谣言满天飞。其中最著名的有：“从万年一遇、千年一遇、百年一遇到不能全靠三峡工程，专家口中三峡防洪能力持续萎缩”“三峡工程破坏生态、影响气候，造成上游洪涝和下游干旱”“三峡工程导致长江珍稀、濒危物种灭绝”“三峡工程是汶川地震、玉树地震和上游山体滑坡堰塞湖的罪魁祸首”……

诸如此类，极尽危言耸听之能事！

“公众不了解实情，就要通过你们媒体讲给他们听嘛，我期待更多的人关注三峡工程。”虽然将三峡工程视若珍宝，郑守仁却很豁达，并非不容置喙，对于这些谣言，他觉得应该正确引导，用事实说话。

2014 年夏天，为了破谣言、正视听，我以记者身份专访郑守仁，开场之前老人家语重心长地说：“工程建成投运以来，我和全体建设者一起等待着大自然对我们这份答卷的评判，也以最诚恳的心情聆听各界对三峡工程的多种评论和质疑意见。”

这次专访，涉及防洪减灾、供水和抗旱、泥沙问题、地震和地质灾害、水质和水生物保护等社会广泛关注的涉及三峡工程的热点问题。根据专访整理的材料，最终由长江委办公室作为基本素材提供给各大媒体。其后，新华社、中央人民广播电台、人民网、中国政府网等各大媒体陆续刊发《郑守仁院士解答三峡热点问题》《“N 年一遇”有着严格的数据标准 三峡工程防洪效益的误解与正读》《长江中下游旱涝连灾并非三峡工程“诱发”》等新闻报道，很好地起到了以正视听的作用。

兹将郑守仁对这些关于三峡工程的热点问题回应摘录如下：

之一，三峡工程的防洪标准究竟是多少年一遇？

洪灾自古以来就是中华民族的心腹之患，三峡工程的首要任务是防洪。156米蓄水运用以来，特别是2008年汛末实施175米试验性蓄水运行以来，汛期长江干流堤防没有发生一处重大险情，安定了长江中下游沿江群众的民心，产生了巨大的社会效益。三峡工程按荆江补偿调度方案，多年平均减淹耕地30.07万亩，减少城镇受淹人口2.8万人，多年平均年防洪效益为88亿元，工程防洪效益显著。

关于三峡工程抵御洪水的能力究竟有多大，这里“万年一遇”“千年一遇”“百年一遇”的主体一直被混淆，从而产生误读。“万年一遇”和“千年一遇”指的大坝建筑物本身的防御能力，“百年一遇”是指对长江整体抵御洪水能力的提升程度，两者有本质的差别，但常常被媒体及公众混淆。事实上，三峡工程防洪能力从没改变过，误读的根源在于一些人没有把三峡大坝自身的防洪能力与其对大坝下游保护区的保护作用区分开来。三峡大坝的防洪能力即设计标准是“防千年一遇的洪水”，并按照“防万年一遇的洪水，再加10%”进行校核，这是针对三峡工程本身安全的抵御洪水能力而言的。即当发生千年一遇的洪水时，大坝的各种运行指标都不受影响；当遭遇万年一遇的特大洪水时，大坝的主体结构不会受影响，不会产生溃坝，但其附属工程可能会受一些影响。

“防百年一遇的洪水”是针对三峡工程对下游河段的保护作用而言的，反映的是三峡工程对其下游的防洪保障作用。通过三峡水库拦蓄洪水，可使荆江河段的防洪标准从十年一遇提高到百年一遇，即遇百年一遇洪水，可控制沙市水位不超过44.50米，不需启用荆江分洪区；遇千年一遇或类似1870年洪水，可控制枝城流量不超过80000立方米每秒，配合荆江地区蓄滞洪区运用，可使沙市水位不超过45.00米，从而保证荆江河段的安全。

之二，近年一些地震活动与三峡水库蓄水有关吗？

实事求是地讲，水库蓄水之后，客观上会改变临水岸坡的水土条件，在局部库岸地段产生失稳现象，这是所有水库在蓄水初期都会遇到的情况。随着时间推移，待库岸水势消长逐渐形成规律，水库周边水土环境变化将趋于平衡，达到新的稳定，发生地质灾害的数量和规模都会减小。

三峡地区地形、地质条件复杂，历史上就是地质灾害频发区。三峡库区经过多年治理，与蓄水前相比，险情险段数量骤减，因涉水部分引发的地质问题，其规模和程度均小于历史上曾经发生过的灾害，并且没有一处因为地质灾害造成人员伤亡和重大财产损失。三峡库区从区域地质背景及深部构造特征来看，为弱震构造环境，大坝基础的岩体完整坚硬，透水性弱，地质构造简单。

2013年，中国工程院组织国内权威专家对2008年至2012年5年试验性蓄水阶段进行科学评估。评估报告指出，蓄水期间水库地震以微震和极微震为主，均小于初步设计论证报告中的预测值；地震发生主要地段与初步设计中预测的位置基本一致。三峡水库地震的总体趋势渐趋平缓，不会超过论证期间预测的震级。

国内近年一些地震活动均与三峡工程无关。以人们普遍关注的2008年汶川大地震为例，汶川地震发生在青藏高原北部边缘的龙门山地震带，属地下深层次板块碰撞的结果。三峡大坝所在的黄陵背斜属于扬子准地台中部的上扬子台褶皱带，区域构造条件截然不同；三峡库区有厚度大的隔水层环绕，不存在水库渗漏问题，与龙门山构造带不存在水力上的关系。汶川地震与三峡水库蓄水无关。

之三，三峡工程造成长江珍稀、濒危物种面临灭绝？

水利水电工程对鱼类的影响是可以通过采取措施尽可能消除的。三峡工程建设过程中，实施了长江湖北宜昌中华鲟自然保护工程，建设了长江上游珍稀和特有鱼类自然保护区与珍稀特有鱼类驯养救护中心，实施了中华鲟、胭脂鱼、达氏鲟等珍稀鱼类和重要经济鱼类的增殖放流，对长江珍稀和经济鱼类资源的增殖和保护起到一定的促进作用。三峡水库在2011—2014年连续实施生态调度试验，通过4～7天持续增加下泄流量的“人造洪峰”调度方式，促进葛洲坝下游“四大家鱼”的自然繁殖。到2013年，四大家鱼鱼苗的数量已完全恢复到2003年蓄水时的4.06亿尾的水平。

针对受淹没影响的三峡库区特有物种，如疏花水柏枝和荷叶铁线蕨，采取了野外迁地保护、植物园保存和种质资源保存等措施。实施了宜昌天宝山森林公园、兴山龙口河亚热带常绿阔叶林自然保护区，提高了生物多样性保护能力，通过建设树木园、植物园和实施古大树保护等工程措施，有效保护了珍稀植物和古大树。

之四，三峡库区生态环境现状如何？

三峡工程1994年开工建设以来，国家有关部门和库区地方政府认真落实1992年经国家环境保护局审批的《长江三峡水利枢纽环境影响报告》确定的各项生态环境措施，包括淹没区库底卫生清理及危险废物处置、水库周边城镇及农村污水治理及垃圾处理、工业废水治理、农业面源污染防治、船舶污染防治及水库富营养化调控等一系列措施。国家相关部门监测资料表明，库区及相关区域的生态环境质量总体良好，与蓄水前相比基本保持稳定。库区长江干流水质总体保持在Ⅱ、Ⅲ类水平；入库泥沙量明显下降，低于预期；生物多样性得到有效保护；水库未对周边区域气候产生明显影响，三峡工程生态环境影响未超出论证的预测范围。

之五，上海是三峡工程的“受害者”？

我看过有些媒体报道说三峡工程造成长江口萎缩、海水倒灌，使上海成为最大“受害者”，这完全是没经过调查核准发出的不实之词。

首先，三峡工程建设对上海是利大于弊的。截至2014年6月底三峡电站为上海输送了1046.5亿千瓦时的电，相当于节约上海本地标煤用量3160万吨。如果没有三峡电力，上海势必要在本地或苏浙一带兴建4至5座总装机容量100万千瓦的火电站或核电站。使用三峡电站清洁、经济、安全的电力，对上海来说是最大的受益。

其次，三峡工程采用蓄清排浑的运行方式，对泥沙阻隔作用有限，近20年来，长江上游泥沙的含量明显减少，2003—2013年三峡水库入库泥沙量较初步设计减少60%，但长江口仍然在增长，只不过每年增长幅度相对小了些。

再者，建三峡工程前，宜昌断面枯水期（1—3月）平均流量4000立方米每秒左右，实测最小流量2770立方米每秒；三峡工程兴建后，按照国务院批准的《三峡水库优化调度方案》，同期三峡下泄最小流量控制在6000立方米每秒，枯水期长江入海口流量大大增加了，而不是减少了。2014年2月，根据长江防总的调度令，三峡水库首次实施“压咸”应急调度，日均出库流量由6000立方米每秒增加至7000立方米每秒。恰恰是三峡水库运行减轻了长江入海口咸水上溯的影响。

这就是严谨又温和的郑守仁，本是反驳谣言，却像给学生讲课，语气平缓，循循善诱，无一丝凌厉与尖锐，但理性的力量蕴含其中。

二　心系175米蓄水

深秋时节，三峡水库水位上升至175米标识线，三峡库区迎来婀娜多姿的平湖时光。

平湖之上，水天一色，流光溢彩，江清岸洁，百鸟翱翔……

2019年10月31日8时，实时水情显示，三峡水库坝前水位达到175米，实现2019年试验性蓄水目标。

这是三峡工程连续10年成功蓄水至175米。

然而，这一重大信息，郑守仁却无法第一时间获悉，此时他尚处于昏迷中，正在离三峡工程350多千米外的武汉同济医院重症病房接受治疗。

11月9日，昏迷一个多月后清醒过来的郑守仁问的第一件事，竟不是自己的病情，而是“今年的175米蓄水怎么样了”。当得知9天前就已蓄水成功后，沉疴中的老人虽然虚弱异常，但眼中仍放出欣慰的神采。

1

三峡工程175米试验性蓄水有何重要意义，为何让郑守仁如此魂牵梦萦？

“175米是三峡工程设计的正常蓄水位，也是其全面实现各项功能的重要标志线。在这个高程下，三峡工程防洪能力将得到充分验证，水电资源可实现最大限度利用，长江航道成为更顺畅高效的‘黄金水道’。同时整个工程及水库将接受高水位的全面检验。”2010年10月26日，在三峡工程首次成功蓄水至175米之际，笔者曾在三峡坝区专访了郑守仁院士。就在那次，他详细介绍了三峡工程蓄水至175米运行的重要意义及实施情况。

蓄水至175米的重要性，要从三峡工程的设计功能及预期发挥的效益说起。

人类兴建高坝大库，最核心的目的是应对自然灾害，应对人口不断增长的需求，保障人类生存、生活条件的改善，这是水库大坝建设非常明确的目标。

水位在135米和156米运行，只能发挥三峡工程的部分效益。而175米，才是三峡工程设计的正常蓄水位，这一水位是经过反复论证后提出来的。只有蓄至这一高度，工程的综合效益才能得到全面发挥——

蓄水至175米，使三峡成为一座库容393亿立方米的峡谷型水库，可拦洪库容达221.5亿立方米，相当于4个荆江分洪区的蓄洪量。由此，长江最险处荆江河段的防洪标准可从十年一遇提高到百年一遇。即使出现千年一遇的洪水，三峡工程配合荆江分洪等分蓄洪工程的运用，也可避免下游江汉平原发生毁灭性灾害。

在175米水位，三峡电站26台70万千瓦巨型机组满负荷运转，年均发电量达 847 亿千瓦时，比水位在 156 米时增加 100 多亿千瓦时，相当于 6 个半葛洲坝电站。

蓄水至 175 米后，宜昌至重庆 660 千米的航道可通航万吨级船队，航运成本降低 1/3 以上，长江航道成为名副其实的“黄金水道”。

此外，蓄水至 175 米后，这座库容近 400 亿立方米的巨型水库使我国拥有了一个巨大的水资源储备库，三峡工程的生态补水抗旱功能可以得到更充分的发挥和体现。

蓄水至 175 米正常设计水位，除全面发挥三峡工程上述综合效益外，郑守仁表示，通过高水位运行还能检验三峡枢纽建筑物及机组设备质量，观测库区地质、泥沙、水质等变化，以及蓄水后对中下游的影响——

首先是蓄水过程中库区地质条件面临挑战。蓄水至 175 米可能诱发库区滑坡等地质灾害，尽管此前库区地质灾害点经过治理、搬迁避让、监测预警，发生大规模滑坡等地质灾害可能性已大大减小，但蓄水至更高水位后，受库区水位涨落和气候影响，新生滑坡发生和老滑坡复活几率将增加，诱发地质灾害也不是没有可能。

其次是蓄水至 175 米后长江物种多样性将更令人担忧。三峡蓄水达到 175 米后，库区泥沙变化对下游河段的影响、物种多样性等也都是必须面临的挑战。

“这些担忧，在 175 米试验性蓄水之前，都只能停留在纸面上推演、争论。”郑守仁说，“而实际如何，还是要在 175 米水位运行下实际观测、验证。”

2

三峡工程启动 175 米蓄水，并非一帆风顺。

在施工建设的过程中，三峡工程已先后于 2003 年和 2006 年分别实现了 135 米水位和 156 米水位的蓄水目标，并初步发挥了工程效益。

什么时候从 156 米蓄水到 175 米？郑守仁表示，这由两个问题决定：泥沙问题和移民问题。

此前对蓄水到175米持不同意见的双方都认为蓄水到156米是没有问题的，所以决定先蓄到156米进行观察，看这两个问题是否能够妥善解决，如果不能，则175米蓄水就往后推。

很多人对三峡的泥沙问题表示担忧。但从三峡工程建设末期（2000年之后）的泥沙观测数据来看，泥沙问题比原来论证时考虑的情况减轻了很多。泥沙专家组的观测结果表明，从1992年以后，三峡泥沙来量在逐步减少。长江委及有关部门做了详尽的调查、研究，分析泥沙减少的原因：一是改革开放以后长江上游干支流建了很多小电站，这些电站在发挥发电作用的同时，也拦截了很多泥沙。二是近年来退耕还林、封山育林这些措施采取之后，水土流失的情况要比以前好很多。三是上游城乡基础设施大规模建设加大了河道挖沙量，泥沙的补给减少。四是二十世纪九十年代以来，长江上游流域强降雨偏少，长江产沙也相应减少。

从当时的现状分析，上游来沙还会进一步减少：上游还在不断建更大更多的坝；水土保持不断往好的方向发展；城市建设、新农村建设需要大量砂石料，泥沙补给进一步减少。

而从实际观测来看，从2003年蓄水以来，现在的泥沙数量仅仅相当于论证时引用的观测数据的40%，只有2亿吨。

“原来论证时考虑的是最不利的状况，现在看来要好得多。”郑守仁说。

与此同时，移民问题也解决得很顺利，2008年，175米水位线下的移民搬迁、清库等工作顺利完成，通过验收。于是，原来制约三峡工程由156米蓄水到175米的问题都扫除了，经过验收、论证、批准等程序之后，三峡工程175米试验性蓄水工作正式启动。

2008年和2009年，三峡工程两次进行175米试验性蓄水，但分别只蓄至172.8米和171.43米。

2008年试验性蓄水过程中，对枢纽安全监测、机组高水头运行、水库泥沙淤积、近坝地区的地震、库区水质等进行了全面监测试验。试验结果表明，各方面情况正常，基本上没有发生预期范围以外的情况。据国土资源部门统计，2008年试验性蓄水期间，库区干流共出现了2.3千米的坍

◀在三峡工地现场

塌险情，好于预测情况。

2009 年，三峡水库进行第二次 175 米蓄水冲刺。由于 2009 年试验性蓄水最高水位为 171.43 米，低于 2008 年最高蓄水位 172.8 米，计划安排的机组高水头试验没有实施，设备运行监测情况正常；枢纽安全监测未发生明显异常现象；三峡库区共发现 6 起变形险情，没有对航运产生影响，没有人员伤亡事故发生；库区水质与 2008 年同期相比有明显转好的迹象。

2009 年三峡水库未蓄水至 175 米，主要是 10 月份三峡水库来水偏枯和长江中下游发生持续干旱加大下泄流量等综合因素造成的。

为应对上下游来水、需水的不同情况，实现蓄水 175 米目标，郑守仁和有关专家建议：适当增加 9 月份的蓄水任务。

3

2010 年初，郑守仁在三峡坝区召集长江委科研设计人员，总结前两次试验性蓄水规律，加强对泥沙、库区地质灾害、来水情况分析，编制完成了《三峡水库 2010 年汛末蓄水方案研究》。该方案采用汛末期设计洪水进行调洪计算，分析 9 月份各种不同起蓄水位条件下蓄水，均可以保证防洪安全，为 2010 年 175 米蓄水成功提供了重要技术支撑。

按照国家防总关于蓄水实施计划的批复意见以及长江防总调度令，三峡工程 2010 年 175 米试验性蓄水从 9 月 10 日 0 时开始，起蓄水位为前期防洪调度的实际库水位 160.2 米。

10 月上旬，鉴于长江上游来水较少，长江防总办于 10 月 8 日下达 64 号调度令，三峡水库从 10 月 10 日起日均出库流量按 7000 立方米每秒控制，10 月 10 日 8 时，三峡水库水位蓄至 168.85 米。10 月 10 日后，三峡入库流量逐步增加到 14000 立方米每秒以上，蓄水进程加快，10 月 12 日蓄至 170 米。三峡水库 2008 年和 2009 年试验性蓄水最高蓄水位为 172.8 米，172.8 米以上为首次蓄水，为有利于三峡库岸稳定，172.8 米以上宜缓慢上蓄。10 月 14 日长江防总办下达调度令，从 10 月 15 日起，三峡水库出库流量按 9000 立方米每秒控制，减缓水位抬升速度。

10 月蓄水期间，根据水情气象预报以及实时水雨情，科学调度，严格执行长江防总办的调度指令，合理调整控泄流量，整个蓄水过程进展顺利，预计 10 月 26 日蓄至 175 米。

青山绿水，烟雨三峡。2010 年 10 月 26 日上午 8 时，三峡工程在蒙蒙雨雾中首次达到初步设计的 175 米正常蓄水位，标志着三峡工程的防洪、发电、通航、补水等各项功能都达到设计要求，其综合效益将全部发挥。

千百年来，峡江的水从未这般宁静，从青藏高原奔腾而来的滚滚江水在雄伟的三峡大坝前化为一面平湖。高峡平湖，见证着以郑守仁为代表的数以千计工程设计人员的智慧和心血。

2006 年，三峡工程蓄水至 156 米，进入初期运行期，比初步设计提前 1 年达成目标。2010 年，三峡工程首次达到初步设计的 175 米正常蓄水位，由初期运行期转入正常运行阶段，较初步设计提前 3 年实现这一目标。

蓄水至 175 米之后，郑守仁一如既往坚守在三峡坝区，部署相关监测和试验性工作，着重加强对大坝、船闸闸首、机组等在高水位状态下运行的监测，以及水轮机组在高水位下运行的试验。

4

时光荏苒。

转眼到了 2018 年，初冬时节，三峡工程连续 9 年蓄水至正常蓄水位 175 米，同时这也是三峡工程试验性蓄水运行 10 周年，殊为不易。

十年磨一剑，霜刃展锋芒。

2018 年 11 月 15 日至 16 日，由中国工程院、水利部、长江委、三峡集团共同主办的三峡工程正常蓄水位 175 米试验性蓄水运行十年学术研讨咨询会在三峡坝区召开。沈国舫、马洪琪、张建云、陈厚群、郑守仁等 17 名中国工程院和中国科学院院士、30 余名专家学者齐聚一堂，共同回顾三峡工程试验性蓄水 10 年来的运行情况和综合效益，总结宝贵经验，提出咨询意见，展望新时代三峡工程在长江大保护中的使命和担当。

咨询意见认为，试验性蓄水运行以来，三峡工程不断优化水库调度方案，初步设计的防洪、发电、航运、水资源利用等综合效益得以实现并显著提升，为长江经济带的发展提供了基础保障作用。

咨询意见指出，试验性蓄水期间，三峡工程开展了大量的监测和研究等工作，各项成果充分表明：三峡工程枢纽各建筑物运行正常，安全稳定；三峡工程移民安置规划任务全面完成，库区和移民安置区社会总体稳定；三峡库区及相关区域生态环境状况总体良好。

一言以蔽之，10 年试验性蓄水运行监测表明，三峡工程已完全具备 175 米正常蓄水运行条件。

会上，郑守仁率先作专题报告。年近八旬、多种重疾缠身的他执意全程站立演讲，一如他往常的风格，慢条斯理，用事实和数据说话，逻辑严密，思路清晰，闪耀理性的光芒。

> 关于大坝安全——
>
> 首先我们要谈到拦河大坝泄洪消能安全问题，拦河大坝泄洪消能设施的布置兼顾了水库防洪调度、工程防护、水库排沙和排漂等不同功能的要求。综合防洪、排沙、工程防护、厂前排漂等因素，经多方

案综合比较，大坝永久泄洪设施采用23个深孔、22个表孔相间布置；表孔下部布置22个导流底孔，已回填混凝土封堵。

拦河大坝混凝土设计从混凝土抗冻、抗渗、抗碳化、抗裂、抗冲磨及抗侵蚀性等指标提高耐久性，并通过“双控”防止发生碱骨料反应；金属结构和机电设备采用耐久性能高的材料。工程投运后，定期安全检查鉴定，发现问题及时修复和加固处理，以达到安全可靠、长期使用。

关于大坝抗震——

坝址处在黄陵背斜核部的结晶基底区，是相对稳定地块。地震活动水平不高，是弱震环境，历史上无中强地震记载，现今地震也很微弱。从最不利的假定情况进行分析，取天然地震危险性概率分析中的上限6级作为水库诱发地震的最大可能震级，三峡工程抗震设计按最不利的条件，即使在距坝址最近的九畹溪断裂发生6级地震，影响到坝址的地震烈度也不超过Ⅵ度，大坝抗震设计按Ⅶ度设防是安全可靠的。

4次4级以上地震都发生在三峡库区庙河至奉节白帝城的第二库段，该库段存在高桥和仙女山—九畹溪两个弱地震活动性的地区性断裂带，水库蓄水后虽然发生了频次较高的诱发地震，但主要是非构造型的微震和极微震，地震强度不大，最大为5.1级，最高震中烈度为Ⅶ度，对坝址区的最高影响烈度为Ⅳ度，没有超出三峡工程初步设计的结论。水库蓄水后，坝区遭受的地震最高影响烈度为Ⅳ度，远低于三峡大坝抗震设防烈度Ⅷ度，对三峡工程及其设施的正常安全运行未造成任何影响。

关于防护安全——

三峡工程防护安全问题早在1958年就开始研究，工程防护主要研究加强防御力量，阻止核弹袭击，保障工程安全，以及核弹击中大坝后溃坝洪水对坝下游地区的影响及减免灾害的措施。

溃坝试验表明，采取预降库水位和分洪措施后，溃坝最大的洪水灾害受灾人口100多万，淹没范围只相当于1954年洪水长江中下游淹没范围的4%左右，远小于历史上发生的一次大洪水的灾害损失。灾害范围局限在上荆江一带洲滩围垸内，不致影响沙市和荆江大堤的安全，属于局部地区性灾害。在采取一些防护措施后，灾害可进一步减轻。

针对库区地质灾害的防护措施，根据灾害类型、位置、重要性、危害性大小及治理难易程度，分为工程治理、搬迁避让和监测预警三种方式。

关于水质安全——

根据三峡库区水质监测断面布置，生态环境部设置的长江干流国控断面水质监测数据显示，2003 年 6 月三峡水库 135 米水位蓄水运行以来，库区干流水质保持在Ⅱ、Ⅲ类的良好状态。2008 年汛末试验性蓄水前后，三峡库区水质基本上保持在Ⅲ类水平并持续稳定。

与 2005 年各断面的Ⅱ类水质相比较，在水质类别上的变化主要是由于自 2009 年起国家将参与水质评价的项目由原来的 9 项增加到 21 项，导致库区部分干流水质由Ⅱ类转变成Ⅲ类。2010 年至 2014 年总体水质全年稳定在Ⅲ类水平，从各月情况看总体水质保持在Ⅱ、Ⅲ类水平，2016 年Ⅱ类水占 40%。三峡水库蓄水运行对库区饮用水水源地的分布格局、取水方式等产生影响，但其供水服务功能总体稳定，饮用水水源水质均以Ⅱ类和Ⅲ类为主，且基本保持稳定达标。

5

又是一年汛末。2019 年 9 月 10 日，根据水利部批复，三峡水库启动 175 米试验性蓄水，起蓄水位 146.73 米，待蓄库容约 213 亿立方米。

与往年相比，2019 年三峡水库试验性蓄水面临前期来水偏少、流域水库群整体待蓄水量多、长江中下游水位普遍偏低等问题，蓄水形势不容乐观。

为统筹协调好 2019 年长江流域上游水库群联合蓄水工作，长江委及时批复长江上游溪洛渡、向家坝、瀑布沟等水库的蓄水方案，在确保防洪安全前提下，上游水库群分阶段蓄水，提前实施金沙江中游梯级水库和雅砻江梯级水库蓄水。

进入 9 月后，长江上游水库陆续进入蓄水期，截至 9 月 10 日，长江流域联合调度水库群合计待蓄库容 516.52 亿立方米，流域控制性水库群待蓄库容较前两年同期明显偏多。

2019 年是三峡水库 175 米试验性蓄水的第 12 年，也是三峡水库自 2010 年以来，冲刺连续 10 年实现 175 米试验性蓄水目标的关键一年。

▶获奖感言：作为科研工作者，就是要发扬不怕苦不怕难的奋斗精神，攻坚克难，把论文写在大地上。获得这个荣誉，是党中央、国务院对三峡工程的肯定，对所有参与建设、维护、运营三峡大坝的人的肯定，感谢大家用行动守护长江，守护三峡。

如果连续 10 年成功蓄至 175 米，且运行稳定，就离宣布工程整体竣工验收又近一步了。郑守仁对 2019 年的 175 米试验性蓄水尤为在意。

9 月 25 日，在京领取“最美奋斗者”荣誉后，郑守仁就急匆匆地赶回三峡工地。他说：“水库正在蓄水呢，不能耽搁。”

10 月 9 日，郑守仁突发肝胆重疾昏迷不醒，再次入院抢救。一个月后他醒来时，他魂牵梦萦的三峡工程 175 米试验性蓄水已告圆满结束。

听到这个好消息，病床上，老人家枯瘦苍白的脸上露出欣慰的笑容。

三　思谋长江大保护

“神女应无恙，当惊世界殊”。今天，岿然矗立在西陵峡口的三峡大坝已成为长江上最醒目的新地标，成为中华民族伟大复兴的一个重要标志。

经过 20 余年的建设，从衔来巨石锁大江到高峡出平湖，已全面发挥防洪、发电、航运、补水、生态等巨大综合效益的三峡工程，让中华民族的百年梦想成真。

三峡工程雄浑的建设交响曲完美落幕之后，一个崭新的长江时代已经来临。

山清，水秀，天蓝；水阔，波平，浪静。

2018 年 4 月 24 日，习近平总书记在三峡大坝极目远眺长江上下游，在详细了解三峡工程建设及防洪、供水、发电、通航、生态保护等方面发挥的巨大效益后，满怀深情、掷地有声地说：三峡工程是国之重器！

1

三峡工程，“国之重器”。在党中央决策部署推动长江经济带发展的背景下，这座“重器”如何发挥独特的更大的作用，这是郑守仁一段时间以来着重思考的问题。

“运行实践证明，三峡工程已成为服务长江经济带高质量发展的坚强支撑，是全面建成小康社会的基础性工程，是中华民族伟大复兴的标志性工程。”——这是 2018 年 5 月“中国工程院院士三峡行”活动中形成的共识。

5 月 9 日至 12 日，“中国工程院院士三峡行”活动在三峡坝区举行，17 位院士和 20 多名专家、学者围绕学习贯彻习近平总书记考察三峡工程发表的重要讲话精神、创新三峡工程运行管理模式方法、进一步发挥其对长江大保护和长江经济带发展的促进作用这一重大课题进行了深入研讨。

让我们先来看一看参加这次三峡行活动的院士名单：赵宪庚、孙永福、殷瑞钰、傅志寰、张寿荣、饶芳权、蒋士成、郑静晨、黄维和、凌文、向巧、范国滨、王金南、郑守仁、陆佑楣、钮新强、胡文瑞。

这 17 位院士，来自各行各业，均是各自领域之翘楚。

但这次，因为是针对三峡工程的，郑守仁当仁不让地成为焦点、主角。郑守仁虽然重疴缠身，但依然精神饱满，情绪高涨。

在活动中，院士们参观了三峡工程展览馆，乘船体验、考察了三峡升船机，并实地考察三峡船闸、三峡电厂机组、三峡水库运行等情况。

为了让一些跨行业院士更好地了解三峡工程建设及运行管理，三峡集团派出相应专业技术人员为院士们讲解。这其中，有一位语音低沉、声调平缓的“客串”讲解员格外引人注目，他就是郑守仁。在一直坚守的三峡坝区“主阵地”，作为三峡工程的设计总工程师，郑守仁院士的讲解内容翔实，数据准确，条理清晰，充满感情。由于他与三峡工程有着不解之缘，对工程的“一砖一瓦、一草一木”都十分熟悉，一路上，总有人围在他身边问这问那，他也乐意为他们效劳，如数家珍般讲述三峡工程的论证、设计、建设、运行的故事……

这些专业的讲解，让考察的院士和专家们不仅对三峡工程有了直观了解，更对三峡工程有了更深、更广的理解和认知。

随后的研讨会上，“生态保护”“长江经济带发展”成了院士们关注的焦点。

“共抓大保护，不搞大开发”。三峡工程作为治理和开发长江的关键性骨干工程，其本身生态效益如何？在共抓长江大保护、促进长江经济带发展中，三峡工程如何做？

多位院士表示，三峡工程生态环保是社会关注的焦点，来之前，多位院士对三峡工程的泥沙、漂浮物、地震、水环境等问题有些疑惑与不解，经过现场考察、听取郑守仁院士等专家介绍，三峡工程对这些问题都解决得比较到位，心中疑惑逐渐散去。

“三峡工程体现的是适应自然、适度发展自然、领先自然的理念，而不是人定胜天。”钢铁冶金专家殷瑞钰院士表示，三峡工程的建设理念和功能定位根据实际情况其实是在发生演变的。孙中山提出三峡工程设想主要是为了发电和航运，而在二十世纪五十年代，经历了洪水肆虐，防洪成了三峡工程的首要目的并持续到现在。随着时代的发展，特别是到“共抓大保护”，三峡工程理念在进一步推进，防洪之后的功能选择也在发生变化，水资源利用、生态调度这些功能正在突出，而且应该进一步突出。

“人们会把长江流域生态环境问题归结到三峡工程里去，这样就把影响放大了，这个是需要去说清楚的。”国家环保技术领军人王金南院士说，三峡工程应该是开启了中国重大建设工程环境保护管理的历史，在工程环境保护方面做了大量的工作，取得了实效。“这里值得注意的一个问题是，三峡工程的环境保护问题和整个长江流域的环境保护问题是不同的。对于三峡工程来说，已解决、尚未解决的生态环境问题需要有专题报告出来，有理有据地去说服，这样，三峡工程才能真正地标记为世纪生态工程。”

针对三峡库区的生态环保，中国聚酯工业的主要开拓者蒋士成院士表示，三峡工程建设以来，三峡库区的生态环保工作取得了重大成果，但是不可否认的是，其环保难度依旧很大，这其中牵涉到多方因素，不是一个企业所能解决的。这个情况，中国工程院可以利用跨学科的优势，针对三峡库区、长江经济带的生态保护、修复、优化，成立相关课题，由中国工程院牵头，三峡集团、地方有关政府参加，共同解决长江流域的生态问题，促进长江经济带高质量发展。

“不同领域、不同行业的看法与意见，尤为重要。”研讨会现场，郑守仁认真记录着每一位院士、专家的发言，准备将精髓充分吸收到目下正在进行的“三峡工程与长江大保护”的研究中。

郑守仁在发言中，从“为长江经济带发展提高安全保障”的角度，对三峡工程进行了既专业又独特的解读——首先，三峡工程要保障下游相关地区的防洪安全。如果中下游发生大洪水，三峡必须发挥强大的防洪作用，这是对长江经济带发展提供的安全保障。三峡工程初始设计防洪主要是拦蓄上游大洪水，确保坝下游防洪安全。但是 2016 年、2017 年，长江上游没有发生大洪水，而中下游发生了大洪水，三峡工程仍然利用自身巨大的调蓄能力，对中下游防洪发挥了重要作用。可见，三峡工程通过科学调度和优化运行，拓展了防洪效益，对于防御长江中下游洪水起到积极作用。其次，三峡工程也要保障长江 “黄金水道”的航运安全。三峡工程在枯水期将荆江河段流量由 2000 多立方米每秒提升到 6000 多立方米每秒，并通过蓄水大大改善了川江的航行条件。再次，三峡工程为长江经济带提供了巨大的水资源保障。三峡水库是我国最大的淡水资源战略性水库，它对下游地区生活、生产、生态用水安全是很重要的。

最后，郑守仁总结道：“推动长江经济带绿色发展，关键要处理好绿水青山和金山银山的关系，保护三峡水库生态环境是认真落实习近平总书记保护长江生态环境，推动长江经济带高质量发展重要指示的具体举措，直接关系国家战略性淡水资源库的水生态环境安全、三峡工程长期运行安全，也关系三峡库区、长江中下游干流及通江湖泊、长江口水生态安全和长江经济带的可持续发展。三峡库区及长江流域要进一步加强生态环境保护工作，将其摆在压倒性位置，确保三峡水库和长江水质优良，给子孙后代留下一条生态环境优良、清洁美丽的长江！”

郑守仁的发言，虽然出语平易，没有什么豪言壮语和幽默风趣，但却以有理有据、富有建设性和说服力，引起了与会者的共鸣，许多院士和专家频频向他颔首致意。

2

“三峡库区及长江流域要进一步加强生态环境保护工作……确保三峡水库和长江水质优良，给子孙后代留下一条生态环境优良、清洁美丽的长江！”

这并非是郑守仁的跟风应景之言，早在三峡工程建成投运之前，他就站在国家民族利益的高度，考虑和研究三峡与长江生态环境保护事宜，以三峡工程设计总工程师和长江水利委员会总工程师身份，在设计工作中，加入生态环境保护因素。

在三峡工程初步设计阶段，长江水利委员会对有关环境影响进行了复核，对环评中提到的主要不利影响提出措施。

三峡工程开工建设之前，根据三峡建委办公室专题会议要求，受三峡集团公司委托，郑守仁组织长江水利委员会各相关部门编制了《长江三峡工程施工区环境保护实施规划》，并敦促库区各级政府认真贯彻落实。

三峡工程建设对库区动植物的影响，是社会公众广为关注的焦点。

“除荷叶铁线蕨和疏花水柏枝外，三峡水库蓄水后，直接受淹没的大部分植物，均为淹没区外分布比较广泛的物种，不会因水库蓄水的影响而灭绝。”郑守仁说，在植物保护方面，三峡集团公司按照长江水利委员会的规划，在三峡库区先后建设湖北宜昌大老岭国家森林公园植物多样性保护建设工程、湖北省兴山龙门河亚热带常绿阔叶林自然保护工程，主要保护亚热带山地天然森林生态系统、珍稀物种和古大树种；保护三峡库区业已保存比较完整的亚热带常绿阔叶林群落及其生态系统、物种多样性和珍稀植物。同时，对库区涉及的古大树种 199 株实行单株保护工程。

对荷叶铁线蕨和疏花水柏枝两种特有珍稀植物，长江水利委员会设计了四种保护措施:一是设置设施保存——利用低温冷藏技术保存植物种子，确保物种安全。科研单位已分别在湖北省和重庆市库区多处建立了三峡库区珍稀植物繁育基地，这两种珍稀植物均在该基地成功繁殖和栽培。二是植物园保存——将物种迁栽至植物园内进行保护。三是原产地保护——对物种未被淹没的种群在原产地进行保护。荷叶铁线蕨已在万州区新乡三道河村建立一个 2 平方千米的物种保护点，保护点内禁止采挖，同时采用分枝或孢子繁殖，进行人工栽培。疏花水柏枝已在秭归县一处集中 200 多株树木的产地设立保护点，研究采用多种繁殖手段扩大种群数量。四是回归自然保护——对物种进行人工繁殖后移栽回自然环境。自 2007 年以来，又陆续在葛洲坝下游胭脂坝、关洲等多处江心小岛发现有 10 万余株疏花水柏枝野生种群。

与此同时，对珍稀水生动物也实施了相应的保护措施。在长江上游、中游、下游及河口先后建立了长江上游珍稀特有鱼类国家级自然保护区、长江湖北宜昌中华鲟省级自然保护区、长江天鹅洲白鳍豚国家级自然保护区、长江新螺段白鳍豚国家级保护区、长江口中华鲟省级自然保护区，保护对象为中华鲟、白鲟、达氏鲟、胭脂鱼等和珍稀水生动物白鳍豚、江豚，此外还包括一部分长江上游特有鱼类，主要有圆口铜鱼、长鳍吻鮈、圆筒吻鮈、长薄鳅、厚颌鲂、异鳔鳅鮀、岩原鲤、中华间吸鳅等。

“任何水利水电工程对生态与环境的影响都是有利有弊的。经过多年规划设计过程中的反复论证，工程建设期和 2003 年 6 月水库蓄水以来的严密观测，可以得出这样的结论：三峡工程对生态与环境的影响总体来看是利大于弊。”郑守仁说，三峡工程对生态与环境影响的时空分布不均匀，其影响自工程准备期开始，会持续很长时间。有些影响如施工的影响只在一定时期内发生作用，而有些影响如泥沙淤积等则长期存在，并具有累积性。不同时段受影响的因子和强度不同，年内各月影响变化与水库水位调控密切关联。在空间分布上，有利影响主要在中游，而不利影响主要在库区，但主要的不利影响大多数在采取对策和措施后可得到减免。

长江三峡生态环境监测系统监测成果显示：三峡库区及相关区域的生态环境质量总体良好，水库水质基本稳定在Ⅱ－Ⅲ类水平（经过自来水厂的处理可供饮用），目前三峡库区出现的生态与环境现象未超出环境影响预测的范围。

3

2016 年 1 月 5 日，习近平总书记在重庆主持召开推动长江经济带发展座谈会时强调："当前和今后相当一个时期，要把恢复长江生态环境摆在压倒性位置，共抓大保护，不搞大开发。"2018 年 4 月 26 日，习近平总书记在武汉主持召开深入推动长江经济带发展座谈会时指出："正确把握生态环境保护和经济发展的关系，探索协同推进生态优先和绿色发展新路子。"

根据总书记的讲话精神，联系到长江三峡工程，郑守仁在思考中得出了这样的结论："三峡工程在长江生态环境保护中处于关键地位并发挥着重要作用！"

2019 年 8 月接受采访时，郑守仁特别指出："三峡工程构建库区生态环境保护体系，保障三峡水库水质优良，建设绿水青山、生态环境优良美丽的三峡库区，是认真落实习近平总书记保护长江生态环境重要指示的具体举措，直接关系国家战略淡水资源库的水生态环境安全、三峡工程长期运行安全，也关系三峡库区、长江中下游干流及通江湖泊、长江口水生态安全和长江经济带的可持续发展。

"2008 年汛末实施 175 米水位试验性蓄水运行十年来，库区及上游相关区域生态环境质量总体良好，与蓄水前相比基本保持稳定。但许多影响还有一个逐步显现的过程。三峡工程规模巨大、效益显著，对长江生态环境的影响'利'多'弊'少。

"三峡工程运行中发现影响工程安全运行和对长江生态环境造成不

利影响的问题，都要认真负责地逐个研究，及时防范治理，将三峡工程的‘利’拓展到最大，将‘弊’控制到最小，使工程长治久安，全面发挥综合效益，为长江流域经济社会发展作贡献，成为千秋万代造福长江流域人民的工程。”

郑守仁认为，在三峡库区建设三峡水库生态屏障区，发挥三峡工程在长江生态环境保护体系中的重要作用，是保障长江流域环境安全的重要举措。为此，在做足功课、深思熟虑的基础上，他以院士的身份向国家有关部门提出了四条建议。

其一，建设库区生态屏障区，发挥在长江生态环境保护体系中的作用

三峡工程坝址位于长江上游与中游相接处，水库具有“对上游洪水可以调蓄，对下游枯水可以补偿”的独特作用。由于三峡水库具有调节功能，在最容易发生水污染的枯水期，水库下泄流量增大，可提高大坝下游干流的污水稀释比而使水质得到改善。同时，枯水期是长江口咸潮入侵影响最大的季节，由于三峡水库下泄流量增加，冲潮能力增强，使咸潮入侵减轻，有利于降低河口区盐度，提高上海市供水的水质。三峡水库回水末端紧邻长江上游珍稀特有鱼类国家级自然保护区，下接长江中下游江湖复合生态系统，是流域生态环境保护和修复的主控节点，对于流域生态环境变化和江湖关系演变具有重要调控作用。

其二，严格控制库区及上游干支流入江污染源，保障水库水质优良，发挥国家重要战略淡水资源库的作用

三峡水库周边区域人口密集，既是面污染的源头，又是库周入库污染的必经之地，需要划定合适的区域，建设生态屏障区，在减少面污染负荷的同时，恢复和完善库区生态系统结构，提高库区生态环境承载力，形成库区污染入库前的最后一道生态防线。遏制水库局部库湾和支流水体水华的发生，保障水库水质优良，发挥国家战略性淡水资源库的作用。据调查分析，水库支流来水受干流顶托，多滞留在支流河口或库湾，交换周期长，局部水域水质恶化、水华发生，是严重影响水库整体水质的主要原因。

2008 年汛末实施 175 米水位试验性蓄水运行以来，三峡水库水质保持在Ⅱ—Ⅲ类。2016年库区长江干流8个水质监测断面，5个断面水质为Ⅱ类，水库水质保持良好状况，说明三峡水库水环境保护效果显著，为库区和大坝下游居民生活、生产及生态用水保障了供水安全。

其三，优化库区产业结构布局，建设生态环境优良、绿水青山美丽的三峡库区，发挥重要生态功能区作用

三峡水库是全国重要的生态功能区之一，对保障国家生态安全具有重要意义。对三峡库区已建的化工园区要强化风险防控，确保生产安全和化工产品运输安全，杜绝有毒有害液气外漏事故发生。三峡库区要优先发展绿色产业，进一步淘汰落后产业，采用先进技术和清洁生产工艺，加快产品升级换代。提高产业进入库区环境准入门槛，限制化工行业发展，推动生态工业园区建设，促进库区就业转移和人口减载。尽快完善库区污水及垃圾处理等环境保护设施建设，提升运营管理水平。发挥全国重要的生态功能区示范作用，建设生态环境优良、绿水青山美丽的三峡库区。

其四，促进长江绿色航运发展，为国家提供清洁能源，发挥节能减排、保护生态环境作用

三峡船闸自2003年6月通航以来，截至2017年底累计运行13.74万闸次，通过船舶76.8万艘次，旅客1220.3万人次，通过货物11.1亿吨，2011年货运量突破1亿吨，提前19年达到并超过设计水平年2030年单向5000万吨的通过能力指标。2008年汛末实施175米水位试验性蓄水运行以来，三峡库区水流流速减缓，流态稳定，比降减小，船舶载运能力明显提高，油耗明显下降。据测算，库区船舶每千瓦拖带能力由建库前的1.5吨提高到4 ~ 7吨，每千吨千米的平均油耗由2002年的7.6千克下降到2013年的2.0千克左右。三峡工程建成投运后，促进长江绿色航运发展，发挥了节能减排、保护环境的作用。

水电是清洁能源，2003年7月至2018年12月，三峡电站累计发电量1.19万亿千瓦时，按照中国电力联合会每年发布的标准煤耗估算，相当于节约火电燃标准煤3.93亿吨，减排二氧化碳约10.4亿吨、二氧化硫约1081万吨、氮氧化物520万吨，减少了大量废水、废渣，增强了我国清洁能源的供应能力，减排效益相当于6109万亩阔叶林，节能减排、保护生态环境效益显著。

这四条建议，可谓字字珠玑，见证了一位进入人生暮年的老知识分子，对三峡工程、对长江流域、对国家民族的拳拳之心。

四 “要把三峡工程总结好”

2019年6月13日，三峡坝区骄阳如火。

下午两点，我们依约准时来到郑守仁办公室门前时，只见郑守仁早已提前到了，正埋身于一摞摞材料中，专注地在电脑键盘上缓慢地敲击出一个个字符。

进门打了招呼后，也没什么寒暄。为免冷场，我们就问他这么大年纪了还这么忙碌，自己在电脑上打字，忙什么呢?

“在搞三峡工程的技术总结，175米试验线蓄水运行10年了，枢纽运行性态良好，经受住了大自然的检验，发挥了巨大经济、社会和生态效益。”只要不话家常、不寒暄，谈起工作，老院士滔滔不绝，“从林主任开始，三峡工程是长江委几代工程技术人员的心血结晶，趁我这些年思路还清晰，要把三峡（工程）总结好，这当中有经验，也有教训，经验已经吸收到白鹤滩、乌东德等工程建设中了，教训我们也要反思，留下借鉴。”

三峡工程不仅是世界上最大的水利工程，更是一座科学求实、创新进取、团结协作、无私奉献的精神丰碑。作为设计总工程师，三峡工程也是郑守仁筑梦江河的巅峰之作，倾注了他毕生的心血，他长年驻守在三峡工程施工现场，见证了三峡工程的整个建设过程。三峡工程开工以来，郑守仁坚持组织和主持关于三峡工程的设计技术讨论会和现场设计讨论会，并亲自撰写现场设计工作简报，积累了宝贵而丰富的原始资料。

所以，总结三峡工程技术成果，最适合郑守仁干，也只有他能干。

1

“三峡工程是长江委几代工程技术人员的智慧、勇气和心血、汗水的结晶。”这话丝毫不夸张。

从毛泽东主席与林一山在“长江舰”上纵论长江防洪“毕其功于一役”到成都会议党中央形成第一个关于三峡工程的正式文件，从古老峡江畔的第一个钻孔到坝址的最终确定，从举世罕见的反复论证到工程开工兴建，从试验性蓄水到全面发挥综合效益……三峡工程正是在几代长江委勘测设计工作者不懈的努力下，从梦想变为现实。

那是一段艰辛曲折又充满豪情的勘测设计之路。

自二十世纪五十年代党中央作出关于兴建三峡工程的一系列指示开始，半个世纪来，种种怀疑、种种担忧，甚至种种非议，始终伴随着三峡工程的勘测、设计和论证过程。

作为三峡工程的“总设计师”，面对担忧和质疑，一代又一代的长江委工程技术人员感受到前所未有的压力，但同时又充满建功立业的信心：任务异常艰巨，具有极大的挑战性，唯一的解决之道，就是踏实工作，兢兢业业，谦虚谨慎，加强研究，优化设计，千方百计提高设计水平，不放过任何一个问题。

围绕区域构造稳定性及地震危险性，水库工程地质条件及移民选址，水库诱发地震，及三峡坝区、坝段、坝址各方案的比较，长江委进行了大量的地质勘测工作，为三峡坝址的选定、三峡工程的论证和工程方案的决策以及保证工程的正常施工和运行提供了翔实、可靠的地质依据。

在选择坝址的地质勘探过程中，为了使坝址经得起历史考验，长江委勘测设计人员几乎踏遍了三峡坝址区每一块岩石。三峡工程地质勘探累计完成钻探进尺 378005．9 米，相当于打穿了 45 座珠穆朗玛峰，成功回答了三峡工程能否兴建、在何处兴建等重大决策问题，并为确定建筑物的基本布局与规模提供了依据。

为了使设计细致周密，在每个设计阶段，工程技术人员都以戒慎恐惧的态度，兢兢业业，唯恐有半点差错。为此，各种方案研究了一遍又一遍，各种试验做了一次又一次，各种分歧讨论了一轮又一轮，图纸改了一稿又一稿，苦苦追求“好处最大、坏处最小的方案”。

数不清的论证，无数次的试验，不停地给这一“千秋工程”加载着保险系数和科技系数。仅一张枢纽布置图就设计、修改了40年……初步测算，长江委光三峡工程的设计报告及图纸就达上千吨，可装满200辆卡车；完成各类科研成果报告数万份，加起来有6层楼高。枯燥的数字完整地记录了设计人员科学求索的坚实步伐……

长江委广大工程技术人员通过大量勘测设计和科研工作，提出了科学的、切实可行的三峡工程建设方案，为中央决策提供了科学依据。

设计是工程的灵魂，设计质量是工程建设质量的基础。三峡工程技术复杂，涉及的专业技术多，设计难度超过了国内外已建水利工程的水平，其设计过程是向技术障碍挑战、向科技高峰攀登、向未知领域探索的过程。

作为三峡工程的设计总成单位，为实现“高峡出平湖”这个中华民族的百年梦想，把三峡工程建成世界一流的工程，长江委几代人殚精竭虑，前仆后继，通过在坝工技术、机电设计、通航建筑物设计、导截流技术、泥沙问题研究、混凝土施工技术等方面的科学研究和技术创新，解决了一系列重大技术难题，创造了一个又一个世界奇迹，为中国水利水电设计行业打造出了辉煌的民族品牌。

比如，世界水利建设史上有“逢坝必裂”的说法，而三峡工程的三期工程却打破了这个宿命。在已经勘测过的右岸大坝上，没有发现一条裂缝，被世界筑坝权威——美国垦务局的工程师们称赞为“世界工程史上的杰作”！三峡大坝混凝土浇筑初期的裂缝问题，是大坝混凝土施工的最大顽症。设计人员对混凝土温控防裂开展专题研究，创造了混凝土骨料二次风冷技术、综合温度控制技术等综合措施，开创了夏季浇筑大坝混凝土3米升层技术的成功先例，为三峡大坝提前10个月到顶奠定了基础。

比如，三峡机组具有单机容量大、水头变幅大、过机水流含有泥沙和启停频繁等特点，设计人员进行了十几项重大科技攻关，根据水头和负荷分区稳定性提出了考核指标，解决了巨型混流式水轮发电机组运行稳定性的世界难题。

比如，大江截流和导流明渠截流，其综合技术难度均为世界截流史上所罕见。设计人员创造性地提出“预平抛垫底，上游单戗立堵、双向进占，下游尾随进占”的截流方案。在两次截流中，进行了大量水力学模型试验以及数值计算和机理分析研究，取得了一系列技术创新成果，使我国河道截流技术跃居世界领先水平。

比如，三峡双线五级连续船闸是世界上规模最大、水头最高、级数最多的船闸。船闸需适应的上游水位变幅大、坝址复杂河势和含沙水流等条件的复杂程度都远远超过了世界各国已建船闸的标准和难度。在没有成功经验可资借鉴的情况下，设计人员通过对船闸工程及其重大技术问题的大胆创新，以敢为人先的气魄，潜心研究，反复论证，逐个攻破，保证了船闸建设的顺利进行，使世界船闸建设技术实现了一个大的飞跃。

……

现代科技不仅解决了三峡工程自身的难题，也带动了诸多领域的科技进步。据不完全统计，自 1993 年开工以来，三峡工程已有 10 多项科研项目获得国家级科技成果奖，200 多个科研项目获得省部级科技成果奖。在三峡建设过程中申请和应用的发明专利达 700 多项。三峡工程所创下的数十项世界纪录，让所有参建者们引以为豪。

2

之所以在上面用较大篇幅概述长江委在三峡工程中所做的工作，就是想说明，三峡工程论证、设计、建设过程中解决了一系列世界级技术难题，研发了一批创新性关键技术成果，全面提升了我国水利水电科技水平。要总结好这些时间跨度长、专业范围广、技术门类多的技术成果，并非易事。

而要完成这件非常之事，非郑守仁莫属。

郑守仁 1958 年考入华东水利学院时，正值三峡工程的规划论证工作如火如荼进行之际，他毕业分配时主动要求到长江委工作，加入了治理开发长江的行列。他参建的第一座水利工程，是三峡试验坝——陆水水利枢纽。

1993 年，带着在陆水和乌江渡的历练，带着葛洲坝、隔河岩两大工程成功的喜悦，郑守仁迎来了人生的巅峰时刻——负责三峡工程设计总成及现场勘测、设计、科研工作。

就是从这个时候开始，林一山托人带信给郑守仁，要他在统筹做好现场设计工作的同时，注意收集和保存好各项技术资料，将来把三峡工程总结好。其后，郑守仁有时赴京开会去看望林一山时，林一山也每每叮嘱此事。

对于二十世纪五十年代至八十年代参加工作的长江委技术人员来说，林一山是如同“教父”一般的存在。

不得不说，林一山看人选人的眼光相当独到。郑守仁本人严谨务实，所处位置又是承上启下，要总结横跨半个多世纪、覆盖数百个专业领域、瀚如烟海的三峡工程技术资料，舍他其谁?!

因为林一山的嘱托，也因为自身的责任感和使命感，郑守仁在工程建设期间就在为将来搞好技术总结做着准备。

郑守仁本就是一位爱思考、善总结的工程师，在长期从事大型水利水电工程设计工作中，他不断创新，在高水头、大流量河道截流和深水围堰及坝基处理实践中取得了大量研究成果，先后发表学术论文 50 余篇。他与时俱进，又用这些理论验证指导实践，在长江葛洲坝工程和三峡工程大江截流、深水土石围堰及碾压混凝土围堰设计中均有创新之举，实践证明设计合理、技术先进、安全可靠。

在三峡工程进入尾期，工作没那么繁忙之后，郑守仁就开始“著书立说”，将这些工程建设实践中的创新之举整理记录下来。

2009 年 2 月，《河道截流及流水中筑坝技术》出版。该书根据长江委在长江三峡、葛洲坝两大水利枢纽工程大江截流及围堰设计、施工、运行实践中取得的成功经验，并结合国内外已建水利水电工程截流围堰以及在河道流水中直接修筑土石坝设计、施工中遇到的技术问题，全面介绍有关设计施工方案比选、设计计算、科学试验、原型监测及施工技术措施等

▶部分出版著作

内容，实例丰富，资料翔实，特别适合于从事大中型水利水电工程设计、施工、监理工作及工程项目业主单位的技术人员参考使用，是科研单位、高等院校有关专业科研人员、教师及研究生的重要参考资料，被收入“长江科学技术文库”。

2014 年 6 月，《长江葛洲坝工程关键技术研究与实践》出版。葛洲坝工程作为三峡工程的组成部分，工程建设几经波折。该书重点对葛洲坝工程设计、施工和运行检验后的状况进行全面分析总结，是关于葛洲坝工程技术的一部重要文献，为今后在类似的水利水电工程设计、施工和运行提供借鉴和参考。

这两部学术著作，一为单项技术总结，一为单项工程总结，都为郑守仁进一步开展三峡工程的技术总结奠定了坚实的基础。

三峡工程 20 多年的建设历程中，郑守仁都是在建设一线发现问题、研究问题、解决问题。他夜以继日奔走在工地上，与各方技术人员携手攻关，依靠科学民主的作风和集体智慧克服一个个技术难关，创下十几项优化设计成果，推广应用一系列新技术、新工艺和新材料。

在三峡工地工作的人都知道郑守仁有一个习惯：保存好每一次会议纪要，亲笔撰写现场设计工作简报，供技术人员和相关专家参阅。2008 年以后，虽然现场设代只剩下几个人，他依然一期不落。

前面已经提及，20 多年来，召开三峡工程现场设计讨论会（大多数由郑守仁主持）2500 多次，形成会议纪要 680 多万字，完成现场设计工作简报 500 多期（皆由郑守仁亲笔撰写），400 多万字，为确保三峡工程的设计质量和施工质量奠定了坚实基础。这些会议纪要和工作简报用一种特殊的方式记录了三峡工程每一个技术问题的发生和解决过程，记录了三峡工程建设的每一步进展和成就，也成为郑守仁对三峡工程进行技术总结至为重要的第一手资料。

3

承载光荣和梦想，孕育丰收和希望。

如今，巍然矗立的三峡工程，可使长江荆江段防洪标准达到 100 年一遇的水平，中华民族根治长江水患的夙愿基本实现；水电站年平均发电量可达一千亿千瓦时，有力促进国民经济发展和减少大气污染；“川江自古不夜航”的历史结束，万吨级船队可直航重庆市，长江成为名副其实的“黄金水道”……为长江经济带绿色发展提供了安澜保障、奠定了坚实基础。

随着综合效益的全面发挥，三峡工程荣获新中国成立 60 周年“十佳感动中国设计大奖”和“百项经典暨精品工程”，被授予“国际混凝土坝里程碑奖”；获国家金奖 3 项，国家科技进步奖特等奖 1 项。

从百年前的梦想，到半个世纪论证，到开工建设，再到逐步全面发挥效益，三峡工程已经过十余年的运行考验，大坝工作性态良好，各项指标均满足设计要求。

2015 年 9 月，国务院三峡工程整体竣工验收委员会枢纽工程验收组通过了三峡工程竣工验收。枢纽工程验收组对三峡枢纽工程竣工验收结论为：“三峡枢纽工程已按批准的设计内容（不含批准缓建的升船机续建工程）提前一年建设完成，无工程尾工；水工建筑物、金属结构、机电设备及安全监测设施的施工、制造、安装质量符合国家、行业有关技术标准和设计要求，工程质量合格。三峡枢纽工程相关的环境保护、水土保持、消防、劳动安全与工业卫生、工程档案、网络安全等专项验收已通过，工程竣工财务决算审计已完成，遗留问题已处理或已落实。三峡枢纽工程自 2003

年蓄水以来，经受了2010年至2014年连续5年正常蓄水位175米的考验，运行正常；枢纽工程运行以来按有关规程和调度方案开展了防洪、发电、航运和水资源调度，发挥了显著的综合效益。枢纽工程验收组同意通过长江三峡工程整体竣工验收枢纽工程验收”。

2018年4月习近平总书记考察长江时称赞“三峡工程是国之重器”，并强调“核心技术、关键技术，化缘是化不来的，要靠自己拼搏”，全面总结三峡工程科研设计成果，正当其时。

如何全面总结三峡工程科研设计成果、如何基于成果和经验展望未来，无疑是十分重要的课题。这既需要站在国际的角度全面、系统地总结过去，同时也要基于世界经验，重视未来安全运行和运行期的科学研究，以取得新的成绩。

其实，大约从2010年三峡工程首次成功蓄水至175米，现场设计工作任务逐步减少之后，郑守仁就开始着手进行技术总结工作了。

分门别类地梳理后，他将技术总结分为“三峡水利枢纽建筑物设计及施工技术”“三峡工程关键技术研究与实践”两个系列。

用中国工程院院士陆佑楣的话说，这两个系列的技术总结做好后，就是“一部三峡工程设计的史记，可使读者深入了解三峡工程的重点问题和解决途径，同时又为重大水利水电工程设计、施工和运行提供了可资借鉴的技术经验。”

“三峡水利枢纽建筑物设计及施工技术”，主要总结三峡工程大坝、左右岸坝后式电站、双线五级船闸、升船机、茅坪溪防护坝、地下电站等建筑物、机电设备和施工方面的重大技术问题的研究、设计及施工时间和运行检验。

“三峡工程关键技术研究与实践”，主要是回顾三峡工程的研究论证、勘测设计和建设历程，总结建筑物、机电设备和施工方面的重大技术问题的研究、实践和运行检验，对水库移民、生态环保、泥沙和工程防护等备受关注的问题进行分析，并对工程后续的运行进行了展望。

于是，在三峡坝区十四小区，经常可以看到郑守仁披着朝霞走出临时的“家”（工房），踽踽而行，进入办公大楼。上到205办公室后，他便埋身于一摞摞材料中，专注地在电脑键盘上逐字逐句地敲击出一个又一个字符。中午去食堂简单吃点东西后，稍加午休，又回办公室，往往要到深夜方归。

只要郑守仁没有出差和住院，这样的情形就日复一日地上演着。

4

在郑守仁日复一日的忙碌下，260万字的《长江三峡水利枢纽建筑物设计及施工技术》于2019年5月由长江出版社正式出版。

长江委主任马建华在该书序言中说，这部书全面总结了三峡工程科研设计的创新性技术成果，系统梳理了工程建设过程中积累的设计与施工从理念、技术到工艺的完整体系，无论在理论还是实践上都有重要意义和参考价值。这部凝聚长江委几代人智慧的匠心之作，为大型水利水电工程的设计、建设、运行提供了可资借鉴的宝贵经验，可供水利水电工程设计人员、建设管理人员、施工技术人员、科研人员、运行管理人员、大专院校师生参考。

还有一位几乎与三峡大坝“同龄”的特殊读者，在9月22日郑守仁刚从医院请假准备赴京领取“最美奋斗者”奖前夕，写下了读完这部皇皇巨著后的感悟——《长江三峡水利枢纽建筑物设计及施工技术》读后感。

这位特殊的读者，就是郑守仁的外孙女，郭瑱祎，她从亲人和水利院校毕业学子的角度，给出了不一样的解读。

读后感全文如下：

1993年，一个婴儿呱呱坠地。一年后，在宜昌市三斗坪内，同样又一个“生命”开始“孕育”。随着时间的流逝，前一个小生命渐渐长大成人，后面的“生命”也同样在“孕育”的过程中克服重重阻力，成为中华民族复兴的一个伟大标志。两者从出生到成长，有着某种密不可分的联系。今日，我于桌前翻看外公所写的《长江三峡水利枢纽建筑物设计及施工技术》，仿佛在与一个老朋友呢喃细语，亲切而温馨。

从小时候开始，我知道外公在做一个“了不起的工程”。从小学至今，每天走进家中，一幅三峡鸟瞰图便出现在眼前。2001 年，小学三年级的我第一次坐上了飞机，目的地便是三峡。这也是我对三峡的最初印象。2005 年，我从宜昌坐游船一路上行来到重庆，途经西陵峡、巫峡、瞿塘峡，一路上的秀丽风景，令我惊叹不已。后来的十数年间，我多次来到三峡大坝，看三峡大坝一步步成型，看发电机组、升船机、两岸护坡等。2015 年，我高中毕业后考入外公的母校——河海大学，从此，三峡大坝对我来说不再仅仅是风景，而是精密的文字与公式。通过在学校四年的学习，我对大坝及其构筑物有了专业的了解，也在毕业设计中加强了实践。再次阅读此书，三峡大坝、坝后式电站、五级船闸、升船机、地下电站等等，这些熟悉的名词将我的思绪带回了学生时代，带回了三峡，书中的字字句句都值得我在闲暇之时反复揣摩学习，修炼自己。

三峡大坝百年梦想今朝圆，是外公和千千万万工程人心血的凝铸。这本书带给我的不仅仅是专业上的指导，更是外公给予我精神上的鼓舞，是我在学习生活工作中取之不竭的财富。我现在也在建筑工程领域工作，我时刻谨记几点：一是工作中需要心思缜密，“三峡工程不能出现任何差错，要对工程负责，要对历史负责。我们设计标准是千年一遇，在有生之年可能都不会遇到这么大的检验，但你要经得起历史的检验”“战战兢兢，如临深渊，如履薄冰”。任何工程，都要对工程质量一丝不苟，成败在细节，我在工作中也要秉持精益求精的精神，谨防失误。二是工作中要常记常想常新，外公关于三峡工程的三百多次设计技术讨论会，一千六百多次现场技术讨论会，五百多期现场工作简报等，这一字一句，凝成了这本书。对于一天的工作的反思与记录，是外公教会我的工作态度，也对我的工作起到了积极的作用。

上善若水，大爱无疆。三峡大坝是几代人心血的凝结，是人类历史上的精神丰碑，这本书的一字一句详细阐述了三峡大坝的设计理念和施工技术。我无比自豪于外公对三峡大坝几十年如一日的无私奉献，千言万语唯有理解、尊敬与爱。国之大爱，家之小爱，凝成一句：我爱三峡，也爱三峡大坝的“筑坝人”——我亲爱的外公，郑守仁。

郭填祎

2019 年 9 月 22 日

5

2019 年 9 月，就在三峡工程的第二部技术总结——200 多万字的《长江三峡工程关键技术研究与实践》初稿已成，正在作最后的修订之际，郑守仁却再次病倒入院了。

十余年来，郑守仁一直在与病魔斗争，与生命赛跑！

长期驻守工地极为简陋的生活方式，年复一年超负荷地运转，让郑守仁积劳成疾，先后两次患癌。进入古稀之年后，他重疾缠身，极度虚弱，但他拒绝住院治疗，因为他要“赶时间，把三峡工程总结好”，因此长期

◀带病坚持工作

靠安眠药入睡，即使吃两三粒仍只能睡两三小时。

2005 年 8 月，郑守仁因前列腺癌住进医院。病未痊愈，便又投入到紧张的工作之中。

2015 年，郑守仁不幸又患了另一种癌症，手术治疗后至今每三个月仍去医院做治疗。即使退休了，他仍带病坚持工作，或参加三峡有关技术咨询研讨，或辗转重点工程工地进行技术把关。

“国家把三峡工程交给我，总结没完成，我的工作就一天没做完。”2019 年 9 月 25 日晚，刚刚获得新中国成立 70 周年“最美奋斗者”称号的郑守仁说。他的声音不够响亮，病症的折磨，让他的身体异常消瘦和羸弱。

“我现在关心的不是我的身体，而是三峡工程能不能经得起历史检验。三峡工程经过了 10 年试验性蓄水，10 年跟踪，经受了汶川地震等各种考验，各项指标完全正常，对环境没有产生不利影响，已经取得良好效益。这一辈子把三峡工程搞完了，也算是了我的一个心愿。”郑守仁说。

虽然《长江三峡水利枢纽建筑物设计及施工技术》已由长江出版社公开出版，但《长江三峡工程关键技术研究与实践》还没最终定稿，他还要与时间赛跑。

领完“最美奋斗者”奖后，郑守仁又借口国庆节医院没医生，偷偷溜回三峡工地继续写书，直到 10 月 8 日再次病倒。

“他跟我说‘国庆节没医生，我回三峡去住几天，假期过了再去医院，你放心，我就是休息，不会工作的’。”郑守仁的秘书、长江委原总工办调研员龚国文说，“结果他回三峡就是为了写书。我怎么知道他在写书呢？他 4 号和 5 号都打过电话要我查资料。我跟他说医生要您好好休息，再不能工作了。他说‘我就看看材料，没工作，8 号我要到武汉开个东湖水环境的咨询会，开完会就去医院’。结果 9 号中午开完会就昏迷了，再次入院。”

11 月 10 日，昏迷一个多月醒过来后，郑守仁最惦记的还是三峡工程的技术总结，他问龚国文的第一句话就是：“那个（《长江三峡工程关键技术研究与实践》）目录修改好了吗？”

即使在病房里，即使每隔几日就要承受痛苦无比的人工肝治疗，郑守仁依然不忘三峡工程技术总结的收尾工作，一再提醒工作人员注意《长江三峡工程关键技术研究与实践》书稿的最后校对工作。

“要经得起历史的检验！”郑守仁殷殷嘱托，强撑起的黯淡的双眸燃烧着期待的光芒。

6

2020 年 1 月 10 日，中共中央、国务院在北京举行国家科学技术奖励大会，对一批重大科学技术成果进行隆重表彰。“长江三峡枢纽工程”获得国家科学技术进步奖特等奖。

虽因身体原因不能赴现场领奖，但对着电视观看大会盛况时，重症在身的老人依然激动得热泪盈眶。

“郑院士，您真伟大，您是真正的国家栋梁！”病房里医护人员激动地向老人表示祝贺，表达崇敬。

“把三峡工程搞好，就是我这辈子最大的心愿。”郑守仁却摆摆手说，“我现在身体不好了，最大的欣慰是三峡工程得到认可。能获得（国家科技进步奖）特等奖，是党中央、国务院对三峡工程的肯定，对所有工程建设者的肯定。”

7

截至 2020 年 5 月中旬本书即将付梓时，郑守仁依然在武汉的同济医院住院治疗。

我们祈愿，天佑吉人，老人家早日康复，继续守护三峡，让西陵峡畔十四小区办公大楼 205 室那盏灯，再次亮起。

第七章　生命的底色和样子

“郑守仁是个有大爱有追求的人，他一贯把党、国家和人民的利益看得高于一切。他的大爱和追求就是通过不懈奋斗、无私奉献，把祖国的江河治理好、开发好，使其更好地造福于人民。一个有大爱有追求的人，往往会创造非凡的业绩。”

“郑守仁是我们水利技术人员的优秀代表，他的行为影响了我们一代人。在隔河岩、三峡枢纽等工程的优秀设计者名单中，每个人都获得了各自不凡的业绩，但是，他们的精神、人格、品行中都可以从郑总身上找到源头。大家都在不断向郑总学习。榜样的力量是无穷的。”

“郑守仁有善心、无机心，温良敦厚，质朴纯粹，助人为乐，是个难得的好人，雷锋式的人物。”

“在郑守仁身上找不到缺点和毛病。如果谁要说他不好，要么人品有问题，要么脑子有毛病。”

……

采访中，我们从未听到谁指责过郑守仁，说过他的不是。提起他，不论何人，除了肯定就是褒扬。

我们在想，郑守仁固然人品佳、做人好、做事棒，但他毕竟是人不是神，是人就应该不是完人，或多或少都有缺点和不足。于是，我们通过采访、阅读、思考，刻意对郑守仁的生命历程进行了追寻和探访，力求“管窥”到他生命的底色和“人间烟火”的样子……

一　衣食住行：没心思也顾不上讲究

衣食住行，这是人类生存的四大最基本要素，就如同阳光、空气和水一样，每天不可或缺。采访中，不少人说，衣食住行对郑守仁而言，仅仅是满足基本需要而已，一点都不讲究。也有人说，他是没心思讲究，更顾不上讲究。

1

民以食为天。

常言道：人是铁，饭是钢，一顿不吃饿得慌。中国人向来注重“吃”，而且对食文化情有独钟，讲究美食美器，色香味形俱佳，其意义不仅在于吃饱肚子，更在于享受“吃”这个过程。

但对郑守仁而言，从小到大基本上是把吃饭当成给身体补充能量，就像汽车加油，谈不上什么享受。这虽然未必出于他的本心——谁不爱美味佳肴呢，但工作和生活条件的限制，特别是他本人的不在意，使他的饮食只能与简单为伍，久而成习。从参加工作那天起，他吃饭的地方主要是工地的食堂。与高黛安结婚之后，也是几十年几乎不动烟火，而是在食堂吃“大锅饭”。可以说，“柴米油盐”在郑守仁夫妇的生活词典里几乎见不到。

在工地，郑守仁天天吃食堂。为了买饭不用排队，他就晚去，经常是最后一个，食堂的工作人员见他打了饭，便可以放心地收工了。有时食堂没菜了，他就要碗面条或两个馒头，就着咸菜对付一顿。

据王小毛介绍，郑守仁在陆水工地时就患有慢性肝病，1985 年在葛洲坝工地时得了乙肝，这与长期营养不良和劳累过度有直接的关系。“吃饭穷对付，对郑总的身体影响不小。”

长江委宣传部原部长成绥台向我们披露了这样一个细节。

> 1985 年秋，我带领上海科教电影制片厂“葛洲坝工程摄制组”的几位同志到葛洲坝工地采访、拍摄。一天下午采访郑守仁，他坐

在一块石头上，摊开施工图纸给我们介绍情况。忽然，郑守仁随身携带的白色帆布包中滚出一个馒头，他迅速捡起，吹了吹沾在上面的土渣，又放回帆布包里。我问他："郑工，怎么还带干粮啊。"他回答："今天工地上的事太多，没顾得上到食堂吃饭，就让同事给我捎来几个馒头。中午吃了两个，还剩下一个，饿了再吃。"我说："吃凉馒头对肠胃不好。再说光吃主食不吃副食营养跟不上。"他笑了笑说："没关系，习惯了。"

到了三峡工地以后，郑守仁作为长江委总工程师和中国工程院院士，吃饭依然和普通职工一样，揣着饭卡排队买饭。三峡总公司的领导过意不去，要给他另开小灶，郑守仁摇头摆手："大食堂的饭菜挺好的，没必要搞特殊化。"

高黛安退休、郑守仁退居二线后，老两口还是在三峡工地吃食堂。近年来，二老岁数越来越大，身体越来越差，晚上自己开火做饭多了一些，但所做的饭菜除了蒸就是煮。因为煎炒烹炸，他们基本不会。

"上了岁数以后，郑总和高总很少吃油腻的食物，鸡蛋、豆腐就成了他们的主要副食。高总只会煮鸡蛋或做鸡蛋羹，不会煎鸡蛋。郑总要比高总强些，他会煎鸡蛋，但也是偶尔为之。"知情者告诉我们。

我们去印证，果然如此。高黛安笑道："我不会做饭，大家都知道。"郑守仁也是微微一笑，没有对老伴抱怨什么，因为早已习惯了。

郑守仁的秘书龚国文向我们披露了一些详情：

"郑总吃的东西很简单。海鲜不吃，猪肉基本不吃，牛羊肉吃一些，后来年岁大了，牙不好，牛肉嚼不动了，也不吃了；主食是米饭、馒头为主，最喜欢吃玉米面粥和蒸红薯；蛋白质主要靠豆腐、鸡蛋之类补给。郑总平时吃的水果，就是苹果、橘子、香蕉老三样，其他品种很少吃。偶尔亲戚朋友给他送来一些诸如车厘子、蛇皮果、洋蒲桃之类的高档水果，他不吃，都送给身边的工作人员。

"平时出差在外，郑总不喜欢吃桌餐。过去有段时间社会上吃喝之风盛行，到哪里开会或出差，主办方或东道主都会摆酒宴，郑总对此看不惯、不习惯。一来觉得满桌子美味佳肴吃不完就倒掉，浪费严重，让他心疼。二来他不会喝酒，更不喜欢酒席上推杯换盏、吆五喝六的场面，而且觉得酒杯一端动辄两三个小时才能结束，是浪费时间。一般情况下，他吃得差不多就提前退席。后来人们知道他这个习惯，也就习以为常了。

“后来开会实行吃自助餐，他可高兴了。他当院士之后，有时到外地开会或者做咨询，主办方对院士等大专家高看一眼，往往会在报到那天晚上设宴款待。每到这时，他都以身体不好为由推辞，或者让我代他参加。他自己去饭厅吃自助餐。如果没有自助餐，就吃些面包、饼干或泡一碗方便面凑合一顿。

“郑总的肝不好，因此吃饭时特别在意，夹菜时用公勺公筷，怕把病菌传染给别人。”

2

人饰衣服马饰鞍。

中国古代，穿衣戴帽是身份和地位的象征，富人和达官显贵穿的是绫罗绸缎、锦帽貂裘；平民百姓则穿麻衣布衫，有的赤贫之人甚至衣不蔽体。

◀在三峡工地现场

中华人民共和国成立后，随着国人生活水平芝麻开花——节节高，人们的穿戴越来越讲究，特别是改革开放以来，西服革履成为常态。但穿戴对郑守仁而言，从小到大再到老，一直都是随随便便，得过且过。

郑守仁给人们的印象是一年四季几乎是工作服不离身。早年间脚下穿的多是解放牌胶鞋，后来穿旅游鞋或圆底布鞋。在工地上，要在泥里水里摸爬滚打，安全帽、工作服、长筒胶靴是标配，多年来不曾改变。后来，他成了长江委党组成员、总工程师和中国工程院院士，经常要出现在高规格的会议和场合，但穿戴依然非常随意和不讲究，简朴得让人感觉有些寒酸。

龚国文披露："郑总是个艰苦朴素、不修边幅的人。一年四季留的都是平头，说是为了理发方便，节省时间；从脚到头穿的戴的都是便宜货。衬衣、外套多是棉制品，他说棉衣穿起来舒服。一件防寒服一穿就是十几年，不坏不换。毛衣穿出洞来，让人补一下，继续穿。外出开会或出差多穿旅游鞋，当然是比较便宜的那种。很少穿皮鞋，说皮鞋磨脚，不舒服。"有一次外出开会，我们所住的宾馆离服装批发市场很近，晚饭后我陪他逛街，他看到一个地摊上袜子便宜，一次就买了七八双。他还给老伴高总买了件衣服，也属于那种物美价廉的。"

龚国文还讲了两件郑守仁有关"穿"的轶事。

第一件：鞋子磨得快掉"底子"也不舍得换。

2008 年的一天，在地下电站厂房施工现场，一位记者看到郑总脚上穿的那双旅游鞋已老旧不堪，"底子"都快磨掉了。因为是老相识了，便善意地提醒道："郑总，您的鞋该换换了。"郑总笑笑说："我看还能对付着穿些日子。"其实，这双旅游鞋本身就是便宜货，当时正值商店打折，他只花了几十块钱就买到手了。这双鞋跟着郑总在工地风中来雨里去，一跑就是好几年，到最后根本无法再穿了，才恋恋不舍地换掉。

第二件：借别人的西服临时"抱佛脚"。

郑总一辈子就只有一套西服，还是 1987 年去日本考察时置办的，回来后就把它放在了武汉长江委办公室的衣柜里，等于"打入了冷宫"。1997 年他被评为中国工程院院士，办院士证时需要着正装拍标准相，他才穿了一次。1998 年，三峡总公司在宜昌召开“海峡两岸三峡工程技术研讨会”，请他主持会议，并要求着正装（西装）。郑总仅有的一套西服远在武汉的办公室里，远水不解近渴。上主席台不着正装又不礼貌，只好向一位与他身材差不多的同事借来西服上衣救急。

3

住所，是人类遮风避雨的港湾，是“家”最根本的标志性载体。

对世人而言，有了固定的居所，才算真正安上了家。但郑守仁夫妇从年轻到老，一直辗转奔波于各个水利水电工程建设工地，一辈子差不多都是以简陋的工棚或单身宿舍为伍；后来即使在城里安了家，也是有家难回。曾有记者到处找寻郑守仁的家，但找来找去也没找到。最后才发现，那些需要郑守仁拼搏奋斗的水利水电工程工地，才是他真正的家。

早年间，为了方便工作，组织上在靠近葛洲坝、隔河岩工地的宜昌分配给郑守仁夫妇一套二居室的周转房。这套住房夫妇俩除了在葛洲坝工程建设时期短暂居住过外，基本处于闲置状态。其间，一位梁上君子打听到郑守仁是个“大官”，便认定他家中一定“油水”不少，而家中又长期无人，正好下手。一天，这位“梁上君”撬开了郑守仁家的房门，准备大捞

◀工地上极为简陋的家

一把。可是进入房间后，失望透顶：居室中陈设简陋，除了到处堆满了灰尘，连一件像样的家具和电器都没有，只有堆在墙角的厚厚的几捆书籍和资料。翻腾了一阵子，根本找不到值钱的东西，“梁上君”狠狠地踢了眼前那堆材料几脚，悻悻而去（注：这个细节是作者的推测）。

郑守仁听说家里被盗，很是着急。他不急别的，而是担心墙脚那几捆资料，因为那是葛洲坝、隔河岩工程的勘测设计和科研报告以及各种简报等，将来整编材料和对工程进行技术总结都用得上，如果丢了，那可是莫大的损失。当他赶回家看到那几捆材料安然无恙时，长出一口气，会心地笑了：咱视做“心肝宝贝”的材料，在人家小偷眼里就是一堆废纸，难怪人家不要。

长江委（长办）的大本营在“九省通衢”的武汉。郑守仁年轻的时候，在武汉住过单身宿舍。后来，单位三次分房子，他都没要。他说，我们夫妇一直在工地，分了房子基本上也闲置不用，还是给最需要的人吧。后来郑守仁夫妇上了年纪，长江委按标准在武汉市江岸区协昌里小区给他们分了一套较大的房子。但那时正值大干三峡，夫妇俩常住工地的单身宿舍，武汉的家只是个象征性的摆设。

“武汉协昌里这个家，是老郑的秘书龚国文帮我们简单装修的。老郑就像客人一样串过一两次门，没住过一个晚上。”郑守仁夫人高黛安说，“我倒是住过一个晚上，房子太大，空荡荡的，真有些不适应。”

回武汉开会、办事，只要不是特别晚，郑守仁都会赶回三峡工地；如果在武汉住，也住单位的招待所。

陈磊告诉我们，2015 年郑总罹患肝癌后，身体衰弱不堪，他非但没有遵医嘱好好休息，反而加快了工作节奏，要和病魔抢时间。长江三峡集团公司的领导得知郑总的病情后，考虑到他年事已高且身体虚弱，行动不便，提出要给他换一处有电梯的楼房居住和办公，被郑总当即回绝。于是他们又提出将郑总夫妇现居的宿舍楼一楼重新整理出一套房间，请二老从三楼搬下来居住。开始的时候，郑总还真有点动心了，因为老伴高黛安也是个癌症患者，平时行走要借助拐杖，上下楼比较困难。然而夫妇俩商量了一晚上，第二天还是婉拒了。郑总说：“我们现在居住的条件已经不错了，三峡集团对我们够照顾的了，不能再麻烦人家，更不能搞特殊。”

有人说，郑守仁、高黛安夫妇一辈子就没有真正的“家”，这话说得既对又不对。其实他们有家，他们的“家”就在安在了高山峡谷间的水电工程建设工地！

4

郑守仁的出行，多靠两只脚。常年在工地上奔忙的快节奏，练就了他大步流星的本领，脚下生风，一般人得紧撵甚至一路小跑才能跟得上。

参加工作后，他常年驻守陆水、乌江渡、葛洲坝、隔河岩等建设工地。虽然工地与住所还有一定的距离，但由于条件所限，下工地没有车，就靠两只脚底板丈量。

1993 年下半年，郑守仁代表长江委坐镇三峡设代局的时候，由于工地与办公场所有一段距离，特别是要经常往返于宜昌和武汉之间，单位从便于工作考虑，为他配备了一辆相对固定的小轿车。

司机王游胜介绍：“建三峡工程时，郑总可忙了，经常要到武汉开会或参加重要活动，我的车跑得可勤了。在车上，郑总不是看书、看资料，就是与同车的人研究技术问题，车成了他的临时办公室。另外，有人回武汉或从武汉返回宜昌，要搭他的便车，他都欣然同意。他说，多坐几个人，车子能充分利用，这是个划算的事。还有就是因为郑总事多事急，需要起早贪黑地跑车，比如下午开完会，大多数人都要在武汉住一宿，但郑总一般不会住，而是抓紧往宜昌三峡工地赶。有时他见我跟着他起早贪黑，心里过意不去，还会向我道几句辛苦和感谢的话。”

说到郑守仁的“行”，龚国文讲了几件他“抠门”的趣事。

1997 年郑守仁被评为中国工程院院士。按照规定，他乘飞机可坐头等舱，但他很少享受这个待遇。有一次，郑守仁要到外地开会，龚国文给他买了一张头等舱的机票。郑守仁一看上面的票价是 6200 元，脸色陡然阴沉，把龚国文好一顿数落：“你倒是大方得很，不花你家的钱是吧？经济舱只要 1900 块，头等舱 6200 块，去趟美国都够了。不就是飞 3 个小时嘛，坐经济舱不行吗？我没这么娇贵，你赶紧把头等舱的票换成经济舱的。”

从那以后到 2010 年，郑守仁出差乘飞机，坐的都是经济舱。

“2010 年以后，郑总年过七旬了，又重病在身，大家劝了半天，他才勉强同意坐头等舱了，但又附加了一个条件：必须买打折的机票，没有打折票就还买经济舱。后来，我也找到窍门，就是东航、南航打折机票多，就经常买这两家航空公司的打折票。时间长了，就跟售票员熟络了，他们会帮我提供打折票的信息。”龚国文说。

2011 年 5 月，郑守仁要到河北邯郸参加南水北调中线工程设计的一个审查会。别人都是乘飞机到北京，再由北京转火车到邯郸。但身在宜昌的郑守仁却嫌这样出行费钱费事，就让龚国文买从宜昌到邯郸的火车票。他说：“坐飞机我们两个人要花两三千，坐火车只花几百元，而且不用转车，一站达，既省钱又省事，何乐不为呢？”宜昌到邯郸只有一趟火车，卧铺票很难买，当时只剩两张上铺的票了，龚国文问他还买不买，郑守仁以不容置疑的口气说：“买啊！上铺有什么关系，我还没老到爬不上去。”

2012 年以前，郑守仁以院士的身份出差，基本上是“独往独来”。后来长江委主任刘雅鸣知道后，把总工办的负责人痛批了一通：“你们是怎么搞的，郑总都年过古稀了，又有这么重的病，出差居然没有陪同，出了事谁负责？！”并下死命令：“以后郑总出差，总工办必须派人陪同！”后来总工办征求郑总的意见，郑总希望已退休的老秘书龚国文继续为他当秘书。这样，龚国文重回郑总身边，帮他打理一些日常事务，并重点照顾他的出行。

二　时间和爱好：都给了工作

1

熟悉郑守仁的人都说，他的生活中几乎没有任何爱好。

郑守仁平时不抽烟、不喝酒，衣食住行都极不讲究，而且对生活琐事一贯心不在焉。唱歌、跳舞、下棋、打麻将、玩扑克……这些人们津津乐道的业余娱乐活动他从未碰过。电视也看得不多，除了央视《新闻联播》每日必看外，其他节目只是偶尔瞄上几眼。体育爱好也没有，健身方式除了晚饭后的半小时左右散步外，还有他自创的一套用时约 5 分钟的体操。

那么，什么是郑守仁的最爱呢？

人们几乎是众口一词：工作！

有人说，老天让郑守仁来到人间，好像给他的使命就是工作——具体地说就是筑坝修闸，兴利除害。要想惩治郑守仁，最有效的办法就是把他闲起来，剥夺他工作的权利。

有人说，郑守仁是惜时如命的人，从年轻到年老，他几乎每天都是眼睛一睁，忙到熄灯。有时甚至没白天没黑夜地连轴转，就像被电机驱赶的陀螺。

有人说，郑守仁就像骆驼一样，吃苦耐劳，负重跋涉，索取很少，付出多多。

当年，叶剑英元帅在悼念中共元老任弼时的文章中说，任弼时“是我们党的骆驼，人民的骆驼，担负着沉重的担子，走漫长而艰苦的道路，没有休息，没有享受，没有个人的任何计较”。笔者觉得，“骆驼”这个词用到郑守仁身上同样恰当。骆驼就像沙漠里的船，在荒漠中极端艰苦的自然条件下，它负重远行，坚忍不拔，而其所求不过是一把草而已。

很少见过对工作如此痴爱的人——那简直是一种出自本能的迷恋，一种超越生命的关切。埋首工作，郑守仁就会感到踏实、快乐。每当困难被他或他的团队征服或工作取得重大进展的时候，他的眼睛就犹如天上的星星、月亮一般，光闪闪、亮晶晶。

无疑，把工作当成日子过的郑守仁不免要与单调和枯燥为伍，但单调和枯燥中未尝没有丰富和乐趣。对郑守仁而言，工作几乎是生活的全部、生命的寄托。沉浸在工作中的郑守仁神采奕奕，是充实的，也是最幸福的！

2

1978 年 3 月，全国科学大会召开后，知识分子报效祖国、建功立业的激情如火山般喷发出来。郑守仁更是欢欣鼓舞，血脉偾张，干劲愈加高涨。

1982年3月的一期《人民长江报》上有一篇题为《一心为四化 兢兢业业建设长江——记全江劳动模范郑守仁同志》的长篇报道，较详细记录了郑守仁在二十世纪八十年代初奋战葛洲坝、拼命工作的场景。摘录如下：

1981年他还未休息过一个假日。从元旦这一天起，他就为夺取葛洲坝工程大江截流的胜利而紧张地忙碌着，奔走在截流戗堤的两岸，了解施工进展，收集实测资料，分析和思考着现场出现各种复杂情况的因由。到年末的最后一天，他仍然在为大江上游土石横向围堰第二道混凝土防渗墙施工、质量检查验收和施工中出现的各种问题而坚守在前方。这一年，不论是假日或星期天，他几乎都是辛勤地工作，白天争分夺秒，晚上经常工作到深夜，有时甚至通宵达旦地干。他这样日夜工作，并不是个别偶然的现象。怪不得有的同志说："都像郑守仁这样工作，我们的工期就会大大缩短了。说郑守仁贡献大，是实干得来的。"1982年元旦，郑守仁同志又不声不响地背着他的工作包，踏着坎坷不平的路，以工作为幸福、为第一需要，愉快地走向施工现场，踏上了新的征程。

……

郑守仁同志任施工处导流科副科长、工程师，他既是导流设计的组织者，又是带领大家埋头实干的设计师。他的特点是脑勤、手勤、腿勤，事事带头干，样样抢在前。说他脑勤，是他每天除了必要的睡眠，几乎全部时间都在为工作出主意、想办法。说他手勤，是他歇不住，不管是平时上班还是从现场回到办公室，他都专心致志，努力工作。说他腿勤，是他下现场特别多，只要现场有事，总是随叫随到，一次往返十多里，不叫半声苦和累。

对郑守仁来说，报纸上所说的情况与其说是一个剪影，不如说是一种常态，多年一贯的常态。葛洲坝工地如此，隔河岩工地如此，三峡工地同样如此。

郑守仁有一本特殊的"日历"，上面没有节假日，逢年过节，人家往家里赶，他往工地赶。他还有一张特别的“作息时间表”，上面没有白天、黑夜。除了必不可少的吃饭、睡觉，剩下的全是工作，同事都称他为“工作狂”。他每天的工作时间都在十四五个小时以上，而且一年 365 天几乎天天如此。即使稍有闲暇，也是写论文、整材料，没有停歇的时候，就像一部不知疲倦的“永动机”。

后来，他年事渐高，又患上了癌症，身体越来越衰弱，依然不减“拼命三郎”的劲头。三峡工程完建后，郑守仁终于从繁杂的具体事务中解脱出来，但他没有顺理成章去享受应该享受的安逸，而是不顾老迈衰病之身，继续驻扎在三峡坝区，埋头做着葛洲坝、三峡等工程的技术研究与实践总结以及技术咨询等工作。除了外出开会、出差、看病以外，通常每天都要在办公室度过十一二个小时。十多年里，先后出版了《河道截流及流水中筑坝技术》（第一作者）、《长江葛洲坝工程关键技术研究与实践》（主要撰写者）、《长江三峡水利枢纽建筑物设计及施工技术》（第一作者）等皇皇大著，为他的桑榆人生涂上了一片绚烂的红霞。

因为责任重大，压力也大，加之工作过于认真，过于投入，过于紧张，郑守仁的睡眠出现了问题。

“郑总的失眠症就是在修葛洲坝时落下的。一来入睡困难。翻来覆去，难以成眠。二来睡眠时间短。即使吃安眠药，每晚能睡上四五个小时就算不错了。三来睡眠质量差。他的觉不实，一有风吹草动就会醒。当年怕大喇叭喊不醒他，形成了条件反射。后来又得了前列腺的病，经常起夜，睡眠质量就更差了。”郑守仁的秘书龚国文告诉笔者，“睡眠不好对郑总来说是一种不小的折磨。后来便离不开安眠药了，开始时一两片，后来三四片。出现棘手问题、工作特别紧张的时候，吃三四片也只能睡两三个小时。有时看到他睡不好觉身心疲惫的样子，我们真是心疼。”

我尝过辗转反侧、睡不着觉的滋味，同窗外的星星一样瞪着眼度过漫漫长夜，对失眠者来说简直是一种坠入地狱般的熬煎。想想郑守仁长期睡不好觉，这种折磨真是苦不堪言啊。

3

在水利水电建设工地，难免要与危险为伍。在乌江渡，在隔河岩，在三峡，郑守仁都有与死神擦肩而过的经历，好在天佑吉人，一次次地幸运地躲了过去。

为了工作，郑守仁经常处于忘我的状态，甚至置生死于度外，其中有两件事让许多当事者念兹在兹，历历在目。

一件事是 1993 年春夏之交，郑守仁在隔河岩工地因劳累过度，大量流鼻血却不顾生命安危拼搏奋斗的事。前文已述，这里不再重复。

另一件是 2005 年夏，郑守仁因患前列腺癌住院，却置重病恶疾于度外，心里装的除了三峡还是三峡。

他的前列腺癌，从某种程度来说，是被“拖”出来的。郑守仁患慢性前列腺炎多年，进入 2003 年以后，病情加剧的“红灯”频频亮起，尿频、尿急、尿流缓慢、排尿费劲，甚至小便失禁，让他痛苦不已。但由于三峡正处在大干快上时期，郑守仁满脑子都是三峡，全身心扑在如何解决层出不穷的问题上，顾不上重病上身，只是到医院拿些药对付了事。夫人高黛安多次提醒他去医院检查，都被他以“老毛病了，没大事”为由搪塞过去。

▶2005 年 8 月，郑守仁因前列腺癌住进医院，手术前的一个双休日，趁医生不在，他从医院跑回三峡工地

直到 2005 年 8 月初，被确诊为前列腺癌。住院的前一天，他还在开会研究布置工作。

住进武汉同济医院后，医生建议，马上手术。在病床上，郑守仁忧心忡忡，不断地长吁短叹。他担忧和牵挂的不是自己身上的病，而是远在数百里之外的三峡工程。当时正值炎炎盛夏，他最放心不下的是高温下混凝土浇筑的温控问题，如果稍有疏忽，浇筑质量就难以达到设计的要求。之前的三峡一期、二期工程，就是因为温控措施不到位，导致筑起的大坝出现了裂缝。

“一定要牢记前车之鉴，三期混凝土浇筑绝不能再出现任何质量问题。你们要从技术上千方百计把好施工质量关。”他对前来探望的助手王小毛等人殷殷叮嘱着。

还是不放心。

手术前的一个双休日，他趁医护人员不注意，悄悄溜出医院，驱车赶回三峡工地，先是找来长江委所属的设代、监理等部门负责人，要求他们尽职尽责，当好工程质量的“守护神”。接着又来到施工现场找到施工单位的负责人，苦口婆心地再三强调：要采取强有力的措施，做好混凝土的温控防裂工作，不能心存半点麻痹思想和侥幸心理，要让党中央、国务院和全国人民放心。

施工方见郑守仁罹患重疾，还念念不忘施工质量，深受触动和感动，一位负责人当即表示：“郑总，您安心养病吧，我们一定会尽全力做混凝土温控等工作，保证工程质量。”

手术前的例行检查，让医生吃惊不已。由于积劳成疾，郑守仁身体有多项生理指标不正常：贫血、白细胞低、缺钙、转氨酶偏高……

由于身体虚弱，手术时突然大出血，共输了 2000 毫升的血才把他从鬼门关拉了回来。

住院期间，郑守仁躺在病床上，满脑子里除了三峡还是三峡。每当领导和同事们来医院探望他的时候，他都会情不自禁地问起三峡工程的情况。“右岸大坝年底达到 185 米高程的目标能否实现？”“三期浇筑拆模了没有？”“地下房的施工打洞进去多少？”……看着可敬的郑总关切的表情，大家只好一一作答。有时，病房里竟成了汇报工作、讨论问题的会议室。

手术后身体稍有恢复，郑守仁就开始批阅文件，阅读三峡工程现场技术问题讨论会纪要和各种有关工程建设情况的简报等。他说，这次住院的三个月，是他参加工作以来最为“悠闲”的日子。

这天，长江委宣传出版中心主任营幼峰、副主任孙军胜等人到医院看望郑守仁。谈及三峡大坝将要全线完工时，郑守仁心潮澎湃，潸然泪下。

“我们从未见过他流眼泪，当时我们惊呆了。我赶紧拿出纸巾，轻轻为他擦去眼泪。”孙军胜感慨道，“男儿有泪不轻弹，他太牵挂三峡工程了。”

4

除了外出开会、出差，在工地的日子，郑守仁每天都像设定了程序一样：宿舍——办公室（或工地）——食堂，简单的三点一线，周而复始。节假日通常亦如此。

由于一门心思扑到工作上，没有其他爱好，又喜欢独处，因而在常人的眼里，郑守仁的生活就是单调、枯燥、无趣和寡味。但郑守仁不以为然。他虽然不会咏出“我就是我，是不一样的烟火”这样浪漫的诗句，但他会用微笑说：你们不是很懂我。

可以肯定的是，当一座座浸透着他智慧和心血的大坝巍然矗立，并演绎出由防洪、供水、发电、航运等效益乐章汇成的恢宏交响曲的时候，郑守仁便会沉浸在幸福和甜蜜之中，而这种建立在巨大成就感、获得感基础上的幸福和甜蜜，是平庸的凡夫俗子们所体会不到的。从这个意义上讲，谁又能否认郑守仁是精神贵族？！

冰心先生说过这样的话：“成功的花儿，人们只惊羡她现时的明艳，然而当初她的芽儿浸透了奋斗的泪泉，洒遍了牺牲的血雨。”

命运是公平的，鱼和熊掌不可兼得！

无疑，郑守仁是一个孤独的人。试问，世上有那位成大事者的灵魂不是孤独的？套用一个诗人的话说，浑噩是平庸者的通行证，孤独是成大事者的墓志铭。

生命有限，精力有限，时间有限，能量守恒。人生就是一道选择题，你选择了轻松悠闲，选择了喧嚣热闹，选择了儿女情长，你就可能失去创造成功的机会。

既然选择了远方，就得背负使命的重荷，风雨兼程，铿锵行路！

郑守仁不是最聪明的人，却是最能坚持坚守的人。一如既往地坚持，只做修坝建闸的事，栉风沐雨，精益求精，一丝不苟；一如既往地坚守，只在偏远的工地，泥水为伍，不畏艰辛，不辞劳苦。艰难困苦，玉汝于成。在咬牙坚持中，在执着坚守中，他终于攀爬到成功的巅峰，得以尽览“无限风光”。试想，如果郑守仁耐不住清贫和寂寞，没有成年累月行走于青山绿水之间，筑梦于江河之上，而是躲进繁华大武汉的一间舒适的办公室里，他业绩的盆栽中可能长出亭亭玉立、苍翠可爱的巧木或绚丽、芬芳的花朵，却永远不会长出挺拔参天的大树！

三 亲情：无法弥补的缺失

1

以世俗的眼光看，郑守仁是个苦命人，一生都缺少亲情。

少年时，丧母；青年时，丧父；有兄弟，但又天各一方，很少来往；有女儿，但因为长年奔波在水利水电工程建设工地，父女俩鲜有见面和团圆的时候。只有妻子高黛安，从青丝到白发，陪伴着他从一个工地辗转到另一个工地，比翼双飞，不离不弃。

高黛安在工作上与郑守仁志同道合，不但非常支持夫君的工作，而且在业务上给予帮助。年轻时，她还经常督促和鼓励郑守仁要善于把工作实践中的感性认识上升到理性认识，及时进行总结提炼，并写成论文。“茶壶煮饺子，心中有数不行，还要写出来。晓得吧？形成文字的过程就是总结提高的过程。日积月累，你就厉害了……”

在高黛安眼里，别看夫君郑守仁的身材不高也不壮，平常是个“闷葫芦”，谦和低调，却是个心里有定见、胸中有丘壑、腹内有乾坤的大丈夫，是个有真本事、有大本事的人。一方面，她为夫君取得的业绩和成就感到骄傲和自豪，庆幸自己找对了郎君嫁对了人；另一方面，她又想尽办法竭力维护着夫君的形象和声誉，兵来将挡，水来土掩。比如，如果谁要趁郑守仁不在，送钱送礼到家，高黛安一准让他吃闭门羹，有时还会从嘴中打出一串令来者难堪的“子弹”。再比如，在三峡工地，如果谁要对长江委、长江设计院特别是设代局的工作说三道四，她就会本能地“护犊子”，据理力争，毫不含糊。在她眼里，丈夫郑守仁就是长江委、长江设计院特别是设代局的代表甚至是化身。

她曾这样评价自己的丈夫：“他就是一个工作狂。这些年来，他最大的变化是年龄，永远不变的是他的那种认真精神和谨慎态度。”

她还说过这样的话：“只要他平安回来，就是我最大的幸福。”

但生活中的高黛安不是贤妻良母，比如她不会理家、不会做饭、不操心柴米油盐、不会伺候人，再比如她不会甜言蜜语——尽管生长于遍地吴侬软语的江南，说话却是大嗓门。对于上述这些“指控”，高黛安都承认。高黛安在事业上也是位女强人，敬业爱岗，业务能力较强，后来成为教授级高级工程师、三峡工程代表局施工设计处副总工程师。因常年奋战在水利水电工程施工第一线，勇挑重担，业绩突出，1992 年被评为湖北省劳动模范。

事业型的两口子，日子过得潦潦草草、马马虎虎。

夫妻俩的性格也大相径庭，属于那种反差强烈的互补型。郑守仁忠厚、温和、内向，沉默寡言，慢条斯理；高黛安善良、倔强、外向，爱说爱笑，风风火火。两口子过日子，难免有马勺碰到锅沿的时候，有时遇到不顺心的事，高黛安也想和郑守仁吵一架，发泄发泄。“可是你说了半天，闹了半天，人家就是一声不吭，要么干脆去办公室了。你想吵没人跟你吵，这架还怎么吵？”谈到夫妻之间的那点糗事，直性子的高黛安没有避讳。

毕竟是同甘苦、共患难几十年的夫妻，他对她和她对他的感情，已成为彼此的宿命。

2

因为长年奔波于水电工程建设工地，郑守仁、高黛安夫妇只生了一个孩子——女儿高群，而且半岁以后就一直寄养在苏州的外婆家。直到今天，郑守仁和女儿一起生活的时间也不过几个月的光景（夫人高黛安稍长些，但也长不过一年多）。天伦之乐，对于郑守仁夫妇而言，那是生活中的奢侈品。对此，两位老人提及时虽然不免有些黯然神伤，但似乎早已习惯了——这是一种无奈的习惯。

2005 年 8 月的那场大病，也让被女儿称为“爱工程胜过爱女儿”的郑守仁第一次体会到父女之间的浓浓亲情。女儿在医院陪伴了他整整一个星期，这绝无仅有的一次，让父女俩都觉得有些过于奢侈，以致双方还都有些不适应。

2018 年 9 月上旬，我第一次来武汉采访时，《大江文艺》期刊编辑部的编辑李卫星对我说，有一位叫袁嵘的阿姨，70 来岁，能说会道，文笔也不错。她的丈夫朱庆福曾任设计院建筑处副处长，教授级高工，主要从事通航工程的设计工作，干过葛洲坝、隔河岩、三峡等工程。夫妇俩当年一直在葛洲坝、隔河岩工地，与郑总夫妇有过不少交集，是不是采访她一下。我一听，要得，遂请李卫星去联系和安排。

第二天，我刚起床，就听到有人敲门。打开门，见一位打扮精致的俏老太太站在门口，没等我说话，老人自报家门：“我叫袁嵘，李卫星说您要为郑总写一部报告文学，要采访我，对吗？”我连忙说：“对对，您请进。”袁嵘说：“我习惯早睡早起。来早了。”

果然如李卫星所说，袁嵘口才不错，健谈、感性且有文采。她先是作了个自我介绍：“我是 1950 年生人，河南南阳人，1976 年从南阳文工团调到长办（编制在枢纽处）后，就跟随丈夫朱庆福来到葛洲坝工地，一干就是十几年。后来又到清江隔河岩，跟郑总夫妇非常熟悉。由于我不是搞专业的，主要负责设代处的秘书、宣传、后勤服务等工作。”谈到郑守仁，袁嵘动情地说：“郑总可是个大好人，一心扑在工作上，先工作后家庭，无私奉献，了不起。”接着她谈了不少关于郑守仁在葛洲坝工作和生活的细节。比如，工作加班加点玩命干，过年过节从不回家一直留守在工地上，学雷锋做好事经常义务打扫工地的厕所，葛洲坝大江截流成功后不愿意接受记者采访，等等。

当我问起郑守仁夫妇与女儿关系这个问题时，袁嵘若有所思：“在长江委，有不少常年在水利工地工作的夫妇不得不把孩子寄送到爷爷奶奶或外公外婆家。一般情况下，孩子长大一些就会回来。郑总夫妇太忙，一直没把女儿接回身边，致使彼此之间的亲情都生分了。”接着，袁嵘给我讲起了她的女儿寄养奶奶家的故事。

采访手记

我家老大是女儿，叫朱燕，小名燕子，3 岁时被送往上海由奶奶照料，15 岁时因中考非要凭户口本才能参加毕业考试，被迫转回宜昌葛洲坝上学。老二是儿子，半岁之后被送到南阳外婆家，快 3 岁的时候才回到父母身边。

那时，正值葛洲坝工程施工高峰，一个战役接着一个战役，大家都在拼命干，没有时间去更多地考虑家庭和个人的事情。1981 年葛洲坝大江截流后，一天，我接到女儿爷爷奶奶的来信，称“燕子考初中必须携带户口本，否则不得参加考试”。看到这里我心里又着急又负疚，我已 8 年没见女儿了，真想她啊！当我急匆匆回到上海公婆家时，婆母告诉我：“燕子还没放学呢。”我顾不上几天的旅途劳累，便一路打听着向孩子的学校闸北小学的方向走去。来到学校门口时，小学生已经放学，他们排着整齐的队伍唱着歌从我眼前走过。我瞪大眼睛在队伍中寻找我的女儿。一个身着校服、胳膊上戴着“三道杠”的少女，她是那么清秀、文雅，正带领本班的同学喊着“一二一”走到了我面前。我看着好似见过一般，“是燕子？”一个闪念后，我又否定了自己，“不，她有这么高吗？”……孩子们都走光了，我也没寻见我那不认识的亲生女儿，拖着沉重的脚步走回家。到了院子，婆母告诉我：“燕子听说你去学校接她没接到，又到外面找你去了。你们走岔道了，没碰着？”我没吱声，心里五味杂陈。正想着心事，忽然婆母大声喊：“燕子回来了，这个就是你妈，快喊啊。”我眼前一亮，这就是我刚才瞧见的戴着“三道杠”的女孩。只见她愣愣地看着我，没说话。我忽然心中热流涌动，当着好多人的面“哇”的一声大哭起来，不顾一切地扑了过去抱住了我那不认识的亲骨肉……这场景让在场的人都掉下了眼泪，邻居阿婆抹着眼泪说：“这是高兴的哭，高兴的哭啊！”……

尽管袁嵘讲的这些与我想要采访的内容有些不搭界，但我没有打断她，而是认真地听、认真地记，不知不觉间，我的眼眶也湿湿的。

袁嵘说：“女儿回葛洲坝后，开始的时候也不跟我和她爸亲，后来朝夕相处的时间长了，才逐渐好了起来。郑总的女儿跟他们夫妇不亲，还不是因为孩子一直没有回到他们身边。感情是要接触才会产生的，距离会把亲情疏远的。”

我深深地点头，表示同意她的意见。

在多个场合，郑守仁都表达了对女儿的歉疚之情。

1968年9月15日，郑守仁和高黛安爱情的结晶——女儿高群诞生了。初为人父的郑守仁多么想陪伴在女儿身边多尽些父亲的义务，并看着她成长啊。可是，水利水电工程大多坐落于远离城市的高山峡谷或偏僻乡野，又使他的这个本来并不过分的愿望难以实现。

1969年上半年，因工作需要，郑守仁夫妇先后去了乌江渡水电站建设工地，只好把尚在襁褓中的孩子送到苏州的外婆家抚养。此后，夫妇俩一直苦行僧般地辗转于一个又一个偏远的水利工程建设工地，再也没有接回女儿。

1997年11月大江截流成功后，郑守仁的女儿从苏州发来一封祝贺电报，其中有一句：“爸爸，您辛苦了！”让郑守仁泫然泪下，心头涌起了愧对女儿的潮水。

有三件事，是郑守仁心中永远挥之不去的痛楚。

第一件是女儿“爸爸爱工程胜过爱女儿”的话。

那一年，参加完高考的女儿趁着暑假，兴冲冲从苏州来到葛洲坝工程的建设现场，她想亲眼瞧瞧这座“万里长江第一坝”是如何在父母和众多参建者的手中神话般被创造出来的，也想看看父母的工作和生活状态。

这是女儿出生后父女俩第二次见面，郑守仁看到平时只能从照片中看到的女儿站在自己的面前，听她怯怯地叫“爸爸”，心中充满了幸福和激动，眼睛湿湿的。他多么想多陪陪女儿，带女儿参观亲手修建的大坝，给她多些父爱，并尽量弥补这些年对她的亏欠啊。可是每天的工作都排得满满的，而且经常是两眼一睁，忙到熄灯。开始的时候，每次一大早告别女儿到工地，他都会对女儿说：明天吧，明天爸爸一定陪你去看工程。后来，因为总难兑现，他自己都不好意思说这样的话了。就这样，日复一日，一直到女儿临走的时候，他也没能抽出时间。好在母亲高黛安没有父亲那么忙，总算满足了女儿的心愿。

半个多月后，女儿要回苏州了，临走时，含着委屈的眼泪留下了一句令人心酸的话：“爸爸爱工程胜过爱女儿。”

第二件是女儿高考没顾上管她。

高考是决定人生去向的大事。每到高考时，考生和家长都犹如上战场打仗一般，特别是考生家长，都会围着自己的孩子团团转。但这种感受，郑守仁夫妇没有体验过。因为，他们的女儿高群高考时，夫妇俩正一头扎在隔河岩电站工地，忙得不可开交。

女儿多么希望自己高考时父母能陪伴自己身边，帮她缓解一下压力，给她当当参谋。但对郑守仁的女儿高群而言，这不高的要求也成了奢望。知道父母指望不上，只好靠自己。考试估分、填报志愿，都只能与外婆和老师商量。

“女儿高考时，我们都在工地忙，没顾得上管她。她考多少分、报考哪个学校，我们是后来才知道的。”提及这件事，郑守仁的语气中充满了负疚。

第三件是女儿出嫁时没能到场送去一个父亲温馨的祝福。

婚姻乃人生大事，结婚那天是一辈子中的“大日子”。

1992年5月1日，是女儿高群和爱人举行结婚庆典的日子。新房、嫁妆、婚车、宾客、酒席……一切都准备好了，就等父母到场见证女儿出嫁的重要时刻了。

本来，郑守仁夫妇答应要出席女儿的婚礼，但在电话中郑守仁留了余地：“也可能去不了，因为隔河岩工地这边正在赶工期，事太多。”

女儿以为爸爸说说而已，没当回事，憧憬着父母到场的幸福光景。

一个月后，4月30日，父母没有来，只迎来了从上海来的大舅。“你爸妈忙，让我来代表，外甥女啊，你可要理解他们啊！”大舅说，“有什么需要大舅帮助你操持的事，尽管说。”

采访时，我向高黛安问起了当时的情况。老人家说：“1992年的四五月间，正值隔河岩水电站建设处于河床坝段深孔浇筑的关键时期。如果不能在大洪水到来之前筑起大坝，保证底孔、深孔同时过流，工程的安全就没有保证，前功尽弃，那损失就大了。因此呢，必须争分夺秒抢工期。没办法，我和老郑只能选择留在工地。就打电话给上海的大哥，请他出面到苏州，代表我们出席高群的婚礼。”

“郑总是设代处的主要领导脱不开身，不参加闺女的婚礼可以理解。”我有意多嘴道，“高总您又不是官，您可以去呀。更何况当时是‘五一’假期。”

“你不了解情况，我也脱不了身。当时隔河岩设代处的每个人都忙得跌跌爬爬的，恨不得掰开了当两三个人用。本人也是骨干，哪好意思走？”说到这儿，老太太的高声忽然降了下来，叹了口气，带着酸楚和遗憾的神情说：“唉，现在想想，确实有些对不起闺女。当时我也踌躇过，可真的太忙了，就没能离开……”

盼星星，盼月亮，最终还是没能盼来父母的到场，女儿心中的失望乃至抱怨可想而知：你们也太“心狠”了，不是什么事都能让别人代表的！

3

时空的距离是残酷的，它能把本来浓浓的血缘亲情稀释得淡薄。

世间许多事，有时不去作为，靠时间就能解决。但有的时候，时间也无能为力，甚至会适得其反。

不得不承认，郑守仁夫妇和女儿之间留下了一道疼痛的沟壑。

长期没有和父母生活在一起，女儿喊外婆时十分亲切，但叫爸爸、妈妈时总有些不自然。等到女儿当了妈妈后，渐渐地对父母多了一些理解，但有些“坎儿”却一直迈不过去。后来，小外孙女发现了这个问题，便对妈妈说：“妈，你好像不大会叫爸爸、妈妈，我来教你吧，叫得甜一些。”

长期的天各一方，让郑守仁夫妇与女儿的关系一直难以加热和升温；双方似乎都尝试着修复与改善，但效果总是不明显。

思维长期在水电建设工地打转转，亲情也会变得粗糙？

其实，如同人的时间、精力有限一样，人的情感也不是无限的，这方面的投入多了，那方面的投入必然会少。郑守仁把绝大部分情感都浇筑进了一座座大坝中，亲情的浇筑自然比常人少多了。

采访手记

“无情未必真豪杰，怜子如何不丈夫？”

无数英雄人物在国家民族的大义与自己的儿女亲情之间毅然决然选择了前者，成就了大义。这看似无情，却是无情中的大有情。

郑守仁在水利工程界堪称顶级专家，说他是一名豪杰也不为过。但郑守仁同样是个有血有肉的人。前面列举的他的一些事例，在世俗的人看来，多少有些“无情”。但更多的人认为，郑守仁并非真的无情，他是把对亲人、朋友的爱深深埋在心底，把博大无私的爱献给了共和国的水利事业——这是一种别样的苦恋，为了这份苦恋，他必须撇下小家，割舍亲情。用当下时髦的话说，这是一种无私奉献，这是一种勇毅担当，这是一种“大我”乃至“无我”的境界！

4

事实上，郑守仁心中一直深爱和牵挂着女儿，这种深爱和牵挂经常会在不经意间流露。

郑守仁自己不过生日，却一直惦记着女儿的生日。每年 9 月 15 日女儿生日这天，郑守仁总会提醒“神经大条”的妻子：一块儿吃碗面吧，算是遥祝女儿生日快乐。

虽然很少见到女儿和外孙女，但他将她们的照片贴在电视机上，这样，每晚看《新闻联播》时就可以随时看到这两位他至爱至亲的人。

谈到他对女儿的牵挂，长江委宣传出版中心原副主任孙军胜、长江委退休职工袁嵘分别给笔者讲了这样的往事。

孙军胜讲道：“1996—1997 年间，长江委领导安排我们宣传中心拍一部反映长江委治水业绩的专题片——《中国治水人》。为了拍好郑总的事迹，我们专门去了趟苏州，对她女儿进行了采访。当时郑总正在三峡工地上忙得不可开交，已经有几年没有见到女儿了。毛片做成后，我们请郑总审核把关。这天，正巧郑总从三峡工地到委里开会。会后，我们请郑总到我们宣传出版中心放映室看片子。当女儿出现在画面中的时候，郑总瞪大双眼一直盯着屏幕看，默默地看完，没说一句话。但我从他的表情能够看得出，他对女儿及一家人充满了深深的惦念和牵挂，只是把感情一直埋在心里罢了。”

袁嵘讲道：“有一年在隔河岩工地，大年三十，郑总夫妇招呼留守工地值班的人员和家属吃团圆饭。郑总平时不喝酒，过年过节也不例外。别人给他敬酒，他是只端起小酒盅象征性地抿一下，但当我女儿朱燕给他敬酒时，郑总竟然站起身与她碰了杯，并一饮而尽。放下酒盅的瞬间，我看到他的眼角闪着泪花。有人纳闷郑总为何给我女儿这么大面子，其实我心里明白，那个时刻，他一定想起了远在苏州的女儿。女儿不在他身边，她是把我家燕子当成了她的女儿……”

有道是，父爱如山。山往往是沉默的、无言的，但并不代表它的内心是冰冷的、无情的，只不过深藏其中的炽热很少呈现而已。

对女儿的女儿，他的外孙女——郭瑱祎，他的疼爱则显得直接多了。

2001 年暑假，8 岁的外孙女跟着妈妈来到三峡工地探望外公外婆，这是郑守仁与外孙女第一次见面。

这一次，郑守仁破天荒地带着外孙女进了离家最近的一家商场。回来后，外孙女兴冲冲地对外婆说：“外婆，外公对我可好了，一下子为我买了 100 多块钱的东西呢。”高黛安用慈爱的目光抚摸着外孙女，笑道：“你外公是难得见你一回，才这么大方啊……”

2011 年夏，当外孙女郭瑱祎考上他的母校——河海大学的喜讯传来，郑守仁兴高采烈，眉开眼笑。

采访中，我们从高黛安老人的口中了解到，多年来，郑守仁的工资从来未交给过她，都是由秘书龚国文代领，并存入银行中，而家里的开销主要是靠她每月七八千块钱的退休金维持。

“这些钱我们也花不完，每月都剩不少。”高黛安说。

“您是说郑总私立‘小金库’？那可是一大笔钱呢！”我笑着“挑拨”。

“你们知道他攒这么多钱干什么用吗？”高黛安老人神秘一笑，为我们揭开了谜底，“差不多都给外孙女买房子喽。”原来，几年前郑总将存蓄了多年的“私房钱”悉数取出，赞助外孙女在苏州买了一套商品房。

我开玩笑道：“隔辈亲，郑总也不能免俗啊。”

四　友情：对待同志“像春天般温暖”

1

郑守仁的朋友既少又多。

说他朋友少，是因为他一门心思放在工作上，离世俗比较远——几乎没有任何业余爱好，因而烟友、酒友、牌友、棋友、球友之类的世俗朋友没有一个。说郑守仁朋友多，是因为他做的工作（建设水利水电工程）要与许多人打交道，在工作中建立深厚情谊的朋友委实不少，尽管多为“淡如水”的君子之交。

郑守仁虽然不善于跟人打交道，跟工作没关系的人他根本不交往，但他又是位心地善良、充满悲悯情怀的人，同事、下属在工作、生活上遇到困难或不幸，他知道后总是尽力帮助，送上精神或物质食粮，因而熟悉他的人都赞他：对待同志“像春天般温暖”。

他的朋友中，有钱正英、林一山、张光斗、潘家铮、文伏波等高段位人士，在工作交往中，在“华山论剑”中，彼此成就，惺惺相惜，建立了深厚的友谊。虽然平时并不多见，各自忙碌，但又互相牵挂，从未忘记。“金风玉露一相逢，便胜却人间无数”的美好，“桃里春风一杯酒，江湖夜雨十年灯”的思念，大概说的就是这种友情。

郑守仁讲道，三峡工程开工不久，有一天水利（水电）部的老部长、全国政协副主席、中国工程院院士钱正英到三峡工地视察，一见郑守仁的面，便握着他的手说：“老朋友又见面了。”接着两个人便热聊起来，说了不少话。郑守仁身边的人有些纳闷，等钱正英走后，就问他：“郑总，怎么钱副主席说您是她的老朋友？”郑守仁回答：“我和钱副主席早在建葛洲坝时就认识了。那时，她经常到葛洲坝工地检查指导，我经常向她汇报工作。一来二去，我们就熟悉了。”后来，郑守仁因病在武汉住院，钱正英从千里之外的北京打来电话，嘘寒问暖，并叮嘱他安心养病，不要急于出院工作。

在长江委，郑守仁志同道合的朋友也很多，如文伏波、黎安田、季昌化、傅秀堂、袁达夫、谢修发、陈珙新、刘宁、王小毛、陈磊等，或是他的领导，或是他的搭档，或是他的部下，他们在“一个锅里搅马勺”的工作中感情与日俱增，成为“知心”的同事兼朋友——“人生乐在相知心”。

当然，郑守仁还有不是朋友胜似朋友的“朋友”，那就是他参与或主持设计建起的陆水、乌江渡、隔河岩、葛洲坝、三峡等水利工程。若说相处的时间最长、投入的心血最大、倾注的感情最多者，非三峡工程莫属。三峡水利枢纽的每一个单项工程，每一个结构，每一个部位，每一个细节，都渗透着郑守仁的心血和智慧，在郑守仁的眼里，它们不是冷冰冰的混凝土结构，而是有血肉、有体温、有感情的事物，是智慧的物化，是肢体的延伸，是甘苦与共的朋友，是生命的组成部分。面对着它们，尽可以仔细打量，尽可以深情触摸，尽可以倾吐心曲——没有声音又何妨，心心相印、心有灵犀，足矣！

2

郑总是个严于律己、宽以待人的人，而且属于“暖水瓶”型，对同事、朋友的关心、爱护很少表现在嘴上，更多是付诸行动上。“就像冬日的一缕阳光，常常不声不响地温暖着别人。”谈到郑守仁的为人，长江委的一位文人这样评价。

不论是早年修葛洲坝、隔河岩，还是后来建三峡，郑守仁的节假日几乎都是在工地度过的，逢年过节更是如此。但对于下属，他却不这么要求。一年一度的春节，是中国人最看重的日子。每到这时，郑守仁夫妇都会主动要求留下来值班，而让尽可能多的“别人”回家团圆。

据郑守仁的老部下陈珙新介绍，在他的印象中，多年来，郑守仁夫妇的春节都是在水电工地度过的。有一件事让他一直难以忘怀。1989年春节，郑守仁夫妇在隔河岩工地值班。正月初一一大早，他让妻子买回速冻饺子、香肠、熟猪肝、花生米等食品，请同在工地值班的陈珙新等设代处留守人员聚餐。席间，郑守仁说：“大家辛苦了，吃了早饭我就派车把你们送回宜昌与家人团聚一天，我和高黛安代你们值班。但明天下午务必返回，因为这里有好多事等着大家去做。”一番话，说得大家心中暖流涌动，眼眶湿润。

“郑总的这一决定，充满了人情味，让我们几位值班人员深受感动。我们的家人知道后，也对郑总感激不已。”多年后忆及这段往事，陈珙新的脸上明显泛起春风拂面的表情。

郑守仁的同事中，谁家遇到大的困顿，他知道后，都会伸出援手，雨中送伞，雪中送炭。

一位同事在建设葛洲坝工程时因病去世，郑守仁资助这位同事的遗孤多年，直到其长大成人。

1988 年，郑守仁的爱人高黛安因患乳腺癌在汉口住院治疗，他在医院陪伴期间，得知长江委施工处的一名职工因病住在武汉长江对岸的另一家医院，便跑了几十千米的路去探望，并送上 200 元的慰问金。同年，又有一名施工处的老同志患喉癌，需要配备人工喉管，开销很大。郑守仁闻讯后一次就送上 500 元。要知道，1988 年的时候，人们的工资普遍较低，郑守仁的月薪不过百余元，500 元可不是笔小数目，相当于他四五个月的工资。

单位职工子弟组织夏令营活动，听说经费不足，他便慷慨解囊。

采访爆破专家吴新霞时，她讲起一件至今仍令她心中暖意融融的往事。

2006 年上半年，为了做好三期 RCC 围堰爆破工作，时任长科院爆破与震动所所长的吴新霞来到三峡工地现场办公。由于连日操劳，吴新霞突发急性阑尾炎，住进了三峡坝区急救中心。得知吴新霞住院的消息后，郑守仁本想亲自到医院探望，因为工作实在太忙，便委托夫人高黛安代表，并嘱咐一定要带上些水果和麦乳精之类的营养品。

“郑总那么忙，还惦记着我的病，让我很受感动。不了解的人以为他只知埋头工作，不懂人情世故，其实他是个厚道细心、感情真挚、有情有义的人。”吴新霞感慨道。

郑守仁不但对本单位工作生活中遇到困难的职工给予力所能及的关心和帮助，而且对参加工程建设的农民工也充满同情和关爱。在三峡建设工地，不时会出现这样的场景——郑守仁一边检查施工质量情况，一边悄悄问身边正在干活的民工：“工资拿到了没有？有没有拖欠你们的工资？”如果民工告诉他能及时拿到工资，他的脸上就会露出欣慰之色；如果听到工资被拖欠的消息，他就会蹙起眉头，并表示回去后一定要帮着过问。他多次在业主召集的会议上表示，参加三峡工程建设的民工很辛苦、不容易，不能拖欠他们的工资。

“同情弱者、扶危济困，是郑总身上的优秀品质之一。”龚国文说，

"每当一些地方遇到严重洪涝等自然灾害，他总是带头捐款，汇款单上只写'长江委一职工'。"

3

郑守仁自己不过生日，却不反对给长年奋战在工地的老同志过生日。

老水利王世华和郑守仁一样，几十年都在水利水电建设工地摸爬滚打。三峡工程开工后，年过花甲的他又来到三峡工地，给郑守仁当技术上的助手，任设代局副总工程师。2002年11月下旬的一天，时任长江委总工助理的刘宁试探着向郑守仁提出了一个请求："郑总，今年12月1日是王世华王总70岁的生日，老人家工作四十多年，大部分时间是在工地度过的，劳苦功高，我们想给他过个生日，表达一下大家对他的敬爱之情，您看可以吗？"

"老王和我是老搭档了，一直在工地干，风雨来雨里去几十年，不容易。来三峡也快10年了，超期服役，老当益壮，贡献很大。给他过70岁的生日，应该应该。"郑守仁痛快地答应了，"你们去办吧。但要简朴，不要铺张浪费。"

"您放心，就搞个简单的仪式，让王总高兴高兴。"刘宁乐滋滋地应道。

12月1日傍晚，王世华开完长江委在宜昌培训中心召开的长江堤防加固工程评标会后，走进了培训中心餐厅的大门。他发现偌大的餐厅竟空无一人，狐疑之际，突然餐厅的灯熄了。正愣神的工夫，只见刘宁推着一辆蛋糕车迎面而来，车上载着一个烛光闪烁的三层大蛋糕。接着，刘宁敞开嗓子高声道："今天是王世华副总工程师70岁的生日，让我们共祝王总生日快乐！"话音未落，热烈的掌声伴着"祝你生日快乐"的悠扬歌声同时响起，"埋伏"在大厅里的人们纷纷簇拥着他们敬爱的王老向那辆蛋糕车走去。因为王世华事先没有得到给他过生日的消息，老人家被这突如其来的场面惊住了，旋即明白了一切，禁不住老泪纵横。"谢谢同志们！这是我有生以来过得最隆重、最高兴的一次生日！终生难忘啊！"王世华激动不已，他表示，我虽然人老了，但心还不老，还要同大家一起继续奋斗，特别是要打赢明渠载流这场前哨战、关键战。再次感谢大家给予我的爱、温暖和诚意！

餐厅里再一次响起潮水般的掌声。

4

郑守仁不但有情有义，有时感情还颇为细腻。

翻阅《设计工作简报》，我们看到 1994 年 5 月的一期简报上，有郑守仁写下的一段情深意切的话：

> 为了确保三峡设计质量，有些退居二线的老专家、老领导主动出山，严把工程质量关，他们顶着满头银丝、拖着疲惫的身子、戴着深度眼镜仔细审核一张张文件和图纸，从不放过一个疵点，是那样地执着和认真。我们的中青年同志生活、工作的负担太重，为了三峡工程，他们牺牲得太多太多，多少日日夜夜、多少酸甜苦辣，无私奉献着自己的青春和才华。有人新婚燕尔，为了工作放弃了婚假；有人爱人临产，还告别妻子坚持赶赴工地；多少人多少次出差刚回又要出差；若爱人出差在外，孩子无人照料，心一横把小孩托人代管或干脆带着小孩背着行李又上了三峡工地。我们有一名中年高级工程师为了三峡工程献出了自己的宝贵生命，临终前他哭了，哭得是那么伤心，他拉着同志的手，千叮咛万嘱咐，说的是：“三峡工程责任重大，只有靠你们了，你们是无名英雄，也是真正的功臣。”是啊！真正的功臣，三峡功臣！

铁汉柔情，溢于言表。

5

爱人者，人恒爱之。

郑守仁对待同志“像春天般温暖”，人们对他也是敬爱有加，投桃报李，这从他因病住院后看望者络绎不绝可见一斑。

2005 年 8 月郑守仁患病住进武汉协和医院的消息不胫而走，水利部、长江委及所属单位、中国长江三峡总公司等单位的领导，特别是曾在工地与郑守仁朝夕相处的长江委、长江设计院、三峡设代局的领导和职工，得知郑守仁住院的消息，纷纷到医院探望，送上真切的关怀和衷心的祝福。

曾跟随郑守仁奋战在隔河岩、三峡工地，水利部副部长刘宁从郑守仁住院的那天开始，三天两头打电话询问病情，了解治疗方案和康复情况，还利用出差路过武汉的机会到郑守仁的病床前握住他的手问长问短。时任水利部副部长矫勇、三峡总公司原总经理陆佑楣、时任三峡总公司总经理李永安等闻讯后，分别从北京、宜昌、昆明等地专程来武汉，带着关切走进了郑守仁的病房……

李永安还对三峡总公司的全体班子成员和各部门负责人说：“如果大家有时间，一定要抽空到汉口的医院去看看郑总。他为三峡工程付出了太多太多……”

一时间，郑守仁的病房堆满了鲜花、水果及各种营养品，更堆满了人们期盼他战胜病魔、早日康复的由衷祝福和款款深情。

2019 年 11 月中下旬，我在武汉安排了一周的采访。但采访郑总的秘书龚国文却不顺利，原因是他最近一直在武汉的同济医院照顾身患重病的郑总。直到 11 月 22 日下午 4 点半，才在长江委大楼郑总的办公室见到了他。“对不起，对不起，郑总每周要做三次人工肝治疗（所谓人工肝治疗，即通过体外循环对患者的血液进行净化，达到清除体内有毒有害物质之目的），这次做的时间比较长，我必须陪伴在医院。”满脸倦容的龚国文一见我们的面，便连声表示歉意。

今年 63 岁的龚国文，身材不高，体格健壮，性格爽朗，说话中气足，

▶采访龚国文

表达能力强，自 2005 年 7 月起给郑守仁做秘书。在朝夕相处中，龚国文对郑守仁的卓越贡献、高尚人格有了更深的认识，对他充满了由衷的敬重；而郑守仁对龚国文也以诚相待，关心有加。久而久之，他们的关系已超出了工作范围，情同父子。郑守仁对龚国文充分信任，乃至自己的工资卡都交给他保管，而龚国文也在竭尽全力照顾着病中的郑守仁。特别是在郑守仁患病住院期间，因为没有亲人在身边，龚国文义不容辞地担负起陪护的重任。

“郑总其实挺可怜的，老伴身体不好照顾不了他，闺女又远在外地，这时候，我就得多多陪伴和照顾他了。”龚国文眼角湿润，动情地说，“郑总是国家和人民的功臣。我是把郑总当成父亲看待，怎么照顾他都是应该的。”

五　品质：干净清廉、淡泊名利

善良厚道、质朴纯粹、谦虚低调、勇毅担当、甘于奉献、敬业勤奋、任劳任怨、助人为乐、干净清廉、淡泊名利，等等，都是郑守仁生命底色和品质。这些底色和品质，在前面的文字中已有不同程度的反映，下面着重说说郑守仁生命品质中的干净清廉和淡泊名利。

在纷纷扰扰、物欲横流的现实社会，许多人被腐蚀了、污染了，甚至因贪得无厌、欲壑难填而沦为阶下囚。但理想主义者郑守仁，因内心永远高擎着信仰的大旗，故内心笃定，百毒不侵——不为物欲所惑，不为名利所迷，他的精神世界永远葆有一方净土，如冰似玉，清澈透明，典雅高贵……

1

郑守仁在三峡工程建设中有相当大的话语权，对工程的招标、物资的采购、质量的验收等都有举足轻重的影响。树大招风，以各种理由要求照顾、通融的不速之客便找上门来，花样翻新、名目繁多的钱物也带着不可告人的目的来敲门。但郑守仁做得很决绝：对各种红包、有价证券及其他财物一概拒之门外。

有时，趁郑守仁不在，有人悄悄把钱物放在他的办公室或家里。郑守仁发现后，能第一时间退回的就立即退回，实在难以退回的便交组织处理。

一次，某施工单位的一位负责人想让郑守仁对所承包的工程施工质量睁一只眼闭一只眼，便在一天晚上以讨教技术问题为名来到郑守仁家。谈了一会儿，郑守仁到厕所方便，趁这个工夫，来人将一个装着几千元钱的信封塞到了他床铺的枕头底下。郑守仁从厕所出来后，那人便起身告辞了。上床休息的时候，郑守仁一动枕头，发现了那个装钱的厚厚信封，顿时气得脸色发白，胸脯一起一伏的，连声说：“不像话，不像话！”

第二天一大早，郑守仁就找到那位送钱人，将厚信封塞到他的手里，冷着脸说：“你把我郑守仁当成什么人了？！”临走时，又狠狠地瞪了那人一眼，目光凛然。

郑守仁拒腐蚀永不沾的清廉品格和耿直脾气在三峡工地传开后，再也没人自讨没趣地给他送钱送物了。

郑守仁作为长江委设代局党委书记、局长兼总工程师，在廉政上，他不但自己有“洁癖”，时时处处严于律己，而且不忘“一岗双责”，严格要求下属，打造廉洁干净的团队。

“反腐大坝要与工程大坝同筑”，在设代局各种会议上和其他场合，他经常苦口婆心，语重心长：工作能力可以培养，但洁身自好是根本。廉洁出了问题，其他的事干得再多再好，也会被一笔勾销，而且会带来恶劣影响。尤其是领导干部，只有自己干净，才能挺直腰杆子，讲廉政才会有人听。希望大家严格约束自己，自重自律自省，警钟长鸣，好自为之，确保不出问题。

“郑总在廉洁自律上绝对是一个标杆，他对自己的要求非常高、非常严，不沾灰不湿鞋，经得起用放大镜来观察，真正做到了一身正气，两袖清风，充分发挥了一名党员领导干部的表率作用、头雁效应。同样，对身边的工作人员也高标准、严要求。在他的率先垂范和严格要求下，我们设代局的每位同志都能时刻绷紧拒腐防变这根弦。多年来，三峡设代局没有出现一桩违法乱纪的案件。”陈磊感慨道，“这在当时的社会环境下，是多么难得啊！”

2

为郑守仁开车十几年的司机王游胜师傅讲了这样几则故事，进一步折射出郑守仁严于律己、清白为官的本色。

故事一：吃饭自掏腰包

在三峡工程建设的十几年中，由于工作关系，郑守仁乘坐的小轿车经常穿梭于宜昌至武汉之间的路上。由于路远且起程没有准点，郑守仁和司机还有搭车的同事常常要在路上就餐。但吃饭的时候总是郑守仁买单。

“我挣的钱比你们多，我买单。”郑守仁态度诚恳，语气坚决。

也有别人悄悄买单的时候。郑守仁不高兴了，板着脸非得把饭钱塞给人家才罢休。

“郑总，您这么大的领导，又是院士，路上吃饭哪能自己掏钱，开张发票到单位报销也不为过。”每当听到类似这样的话时，郑守仁的脸就会阴沉下来：“我们出差公家给了差旅补助，怎么能再去报销餐费，那不是占公家便宜吗？！”

后来，路上吃饭郑守仁掏腰包，大家都习以为常了。

当然，郑守仁请客，吃得很简单，要么在高速路上的服务区吃自助餐，要么在路边的小饭馆吃家常饭。往往是几个荤素搭配的普通炒菜，外加一盆汤，每人一碗米饭，热乎乎地吃下去，“油”就加好了。有时为了节省时间，干脆就吃面条、饺子之类的快餐。有时菜量大了，吃不完，他便流露出不安的神情：“贪污和浪费都是犯罪，下次得注意，够吃就行。”

故事二：公车不能私用

郑守仁用车，从来都是公私分明。公事用公车，私事乘公交或打出租解决。偶尔不得已公车私用，必交补偿费。

2004 年 4 月，郑守仁的大哥郑守德因患重病自安徽阜阳来武汉协和医院诊治。长兄如父，兄弟情深。郑守仁闻讯后，急忙安排好前方的各项工作，便驱车从三峡工地赶往武汉探望。临行时，他拿出 500 块钱交给司机王游胜，说是权当加油费，让他转交给司机班。王游胜死活不肯收，郑守仁向他瞪起了眼睛。

还有一次，女儿高群带着小外孙从千里之外的苏州来三峡工地看望郑守仁夫妇。王游胜得知消息后，想开车去三峡机场接机，被郑守仁拦住：“机场有出租车，让她们自己解决。”

故事之三：“这个口我开不了！”

郑守仁的女儿高群高中毕业后，考入苏州市职业大学公检法专业，毕业前夕，女儿打电话给爸爸，问能不能到长江委工作。郑守仁一口回绝：“你的专业和学历不符合进长江委的要求，这个口我开不了。”

女儿见爸爸“靠不住”，只好自己找工作。正好之前实习过的苏州市公安局姑苏分局十分认可她的表现，专业又对口，便把她招到平江路派出所当了一名户籍民警。

以郑守仁的贡献、地位和影响，把女儿调入长江委工作应该不成问题，而且女儿也有这个愿望。三峡工程上马后不久，有一次，长江委党组副书记、副主任潘天达对郑守仁说：“老郑啊，你和高黛安就这么一个女儿，把她调到长江委吧，以后好方便照顾你们。女儿调动的事，你不用管，组织帮你办。”郑守仁说：“谢谢潘主任的好意，女儿的事就不用组织操心了，她在苏州习惯了，不愿意来武汉。”

“其实哪里是女儿不愿意来长江委，是郑总不同意。”为郑守仁开车十多年的王游胜师傅说出了隐藏多年的秘密。

那年，女儿所在的单位分房子。其时，郑守仁已是长江委的总工程师，主持举世瞩目的三峡工程设计总成，同时拥有中国工程院院士的头衔，在社会上享有较高的知名度。女儿想让爸爸为她分房之事打个招呼，让单位照顾一下，最好能分一套面积大一些的房子。她打电话给爸爸，说出了自己的想法，没想到郑守仁不假思索地拒绝了：“分房子是有条件和规则的，事关每个人的切身利益，我怎么能为你说情呢？这个口我开不了！”

女儿想了想，爸爸的话虽然“无情”，但确有道理，便缄默不语了。

故事之四：不过生日不收礼

郑守仁从来不给自己过生日。这个习惯，大家都知道。

2000 年 1 月 5 日，是郑守仁的 60 岁生日（郑总身份证上标明的生日是 1940 年 1 月 5 日，如属实，因他生肖属龙，推断月、日当是农历）。这个生日在中国人的眼中很重要，因为过了这一天，标志着人生进入了花甲之年，也迈入了黄昏时段。

郑守仁的得力助手、长江委副总工刘宁自己出钱给他买了一个较大的生日蛋糕，想让老人家高兴高兴。但他又知道郑守仁不收礼的脾气，自己不敢去送。于是，就耍了个小计谋，让郑总的司机王游胜在晚间悄悄把蛋糕送到他的家里。当时，郑守仁的夫人高黛安在家，王游胜说明了来意：“高总，今天是郑总 60 岁的生日，刘总让我代表大家送上一个蛋糕，表达一下祝福的心意。”高黛安面露难色：“老郑从来都不过生日。这个生日蛋糕，我要是收了，他回来怪罪怎么办？”王游胜说：“郑总不会有意见的，这蛋糕又不是别人送的，而且也没花多少钱。”王游胜说完便扭身离去。此时，郑守仁正在设代局二楼会议室主持现场设计技术问题讨论会。

等到晚上九点半左右，郑守仁开会回来。一进家门，就看见了桌上摆的蛋糕。问明情况后，郑守仁满脸不高兴，埋怨老伴：“我平时不过生日，更不收礼，你怎么能收人家的蛋糕呢？”高黛安说：“我也没想收，但王游胜说是刘宁他们的一片心意，就不好拒绝了。”

郑守仁想了想，说：“也是，确实是刘宁他们的一番心意，蛋糕也不好退回去，浪费也不好，不如送给住在附近的三峡区勘测大队的职工们吃了。”说着，提起蛋糕就走，送到了勘测大队的职工宿舍，招呼大家分享。

采访中，长江委宣传出版中心原副主任孙军胜对笔者说：“郑总在廉洁问题上对自己和家人的要求简直可以用‘严苛’这两个字来形容。”为了用事实说话，她举了两个事例。

郑守仁在隔河岩工地任设代处处长时，单位有一部电话可以打长途，但他强调用时只能是公事，私事不行。他自己有私事向外打长途电话，每次都要跑到几里路外的长阳邮电局去打。对此，有些人不理解，或说他太过分了，或说他小题大做，或说他‘各色’、傻……对这些闲话，郑守仁不以为然：“公事用公家电话，私事打长途自掏腰包，这是理所当然的。我要带头用公家的电话办私家的事，占公家的便宜不说，还怎么要求别人？”

有一次，高黛安和一个同事从隔河岩回宜昌办事，接待单位用公款请她们在外面的饭店吃了一顿便饭。郑守仁知道后，拉下脸狠狠把高黛安批评了一通，直到高黛安反复表示“下不为例”“再也不会有第二次”才罢休。

“虽然这些看来都是鸡毛蒜皮的小事，但郑总却眼里不揉沙子，可见其律己之严。”孙军胜感叹道。

3

你若盛开，芬芳自来！

撸起袖子干、挥洒汗水拼。在不懈的奋斗中，郑守仁获得了丰富的人生回报。当一座座浸透着郑守仁智慧、勇气和汗水的水利水电工程拔地而起、造福苍生的时候，党和人民没有忘记他的卓著功勋，给予了他各种荣誉。

早在 1964 年，刚参加工作一年多的郑守仁就被长办评为“劳动实习标兵”和“五好职工”。从此一发不可收拾，他几乎成了“获奖专业户”。不妨开列如下：

终身成就奖牌

——1976 年、1977 年被评为“全江标兵”，1978 年、1979 年被评为“全江劳动模范”，1978 年被评为“湖北省先进生产者”，1979 年被评为“全国水电系统先进生产（工作）者”。

——1981 年被评为“全国水利水电系统优秀党员”，1983 年被评为“湖北省特等劳动模范”，1985 年荣获中华全国总工会颁发的“五一劳动奖章”，1989 年被评为“全国水利系统特等劳动模范”，1989 年荣获“全国先进工作者”称号。

——1993 年被湖北省政府授予“清江隔河岩工程组织建设特殊贡献者”称号，1994 年被国家人事部授予“有突出贡献的中青年专家”称号，1995 年获“三峡工程优秀建设者”称号。

——1985 年、1987 年、2001 年先后荣获“湖北省优秀共产党员”称号，2003 年被国务院评为“三峡工程建设先进工作者”；

——2019 年荣膺“新中国最美奋斗者”称号。作为新中国成立以来从各行业优中选优评出的 278 名“最美奋斗者”之一，可谓至高荣誉。

在学术方面，郑守仁同样获得了不少金光闪闪的桂冠。如葛洲坝大江截流工程获国家优秀设计奖，葛洲坝二、三江工程获国家科技进步奖特等奖，隔河岩新型重力拱坝工程获国家优秀工程设计金奖，三峡工程大江截流工程获国家优秀设计金奖、湖北省科学技术突出贡献奖、何梁何利基金科学与技术进步奖、钱正英奖等。

这还没有完。2017年以来，又有含金量超高的奖项簇拥而来。

——2017年7月，荣获国际坝工界最高奖项——国际大坝委员会终身成就奖。

——2019年12月荣获中国长江三峡集团有限公司、三峡集团公益基金会颁发的“三峡科技创新终身成就奖”。

——2020年1月，长江三峡枢纽工程荣获“2019年度国家科学技术进步奖特等奖”，这个奖项虽然是颁发给中国长江三峡集团有限公司和水利部长江水利委员会两家的，但郑守仁作为三峡工程的设计总工程师，在这个奖项中所占的分量无疑是举足轻重的。

面对接踵而至的各种荣誉和奖项，郑守仁的心里产生过不安，他曾多次向组织提出让荣誉的请求：“别的同志做得也很好，这先进、模范也应该让他们当了。”但领导和广大干部职工不答应，许多荣誉都是上级“戴帽”下达的，指名点姓地给他。人们说：如果郑守仁不当先进或模范，那么还有谁有资格或者好意思当？他所获得的各种“光荣”，都是用拼搏奉献和卓著的业绩换来的，当之无愧，实至名归！

荣誉加身的郑守仁如何看待这些林林总总的荣誉呢？应该说，他重视荣誉，更珍惜荣誉——在荣誉面前，他不但从未有过飘飘然的自我膨胀，更无半点骄矜自大的对外标榜，好像什么事都没发生过，依然谦虚谨慎、平淡如水，而且还把它们当作鞭策自己继续奋斗、永不懈怠的强大动力。

更令人感慨让人感动的是，郑守仁总是把这些荣誉看成是大家共同努力的结晶，他不过是其中的一个代表而已。人们称赞他为“当代大禹”“大坝基石”“工程师的楷模”，他却摆摆手说，这是一位水利工程师的分内之责，没有什么了不起。

1997年11月，三峡工程大江截流成功后，郑守仁成为中央电视台《东方时空——东方之子》栏目的采访对象。面对著名主持人白岩松目的性极强的追问，他谈得最多的还是三峡工程、三峡工程的建设者、长江水利委员会，对他个人则说得很少、很少……

1989 年 10 月，郑守仁作为全国先进生产工作者出席了在北京举行的全国劳模大会。党和国家领导人接见，参加各种规格很高的会议和活动，还要登上天安门城楼观礼……对于许多在基层工作的劳模而言，这确实是人生中莫大的荣耀。

表彰大会开完后，当其他劳模代表怀着亢奋的心情等待登上天安门城楼观礼的时候，郑守仁坐卧不安了——他惦记着远在千里之外的清江隔河岩工地，作为长江委驻隔河岩工程设计代表处的处长，那里有一大堆的事情等着他去处理。他找到带队的同志，请求提前返回。领队对他说：“明天你们这些劳模要到天安门城楼上观看焰火，这可是许多人梦寐以求的事，机会不可失，希望你慎重考虑。”郑守仁语气坚定地说：“谢谢您的好意。但工地确实有许多事等着我，我必须尽快回去。”

当绚丽的礼花升腾在天安门广场的时候，郑守仁乘坐的火车已奔驰在北京通往宜昌的铁路上。

据刘宁回忆，当年郑总对参评院士兴趣不大，多次推辞。

> 记得我们在协助郑总整理参评材料时，他多次搁下或问而不答，并表示应该让水平更高的人去评，我们只要把工程建好就行了。无奈，我们只好把郑总在工地夜以继日主持召开现场会时亲自撰写的研究解决各类工程问题、技术难题、项目课题的约百万字的会议纪要进行整编。当两院院士、中国工程院副院长潘家铮看到这三册厚重的纪要时，感慨万分地说：“工程是靠人干出来的，而工程的灵魂是设计，设计的关键是动态优化，动态优化设计要求工程师必须在工地解决实际问题。”

2015 年上半年的一天，“老科学家学术成长资料采集工程”的一个采集组来到宜昌三峡坝区十四小区设代局办公楼找到郑守仁，领头的人热情洋溢地说明来意：郑院士，我们想通过实物采集、口述访谈、录音录像等方式，将您水利生涯的学术成长过程和业绩成果记录下来，一是建立您本人学术成长资料的“数据库”；二是制作一部记录您事迹的视频专题资料片；三是撰写一部客观反映您个人学术成长经历的研究报告，以学术传记的形式出版。

这本是为他“扬名立万”的好事，别人求之不得，但郑守仁却以工作忙和身体有恙为由，婉言谢绝。他说：“谢谢你们。我的岁数不大，而且也没有干出多少业绩，你们还是先给其他老科学家做这件事吧。”

2019年9月25日上午，北京，人民大会堂。郑守仁带着重病出席了“最美奋斗者”表彰大会。在接受媒体采访时，他说出了这样的“获奖感言”：“作为科研工作者，就是要发扬不怕苦不怕难的奋斗精神，攻坚克难，把论文写在大地上。获得这个荣誉，是党中央、国务院对三峡工程的肯定，对所有参与建设、维护、运营三峡大坝的人的肯定，感谢大家用行动守护长江，守护三峡。”他还对记者说：“把三峡工程搞好，就是我这辈子最大的心愿。我现在身体不好了，最大的欣慰是三峡工程得到认可。”

话里话外，都是工程、事业、工作，就是没有自己，淡泊名利的赤子之心令人泪目。

心若不动，身又奈何。郑守仁就是这样一个人，在鲜花与掌声的簇拥中，在荣誉与赞扬的包围中，始终保持着清醒冷静的头脑，谦逊谨慎的态度，一颗宠辱不惊的平常心！

4

“郑总就是活雷锋，这些年他获得的奖金一笔又一笔，数额相当可观，但他不为所动，一分钱也没有装进自己的腰包，而是悉数捐出，用以扶危济困、返哺母校、支持长江委技术人员专著的出版……”提到郑守仁把奖金倾囊散尽的事，受访者无不动容。

56年的水利生涯，郑守仁荣获40余项省部级以上名誉或奖项，累计获得奖金近160万元。这些奖金是他殚精竭智、流血流汗换来的，拿回家自己享用本没问题。但他坚持认为，水利水电工程是无数设计、施工人员共同努力的成果，所获奖项是集体智慧和辛劳的结晶，不能一人独享其成。

1993年隔河岩水电站提前半年发电，重奖有功之臣，郑守仁榜上有名，获得奖金5万元。面对这笔巨款，他分文未取，而是将其分成三笔：一笔3万元资助奋战在隔河岩工地的七八十名职工的子女上学；一笔1万元支援宜昌市五峰县的小水电建设；一笔1万元寄往母校（河海大学），赞助设立严恺教育基金。

1995年，郑守仁荣获“三峡工程优秀建设者”称号，获得奖金5000元，他同样一分未留，恳请长江工会转赠5名水文勘测系统长期从事外业工作的退休职工，每人1000元，以改善他们的生活。

采访手记

采访时，说起这件事，长江委水文局原局长季学武讲道：“当时是我们人事劳资部门的负责人向我报告了郑总捐钱给水文勘测系统从事外业工作退休职工的事。我就打电话给郑总，问他这笔钱为何不留给自己用。郑总说，这钱他不应该拿，拿之有愧啊。水文、勘测系统外业工作的同志常年在外，风里来、雨里去，非常辛苦，默默无闻，他们才是真正的劳模。用这个奖金给他们补贴一下，尽管杯水车薪，但总是一点心意吧。我说，您自己不也是穷光蛋吗？何必呢？郑总说：季局长你就别多说了，就这样吧。和郑总通话的时候，我感动得直流眼泪。郑总的境界这么高，就像一面镜子，照出了我这个水文局局长的差距。这件事对我触动很大，它教育我要多多关心长年奋战在一线的水文职工的工作和生活，尽可能为他们多做排忧解难的实事和好事。后来，我们水文局领导班子达成了共识，并以实际行动加大了对外业工作人员的关心和照顾的力度，比如帮助解决部分职工夫妻两地分居、子女上学和就业难等问题。

讲述过程中，我们看到，季老的脸上充满了激动，眼泪在眼眶里打转。

▶荣获湖北省科学技术突出贡献奖，50万元奖金全部捐出，用于『长江水利委员会长江出版经费』

2004年，郑守仁荣获香港“何梁何利基金科学与技术进步奖”。他是49位获奖者中的唯一的水利专家，而获得的奖金数额也相当可观——20万港元。这笔奖金如何分配呢？郑守仁找他曾经的老搭档、长江委建设与管理局总工程师林文亮商量。林文亮想了想说：“都给闺女吧，您亏欠她太多了。听说她最近想买一架钢琴，正好派上用场。”郑守仁摇摇头：“这钱她怎么能拿？！要买钢琴，我用家里的积蓄补贴她就是了。”一番思量后，20万港元被他一分为二：10万元作为长江委技术人员专著的出版基金，另外10万元用于资助长江委困难职工子女上大学——这笔款项连续5年资助了近40名贫困大学生。

2006年，郑守仁在获得“湖北省科学技术进步突出贡献奖”荣誉的同时，又获得了50万元的奖金。对这笔巨款，郑守仁同样一分未留，全部打入了长江委技术人员专著出版基金的账户。

近十几年来，郑守仁陆续得到的稿费、讲课费以及院士津贴等，也大多用于集体福利或资助生活困难的职工。

采访中，长科院副总工杨文俊讲道：郑守仁作为长江委总工、中国工程院院士、长江三峡工程施工设计总工程师，具有相当高的理论技术水平，特别是在河道截流、围堰、导流设计、施工等方面是国内外著名的权威。但他从来不利用这些地位和名号为自己谋利益，甚至应得的部分也拒之门外。比如，郑总任长江委技术委员会主任后，我们长科院聘请他为技术顾问，定期或不定期就有关技术问题向他咨询和请教。按照规定，应给他一笔咨询费，可是老人家坚决不要，最后逼急了，他有些生气地说：“我们都是自家人，自家人有事去帮忙，怎么能取报酬呢？如果你们非要给咨询费，那我就退出，不当这个顾问！”

这就是视名利如浮云、视钱财如无物的郑守仁。

老子有言：“上善若水。水善利万物而不争，处众人之所恶，故几于道。”最高境界的善行就像水的品性一样，润泽万物而不争名夺利，居于世俗人都不喜欢的卑下之地却不以为然，所以是最接近于道的。郑守仁的身上，不就有着如同水一般无私而为、宽容包纳、处下不争等高贵品质吗？

有一种标杆总让人仰望，有一种楷模总让人敬仰，有一种精神总让人激昂。郑守仁就是标杆，郑守仁就是楷模，郑守仁就是精神！

云山苍苍，江水泱泱，守仁之风，山高水长！

高山仰止，景行行止。虽不能至，心向往之！

主要参考文献

1.《三峡试验坝——陆水蒲圻水利枢纽志》编纂委员会 .《三峡试验坝——陆水蒲圻水利枢纽志》. 武汉：湖北人民出版社，1995.

2.《三峡试验坝陆水水利枢纽 50 年》编委会 . 我们一起走过——三峡试验坝陆水水利枢纽 50 年 . 武汉：长江出版社，2009.

3. 郑守仁，生晓高，等 . 长江三峡水利枢纽建筑物设计及施工技术 . 武汉：长江出版社，2018.

4. 文伏波，郑守仁，郑允中 . 长江葛洲坝工程关键技术研究与实践 . 武汉：长江出版社，2014.

5. 杨永年 . 江河纪事——中国水电建设百年实录 . 成都：四川科技出版社，2013.

6. 中国农林水利工会长江委员会编 . 奉献者之歌——三峡工程优秀建设者 . 武汉：长江出版社，2013.

7. 林一山治江思想研究会编纂小组 . 林一山治水文集（上卷、下卷）. 武汉：长江出版社，2011.

8. 郑守仁，杨文俊 . 河道截流及流水中筑坝技术 . 石家庄：河北科学技术出版社，2009.

9. 林一山治江思想研究会编 . 林一山治水生涯漫忆 . 武汉：长江出版社，2011.

10. 黄宣伟 . 葛洲坝工程的总设计师林一山 . 武汉：长江出版社，2009.

11. 王光纶编著 . 情系山河——张光斗传 . 北京：中国科学技术出版社，上海：上海交通大学出版社，2014.

12. 鲁顺民 . 潘家铮传 . 北京：中国电力出版社，2016.

13. 中南勘测设计研究院编 . 乌江渡水电站回顾与思考 .2002.

14. 中共长江委直属单位委员会，中共长江委组织史资料编纂办公室编 . 中国共产党长江水利委员会组织史料（1950.2—1995.12）.1997.

15. 隔河岩水电站建设史编纂委员会编 . 隔河岩水电站建设史 . 北京：中国水利水电出版社，2003.

16. 中国水利文协，中国农林水利工会长江委员会编 . 春满长江（上册）. 武汉：长江出版社，2015.

后　记

能写一部反映中国工程院院士、长江委原总工程师、“最美奋斗者”郑守仁奉献水利、筑梦江河辉煌人生的报告文学，是一个写作者莫大的幸运和荣光。

但这部报告文学的写作，面临的困难之多、压力之重、挑战之大，大大超出我的想象。

第一，专业知识的储备不足。郑守仁的经历和事迹，既简单又复杂，简单的是他一辈子几乎都奋战在水利水电建设工地，人生经历称不上多丰富；复杂的是，他参与或主持设计建设的水利工程多属“大部头”，尤其是葛洲坝、三峡等世界级水利工程，规模之大、技术之难、曲折之多，鲜有其匹。要“报告”到位且不乏“文学”，难度着实不小。因此，一段时间以来，我和松平下了很大的功夫恶补了相关的水利专业知识，研读了郑守仁的有关学术著作和论文，以及其他相关的文献、材料等。好在我学过水利，又从事水利管理工作多年，因而对专业技术问题熟悉起来相对容易些；松平虽然是学行政管理的，但他毕竟长期从事水利新闻宣传工作，见多识广，加之人又聪明用功，因而进入角色也比较快。尽管如此，由于隔行如隔山，一些问题不是临阵磨枪就能解决的，因而在理解上时感心余力绌，表达上更觉笔力不足。

第二，有关主人公的“第一手资料”严重短缺。事实上，不少大牌专家，退居二线后都有写回忆录的习惯，对自己风雨兼程的经历、创造出的业绩传奇等，进行回眸总结；或者通过外人给自己写传记、做访谈等方式，留下了大量宝贵的原始素材。但郑总不是这样的人，一方面，他心无旁骛，永远有忙不完的工作，对自己的过去既无心也无暇去盘点和回望；另一方面，他又谦虚低调，不大愿意别人给他“树碑立传”。这样一来，翔实记载他经历和业绩的文献和材料基本阙如。而记者们对他事迹报道的文章又过于粗线条，“浅尝辄止”、缺乏细节不说，且多为“吃别人嚼过的馍”。这就使我们的写作时常陷入“无米之炊”的窘境。

第三，采访困难横生。首先是对主人公采访的困难，对于这点，我在序章中已有陈述。后来虽然郑守仁院士认可了我们，愿意接受我们采访了，但因我和松平皆“官身不由己”，未能趁热打铁，及时跟进。等到我们抽出时间再想去采访他，老人家又因病重住院，不能接受采访。再者就是对与郑总相识相知当事人采访的困难。对于我开列出的采访人员名单，松平去联系，结果往往令人失望：要么说这个人几年前或不久前已离世；要么说前不久已罹患重疾，不便打扰；要么说家住外地，隔山隔水。

第四，创作时间不足。我和松平都不是专业写手，只能用业余时间“码字”，而交稿的时间底线是 2020 年 1 月。要在七八个月完成这部二十几万字的报告文学，明显感到可用时间的捉襟见肘。好在本部作品的主人公郑守仁院士本身就是一部励志的教科书，在创作过程中，老人家的事迹不断鞭策激励着我们，让我们奋力而为，只争朝夕。经常，夜深人静的时候，我们的双手还在电脑的键盘上舞动着。

对于这部报告文学的写作，原拟独立完成。但因公务缠身，时间有限，我担心力不从心，遂向长江出版社赵冕社长提出，请她帮忙物色一位文笔好、综合素质较高的同志作助手，我们联手完成此项重任。后来，赵冕向我推荐了《人民长江报》的记者陈松平。松平既是记者，也是作家，甫一接触，他的温文尔雅、精明干练就给我留下了深刻的印象。随着共事时间的增多，松平的聪明、敏锐、勤奋、执着和人情练达，都让我觉得这个助手找对了。

按照分工，松平承担了第四章“独当一面隔河岩”和第六章“老骥伏枥自奋蹄”的写作任务，虽是匆忙上阵，但他凭扎实的功力和勤奋的耕耘，完成得不错。与此同时，他还承担了大量的采访联络和资料收集工作，既麻烦又辛苦。

1 月 12 日第一稿出来后，我在匆忙中粗粗统了一遍稿，于 15 日将书稿交给了长江出版社。

不久，一场突如其来的新冠肺炎疫情袭击大江南北，抗疫阻击战遂在以湖北特别是武汉为主战场的神州大地上打响。受疫情的影响，这部报告文学的出版不得不延迟。

由于本人所居的天津不属于重疫区，加之工作单位属于中央驻津部门，因而防疫的任务不是特别重。于是，我利用春节放假和工作之余的时间，对书稿进行了较大的修改。虽然使出了浑身解数，但由于能力所限，仍难言满意。

在这部报告文学的创作过程中，得到了不少贵人的大力支持和帮助，在此特表谢忱。特别要提及的是，水利部文明办和长江委有关领导，对这部报告文学的创作一直给予极大的关注和支持，并希望作者能尽最大努力“出精品”；长江出版社社长赵冕同志为这部报告文学的创作做了大量组织协调工作，付出了极大的心血；《大江文艺》编辑部的资深编辑李卫星同志在前期采访中做了不少联络协调工作；长江委三峡设代局枢纽设代处负责人陈磊同志、长江委宣传出版中心原副主任孙军胜同志、跟随郑总多年的老秘书龚国文同志，他们不但提供了许多丰富的细节和大量颇有价值的材料，而且对初稿的修改完善提出不少建设性意见；安徽省颍上县润河镇粮站退休干部赵孝廉同志，不但陪同我现场考察了润河集工程遗迹和郑守仁儿时生活的地方，而且提供了不少相关的珍贵历史材料和信息；海委办公室秘书科负责人魏广平同志对书稿进行了校阅，并就有关专业表达提出了一些富有见地的看法。

书稿改定时，外面雪霁天晴，银装素裹，又有抗疫的好消息传来。飞雪送春归，春风化“疫”去——这个阴冷漫长的冬天快过去吧，温暖明媚的春天快点来吧！

在书稿付梓之际，依然为郑守仁院士的事迹震撼着、感动着。无疑，写作的过程，既是笔者对郑守仁院士的了解与认识逐步深化的过程，也是一次难得的学习、反省与洗涤心灵、净化思想的过程，特别是收获了一份沉甸甸的精神，足以受益终生。

靳怀堵

2020 年 2 月 16 日于津门乐水书屋

图书在版编目(CIP)数据

长江之子郑守仁 / 靳怀堾，陈松平著.
—武汉：长江出版社，2020.5
ISBN 978-7-5492-6932-7

Ⅰ.①长… Ⅱ.①靳… ②陈… Ⅲ.①报告文学－中国－当代 Ⅳ.①I25

中国版本图书馆 CIP 数据核字(2020)第 076966 号

ISBN 978-7-5492-6932-7

长江之子郑守仁 靳怀堾 陈松平 著

责任编辑：赵冕 李海振 吴曙霞
装帧设计：汪雪 彭微
出版发行：长江出版社
地　　址：武汉市解放大道 1863 号　　邮　　编：430010
网　　址：http://www.cjpress.com.cn
电　　话：(027)82926557(总编室)
　　　　　(027)82926806(市场营销部)
经　　销：各地新华书店
印　　刷：武汉精一佳印刷有限公司
规　　格：710mm×1000mm　1/16　26.25 印张　370 千字
版　　次：2020 年 5 月第 1 版　2020 年 6 月第 1 次印刷
ISBN　978-7-5492-6932-7
定　　价：128.00 元